06/2500

SCIENCE FICTION

Herausgegeben
von Wolfgang Jeschke

Ein vollständiges Verzeichnis aller
im HEYNE VERLAG erschienen STAR TREK®-Romane
finden Sie am Schluß des Bandes.

DIANE CAREY

STAR TREK
THE NEXT GENERATION

ALTES BLUT
TAG DER EHRE 1

Roman

Star Trek®
The Next Generation™
Band 63

Deutsche Erstausgabe

WILHELM HEYNE VERLAG
MÜNCHEN

HEYNE SCIENCE FICTION & FANTASY
Band 06/5763

Titel der amerikanischen Originalausgabe
DAY OF HONOR – ANCIENT BLOOD
Deutsche Übersetzung von Ronald Hahn

Umwelthinweis:
Dieses Buch wurde auf chlor- und säurefreiem Papier gedruckt.

Redaktion: Rainer-Michael Rahn

Erstausgabe by Pocket Books/Simon & Schuster Inc., New York

http://www.heyne.de
Printed in Germany 1999
Umschlagbild: Pocket Books/Simon & Schuster, New York
Umschlaggestaltung: Atelier Ingrid Schütz, München
Technische Betreuung: M. Spinola
Satz: Schaber Satz- und Datentechnik, Wels
Druck und Bindung: Ebner Ulm

ISBN 3-453-15640-4

Unserer Großtante Katie Simon gewidmet,
die sich erst mit 89 Jahren
aufs Altenteil zurückzog und uns und
unseren Kindern beibrachte,
daß harte Arbeit sich immer auszahlt.

1

Captain Picard, mein Auftrag ist dringlich. Wenn er scheitert, geraten sechs Sonnensysteme und zehn Kolonien der Föderation unter den Einfluß des ruchlosesten Planeten dieses Sektors. Mehr, als Sie bereits wissen, kann ich dazu nicht sagen. Ich kann Ihnen nur verraten, daß wir zwei wichtige Zeugen an Bord nehmen werden, von denen unser gesamter Plan abhängt.«

Interessante Worte.

Eigenartige Worte.

Ausweichende Worte. Und irgendwie auch aufschlußreich.

»Herr Kommissar … Sie verlangen von mir, daß ich mein Schiff einsetze, um einen legalen Transportflug in allgemein zugängliches Gebiet zu verzögern.«

»Richtig, Captain.«

»Damit Sie zwei an Bord befindliche Passagiere festnehmen können?«

»Festnehmen klingt etwas grob. Ich würde es lieber so ausdrücken: Ich will sie in Schutzhaft nehmen.«

»Na schön. Wenn es lebenswichtig ist, bringen wir es hinter uns.«

Jean-Luc Picard hatte sich nicht einmal die Mühe gemacht, im Besprechungszimmer neben der Brücke Platz zu nehmen. Als der Kommissar ihm hinaus folgte, spürte er seinen Blick während des ganzen Weges in seinem Rücken.

Auf der Brücke warteten der Erste Offizier und der

Sicherheitschef auf sie. Sie waren die einzigen Anwesenden, die ihm einen Blick schenkten. Die anderen – an der Funktionsstation, an der Navigation, an der wissenschaftlichen, taktischen und technischen Station – interessierten sich nur für ihre Pflicht. Lieutenant Commander Data konzentrierte sich auf typisch androide Art auf seine Instrumente und den im vorderen Teil der Brücke befindlichen, alles beherrschenden Hauptbildschirm. Dieser zeigte das Bild eines sich nähernden Schiffes.

»Raumer befindet sich auf dem Schirm, Captain«, meldete William Riker. »Knapp zehn Kilotonnen, befördert Fracht und zweiunddreißig Lebensformen.«

»Ziehen Sie ihn ran, Nummer Eins.« Picard wandte sich an den Sicherheitsoffizier. »Mr. Worf, Sie gehen gleich an Bord und nehmen zwei Personen in Gewahrsam. Wir werden sie Kommissar Toledano überstellen.«

Der klingonische Offizier nickte. »Aye, Sir.«

Der neben Picard stehende Kommissar neigte sich ihm zu. »Wird nicht einfach gewesen sein, sich auf der Brücke eines Föderationsschiffes an einen Klingonen zu gewöhnen«, murmelte er.

Will Riker, der zwar etwas größer als der Klingone, doch weniger muskulös war, kam die Treppe herunter. Sein Blick heftete sich auf den näher kommenden Raumer. »Rufen Sie ihn, Mr. Worf.«

»Aye, Sir«, erwiderte Worf. Seine Finger flogen über die Tasten der Konsole vor ihm und öffneten eine Frequenz. »Hier ist die U.S.S. *Enterprise.* Schalten Sie die Triebwerke aus und nehmen Sie ein Prisenkommando an Bord.«

»Wissen unsere … Passagiere, daß wir kommen?« fragte Picard.

»Nein«, erwiderte Toledano. »Es war zu riskant, es ihnen zu sagen. Die beiden Leute auf dem Schiff dort müssen isoliert und beschützt werden. Und einen sichereren Ort als ein Raumschiff gibt es nicht. Wir treffen uns anschließend mit einem anderen Schiff, das die beiden zu einer noch unbekannten Raumbasis bringt. Ich weiß selbst nicht, wie das Schiff und die Basis heißen. Noch nicht.«

»Wir sind doch in der Nähe des Systems Vaughn-Creighton, nicht wahr?«

»Ähm ... ja.«

»Hat dieser Fall irgend etwas mit dem Planeten Sindikash zu tun?«

»Darüber kann ich noch nicht mit Ihnen reden.«

»Ja, das sagten Sie schon.«

»Sir, der Raumer geht nicht mit der Geschwindigkeit herunter.« Commander Datas Androidengesicht blieb ausdrucklos. Auch dies war typisch für ihn.

»Keine Antwort auf unseren Ruf, Sir«, fügte Worf vom oberen Teil der Brücke aus hinzu. Seine Baßstimme klang wie leiser Donner.

Picard sagte absichtlich nichts. Als Captain mußte man auf gewisse Weise Künstler sein, und dazu gehörte es, nicht in die Arbeit seiner Leute einzugreifen.

»Traktorstrahl«, entschied Riker.

Data schaute auf seine Kontrollen und bearbeitete sie. »Traktorstrahl aktiviert, Sir ... Aber sie gehen noch immer nicht mit dem Tempo herunter. Es erfolgt keine Reaktion. Sie haben auch keine Abwehrschirme aktiviert.«

»Wir beamen jetzt sofort an Bord«, warf Picard ein. »Wir schalten die Maschinen selbst ab, sonst überlasten sie noch.«

»Warum meldet sich niemand?« fragte Toledano und schritt zusammen mit Picard und Worf zum Turbolift. »Sie müssen Ihnen doch antworten, oder?«

»Vielleicht haben sie irgendein Problem«, sagte Picard. Worf trat zur Seite, um ihn den Lift als ersten betreten zu lassen.

Obwohl Toledano »noch nicht« mit Picard darüber hatte reden wollen, hatte er schon eine Menge gesagt. Zwei Zeugen waren in ein riesiges Spionagenetz verwickelt und bereit, bei der Föderation auszusagen – wenn man sie dafür schützte. Ihr Wissen betraf möglicherweise Sindikash, den einzigen bewohnbaren Planeten im System Vaughn-Creighton, eine Föderationskolonie, die von Menschen der Erde bewohnt wurde. Sie kamen aus Kleinasien... Nein, aus Bulgarien? Irgendwo aus dieser Gegend.

Picard spürte, daß Rikers fragender Blick ihm bis in den Lift folgte. Der Erste Offizier hätte eigentlich wissen müssen, was hier vor sich ging. Sein Blick enthielt einen unterschwelligen Vorwurf.

Als die Lifttür sich schloß, kochte stechender Groll in Picard hoch. Nicht wegen Riker, sondern wegen Toledano. Hätte die Föderation ihn ins Bild gesetzt, wäre sie der Prozedur gefolgt, die für verdeckte Aktionen galt, hätte er längst gewußt, ob er es mit Romulanern, Orionern, Eidechsen oder Insekten zu tun hatte. Dann hätte er über die Situation nachgedacht und seine Offiziere informiert. Verlangte er etwa zuviel von der Föderation, wenn er darauf bestand, daß sie den Kommandanten ihrer Raumschiffe soweit vertraute wie er als Captain seinen Offizieren?

In seinem Kopf ging sofort eine Diskussion über das Für und Wider dieser Frage los, aber er biß sich auf die Lippe und sagte Kommissar Toledano nichts davon, der gewiß gern bereit war, das auszusprechen, was die Föderation dachte. In diesem Fall wäre er verpflichtet gewesen, mit dem zu kontern, was er als Captain davon hielt, doch da er ohnehin schon alles in seinem Kopf vernahm, warum sollte er es sich im Lift noch mal anhören?

»Mr. Worf, ist das Sicherheitskommando informiert?« fragte Picard in der festen Absicht, die innere Diskussion zu beenden.

»Im Transporterraum stoßen vier Mann zu uns, Sir«, sagte der große Klingone grollend. »Dazu noch ein Techniker, der die Maschinen des Raumers abschaltet, falls sie bis dahin nicht schon abgeschaltet sind.«

»Sehr gut. – Herr Kommissar, ich würde es begrüßen, wenn Sie mir sagen würden, warum ich meine Leute überhaupt in den Transporterraum schicke.«

Toledano, ein Mann in den mittleren Jahren, der einst recht gut ausgesehen hatte, doch jetzt nur noch ein silberhaariges Echo seiner Jugendzeit war, seufzte. »Darüber kann ich noch nicht mit Ihnen sprechen, Captain.«

»Trotzdem. Ich muß meinen Leuten doch in etwa sagen können, wonach sie suchen sollen, wenn sie ihrem Auftrag gerecht werden sollen. Sie können doch wirklich niemanden beschützen, wenn sie nicht wissen, vor wem.«

Der Kommissar runzelte die Stirn. Er schien darüber nachzudenken. Dann seufzte er noch einmal.

»Die beiden waren Zeugen eines Ereignisses, das ein interstellares Spionagenetz möglicherweise mit einer Persönlichkeit in Beziehung bringt, gegen die bisher kein Beweismaterial vorliegt«, sagte Toledano. »Niemand in dem Raumer weiß, wer die beiden sind. Wenn wir an Bord sind, werden sie ihre Identität enthüllen. Dann nehmen wir sie in Schutzhaft. Mehr gibt es wirklich nicht dazu zu sagen.«

»Hmmm«, machte Picard und richtete den Blick auf die vor ihm befindliche Tür.

»Niemand an Bord weiß, wer die Zeugen sind?«

»Nur die Zeugen selbst«, sagte der Kommissar.

»Natürlich.«

»Sie haben alles selbst gemacht. Sie haben Verbindung zu uns aufgenommen und sich um den Flug gekümmert. Sie haben erst in letzter Sekunde gebucht und die Tickets erstanden. Wir wissen nicht mal, wie sie aussehen.«

Worfs Kom-Abzeichen summte, und er berührte es. »Lieutenant Worf.«

»Sicherheitsabteilung. Transporterraum Eins wird gerade überholt, Sir. Die Molekularstabilisatoren sind abgeschaltet.«

»Na schön. Weichen auf Transporterraum Drei aus. – Worf, Ende.«

»Na, wunderbar«, sagte Picard. Also noch einmal 45 Sekunden Liftfahrt.

»Wenn wir im Transporterraum ankommen, hat Mr. Riker den Raumer hoffentlich mit dem Traktorstrahl erwischt und hält ihn fest. Dann müßten wir direkt an Bord beamen und die beiden Zeugen schnellstens isolieren können.«

»Dann kann ich nur noch erleichtert seufzen, Captain«, sagte der Kommissar.

Im Transporterraum stießen sie auf vier Bordwachen und Fähnrich Jensen, einen Neuzugang, der die Starfleet-Akademie gerade abgeschlossen hatte. Worf hielt große Stücke auf ihn. Da die *Enterprise* vom zentralen Machtbereich der Föderation weit entfernt war, hatte der junge Mann zwei Raumschiffe, zwei Frachter und vier Nachschubeinheiten der Flotte benutzen müssen, um hier anzukommen. Er konnte es kaum erwarten, in Gesellschaft des Captains auf ein anderes Schiff zu beamen.

Picard sah es sofort. Er war Leuten seiner Art schon oft begegnet. Jensens Blick wich keine Sekunde von ihm. Als wäre die aufgekratzte Aufmerksamkeit des Kommissars nicht schon genug.

»Fertig, Sir«, sagte der Transporteringenieur, als sie eintraten. »Der Raumer wurde stabilisiert. Mr. Data hat sich in seinen Computer eingeklinkt. Es ist ihm gelungen, die Triebwerksleistung um bisher achtundvierzig Prozent zu senken. Er macht weiter, aber der Rest muß sehr wahrscheinlich an Bord erledigt werden.«

»Ich bin auch bereit, Sir!« piepste Jensen.

Picard nickte. »Ausgezeichnet, meine Herren. Noch immer keine Antwort von der Mannschaft?«

»Keine Antwort, Sir«, erwiderte der Ingenieur. »Aber von drüben kommen einige verzerrte Signale, die Mr. Data für eine mögliche interne mechanische Fehlfunktion hält. Vielleicht versucht man, uns zu antworten. Es könnte aber auch sein, daß man versucht, die Maschinen abzuschalten.«

»Verstanden.« Picard wandte sich zu Toledano um, dem Worf gerade einen Flotten-Standardphaser aushändigte. »Bemühen wir uns, sie nicht zu erschrecken. Sobald wir in Position gegangen sind, geben Sie Energie, Mr. Warren.«

Er winkte das Prisenkommando auf die erhöhte Plattform, und jeder einzelne ging auf den blanken Scheiben in Stellung.

»Aye, Sir«, erwiderte der Transporteringenieur. »Gebe Energie.« Das altvertraute Summen ertönte.

Unmerklich verwandelte sich die Umgebung in die kalkige Wandung der Einstiegsnische eines Raumers. Der kurze geistige Nebel, der der Ortsveränderung folgte, hob sich rasch. Es roch wie in einem Schlachthaus.

Es war zermürbend still. Nicht mal mehr das Trommeln der Maschinen war zu vernehmen. Offenbar hatte Data Erfolg bei dem Versuch gehabt, sie aus der Ferne abzuschalten.

Aber der Geruch …

»Alle Mann bereithalten … Sicherheitsalarm.« Picard fühlte sich vom Klang seiner eigenen Stimme erschreckt.

Jensen tauchte neben ihm auf. »Habe ich Erlaubnis, das Abschalten der Maschinen zu bestätigen, Sir?«

»Nein. Bereithalten.«

»Ähm … Aye, Sir.«

Picard durchquerte den kleinen Laderaum und näherte sich dem Passagiereingang, der mit einem Teppich ausgelegt war. Worf folgte ihm, ohne um Erlaubnis zu bitten. Einige Schritte hinter der Treppe war die Tür zur Passagierkabine. Er wollte Picard offenbar nicht ohne Bewachung durch die Tür treten lassen, also tat der Captain ihm den Gefallen und streckte keine ablehnende Hand aus, damit er auf seine Befehle wartete.

Zusammen gingen sie die eine Stufe zum Teppich hinab. Picard schaute zu Boden. Er hatte plötzlich das Gefühl, auf einen vollgesogenen Schwamm getreten und bis zum Knöchel eingesunken zu sein.

Hinter ihm keuchte jemand auf.

Sein Fuß – und der Worfs – standen auf dem Teppichflor, der in der Tat vollgesogen war. Kreise aus glänzender Flüssigkeit umgaben ihre Stiefel. Erst jetzt fiel ihm auf, daß die burgunderrote Farbe nicht die des Teppichs war. Er hatte keine Ahnung, welche Farbe er zuvor aufgewiesen hatte.

Doch nun war er blutrot.

»Oh … Gott …« Kommissar Toledanos Stimme bebte vor unterdrücktem Zorn. Er holte zwar Luft, brachte aber kein weiteres Wort heraus.

Worf ging mit ernster Miene an Picard vorbei zur Tür. Er legte die Hand auf die Kontrollen, drehte sich dann um und winkte seinen Leuten. Sie sollten den von Blut aufgeweichten Teppich betreten. Er schaute Picard kurz an. »Würden Sie bitte zur Seite treten, Captain?«

Picard wußte, er würde nicht anders klingen als Toledano. Deswegen entschloß er sich, nichts zu sagen. Er trat mir einem Nicken zur Seite. Das klebrige Gematsche an den Stiefeln verursachte ihm sofort Übelkeit.

Wie viele Lebensformen sollten sich hier an Bord befinden?

Dreißig?

Als die Tür aufglitt, war er schon im Begriff, diese Zahl in Liter umzurechnen.

Worf ging als erster hinein. Einer seiner Leute stand neben ihm, und sie zielten mit den Phasern in zwei Richtungen. Dann traten auch die drei restlichen Bordwachen vor, duckten sich mit gezückten Waffen.

Worf führte den Weg in die Passagierkabine an, wobei seine steife Haltung eigentlich nur besagte, daß er sich in einem Schockzustand befand. Die anderen Bordwachen reagierten subtiler, aber immerhin: Sie schüttelten sich. Ließen die Waffen sinken. Als Picard ihnen hinein folgte, verdoppelte sich seine Aufregung.

Die Passagierkabine war in den süßen Geruch von Blut, Fäulnis und Gemetzel eingehüllt. Links war der vordere Teil der Kabine, rechts der hintere. Die Sitzreihen waren alle besetzt, aber mit Leichen.

Alle, dies registrierte er sofort, waren Menschen oder humanoid und verfügten über einen Kopf und zwei Arme und zwei Beine. Nur saßen in den ersten zehn Sitzreihen Leute, deren Torsi vom Hals abwärts in Körperflüssigkeiten gebadet waren. Sie hielten das Gesicht nach oben oder zur Seite gedreht, hatten den Mund erschreckt aufgerissen. Ihre Augen waren offen oder geschlossen, und alle starrten in einem letzten Moment schieren Entsetzens vor sich hin.

Unter den verblüfften Blicken Picards, der wie gelähmten Bordwachen, des erstarrten Kommissars und des armen Ingenieurs Jensen, der noch nicht ganz durch den Eingang gekommen war, machte Worf einen bestätigenden Schritt auf die nächsten Sitzreihen zu und kam mit quietschenden Schritten zurück.

»Sir«, sagte er rasselnd, »sie haben keine Arme mehr.«

»Wie viele … sehen so aus?«

»Einundzwanzig, Sir. Die Arme wurden mit Gewalt entfernt. Zweien hat man die Augen ausgestochen. Den restlichen Passagieren wurde offensichtlich die Kehle durchgeschnitten.«

Kommissar Toledano, der am Eingang stand und sich nicht zu rühren wagte, schluckte. »Was heißt das – entfernt?«

Worf schaute ihn kurz an, dann Picard, dann wieder den Kommissar. »Abgerissen, Sir.«

Nicht abgeschnitten. Nicht abgeschossen. Abgerissen. Mit roher Gewalt.

»Die Blutflecke auf den Wänden«, fuhr Worf fort, »deuten an, daß das Gemetzel hier stattfand. Dann hat man die Opfer auf ihre Sitze zurückgeworfen.«

Der Lieutenant war bleich vor Abscheu von einer ersten Erkundung des restlichen Schiffes und des Cockpits zurückgekehrt. Er schluckte mehrmals. »Der Captain und der Kopilot sind ... in keinem anderen Zustand, Sir. Der Steward liegt da drüben, hinter dem Servierwagen. Wollte sich wohl verstecken. Hat ihm aber nichts genützt. Auch im Maschinenraum sieht es schlimm aus. Beiden Ingenieuren wurde die Kehle durchgeschnitten.«

»Den einen haben sie die Kehle durchgeschnitten«, sagte Picard leise, »und den anderen die Arme abgerissen.«

Er lugte zu den Sitzen hinüber. Die schreckliche Reihe reichte vom Bug bis zum Heck. Er ging an ihnen entlang, ohne das Klatschen der Stiefelabsätze auf dem blutgetränkten Teppich zu hören. Die Gesichter der beiden ersten Leichen wirkten entspannt, sie sahen fast so aus, als würden sie gleich aufschauen und ›Hallo‹ sagen. Nur die bohrende Starrheit ihres Blicks und das papierene Weiß ihrer blutleeren Gesichter verriet, in welchem Zustand sie sich wirklich befanden. Man brauchte sich nicht mal ihre Kleider anzusehen. In der zweiten, dritten, vierten Reihe ... in endloser Verblüffung erstarrte Muskeln, gerunzelte Stirnen, gefletschte

Zähne, weit aufgerissene Augen. Und so ging es weiter, bis zur Schiffsmitte hin.

»Die dort«, sagte Worf, »haben zugeschaut, als die Leute in der ersten Reihe umgebracht wurden. Ihre Gesichter sind irgendwie scheckig, als hätte Panik sie überflutet, bevor das Blut aus ihnen wich. Die Mörder haben hier angefangen und sich nach hinten vorgearbeitet. Sie haben die Passagiere gezwungen, ihnen zuzuschauen. Und dann ... hier ...« Worf ging nach hinten, vorbei an mehreren Toten, denen die Arme nicht fehlten. Er blieb neben zwei armlosen Leichen stehen.

Picard verstand, worauf er hinaus wollte. Den vorn sitzenden Passagieren waren die Arme ausgerissen worden; dann folgten einige, denen sie nicht fehlten, dann wiederum zwei, die keine mehr hatten.

»Dann haben diese beiden irgendwie reagiert«, sagte Worf, als berichte er von Einzelheiten einer vor langer Zeit stattgefundenen Schlacht. »Die Mörder hatten gefunden, was sie suchten. Sie kamen hierher, nach hinten. Und die beiden haben mit ihrem Leben bezahlt. Man hat ihnen die Augen ausgestochen und ihnen dann die Arme abgerissen.«

Die beiden jämmerlich aussehenden Toten waren ein Mann und eine Frau. Sie waren in den gräßlichen letzten Zuckungen zusammengesackt. Der Kopf der Frau ruhte auf dem, was von der Schulter des Mannes noch übrig war. Ihr Haar klebte an seinem Blut und Muskelgewebe.

»Herr Kommissar«, sagte Picard und drehte sich um, »ich möchte Ihnen gern Ihre Zeugen vorstellen.«

Der arme Toledano suchte erfolglos einen Weg durch die schwachen Fußabdrücke der anderen, um dem unausweichlichen Blut auszuweichen, das den Teppich durchtränkte. »Glauben Sie wirklich?«

»Unsere medizinische und forensische Abteilung wird die Identität dieser Leute mit der Passagierliste und den Abflugpapieren des Schiffes vergleichen und bestätigen. Aber ich gehe jede Wette ein, daß es diese beiden sind.«

»Weil man Ihnen die Augen ausge…«

»Nicht nur deswegen. Sie wurden offenbar schwerer als die anderen bestraft, weil man will, daß irgend jemand diese Botschaft erhält. Vielleicht sogar viele Leute.«

»Und wie soll das gehen?«

»Ich weiß nicht. Ereignisse dieser Art neigen dazu, sich schnell zu verbreiten. Eine Notiz hier, ein kleiner Tratsch dort, die Braut einer Bordwache: schon hat es sich herumgesprochen. Wer immer dies getan hat, er zählt darauf, sonst hätte er diese Methode nicht angewandt. Man kannte die beiden Zeugen nicht, also hat man alle gefoltert, bis sie sich stellten. Sie waren mutig; sie haben gehofft, sie könnten die anderen retten, indem sie sich preisgaben. Leider hat es nicht geklappt. Nachdem die Mörder die Zeugen gefunden und gefoltert hatten, haben sie auch die anderen umgebracht.«

Picard blickte traurig auf die restlichen Passagiere, denen man die Kehle durchgeschnitten hatte.

»Die da haben Glück gehabt«, fügte er hinzu, und sein Herz verzog sich mitfühlend. Ahnungslose Reisende auf einer sicheren, stark befahrenen Route.

Worf kam mit klatschenden Schritten auf sie zu; seine Beine waren nun bis an die Knie blutig. »Die Pathologen werden den Fall zwar eingehend untersuchen, aber unsere Tricorder haben bisher nicht den geringsten physischen Hinweis geliefert. Vielleicht gibt es irgendwelche kleinen Hautgeweberückstände. Aber es wird einige Zeit dauern, die auszusortieren, deren DNS nicht identifiziert werden kann.« Er kam etwas näher und sprach nachdrücklicher, als Picard es von ihm gewohnt war. »Wer dies auch getan hat, Sir… Wir haben es mit ehrlosen Charakteren zu tun.«

Der Tenor seiner Stimme transportierte das Gewicht seiner Aussage deutlich; sie erschien Picard zudem tiefer als je zuvor. Worf war zutiefst verstört. In ihm war noch genug von der Erziehung durch die Menschen, um ihn seine Gefühle zeigen zu lassen.

Toledano wurde um eine Nuance grüner und trat näher an Picard heran. »Tut mir leid, daß ich es aussprechen muß, aber ich glaube, ich weiß ziemlich genau, wer das getan hat.«

Picard schaute Worf an, dann musterte er stirnrunzelnd Toledano. »Tja, dann heraus damit, Herr Kommissar. Jetzt ist die richtige Zeit dazu.«

Der Föderationsbeamte, dem eindeutig übel war, riß sich sichtlich zusammen. »Wir wissen ziemlich genau … daß es eine Klingonenbande war.«

Worf versteifte sich. »Unmöglich!«

»Tut mir leid«, sagte Toledano, aber keineswegs unsicher.

Worf, urplötzlich wütend, schaute seinen Captain und den Kommissar so heftig an, daß sogar Picard in seiner Pose eine Bedrohung sah. »Klingonen foltern nicht rücksichtslos! Klingonen töten zwar, aber doch nicht so!«

Toledano fand die Sprache wieder. »Sie kennen die Klingonen zwar bestimmt besser als ich, aber … Es tut mir leid, aber so stehen die Dinge nun mal.«

»Wir besprechen es auf der *Enterprise*«, warf Picard ein, da er sah, wohin dieses Gespräch führte.

»*So* benehmen sich keine Klingonen!« sagte Worf.

Picard warf ihm einen warnenden Blick zu. »Ich sagte *auf der Enterprise*, Mr. Worf!«

Worf machte zwar den Mund zu, aber der Zorn entströmte seinen Nüstern.

»Im Moment«, sagte Picard, »müssen wir uns einige Fragen stellen, die mir mehr Kummer bereiten. – Zum Beispiel: Wo sind die Arme?«

Seine Leute und der Kommissar blickten sich um, als rechneten sie damit, in irgendeiner Ecke einen Stapel abgerissener Gliedmaßen zu sehen. Der Anblick eines solchen Stapels wäre zwar schon schrecklich genug gewesen, aber sein Nichtvorhandensein war noch unheimlicher.

Der Gestank des Gemetzels erfüllte die Luft um sie herum; Ingenieur Jensen, vom Grauen seiner ersten ernsten Aufgabe überwältigt, schüttelte sich, ohne ein Wort hervorzubringen, und Kommissar Toledano gelang es, an Picards Seite zu treten. So bleich wie die mehr als dreißig Toten und sichtlich bemüht, sich nicht auf der Stelle zu übergeben, fiel sein Blick kurz auf den blutigen Teppich. Dann schaute er zu Picard auf.

»Captain… Ich glaube, ich sollte Ihnen jetzt reinen Wein einschenken.«

Die wahre Gefahr besteht darin,
wenn die Freiheit
nach und nach den Sachzwängen
geopfert wird.

EDMUND BURKE

2

Jetzt verstehen Sie, mit welchen Leuten wir es zu tun haben. Es steht zu befürchten, daß der Planet Sindikash zu einer Welt der Kriminellen wird, eine Zuflucht für den übelsten Abschaum der Galaxis. Sie werden den ganzen Sektor einkassieren. Es dauert nicht mehr lange.«

Kommissar Perry Toledano rieb pausenlos seine Hände aneinander, als wolle er das Blut fortwischen, mit dem sie alle über Gebühr in Berührung gekommen waren. Wie bizarr es gewesen war, auf die *Enterprise* zurückzukehren und in die Quartiere zu eilen, um die Kleider zu wechseln, bevor noch mehr Besatzungsmitglieder dem Gestank ihrer bis an die Knie mit Blut durchtränkten Uniformen ausgesetzt wurden. Und was für eine seltsame Sache, sich als Captain darüber Gedanken machen zu müssen.

»Warum haben Sie gesagt, das Klingonische Imperium sei in die Sache verwickelt?« fragte Picard.

»Ich habe nicht gesagt, daß es das Imperium ist«, erklärte Toledano. »Ich habe nur gesagt, daß Klingonen damit zu tun haben.«

Worf war derart aufgebracht, daß es fast so aussah, als werde sein Stuhl gleich schmelzen. »Und *ich* habe gesagt, daß Klingonen sich nicht so verhalten.«

»*Diese* Klingonen doch.« Toledano zuckte verständnisvoll, doch unnachgiebig die Achseln. »Sie sind nicht für das Imperium tätig. Sie arbeiten für die Chefin einer Verbrecherorganisation. Glauben Sie mir, es ist wahr.«

»Herr Kommissar«, mischte Picard sich in dem Versuch ein, die beiden Männer zu beruhigen, »Mr. Worf will damit nur sagen, daß Klingonen zu gefestigt sind, um emotional und gewalttätig zu reagieren. Daß sie als Zivilisation nicht hätten überleben können, wenn sie nicht gewissen Einschränkungen unterlägen.«

»Einschränkungen? Zum Beispiel?«

»Zum Beispiel Schamgefühlen«, sagte Worf, der nun überkochte. »Klingonen schlachten keine Unbewaffneten oder Unschuldige ab, die sich nicht wehren können.«

»Es ist eine Frage des Anstandes und der Ehre«, fügte Picard hinzu. »Sie haben sogar einen Festtag dafür. Der Tag der Ehre ist übrigens nächste Woche. Nicht wahr, Mr. Worf?«

Worf funkelte Toledano an. »Donnerstag. Es *können* keine Klingonen gewesen sein.«

»Na schön«, sagte Toledano. »Es waren aber trotzdem welche.«

»Moment mal«, wandte Riker nun ein. »Da ist etwas, das ich nicht verstehe. Die Verbrecherorganisation auf dem Planeten ist kein Geheimnis. Wollen Sie etwa behaupten, daß es ein Geheimnis ist, wer sie leitet?«

»Nein«, sagte Toledano. »Wir wissen, wer es ist. Aber wir können keine Zeugen auftreiben. Sie haben doch gesehen, was mit denen passiert ist, die das Wagnis eingehen wollten, eine Aussage zu machen. Laut den Gesetzen Sindikashs braucht man bei Kapitalverbrechen zwei Zeugen, die aussagen. Zwei, nicht einen; zwei!«

»Die Lage ist seit fast fünfzehn Jahren unverändert«, fuhr Riker fort, »auf einem Planeten, der vor über hundert Jahren kolonisiert wurde. Wieso jetzt diese Eile?«

Toledano zog die Brauen hoch. »Wir haben es deswegen so eilig, weil man auf Sindikash im Begriff ist, einen Volksentscheid durchzuführen – eine außerordentliche Wahl. Wir haben noch etwa zehn Tage. Die Wahl wird zweierlei bewirken. Erstens wählt man einen neuen

Gouverneur. Der gegenwärtige Amtsinhaber ist schwer erkrankt. Er liegt im Koma, da ein Attentäter ihm eine Hirnverletzung beigebracht hat.«

»Ein Attentäter? Welcher Art ist die Verletzung?«

»Er hat eine Projektilwaffe eingesetzt.«

»Sie meinen eine Kugel?«

»So was in der Art. Als die Kolonie gegründet wurde, hat man sämtliche Energiewaffen verboten. Nur die Polizei darf über sie verfügen. Aber es gab ein Schlupfloch. Viele Leute fingen an, Treibladungswaffen – etwa alte Pistolen – mit sich herumzuschleppen; hauptsächlich um Rinderherden vor Raubtieren zu schützen. Die Waffen gefielen ihnen, und viele Kolonisten sammeln antike Waffen. Der Gouverneur wurde von einem Projektil seitlich in den Schädel getroffen. Die einheimischen Ärzte haben es zwar entfernt, aber er liegt im Koma. Föderationsärzten wurde der Zutritt zu ihm verweigert. Wir wissen zwar nicht, wer dafür verantwortlich ist, aber wir haben gewisse Vorstellungen.«

»Dafür habe ich Verständnis«, sagte Riker. »Manche Völker neigen wohl dazu, nur eigenen Leuten zu vertrauen.«

»Wir *sind* die ›eigenen Leute‹, Commander«, erwiderte Toledano. »Die Kolonisten sind Menschen; Siedler von der Erde. Sie stammen direkt von Erdbewohnern ab, und manche wurden sogar auf der Erde geboren. Schließlich haben wir ja nicht angeboten, einen Cardassianer von menschlichen Ärzten behandeln zu lassen.«

Worf rutschte unruhig hin und her. »Was ist die zweite Sache, die die Lage auf Sindikash verändern wird – abgesehen davon, daß die Wahl darüber entscheidet, wer Gouverneur wird?«

Der Kommissar hielt seinem Blick stand. »Die zweite Abstimmung soll darüber entscheiden, ob der Planet sich von der Föderation trennt oder nicht. Beide Kandidaten für das Gouverneursamt haben versprochen, diesen Vorschlag zu unterstützen, wenn das Volk es so will. Dann befände sich der Planet zwar außerhalb der Föderationsjurisdiktion, aber *innerhalb* des Machtbereichs, in dem unsere Flotte patrouilliert. Womit all unsere Zuständigkeitsgesetze in einer Grauzone landen. Was können wir verhindern, und was nicht?«

Riker nickte. »In der gesamten Föderationsgeschichte ist so etwas nur fünfmal passiert, und vier dieser Fälle haben sich als Katastrophen erwiesen. Die Sindikasher sind doch bestimmt darüber informiert. Oder heißen sie Sindier? Oder Kashiten? Wie nennen sie sich überhaupt?«

»Seniarden, Commander«, korrigierte Toledano ihn. »Sie nennen sich Seniarden.«

»Und warum?« fragte Worf.

Der Kommissar zuckte lahm die Achseln. »Keine Ahnung. Warum nennt man die Bewohner Frankreichs ›Franzosen‹ und nicht ›Franken‹?«

Riker bewegte streckte die Beine aus. »Weiß ich auch nicht«, murmelte er und warf Picard einen kurzen Blick zu, als verstünden nur sie beide den Witz.

Toledano wirkte zehn Jahre älter als vor zehn Stunden. Er trug nun keine Uniform mehr, sondern hatte den grauen, blutbefleckten Anzug gegen ein ungezwungeneres Hemd und eine nicht dazu passende Hose ausgetauscht. Sein Gesicht spiegelte noch immer wider, was er an Bord des mitgenommenen Raumers gesehen hatte. »Deswegen haben wir die *Enterprise* für dieses Unternehmen ausgewählt. Wir brauchen einen Klingonen.« Er schaute Worf nervös an.

»Auf Sindikash lebt eine Gruppe klingonischer Exilanten«, fuhr Toledano fort. »Wir können eine ganze Reihe ähnlicher Handlungsweisen – bis nun ja, sie waren vielleicht *nicht ganz* so übel – zu ihnen zurückverfolgen. Sie geben allerdings nicht die Befehle. Wir müssen an den herankommen, der für alles verantwortlich ist. Deswegen ist dies ein Auftrag für einen Freiwilligen, Mr. Worf. Sie brauchen ihn nicht zu anzunehmen. Wenn Sie ihn aber doch annehmen, müssen Sie sich darüber im klaren sein, daß Sie an ihn gebunden sind, denn wir können die Sache nicht wiederholen. Sie können sich auch sicher sein, daß jeder schwelende Argwohn über die Frage, ob Sie der Föderation oder dem Klingonischen Imperium die Treue halten, bestimmt ausgemerzt wird.«

Worf spürte, daß seine Körperbehaarung plötzlich überall juckte. Er riß die Augen auf, musterte den dreisten, freundlichen Mann und schaute dann Picard an. Und schließlich wieder Toledano.

»Sir«, sagte er betont, »ich übernehme den Auftrag, weil es meine Aufgabe und Pflicht ist. Ich übernehme ihn, *weil* ich Klingone bin. Wenn für diese Taten wirklich Klingonen verantwortlich sind, kann ich gar nicht anders.«

Toledano schien über Worfs Tonfall verschreckt zu sein. Er öffnete den Mund und schaute Picard an, als könne dieser ihm eine Erklärung liefern.

»Sie beleidigen ihn, Mr. Toledano«, sagte Picard. »Sie können von Glück reden, daß Sie mit Worf sprechen, sonst würde Ihnen *tatsächlich* ein Arm fehlen.«

»Ich ... Ich wollte doch nicht ...«

»Sie haben angedeutet«, sagte Worf, »daß man mich bestechen müßte, damit ich meine Pflicht tue.«

Toledano, offenbar bereit, sich in einem gewissen Rahmen zu entschuldigen, nickte. »Ich glaube nicht, daß ich es *so* gemeint habe. Aber es wird sich in Ihrer Personalakte gut machen. Schließlich sind nicht viele Klingonen für die Raumflotte tätig. Bitte, entschuldigen Sie, und verfluchen Sie mich, wenn ich gegangen bin. Es ist mir wirklich egal. Aber ich habe das Problem am Hals und muß es auf bestmögliche Weise lösen. Und im Moment sind Sie die bestmögliche Weise.«

Man mußte Toledano zugute halten, daß er nun aufhörte zu reden und seine Worte wirken ließ. Er war ein besorgter Mensch, freundlich, zugleich sicher und unsicher, aber er schien an das zu glauben, was er tat.

Worf gestattete es ihm. »Ich verstehe.«

»Danke«, erwiderte Toledano glatt. »Wenn es uns gelingt, zwei Zeugen gegen die Zielperson aussagen zu lassen, können wir eine Festnahme arrangieren. Zwar agiert momentan der Vizegouverneur als Führer, aber er ist ständigen Angriffen durch die Gegenkandidatin ausgesetzt. Die Gegenkandidatin ist diejenige, von der wir annehmen, daß sie die geheime Drahtzieherin der Verbrecherorganisation ist, die diesen Sektor beherrschen möchte. Nein – wir nehmen es nicht an, wir *wissen* es. Wir haben nur keine handfesten Beweise. Sie haben ja gesehen, was passiert, wenn diese Leute sich bedroht fühlen ...«

»Deswegen haben wir so großes Interesse an der Wahl, nicht wahr?« sagte Picard. Ein unangenehmes Gefühl machte sich in seinem Magen breit. »Wenn es zu einer Festnahme kommt, findet die Wahl gar nicht erst statt.«

»So ist es. Kolonialgesetz. Wird nur ein Kandidat aufgestellt, fällt die Wahl aus.«

»Dann ist es also nicht Ihr Hauptziel, eine Verbrecherorganisation aufzulösen, sondern ein Wahlverfahren zu unterminieren.«

Toledano runzelte die Stirn. »So, wie Sie es sagen, hat es einen negativen Beiklang. Wenn wir die Beweise haben, soll die Flotte die Festnahme vornehmen. Dann kann der Prozeß auf einem anderen Planeten stattfinden und völlig objektiv sein. Ich würde dergleichen nicht unterminieren nennen. Da das Gesetz der Seniarden keinen *in absentia*-Paragraphen kennt, dauert es mindestens ein Jahr, bis die nächste Wahl organisiert werden kann. Wir müssen die Gegenkandidatin vor der

Wahl verhaften und Zeugen haben, die bestätigen können, daß Sie die Organisation leitet.«

»Und wer ist die Gegenkandidatin, Herr Kommissar?«

»Sie heißt Odette Khanty, Captain. Sie ist die Gattin des verletzten Gouverneurs.«

»Der Vizegouverneur und ich haben begründete Meinungsverschiedenheiten, über die ich mich auch äußern werde. Ich gehe jedoch nicht auf die billigen und geschmacklosen Behauptungen ein, die man frei erfunden hat, um politische Ziele zu erreichen. Es gibt einfach keine Beweise, die diese belanglosen, gegen mich gerichteten Vorwürfe untermauern«, sagte Mrs. Khanty vor zwei Tagen auf dem Ozeo-Platz in Burkal-Stadt, als sie mit Dusan Popovic von den Frühnachrichten *über die bevorstehende Anklageerhebung gegen sie und ihren Stab sprach.*

»Schlechte Menschen wird es immer geben. Woher soll ich denn wissen, wie es im Herzen anderer aussieht? Ich möchte nur das, was mein Mann gewollt hat. Ich möchte für die arbeitende Bevölkerung Sindikashs nur das Beste. Ja, ich weiß, daß Risiken bestehen. Seit dem Attentat liegt mein Gatte im Koma. Ich weiß auch, daß man mich irgendwann erwischt. Ich hoffe nur, daß ich lange genug lebe, um der Kolonie zu helfen, die Unabhängigkeit von der Föderation der Vereinten Planeten zu erringen. Wenn es mich das Leben kosten sollte, sei es so. Mein Gatte hat sein Leben so gut wie geopfert. Ich kann das gleiche tun ...«

Im Hintergrund brach die versammelte Menge in Applaus und Jubelrufe aus, und einige sangen »O-DETTE! O-DETTE!«

»Kaum zu glauben.«

Der traurige Kommentar Picards beendete die Bilder einer Politikerin bei der Arbeit.

William Riker beugte sich vor und schaltete per Hand den Bildschirm ab. »Es kommt mir vor, als spräche sie zu Sechsjährigen.«

In einem Sessel an der Seite, fast wie in einem privaten Universum, beobachtete Worf wortlos den Captain. Die Vorstellung, ein Klingone könne für das Gemetzel auf dem Raumer verantwortlich gewesen sein, tat in seinem Inneren noch immer weh. Seit Kommissar Toledano die Behauptung aufgestellt hatte, hatte er weder etwas essen noch schlafen können. Hätte er aufgrund seiner Empörung aus dem Schiff springen und auf dem Planeten landen können, er hätte es getan.

Er kannte zwar seine Gedanken, aber er wollte gern die Picards erfahren. Der Captain mußte als Barometer seines Vorgehens dienen, da er sich selbst nicht mehr traute.

Picard lehnte sich hinter dem Schreibtisch in seinen Sessel zurück. Seine stille Präsenz beherrschte den Raum wie eh und je.

Als Worf Jean-Luc Picard nun musterte, sah er ihn so, wie des öfteren – eher als Gelehrten denn als Krieger. Trotzdem kannte er ihn als starken Mann, der mutig kämpfen würde, wenn die richtige Zeit dazu war. Es war klar: Odette Khantys Philosophie bereitete Picard Sorgen. Es war ihm wohl nicht geheuer, daß die Verschlagenheit die Oberhand gewann und ein Föderationsplanet im Schmieröl kunstvoller Täuschung fortrutschte.

»Ihnen ist bestimmt auch aufgefallen, daß die Medien Mrs. Khanty nicht im geringsten in die Zange nehmen«, führte Kommissar Toledano aus. Er saß neben Riker. »Sie beherrscht die meisten Presseorgane, aber es gibt noch einige, die sich gegen sie wenden. Sie werden einfach niedergebrüllt. Wie können die Seniarden eine mündige Wahlentscheidung treffen, wenn sie von allem nur eine Seite zu sehen kriegen?«

»Nach dem Attentat auf den Gouverneur«, sagte Riker, der nicht weit von Worf entfernt am Schreibtisch des Captains saß, »war ihre Beliebtheit höher als die des Vizegouverneurs, aber inzwischen sackt sie ab. Die beiden stehen nun in etwa gleich.«

Toledano nickte. »Ihre Beliebtheit ist nicht um ihrer selbst willen gestiegen, sondern sie profitiert von der Anteilnahme am Schicksal ihres Mannes. Jeder Kritik an ihr begegnet man mit dem Bild der braven Ehefrau, die von den Feinden ihres Gatten niedergemacht wird. Das Volk weiß zwar, daß Sindikash zum Zentrum verbrecherischer Taten wird, aber die Khanty behauptet, daß die Föderation sich weigert, etwas dagegen zu unternehmen. Was für eine Unverschämtheit! *Sie* ist für diese Untaten verantwortlich!«

Trotz der Herausforderung des Unternehmens erlahmte Worfs Haltung. Er brachte nicht viel Besorgnis für einen Planeten voller Menschen auf, die derlei Gewäsch schluckten. Er ballte so fest die Hände, daß die Fingernägel in seine Haut stachen. Er klammerte sich an seinen Schmerz und konnte es kaum erwarten, das Unternehmen in Angriff zu nehmen. Er wollte mit den schmutzigen Gerüchten aufräumen, daß an dem schrecklichen Grauen Klingonen beteiligt gewesen waren.

Es mußte eine andere Erklärung geben; irgendeinen Fakt, der der Schlüssel zu allem war, und den sie bisher nur übersehen hatten.

Er wollte den Planeten von unten nach oben kehren, bis sein heißer Kern in der Weltraumkälte gefror und erstarrte, und die bisher unentdeckten Tatsachen ans Licht bringen.

Und er wollte sie Kommissar Toledano anschließend in die Nüstern rammen, bis ihm dann die Trommelfelle platzten.

»Es ist eine bizarre Situation«, gab Riker zu, »aber ich

muß sagen, daß es mir Unbehagen bereitet, mich in freie Wahlen einzumischen. Selbst dann, wenn es um eine Föderationskolonie geht.«

Toledano zuckte unfreundlich die Achseln. »Und wie sieht *Ihre* Lösung aus? Sollen wir, nur weil Sie Unbehagen dabei empfinden, sich einzumischen, Bürger der Föderation allein lassen, damit Kriminelle sie terrorisieren können? Sollen wir einfach zuschauen, wie sich eine Mörderbande auf anderen Planeten ausbreitet? Man muß schon ziemlich kaltschnäuzig sein, wenn man all das Blut schon vergessen hat, in dem wir eben noch gewatet sind.«

Der Captain schaute den Kommissar mit neuer Bewunderung an und registrierte die verärgerten Blicke Worfs und Rikers.

»Sindikash ist noch eine Niederlassung der Föderation«, erklärte Picard. »Sie wurde unterstützt. Der Lebensstandard ist gestiegen, die Sterblichkeitsrate gesunken. Der Planet hat nun einen Markt für seine Waren im ganzen Quadranten. Die Frage, wie dicht man dranbleiben soll, wenn eine Kolonie die Unabhängigkeit verlangt, ist immer schwierig zu beantworten. Derlei kommt zu selten vor. Dutzende von Planeten haben um Aufnahme in die Föderation der Vereinten Planeten ersucht. Es macht einen argwöhnisch, wenn jemand wieder austreten will – und besonders, wenn er mitten in unserem Schutzgebiet lebt.«

»Und das wissen diese Typen verdammt genau«, warf Toledano ein.

»Es wird trotzdem nicht leicht«, führte Riker aus. »Eine lokale Macht kann sich als Ungeheuer erweisen, wenn man versucht, sie beiseite zu drängen. Wenn es dieser Frau nur gelingt, die nächsten Richterernennungen zu manipulieren, ist sie von Anklagen jeder Art abgeschirmt. Ich kann's nicht ausstehen, wenn so was passiert. Unsere Richtlinien sind immer so vage.«

»Sie sind *wirklich* vage«, sagte Picard bestätigend.

Riker schaute ihn an. »Glauben Sie nicht, die Bewohner von Sindikash sollten ihre Führung selbst wählen, Sir?«

Picard nickte spontan. »Aber gewiß. Wir sollten aber auf alle Fälle dafür sorgen, daß sie überhaupt zwischen ehrlichen Führern wählen können. Als Bürger Sindikashs würde ich mir wünschen, daß die Föderation mir dabei zur Seite steht.«

»Die Khanty ist alles andere als ehrlich, Sir«, sagte Worf mit unverhüllter Geringschätzung. »Auf Sindikash kommt es ständig zu Scheinprozessen, regelmäßigen Exekutionen, Verstümmelungen im Namen des Gesetzes, nächtlichen Entführungen und mysteriösen Todesfällen von Schlüsselpersonen.«

»Hmmm«, machte Picard. Er war offensichtlich besorgt. »Sie ist nur deswegen in der Position, die Macht zu übernehmen, weil ihr Mann im Koma liegt.«

»Richtig«, sagte Toledano. »Wäre er tot, hätte die Wahl längst stattgefunden. Wäre er bei Bewußtsein, wäre die Wahl unnötig. Doch da er im Koma liegt, kann die Khanty die öffentliche Meinung fröhlich zu ihren Gunsten beeinflussen. Wenn ihm dies nicht zugestoßen wäre, hätte sie keine Chance gehabt zu kandidieren. Sie hat zwar ein illegales Netz geleitet, war aber nicht mal in der Nähe planetarer Macht. Nun trennt sie nur noch die Wahl von der Macht. Falls wir eine Möglichkeit finden, sie zu verhaften, können wir die Wahl verschieben. Dann haben wir auch genug Zeit, um die Kolonisten zu überzeugen, daß es nicht gut wäre, sich von der Föderation zu trennen.«

Riker runzelte die Stirn. »Sie meinen, dann haben wir Zeit, um sie unter Druck zu setzen.«

Der Kommissar schaute den Captain mit grollendem Respekt an. »Sie sind ziemlich unverblümt, Mr. Riker.«

»Es ist sein Beruf, unverblümt zu sein«, sagte Picard.

»Und er hat recht. Die Föderation möchte Zeit gewinnen, um den begünstigten Handelsstatus einzuschränken, damit die Seniarden sehen, wie es ist, wenn man hier draußen allein lebt. Wenn man droht, ihnen den Schutz zu entziehen …«

»Hören Sie mal«, sagte Toledano scharf und beleidigt, »nicht *wir* sind hier die Bösen! Wir rücken ihnen nicht – wie die Cardassianer es tun würden – mit Schlachtschiffen auf den Pelz!«

»Nein«, sagte Riker zustimmend, »aber Sie wollen den Handel einschränken, ihre Waren mit Zöllen belegen, die Patrouillen zurückziehen und sie ängstigen. Und Sie wissen sehr gut, daß die Flotte nicht aufhören wird, in dieser Gegend nach dem Rechten zu sehen.«

Toledano schwenkte die Arme. »Wenn es um die Klingonen ginge, glauben Sie, sie würden eine Kolonie ziehen lassen? Oder die Romulaner? Oder die Cardassianer? Wenn Sindikash dafür stimmt, sich von uns zu lösen, marschieren wir jedenfalls nicht bei ihnen ein.«

Picard nickte. »Nach unseren großen Investitionen haben wir sicher das Recht, sie überzeugen zu wollen. Aber bleiben wir bei den Tatsachen: Odette Khanty weiß, daß die Föderation Sindikash trotz allem nicht aus den Augen verlieren wird.«

»Und *Sie* werden den Planeten im Auge behalten, Captain«, fügte der Kommissar hinzu. »Sie und der Rest der Flotte. Ihre Aufgabe besteht darin, einen Grund zu finden, um die Khanty zu verhaften. Wir wollen ihr nichts unterschieben; wir brauchen eine hieb- und stichfeste Anklage – die auf ihren privaten Unterlagen, einem Verbrechen vor Zeugen oder einem aufgezeichneten Geständnis basiert. Sie ist freilich nicht offen genug, um zuzugeben, daß sie eine Straftat begangen hat, deswegen bleiben uns nur zwei Optionen. Sie hat ein Jahr gebraucht, um ihr Verbrechernetz aufzubauen, und es wird Zeit kosten, es niederzumachen, aber aufgrund der Separationswahl wird unsere Zeit knapp. Wir müssen Odette Khanty zur Kriminellen machen, bevor sie Gouverneurin ist.«

Riker lehnte sich in seinen Sessel zurück. Er war noch immer besorgt. »Die Bürger von Sindikash haben auch das Recht, eine schlechte Entscheidung zu fällen, Herr Kommissar.«

»Der Punkt geht zwar an Sie«, sagte Picard, »aber vergessen Sie nicht, daß fast fünfzig Prozent der Bevölkerung in der Föderation bleiben möchten. Auch sie haben ein Recht auf Schutz. Wenn die Verschiebung der Wahl die einzige Möglichkeit ist, dieses Recht sicherzustellen, sind wir bereit, das Risiko einzugehen.«

Toledano deutete zwar auf Picard, sprach aber Riker an. »Wir wollen die Wahl nicht *beeinflussen.* Wir wollen sie nur *verschieben.*«

Nun, da alle konfliktträchtigen Punkte zur Sprache gekommen waren, wurde es im Besprechungszimmer plötzlich still.

Picard blieb inmitten des Schweigens einige Sekunden sitzen und überdachte noch einmal alles, was sie besprochen hatten. Er wußte, daß die Entscheidung im Grunde bei ihm lag, auch wenn alles so klang, als befehle man ihm eine Mission. Er wußte, daß er Einwände vorbringen konnte, wenn er davon überzeugt war, daß es um Dinge ging, die nur planetare Regierungen anbetrafen.

Nach einer Weile seufzte er. »Es ist wie beim Öffnen eines Diplomatenkoffers, meine Herren. Wir haben zwar das Recht dazu, aber *wehe* wir finden in ihm keine verbotenen Gegenstände.«

»Dann machen Sie es also?« fragte Toledano drängend.

Als Picard die Blicke Rikers und Worfs spürte, stand er auf. »Wir machen es.«

3

Ist er schon da?« fragte Alexander mit großer Ungeduld.

»Noch nicht. Ich habe dich doch gebeten, in deinem Quartier zu warten, Alexander.«

»Ich konnte nicht mehr warten. Ich hätte nie geglaubt, daß Onkel Ross zu uns aufs Schiff kommt! Ich werde ihm alles zeigen! Kann ich ihn auch in den Hauptmaschinenraum mitnehmen?«

»Möglicherweise.« Als Worf auf seinen Sohn herabblickte, der mit ihm im Transporterraum wartete, fiel ihm auf, daß er nur selten eine so freudige Erwartung auf seinem Gesicht gesehen hatte. Der Besuch eines guten Freundes der Familie, der ihm fast wie ein Verwandter erschien – nein, dazu kam es nicht oft an Bord eines Raumschiffes. Ross Grant hatte Alexander sehr nahegestanden, denn er hatte mit seiner inzwischen verstorbenen Mutter K'Ehleyr zusammengelebt. Wie freundschaftlich verbunden er mit K'Ehleyr gewesen war, wollte Worf nicht wissen, und zwar deswegen nicht, weil er ihm sehr oft für andere Ermittlungen wichtige Informationen gegeben hatte. Worf wußte, daß Ross in seinem Beruf hervorragend war. Außerdem war er ein verläßlicher Freund ein sehr auf seine Ehre bedachter Mensch.

Alexander hatte ihn seit Jahren nicht gesehen. Versagte er seinem Sohn sonst noch etwas, das man erleben konnte? Früher war ihm das Leben auf einem Raumschiff als positive Option erschienen. Es gab zwar noch einige andere Kinder an Bord, doch mit den zunehmenden Spannungen an der romulanischen und cardassianischen Grenze war diese Praxis bei den Besatzungsmitgliedern schließlich immer unbeliebter geworden.

Müßte ich einen anderen Weg finden? Wäre er glücklicher bei Verwandten? Auf einem Planeten? Auf der Erde bei seinen Großeltern, statt in einem Raumschiff bei seinem Vater? Was ist ein Vater wert? Ob ich ihn danach fragen soll?

Er wandte sich zu Alexander um und öffnete den Mund, weil er etwas sagen wollte, doch das aufgeregte Gezappel des Jungen ließ ihn schweigen. Alexander beäugte die Transporterplattform, als könne er die Maschine mit eigener Geisteskraft zum Summen bewegen. Dann warf er einen kurzen Blick auf die Steuerung und den jungen, in der Ausbildung befindlichen Techniker, der die Kontrollen bediente.

Was ist ein Vater wert, der nicht mal den Mut hat, eine einfache Frage zu stellen?

Worf verwünschte sich und blickte erneut auf die Plattform.

Er hatte in seinem Leben nie geplant, Vater zu werden. Er hatte diese kritischen Minuten nie vorausgesehen. Er hatte Alexanders frühe Kindheit nicht miterlebt und war dann urplötzlich für seine Jugend verantwortlich gewesen. Eine wichtige Zeit für jeden Jungen, und besonders für einen klingonischen.

Und nun?

Das erste Signalpiepsen der Transportersteuerung rettete ihn, denn es kündigte an, daß der zu transportierende Mensch am anderen Ende bereit war. Das andere Ende war ein Starfleet-Frachter, der Nachschub brachte, aber er brachte auch Menschen, die versetzt wurden oder als Besucher kamen.

Doch Ross Grant kam nicht als Besucher. Er kam im Auftrag des Geheimdienstes der Föderation der Vereinten Planeten. Man hatte ihn jetzt Worfs Unternehmen zugeteilt.

»Jetzt kommt er!« rief Alexander. Er rannte auf die Transporterplattform zu, doch ein schneller Griff seines Vaters hielt ihn fest.

»Warte, bis er materialisiert«, sagte Worf mahnend.

Der Transporter heulte fröhlich auf, sang das Lied seiner Arbeit, und in der Mitte der Plattform tauchte eine Lichtsäule auf. Ein dunstig-mattes Knistern elektrischer Tätigkeit traf Worfs Gesicht und sagte ihm, daß das Verfahren abgeschlossen war.

»Onkel Ross!« rief Alexander, der sich nicht mehr beherrschen konnte, obwohl der Prozeß noch nicht völlig abgeschlossen war.

Die Lichter umwirbelten eine fester werdende Gestalt, überschwemmten sie mit einem letzten Funkeln und lösten sich auf. In der Kammer stand ein normal gebauter Mensch von durchschnittlicher Größe. Er trug einen konisch zulaufenden hellgelben Kunststoffhut, der hinten eine breite Krempe und vorn eine flache Platte aufwies.

»Onkel Ross!« Alexander stürmte zur Plattform.

»Lex! Mann, du bist aber groß geworden!« Ross Grant ließ seine Reisetasche fallen, sprang herab und nahm Alexander freudig in die Arme. Der schlanke Junge sprang an ihm hoch. Der gelbe Kunststoffhut kippte von Grants Kopf und fiel mit der Spitze zu Boden. »Hoppla! Ich hab dein Geschenk fallen lassen.«

»Ein Geschenk?« Der Junge löste sich von ihm und stürzte sich auf den Hut.

»Es ist ein Helm«, sagte Grant. »Von einem Feuerwehrmann. Er ist über hundertachtzig Jahre alt. Hat mal meinem Ur-Ur-Urgroßonkel gehört. Er war Feuerwehrmann in Seattle. Siehste? Löschzug Nummer neun. Ich stamme von einer ganzen Reihe von Feuerwehrleuten ab. *Ich* bin natürlich nur 'n Computer-Fuzzi.«

»Du bist doch kein Fuzzi.« Alexander hob den gelben Helm auf und drehte ihn in den Händen. »Und er ist für mich? Im Ernst? Euer Familienhelm?«

»Sicher. Immerhin bist du fast so was wie 'n Sohn für mich.« Grant schlang einen Arm um den Jungen. »Damit sind wir verwandt. Wem also stünde er eher zu als dir? Es ist dein Geschenk zum Tag der Ehre. Deine Großeltern haben mir erzählt, um was es dabei geht. Die Gelegenheit konnte ich mir doch nicht entgehen lassen, oder? Ist doch fast so wie Weihnachten. Vergiß bloß nicht, heute abend für mich 'n bißchen Gebäck und Milch übrig zu lassen!«

»Keine Angst!« Alexander strahlte ihn an und setzte den Helm auf. »Steht er mir?«

»Als wäre er für dich gemacht, Kumpel. Aber jetzt mach dich mal vom Acker, damit ich den Gorillamutanten da drüben begrüßen kann! He, *Wuff!* Endlich arbeiten wir mal zusammen an einem Fall. Ist es nicht toll?«

Worf streckte die Hand aus und packte die des alten Freundes. »Wirklich toll«, sagte er. »Wenn du dabei bist, fühle ich mich gleich sicherer.«

»Lügenbold«, sagte Grant lachend. »Du bist doch wahnsinnig nervös. Wenn du nicht willst, daß dein alter Kumpan mitmacht, hättest du mich nicht anfordern sollen.«

»Grant«, sagte Worf stöhnend, weil er wußte, daß es zur Sprache kommen würde, »ich habe dich nicht angefordert.«

Grants Lächeln verblaßte nicht. »Wirklich nicht? Na, hör mal! Der Zufall ist doch zu groß!«

»Er ist wohl größer, als wir erwartet haben.« Worf ging an ihm vorbei und nahm seine Reisetasche. »Es ist wirklich nur Zufall, auch wenn es unglaublich ist. Du verfügst offenbar über die Kenntnisse, ohne die dieses Unternehmen nicht auskommen kann.«

»Volltreffer! Aber lassen wir mal die Albernheiten. Du brauchst mich diesmal ebenso dringend wie während des Zwischenfalls auf Preficon II.« Grant legte erneut einen Arm um Alexander und nahm eine heroische Pose ein. »Ich lösche noch immer Feuer, so wie sämtliche Grants aus Seattle vor mir. Nur lösche ich sie mit Köpfchen statt mit Wasser.«

»Die trag ich«, sagte Alexander und nahm seinem Vater die Reisetasche ab.

»Oh, einen klitzekleinen Moment noch, Kumpel«, sagte Grant und ließ ihn die Tasche wieder abstellen. Er öffnete sie und entnahm ihr ein Päckchen. »Also los, Lex, hier ist es, das Geschenk für den Tag der Ehre.«

»Aber du hast mir doch schon den Helm geschenkt.«

»Der Helm ist von mir. Das hier kriegst du von deinen Großeltern. Ein Holodeckprogramm. Aufzeichnungen über deine irdischen Vorfahren. Da dir die klingonische Initiation bevorsteht, haben sie wohl angenommen, du solltest auch etwas von deinen menschlichen Ahnen haben. Ich hab's für 'ne nette Idee gehalten. Und sie denken auch immer an dich, du Nichtsnutz.«

»Danke ...« Alexander schaute zu Worf auf. »Kann ich gehen und mir anschauen, was es ist?«

Worf nickte. »Du kannst dir den Inhalt anschauen, aber geh nicht ohne Aufsicht aufs Holodeck, verstanden?«

»Gehst du dann mit mir?«

Seine unschuldige Frage erzeugte in Worf ein schreckliches Gefühl des Bedauerns, und er spürte, daß die Antwort seine Kehle verengte. »Ich muß auf einem Planeten einen Auftrag erfüllen.«

»Auf Sindikash?« fragte Alexander.

»Woher weißt du davon?«

»Neuigkeiten verbreiten sich eben. Die ganze Mannschaft redet schließlich über das, was auf dem Raumer passiert ist.«

»Das zum Thema Geheimhaltung.« Grant lachte leise. Er stieß Worf lächelnd einen Finger in den Brustkorb. »Bist du nicht dafür zuständig, Langer? Wo bleibt denn jetzt dein Pokergesicht?«

»Ich hatte nichts damit zu tun.«

»Ja, klaaar.«

»Kann ich mir das Band jetzt ansehen?« fragte Alexander.

»Sicher«, sagte Grant. »Ich bring nur eben meine Klamotten weg, dann gehen wir zum Essen. Wie in den alten Zeiten in der Küche deiner Oma. Dicke Scheiben hausgemachtes Brot, Baklava, Lammkoteletts ...«

»Wir haben hier an Bord Replikatornahrung, Grant«, warf Worf ein.

»Na ja, dann tun wir eben so, klar? Bis später, Lex. Dann futtern wir die dickste Replikatorhaxe mit Löwensenf, abgemacht?«

»Abgemacht!«

Grant umarmte Alexander noch einmal herzlich, versetzte ihm dann einen freundlichen Schubs und schickte den erfreuten Jungen aus dem Transporterraum.

Worf, der seinen Sohn beim Hinausgehen beobachtete, bemühte sich, ein schreckliches Grollen des Bedauerns zu unterdrücken. Er konnte sich nicht daran erinnern, Alexander je an sich gedrückt zu haben. Ob er es wohl gern hatte? Seine eigenen Zieheltern auf der Erde waren zwar herzliche und freundliche Menschen, aber sie hatten sich mit Gunstbeweisen zurückgehalten, da sie gewußt hatten, daß er eines Tages als Klingone würde überleben und starke Emotionen tarnen müssen. Er hatte angenommen, daß sie recht gehandelt hatten, und war mit Alexander ebenso verfahren.

Doch der Junge und er lebten auf einem Schiff voller Menschen. Ob dies bedeutete, daß er der einzige war, der sich in Alexanders Gegenwart zurückhielt? War er für seinen Sohn eine kalte Insel in einem warmen Ozean? Grants zurückhaltlose Zuneigung hüllte Worf in plötzliche Selbstvorwürfe, und er wußte nicht, was er dagegen tun sollte.

Grant komplizierte die Sache noch, als er sich zu ihm umwandte und einen Arm um ihn legte. Das heißt, er gab sein Bestes, um dies zu tun, denn er war einen Kopf kleiner und nur halb so breit.

»Ich kann's nicht glauben, daß ich hier bin!« plapperte er und winkte dem Transportertechniker zu. »He, Sie da! Tach auch.«

»Guten Tag, Sir«, erwiderte der junge Offizier. Er wirkte in Anwesenheit des Sicherheitschefs leicht zurückhaltend.

»Gefällt Ihnen der Job, hier?« fragte Grant.

»O ja, Sir. Ich habe ihn gerade erst angefangen.«

»Sind Sie verheiratet?«

»Grant«, fauchte Worf und zog seinen alten Freund in Richtung Tür. »Weitermachen, Fähnrich Escobar.«

»Jawohl, Sir.« Der junge Offizier wandte sofort den Blick ab.

Worf nahm die Reisetasche an sich, die Alexander, nun, da ihr Geheimnis enthüllt war, sorglos vergessen hatte, und schob Grant auf den Korridor hinaus.

»Was für'n tolles Schiff!« sagte Grant. »Ich konnte den Blick nicht abwenden, als wir näher kamen. Mann, es ist wirklich groß! Das Schiff ist groß, du bist groß ... Außer mir ist eigentlich alles groß!«

Ein Teil der Spannung der letzten Tage löste sich, und Worf stieß einen Seufzer aus. »Du kannst in unserem Quartier wohnen. Wenn du dein Zeug ausgepackt hast, kann ich dich über das Unternehmen aufklären.«

»Das meiste weiß ich schon«, sagte Grant. »Ich weiß von den ... du weißt schon ... den ...« Er deutete auf seine Schulter und machte eine reißende Bewegung.

»Den Armen.« Worf seufzte erneut, und ein weiterer

Teil der Spannung fiel von ihm ab. Er war, was die vor ihm liegende Aufgabe anbetraf, nicht mehr allein. Es war jemand bei ihm, der eine vergleichbare Vergangenheit hatte, falls nicht gar ein gemeinsames Erbe; jemand, der ihn besser kannte als jeder andere an Bord, der nicht eingeschüchtert war oder sich in seiner Nähe nicht unwohl fühlte.

Ross Grant fühlte sich keinem Lebewesen gegenüber unwohl, und irgendwie war dies hilfreich.

Grant sprach nun leiser. »Glaubst du wirklich, daß es Klingonen waren? Würden sie so etwas mit Leuten machen, die wehrlos sind? Also, 'ne Brandrodung versteh ich ja noch, aber so was … Das ist doch etwas anderes.«

»Die Föderation vermutet eine Klingonenbande auf Sindikash. Ich habe die Absicht, es herauszukriegen. Für Klingonen wäre eine solche Tat unehrenhaft. Wenn das Gerücht stimmt, möchte ich gern wissen, welche Art von Klingonen zu solchen Taten fähig sind.«

»Ahhh, verdammt«, knurrte Grant. »Wir nehmen diese Angelegenheit doch nicht persönlich, oder? Selbst wenn es Klingonen waren … Wie kannst du daran Schuld sein?«

»Ich bin zwar nicht schuld daran«, erwiderte Worf. »Aber ich schäme mich irgendwie für sie.«

»Du hast sie nicht alle! Wenn Menschen so was tun, zieh ich mir den Schuh bestimmt nicht an. Wer so denkt, steht ewig mit dem Rücken an der Wand. Gewöhn dir das mal ab. Wir haben einen Auftrag. Wir müssen einen Fall aufklären. Mehr nicht. Wir gehen auf den Planeten, ich pack meinen Zauberkasten aus, du schlägst ein paar Schädel ein, wir lassen die Verbrecherorganisation auffliegen, lassen unsere Visitenkarte zurück und reiten in den Sonnenuntergang hinein. Du, ich und zwei Schimmel. Du weißt doch, wie so was abläuft.«

»Ich weiß.«

Auf dem Weg zum Turbolift hielt sich Worf an der Reisetasche wie an einer Rettungsleine fest und begegnete Grants gelassenem Gesichtsausdruck mit einem freundlichen Blick.

»Für Alexander«, sagte er leise, »ist deine Ankunft ein echter Trost. Er muß hin und wieder ein paar Angehörige der Familie sehen.«

»Ja, aber er hat doch dich, oder nicht? Du bist doch sein Papa. Was braucht ein Kind denn mehr?«

»Viel mehr«, sagte Worf ehrlich. »Und besonders jetzt, da er älter wird.«

Grant lachte. »Du hast halt 'ne harte Schale! Mach dir keine Sorgen. Ich durchschaue dich, ich hab's immer gekonnt. Besorg dir 'ne hübsche Eisenstange, auf der du rumkauen kannst, und erzähl mir alles über die Gaunereien auf Sindikash. Dann gehen wir runter und räumen auf. Später kommen wir wieder an Bord, gehen an Alxanders Wiege und feiern ein Familienfest, daß die Schwarte kracht.«

Als die Lifttür in dem Deck aufging, auf dem Worf und sein Sohn wohnten, trat er in den Gang hinaus und blieb stehen. Er bemühte sich, bessere Gefühle für das zu entwickeln, das vor ihnen lag, und irgendwie gelang es ihm auch. Doch die quälende Erwartung hinderte ihn daran, sich darüber zu freuen, daß Ross und er nun die Chance erhielten, ihre unterschiedlichen Fähigkeiten zu verbinden.

»Ein solches Fest«, sagte Worf, »ist viel erfreulicher, wenn das Unternehmen hinter uns liegt. Ich hoffe, es liegt bald hinter uns.«

Grant lachte leise und nickte. »Wenn nicht, brichst du ihm ein Bein, was?«

»Und der Typ da … ein Frettchen.« Grant sprach schnell. Er war eindeutig aufgekratzt.

»Was?« Worf war ebenso aufgeregt. Es war jedoch

keine Angst vor einem Kampf oder einem Konflikt, der ihn störte. Es war die Furcht, daß Toledano recht hatte: daß Klingonen in diese ehrlosen Taten verwickelt waren.

»Du weißt schon. Die Frettchen, die's auf der Erde gibt.«

»Das ist ein Mensch, kein ... Frettchen.«

»Ach, hör auf. Mach doch mit!«

Sie saßen auf einem offenen Platz, schauten sich die Spaziergänger an und versuchten zu entscheiden, welches Tier sie in einem vorherigen Leben gewesen waren. Für Worf war es nicht gerade ein tolles Vergnügen, die Zeit totzuschlagen. Grants Beharren auf dieser Beschäftigung stand auf der gleichen Ebene mit anderen Schrullen, die er im Lauf der Jahre entwickelt hatte. Sie liefen alle darauf hinaus, etwas zu sagen, obwohl es nichts zu sagen gab oder falls sich eine Unterhaltung zum Nachteil ihrer Pläne auswirkte. Doch Grants makellose Personalakte hatte Worf verdeutlicht, daß sein gelegentlich eigenartiges Verhalten den Preis seiner Mitarbeit wert war.

»He, kuck dir mal den Typ da drüben an. Ein Elefant. Zweifellos. Autsch – und er geht mit einem Pfau spazieren!«

Worf grunzte.

»Eine Pfau*in*, meine ich. Ah, und der da! Der Typ mit dem Hut. Er war früher 'ne Eidechse, wetten? Daran, wie er geht, erkennt man deutlich seine Persönlichkeit. Und schau dir sein Maul an!«

»Er ist keine Eidechse. Ich habe schon gegen Eidechsen gekämpft.«

»Du hattest schon immer eine Phantasie aus Beton. Ihr Typen, die in Raumschiffen lebt, solltet euch hin und wieder mal entspannen ... Ein Chihuahua ... Ein Panther ... Ein Schleimteufel ... He, du ißt ja gar nicht. Hast du keinen Hunger?«

»Nein.«

»Als wir mit Alexander zu Abend gespeist haben, hast du auch nicht viel gegessen. Es liegt an der Ehrenkiste, nicht? So sollte sich ein Klingone nicht benehmen. Hat mir wirklich nicht gut gefallen, mich so schnell von Alexander verabschieden zu müssen. Ich hoffe, wir lösen den Fall schnell. Entspann dich doch mal. Warum bist du so nervös? Du hast doch den Terminplan überprüft, oder? Sie kommt doch her, oder?«

»Ja, sie kommt.«

»Ein Geier ... Ein Mugatu ... Ein Tribble ... Du kannst mich doch da einführen, oder?«

»Wir werden es sehr bald wissen.«

»Wenn du's kannst, finde ich auch eine Spur. Ich hab bisher auf fünfzehn Planeten Verbrecherorganisationen hochgehen lassen. Und weißt du, wie?«

»Du redest zuviel, Grant. Du redest immer zuviel.«

»Weil ich weiß, wie die Technik den Kriminellen hilft. Sie *müssen* Buch führen. Jede moderne Organisation, die aus mehr als drei Mann besteht, muß Bücher führen.«

»Das hast du schon mal erklärt.«

Grant machte ohne Pause weiter. »Sie klauen riesige Vermögen, und die müssen sie irgendwie verbuchen. Und ihre Buchungen hinterlassen Spuren. Die Reichtümer fließen irgendwohin. Na, bestens! So erwischt man sie. Du brauchst mich nur an einen Computer ranzulassen, der im Privathaus des Gouverneurs steht. Meiner Nase entgeht nichts! He! He! Kuck mal – da ist sie! Sie kommt!«

»Grant! Dreh dich nicht um! Tu so, als würdest du sie nicht sehen!«

»Als würd' ich sie nicht sehen? Wie kann sie ein Mensch übersehen? Sie ist von einer Leibwächterhorde umgeben!«

»*Das* sehe ich auch.«

»Mann, sind die *häßlich*! Sie kommen in unsere Richtung! Gleich stehen wir Odette Khanty Auge in Auge gegenüber! Glaubst du, daß ihr Mann wirklich im Koma liegt?«

»Leise! Steh jetzt ganz beiläufig auf und geh an den Rand des Platzes. Tauch in der Menge unter. Überlaß den Rest mir.«

»Kommt nicht in die Tüte! Es ist ebenso mein Unternehmen wie deins. Ich laß dich doch hier nicht allein. Selbst ein Gorilla wie du braucht jemanden, der ihm den Rücken stärkt.«

»Dann bleib still sitzen. Was auch passiert, rühr dich nicht von der Stelle.«

Er spürte den Blick Odette Khantys und ihrer Leibwächter auf seinem Körper. Das Café D'Atraq lag mitten auf dem Stadtplatz. Er wußte, daß sie ihn bemerken würde, auch wenn Grant und er nicht aufstanden. Die Einheimischen wichen ihr ausnahmslos aus, damit sie und ihre Klingonengarde den Platz überqueren konnten.

Der Platz, der Planet und seine Ortschaften erinnerten an einen gewebten Baldachin aus dem Orient-Expreß oder dem alten amerikanischen Westen. Die aus eingewanderten Griechen, Türken, Libanesen, Armeniern, Assyrern, Italienern und Mauren bestehende Bevölkerung verliehen Sindikash eine entschieden mediterrane Atmosphäre. Die Bauwerke waren grenzländisch, der vorherrschende Geist exotisch, und Worf und Grant waren zwei Außenweltler an einem Ort, der seine Identität gefunden hatte.

Als sie Odette Khanty und ihre kapuzentragende Garde durch die gefliesten Bögen des orientalisch anmutenden Platzes auf sich zukommen sahen, waren sie allein in einem verlassenen Café. Dutzende von Menschen beäugten sie von den Seiten des Platzes aus. Alle anderen hatten freundlich Platz gemacht.

Die Frau betastete den Stoff ihres rosafarbenen Anzugs, um sich zu versichern, daß er glatt saß, dann drückte sie den seidenen Paisleyschal fest an ihren Hals. Ihr dunkelblondes Haar war zwar perfekt frisiert, wirkte aber zwanglos. Es fiel gerade herab, war dicht und endete knapp oberhalb der Schultern in einer Innenrolle. Genau richtig. Weiblich, doch effektiv. Worf wußte sofort: Sie war nicht für die Position geboren, mit der man sie ständig in Beziehung brachte. Sie bildete sich ein, sich ihre Stellung erarbeitet zu haben.

Zorn breitete sich in seinem Herzen aus, als die Blicke ihrer Leibwächter, die sich ›Einzelgänger‹ nannten, sich auf ihn richteten. Er spürte ihre Feindseligkeit.

Klingonen. Es waren wirklich Klingonen! Jeder einzelne war ein *Klingone*!

Odetty Khanty nickte ihren Leibwächtern zu. Sie sollten weitergehen, auch wenn Worf ihnen den Weg versperrte.

Klingonen. Klingonen, die einem Menschen dienen. Einer Menschenfrau. Einer Verbrecherin.

Was für Klingonen konnten sie sein?

Er wußte, Kommissar Toledano hatte nicht gelogen. Zwar hatte auch Worf mit Klingonen gerechnet, aber er hatte bis zum letzten Moment gehofft, daß die Truppe nicht *nur* aus Klingonen bestand. Er hatte mit irgendwelchem Abschaum gerechnet, den die Khanty aus allen Kulturen des Weltalls zusammengefegt hatte. Er hatte gehofft, daß der Starfleet-Geheimdienst nur Klingonen erwähnt hatte, weil diese sich so deutlich von den meisten anderen Humanoiden unterschieden. Oder so.

Doch als er nun die ›Einzelgänger der Khanty‹ – so wurden sie auf Sindikash genannt – erblickte, stellte er fest, daß sie eine ausschließlich aus Klingonen bestehende Meute waren; eine Bande, die auf alles pfiff, was

Klingonen über Recht und Unrecht wußten. Sie waren nicht aus irgendeinem Gefühl für ehrenhafte Eroberung, Pflicht, Familientreue oder wegen etwas anderem hier, was Klingonen motivieren konnte. Sie hatten alles aufgegeben, hatten Jahrhunderte, die eine Kultur zusammenhielten, weggeworfen. Diese Leute strebten auf zerstörerische Weise nach persönlicher Macht, statt auf eine Weise zu agieren, die die Gesellschaft, auch die klingonische, zusammenhielt. Man konnte auch so nach Profit streben, daß es die Kultur stärkte, doch diese Leute setzten sich über alle Regeln hinweg und wollten ihre Ziele durch Gemeinheit, Brutalität und Opportunismus erreichen.

Abschaum. Hohlköpfe. Er schaute in leere Kapuzen. Nullen!

»Ugulan.« Odette Khantys Stimme wurde auf dem freien Platz hörbar, als sie direkt zum Anführer ihrer Leibwache sprach. »Der Klingone da.«

»Ja, Mrs. Khanty.« Als sei ihm nicht bewußt, daß er und seine Männer ebenfalls Klingonen waren, gab Ugulan seinen Kollegen das Zeichen zum Anhalten. Sie blieben in Formation rings um sie stehen.

Dann trat Ugulan vor. Sein Gesicht lag unter der violetten Kapuze völlig im Dunkeln. Er ging zwischen den leeren Tischen auf jenen zu, an dem Worf trotzig saß. Mit der Kapuze und dem Dolch am Gürtel wirkte er sehr bedrohlich.

»Mach Platz für Odette Khanty«, sagte er.

Grant schaute Worf an, sagte aber nichts.

Worf nippte an seinem Glas. Dann nahm er einen langen und bedächtigen Schluck. »Ich geh hier nicht weg«, sagte er.

»Alle Bürger müssen Platz machen, wenn Amtsträger des Weges kommen«, sagte Ugulan beharrlich. Sein Ton zeigte deutlich, das dies die letzte freundliche Aufforderung war.

Worf schaute zu ihm auf. »Ich bin kein Seniarde. Deswegen gehe ich nicht hier weg.«

»Und deswegen«, erwiderte Ugulan und zückte seinen Dolch, »ist dein Freund jetzt verhaftet.«

Grant sprang auf. »Was?« schrie er. »He! Ich bin doch nur auf Besuch hier!«

Der Dolch flog hoch wie das zu seinen Worten gehörende Ausrufezeichen. Er war gerade in der Luft, als Worf zu erwachen schien. Ah! Endlich! Seine Bewegung war äußerst einfach und nicht sonderlich raffiniert. Es war nur eine feste Blockierung von Ugulans Arm.

Ugulan flog auf einen Haufen unbesetzter Eisenstühle. Die Stühle kippten um und schepperten auf den Steinplatten wie Gongs. Ugulan blieb zwischen ihnen liegen. Als er sich aufs Knie hochzog, hatte sich Worf wie ein lebendiges Fallgitter zwischen Grant und ihn geschoben.

Ein anderer Einzelgänger packte den Arm der Khanty, um sie von dem größer werdenden Problem fortzuziehen, aber sie machte sich wieder frei.

Worf wartete nicht ab, bis Ugulan wieder auf den Beinen stand. Er stürzte sich auf ihn, knallte ihn gegen eine Parkettwand und schlug dabei ein Zierschild von einem Haken. Ugulan verlor seine Kapuze. Er enthüllte einen knochigen Stirnkamm und zeigte eindeutig, daß er ein Klingone war, sofern es daran noch Zweifel gab.

Worf hatte sich an den albernen Zweifel geklammert, doch nun mähte seine Wut seine Unlogik nieder.

Der wütende Ugulan griff in seine Jacke und zückte einen Phaser, der nur Regierungsbeamten vorbehalten war.

Worf wich nicht zurück. »Ach«, sagte er. »Die Einzelgänger von Sindikash verwenden Weiberwaffen?«

Ugulan, allem Anschein nach ein klassischer Blödmann, wie sie überall im Universum vorkamen, ließ sich davon tatsächlich in Wut versetzen. Er sprang auf die Beine, kam auf seinem Gegner zu, steckte den Phaser wieder ein und zog erneut seinen Dolch.

Auch die restlichen Einzelgänger, die die Khanty bewachten, wirkten aufgebracht. Diejenigen, die ihren Phaser gezogen hatte, steckten ihn wieder weg.

»Was ihr auch macht, Jungs«, sagte die Frau, »man sieht es euch schon im voraus an.«

»Lassen Sie uns eingreifen!« sagte ein Wächter.

Mußte sie erst den Befehl dazu geben? Waren Klingonen nicht Klingonen?

»Dann geht, Genzha«, sagte sie.

Zwei Einzelgänger blieben bei ihr, doch die vier anderen eilten zu Ugulan, und alle bauten sich gefährlich vor Worf auf.

Rein äußerlich paßten sie bestens zu den mittelalterlichen Farben Sindikashs – sie wirkten erdverbunden, mürrisch, endherbstlich, und auf ihren Uniformen flakkerten vergoldete Abzeichen aus dem Glimmererz des Planeten. Auch das Backsteinmauerwerk imitierte das Muster der geknüpften Teppiche, für die die Kolonie berühmt war.

Die Backsteine waren auch eine harte Oberfläche, wenn man auf sie fiel. Wenn man auf Sindikash gegen eine Mauer krachte, war es anders als sonstwo. Aus den hiesigen Mauern ragten Zacken. Vorsichtig, damit Ugulan ihn nicht zu fassen bekam, warf Worf ihn und zwei andere Angreifer so fest gegen die Mauer, daß der Aufschlag eine Buntglasscheibe scheppern ließ. Sie kamen zwar alle wieder hoch, waren aber von dem schartigen Gestein zerschrammt und zerschnitten. Hätten doch nur alle Planeten so gut kooperiert.

Die Holographen, die der Khanty und ihrer Garde gefolgt waren, sprangen vor und zeichneten den Moment auf. Einige wagten es sogar, um die Zuschauer herumzugehen oder durch die miteinander ringenden Klingonen zu springen, um Aufnahmen von der abwartenden Odette Khanty zu machen, die alles gelassen beobachtete.

Ein seidener Wandvorhang wehte, als Worf, zwei Einzelgänger fest im Griff, an ihm vorbeizischte. Das Café wurde zu einem Gehusche von Tritten, Drehungen, Ellbogen und Grunzern. Stapel bemalter Tongefäße fielen um und rollten über die Steinplatten. Dazu ertönte das Knacken brechender Knochen. Worf hätte fast innegehalten, um nachzusehen, ob es seine eigenen Knochen waren. Doch dann kam er zu der Schlußfolgerung, daß ein gebrochener Arm ihn nur noch wütender machen konnte und möglicherweise hilfreich war.

Kurz darauf ging ein Einzelgänger stöhnend zu Boden. Genzha trat vor, um seinen gefallenen Genossen aus der Arena zu ziehen, griff jedoch selbst nicht in den Kampf ein.

Worf schlußfolgerte, daß es auch ohne Armbruch gehen mußten und drosch deswegen den Ellbogen ins Gesicht des zweiten Einzelgängers, der sofort die Besinnung verlor. Nun lagen zwei am Boden.

Er wußte, daß die Möglichkeit bestand, sich zu verraten. Wenn die anderen darauf achteten, mußten sie einfach an seinen Bewegungen die Starfleet-Ausbildung erkennen. Er machte nicht nur die systematischen Schritte eines geschulten Klingonen, sondern setzte auch die ungleichmäßigen Elemente der Überraschung, des Angriffs und der Täuschung ein, was dazu führte, daß man seine Technik nie analysieren konnte. Erwartete man von ihm, daß er einen Hieb abwehrte, ließ er ihn durch, wich ihm jedoch aus und machte jede Sehne im Arm des Angreifers zur Minna. Die beiden letzten Einzelgänger kämpften zwar noch, doch sie stöhnten und wankten.

Angetrieben von der persönlichen Beleidigung, die diese Männer für ihn darstellten, packte Worf die beiden zugleich, damit sie keine Gelegenheit bekamen, ihn von zwei Seiten anzugreifen, denn das hatten sie vor. Er fing sich einen heftigen Schlag ein, doch statt zurückzuweichen, zog er beide an sich.

Mit einer Körperbeherrschung, die ihn selbst überraschte, ließ Worf dann seine Arme sinken und blieb still stehen. Seine Schultern sackten herab. Seine Haltung änderte sich. Er hörte auf zu kämpfen.

Da er aufgehört hatte, hatten die beiden Einzelgänger keinen Grund mehr, ihn erneut anzugreifen. Sie blinzelten wie zwei Wölfe, die um einen Hirsch herumfegen, der sich zu fliehen weigert, gafften ihn mit offenem Mund an und schauten zu Odette Khanty zurück. Sie wußten nicht, was sie tun sollten. Der vor Wut frustrierte Ugulan rülpste einen Befehl in klingonischer Sprache. Dann hielten die Einzelgänger den Fremdling fest.

Sie rollten geringschätzig die Augen, da er sie durch seine Aufgabe gedemütigt hatte. Ihnen war eindeutig klar, daß er sich nicht hätte festnehmen lassen müssen.

Sein Plan war erfolgreich. Odette Khanty war von der Szene fasziniert.

Sie trat zwischen ihre zerschrammte Garde und blieb vor dem einzigen Klingonen auf dem Platz stehen, der nicht für sie arbeitete.

»Warum haben Sie aufgegeben?« fragte sie.

Worf steuerte seinen Atem so, daß man den Eindruck gewinnen konnte, er hätte nicht die geringsten Luftprobleme.

»Weil Sie die Ordnung aufrechterhalten müssen«, sagte er so leise, daß kein Zuschauer es hörte. »Werden Ihre Leute nicht gefürchtet, ist es mit der Ordnung bald nicht mehr weit her.«

»Warum haben Sie sich überhaupt auf die Schlägerei eingelassen?«

»Um zu zeigen, daß ich nicht weiche, wenn ich nicht weichen will.«

»Hätten Sie zugelassen, daß man Sie lähmt, wären Sie irgendwann auf der Straße wieder aufgewacht. Nun müssen die Männer Sie verprügeln.«

»Schön.«

»Und nachdem Sie sich erklärt haben, lassen Sie sich zusammenschlagen?«

»Stimmt.«

»Im Mittelalter hätten Sie es gewiß weit gebracht. Im irdischen, meine ich. Wo haben Sie das Kämpfen gelernt?«

Worf spürte, daß sein schwarzes Gesicht leicht errötete. »Ich wollte bei Starfleet einsteigen.«

»Und warum?«

»Einige Klingonen haben behauptet, man kann dort ein tolles Leben führen. Sie wollten zur Flotte. Ich habe sie angespuckt.«

»Die Flotte auch?«

»Täglich.«

»Und warum spucken Sie auf eine Organisation, bei der Sie mitmachen wollten?«

»Ich spucke auf sie, weil sie darauf besteht, daß ich mir von Geringeren sagen lasse, was ich tun soll. Daß ich mich von Leuten kommandieren lassen soll, von denen ich weiß, daß sie mir nicht ebenbürtig sind. Sie lassen nicht zu, daß echte Männer ihre Dinge so regeln, wie es ihnen zusteht.«

»Was ist passiert? Hat man sie rausgeworfen? Warum?«

»Ich habe meinen kommandierenden Offizier diszipliniert.«

Odette Khanty lächelte. Die Vorstellung schien ihr angesichts des zugeknöpften Verhaltens der Flotte zu gefallen.

»Tja, man wird Sie nun wegen Störung des öffentlichen Friedens für eine Weile in Gewahrsam nehmen. Wie heißen Sie?«

Worf sagte nichts.

Die Frau musterte ihn weiterhin, wollte aber nicht noch einmal fragen.

Schließlich wechselte Worf von einem Bein aufs andere. »Ich heiße Worf«, sagte er.

»Na schön, Worf. Vielleicht sprechen wir uns noch einmal.«

Odette Khanty schaute ihre stöhnenden Leibwächter und Ugulan an, der Worf gekränkt und mit finsteren Blicken musterte.

»Bringt ihn ins Hauptstadtgefängnis. Nehmt seinen Freund auch mit.«

»Aus welchem Grund?«

»Aus dem gleichen. Und überprüft seine Geschichte bezüglich der Flotte.«

»Jawohl, Mrs. Khanty.«

»Tja, nun brummen wir. Im Knast.«

Grant, fand Worf, schien ihre prekäre Lage nicht zu beunruhigen.

»Offensichtlich.« Grants Eigenart, das Offensichtliche als eben dies zu kommentieren, war auch etwas, das für Worf schwer erträglich war. Doch vielleicht war das für Grant Offensichtliche für andere nicht offensichtlich. Eine seiner Beobachtungen auf Garlath IV hatte zehntausend Menschen das Leben gerettet.

»Für 'n Knast gar nicht übel. Immerhin gibt's hier 'n Teppich.«

So lebenswichtig Grants Beobachtungen vielleicht auch waren, Worf konnte sich nicht zwingen, ihm zuzuhören. Seine Stimme verblaßte im Hintergrund. Er dachte über das nach, wozu ihn der Eid auf die Flotte und seine private Ehre zwangen: Er hatte willentlich einen Kampf verloren, und das war schlimm genug. Aber gegen Krieger, die dem Ehrenkodex abgeschworen hatten!

Andererseits hatte er dadurch die Beachtung einer mächtigen Frau auf sich gezogen. Ob es ihm dienlich war? Er wollte zwar noch keine Wertung vornehmen, aber er klammerte sich an ihre Worte, daß sie eventuell noch einmal mit ihm reden würde. Er wußte, es war ihm gelungen, ihr Interesse auf sich zu ziehen. Außerdem hatte sie als Leibwächter am liebsten Klingonen um sich. Sie hatte eindeutig große Neugier gezeigt, nachdem er bewiesen hatte, daß er nicht nur gerissener, sondern auch stärker als ihre gegenwärtige Garde war.

Was die Einzelgänger empfanden, wenn er sich ihnen anschloß ... Nun, darum konnte er sich zu gegebener Zeit kümmern.

»Da kommt jemand!« sagte Grant plötzlich.

Worf setzte sich aufrecht hin, lauschte dem leisen Geräusch von Schritten auf dem Steinboden vor der Zelle, lehnte sich vorsichtig zurück und tat so, als interessiere es ihn nicht sonderlich.

In der sanften Beleuchtung des Zellengangs traten Ugulan und zwei seiner Leute ein. Odette Khanty stand zwischen ihnen. Sie war eine selbstsichere Frau und wirkte auf Worf effizient, aber kalt. Sie wirkte persönlich kälter als ihr sorgfältig verbreitetes öffentliches Bild. Sie ging auf das Gitter zu, als wäre es gar nicht da.

Sie schaute Worf an und ignorierte Grant völlig, als sei er nicht anwesend. »Es ist schlimmer, als Sie gesagt haben. Sie haben Ihrem Vorgesetzten den Kiefer und drei Rippen gebrochen.«

Worf zuckte kurz die Achseln. »Ist doch nicht meine Schuld, wenn er so dünne Knochen hat.«

»Was wollen Sie auf Sindikash?«

»Mir gefällt die Architektur.«

Odette Khanty spitzte kurz die Lippen und blies ihre Wangen auf. »Sie sind hier, weil die Flotte momentan hier nicht viel zu sagen hat. Sie sind hier, weil wir in einem schwebenden Verfahren zwischen Föderationsmitgliedschaft und Autonomie sind. Sie wurden nicht aus der Flotte geworfen. Sie sind desertiert. Sie werden gesucht.«

»Wie interessant.«

»Warum sind Sie nicht nach Q'onoS zurückgekehrt?«

Plötzlich war Stille zwischen ihnen. Sie schauten sich an, wie bei einem Duell.

»Haben Sie dort auch Probleme, hm?« fragte Odette Khanty schließlich.

Worf setzte eine grimmige Miene auf. »Viele Klingonen verstehen nicht mehr, daß Autorität unbedingt notwendig ist. Sie haben mit der Föderation einen Vertrag abgeschlossen.«

»Solche Gefühle sind mir nicht fremd.«

»Es ist kein Gefühl. Es ist eine Tatsache.«

»Ja, natürlich.« Sie beobachtete ihn eine Weile. »Sie haben meine Garde verprügelt. Wie haben Sie das gemacht?«

Worf ballte die Fäuste, um sie nicht anzuspucken. Vor ihm stand eine Frau, die eine Möglichkeit gefunden hatte, aus Klingonen ehrlose Lumpen zu machen. Sie waren jetzt nur noch ehrlose Mörder und beschmutzten den Ruf seines ganzen Volkes. Konnte er so tun, als sei er nicht anders als sie?

»Klingonen sind ethnozentrisch«, sagte er. »Sie neigen mehr als andere dazu, sich in jeder Hinsicht für überlegen zu halten. Sie sehen in anderen keine Stärke. Deswegen ist es uns auch so lange nicht gelungen, die Föderation zurückzuschlagen. Aber ich bin über diesen Zwang hinweg. Ich erkenne in den Vulkaniern die Stärke strenger Vernunft. Ich verstehe die Sturheit der Menschen. In Geduld liegt Stärke. In Ruhe liegt Stärke. Ich bin angesichts Ihrer Einzelgänger gelassen und stur geblieben; deshalb habe ich sie besiegt.«

»Ja, indem Sie jene verstanden haben, die Ihre Gegner sind«, sagte sie. »Das verstehe ich. Sehr gut. Es gefällt mir. Man kann Klingonen besiegen, wenn man ihre Schwächen kennt.«

Von der Anerkennung der Frau erschreckt, zwang Worf sich ein dankbares Nicken ab. Er sah die unglaubliche Kälte in ihren Augen, die ihr Unvermögen, eine Waffe zu schwingen, ausglich. Ah, es tat weh, von einem solchen Menschen bewundert zu werden. Es war ihm peinlich, ihre Anerkennung überhaupt erringen zu müssen, aber auch wegen der Einzelgänger, die aus irgendeinem Grund von dieser Frau beherrscht wurden.

»Ich will Ihnen ein Angebot machen. Wie Ihnen aufgefallen sein dürfte, verfüge ich über ein nur aus Klingonen bestehendes Sicherheitsteam. Sie nennen sich ›Einzelgänger‹. Sie haben sich den Namen selbst gegeben. Ich brauche sie, weil ich anderen nicht trauen kann. Nicht, bis sich mein Gatte erholt hat und die Herrschaft wieder antreten kann. Mein Gatte wünscht, daß wir unsere Unabhängigkeit durchsetzen. Und dafür bin ich auch.«

»Sindikash ist eine Föderationskolonie.«

»War. War eine Kolonie. Wir können uns jetzt selbst erhalten. Wir Seniarden sind Pioniere. Wir alle sind ehemalige Bewohner der Erde, meist aus Süd- und Osteuropa. Wir sind ein sehr zähes Volk, wir möchten eine eigene Identität haben. Der Vizegouverneur will uns diese Chance nicht zugestehen. Da der Gouverneur krank ist, muß ich mich allein gegen jene durchsetzen, die den Traum meines Gatten vernichten wollen.«

»Glauben Sie, der Vizegouverneur hat das Attentat auf ihren Gatten befohlen?«

Die Frau verharrte. »Sie nehmen kein Blatt vor den Mund, was?«

»Nein.«

»So was weiß ich zu schätzen. Sie sollten sich in den nächsten zwei Stunden überlegen, ob Sie den Einzelgängern beitreten möchten. Wenn ja, kann ich Ihnen Schutz vor der Flotte anbieten.«

»Kann ich den Menschen da als Assistenten haben?«

»Wofür brauchen Sie einen menschlichen Assistenten?«

»Er hat mir mal das Leben gerettet. Ich bin ihm etwas schuldig.«

Odette Khanty schien dies aus irgendeinem Grund zu gefallen. »Ich schätze, Sie können alles haben, was Sie wollen. Die Einzelgänger sind sehr unabhängig. Wir schätzen hier Unabhängigkeit sehr. Aber eins muß Ihnen klar sein: Ich brauche Loyalität. Wer mich betrügt oder Zusagen an mich nicht einhält, muß dafür geradestehen. Doch wer mir treu ist, wird reich belohnt.«

Worf beäugte sie. »Und was passiert, wenn Sie Ihren Teil der Abmachung nicht einhalten?«

Die Frau schaute ihn an, und sie war plötzlich so kalt wie die Wand.

»Dann dürfen Sie mich umbringen«, sagte sie. »So lautet die Abmachung.«

Wir lagen vor Madagaskar,
und hatten die Pest an Bord;
in den Kesseln da faulte das Wasser,
und täglich ging einer über Bord.

4

Bevor Worf nach Sindikash gegangen war, hatte er den Captain noch um einen Gefallen bitten müssen.

»Captain?«

»Mr. Worf? Ist noch was?«

Worf trat ins Besprechungszimmer des Captains und kam sich vor, als beträte er einen Tunnel.

»Ich habe …«

»Ja?«

»… eine Bitte, Sir.«

Der Captain legte den Datenblock nieder, an dem er gearbeitet hatte. Irgendeine schiffsinterne Sache. »Hat es etwas mit dem Unternehmen zu tun? Haben Sie etwas nicht verstanden, oder ist Ihnen etwas unangenehm?« fragte er.

»Nein, Sir, nichts Derartiges.«

»Ist mit Ross Grant alles in Ordnung? Haben Sie ihm das Unternehmen erläutert?«

»Er wußte das meiste schon, Sir«, sagte Worf. »Ihm machen solche Dinge Spaß.«

»Ach, ich kann's ihm nicht verübeln. Er hatte auf mehreren Planeten großen Erfolg. Er ist ziemlich findig, wenn es darum geht, Computerspuren aufzunehmen.« Der Captain verharrte, und seine Stimme wurde freundlich. »Ich freue mich, daß Sie Gelegenheit haben, Zeit mit einem Freund Ihrer Familie zu verbringen. Ich hoffe, Sie erweisen sich als wirkungsvolles Team.«

Worf, der sich komischerweise ziemlich klein auf dem glatten funktionellen Büroteppich vorkam, trat von einem Bein aufs andere und nickte in stummem Einvernehmen. Dann zwang er sich, die Sache in Angriff zu nehmen, derentwegen er hergekommen war.

»Sir, ich habe eine private Bitte.«

Picard legte den Kopf schief.

»Ja?«

»Nächste Woche ist der klingonische Tag der Ehre.«

»Ach, ja. Donnerstag.«

Worf räusperte sich rasselnd und nickte. »Unsere Beobachtungsperiode dauert knapp vier Tage.«

Der Captain beugte sich vor und stützte sich mit einem Ellbogen auf dem Schreibtisch ab. Er verstand sofort. »Und Sie werden dann nicht hier sein.«

Worf ließ erleichtert die Schultern sinken. Er zuckte sogar die Achseln. »Es ist das erste Mal für Alexander, daß er diesen Tag nicht als einen erlebt, an dem ihm Geschichten erzählt werden. Er ist nun zwölf Jahre alt. Das heißt, er muß nun anfangen, die Geschichte des Tages der Ehre zu studieren, um genau zu verstehen, was Ehre und Respekt vor der Ehre eines Gegners bedeuten.«

»In der klingonischen Bedeutung des Wortes oder in der menschlichen, Worf?«

»Wie bitte, Sir?« Worf hielt inne, überdachte schweigend ein paar Dinge und beschloß dann, seine Meinung zu sagen. »Es gibt nur eine Ehre, Sir.«

Picard lächelte, was selten genug vorkam. »O nein. Nein, auf keinen Fall. Wie oft haben Sie den Begriff ›klingonische Ehre‹ gehört?«

»Ich bin doch nicht als Klingone aufgewachsen. Meine Adoptiveltern haben zwar ihr Bestes getan, damit ich die Kultur meiner Herkunft kennenlerne, aber ich bin auf viele Diskrepanzen in der tatsächlichen

Praxis dessen gestoßen, was es heißt, Klingone zu sein. Alexander wurde zwar auch nicht als Klingone erzogen, aber ich habe mich bemüht. Ich möchte wenigstens, daß er mit der Initiation vertraut wird.«

Der Captain lehnte sich zurück. »Das beantwortet meine Frage zwar nicht, aber was ist eigentlich Ihre Bitte?«

Worf zögerte und schüttelte einen quälerischen Zweifel ab. Hatte er einen Fehler gemacht? Nahm er sich etwa zuviel heraus?

Hatte ihn Ross Grants Anwesenheit an Bord zu dem Fehlschluß verleitet, daß er sich auf seine Kameraden und den Captain in jedem unangenehmen Moment als Freunde verlassen konnte?

Seine Wangen und Augen röteten sich.

»Vielleicht sollte ich es lieber lassen«, sagte er. »Wenn Sie mich entschuldigen wollen …«

»Nein, ich entschuldige Sie nicht«, wandte Picard ein. »Sagen Sie mir, was Sie möchten.«

Was bin ich doch für ein Schwächling. Er kennt mich einfach zu gut.

Worf, der nun wußte, daß er in der Falle saß, ballte die Fäuste, rang mit sich – und verlor. Na schön, es gab keinen Ausweg mehr.

Er holte Luft.

»Da Sie mehr über die klingonische Kultur wissen als die meisten anderen an Bord, mit dem Aufbau der klingonischen Regierung vertraut sind und etwas über unsere Geschichte wissen, wäre mir …«

»Ja?«

»Wäre mir daran gelegen …«

Picard lächelte reserviert, und Worf verschmolz vor Verlegenheit fast mit dem Boden.

Der Captain hörte auf zu lächeln. »Sie möchten, daß ich Alexander durch den Tag der Ehre begleite.«

Worf spürte, daß sein Rückgrat zuckte, aber es gelang

ihm, den Sturm, der durch sein Innerstes raste, so lange im Zaum zu halten, bis ein »Jawohl, Sir!« aus seinem Mund kam.

Jean-Luc Picard stand auf. Er trat vor das Panorama des offenen Weltraums, das durch die großen Aussichtsfenster hinter dem Schreibtisch zu sehen war, und blickte einen Moment lang hinaus. Er schaute in die Richtung, in der Sindikash lag. Der Planet, der am Sternenhorizont leuchtete, war nur ein schimmernder Punkt. Selbst seine Sonne war aus dieser Ferne kaum auszumachen; sie wurde von mehreren Sternnebeln und einem Asteroidengürtel verdeckt.

»In Bezug auf mich haben Sie recht, Mr. Worf«, sagte er einige Sekunden später. »Ich fühle mich in Gesellschaft von Kindern *wirklich* unbehaglich. Mir erscheinen sie als fremdeste Lebensform überhaupt. Und der erste Tag der Ehre eines Kindes ist wohl etwas Ähnliches wie eine Konfirmation oder dergleichen. Als Vater des Jungen ist es eigentlich Ihre Aufgabe, ihm klarzumachen, daß er bald erwachsen ist.«

Worf spürte, daß sich seine Beinmuskeln spannten, und er bemühte sich, den Druck zu verarbeiten. »Das weiß ich, Sir. Ich wäre ja auch lieber hier bei ihm, aber falls diese Abscheulichkeiten wirklich von Klingonen begangen wurden, habe ich eine besondere Verpflichtung. Ich habe mich dazu gemeldet, und nun muß ich es durchstehen.«

»Ja, Mr. Worf, das müssen Sie. Dies ist wieder mal einer der Tage, an denen einem auffällt, wie schwer wir es uns gemacht haben, Familienangehörige auf Raumschiffen zuzulassen. Es lenkt die Aufmerksamkeit der Besatzung ab, die sich konzentrieren muß. Außerdem macht es uns unsere eigene Sterblichkeit und den Preis bewußt, wenn wir unser Leben aufs Spiel setzen. Aber wir *müssen* unser Leben riskieren. Es ist einfach unsere Pflicht.«

»Genau das werde ich tun, Sir«, krächzte Worf. »Es ist mir bewußt.«

Der Captain nickte. Er schien die Situation zu verstehen.

»Ich werde alles für Alexander tun, was ich kann«, versprach er. »Aber vergessen Sie nicht, daß ich mit den Problemen von Kindern oft nicht so gut zurechtkomme. Ich bin zwar mit einigen Dingen der klingonischen Kultur vertraut, aber ich weiß nicht, ob ich die Hilfe bin, die Sie von mir erwarten.«

Worf hatte sein Leben lang immer wählen müssen und war jedesmal von Zweifeln geplagt gewesen. Doch nun fühlten er *und* der Captain sich unbehaglich. »Machen Sie das Beste aus Ihrem Unternehmen, Mr. Worf«, beendete der Captain das Gespräch. »Und seien Sie versichert, daß ich das Beste aus meinem mache.«

»Alexander, das kann ich einfach nicht hinnehmen!«

»Aber Sie haben gesagt, ich kann mir etwas aussuchen.«

»Weil ich dachte, du wählst die klingonische Geschichte. Nicht die menschliche!«

»Sie haben gesagt, ich kann mir irgend etwas aus der Geschichte meiner Ahnen aussuchen. Und ich bin zu einem Viertel Mensch!«

»Aber der amerikanische Unabhängigkeitskrieg?«

»Damals haben meine Vorfahren gelebt! Sie haben gesagt, ich kann einen meiner Vorfahren auswählen!«

»Ja, ich weiß, was ich gesagt habe …«

»Meine Großeltern haben mir das Programm zum ersten Tag der Ehre geschickt. Es gehörte meiner Mutter. Sie haben es von ihren menschlichen Verwandten auf der Erde bekommen.«

»Aber warum ein Erlebnis aus der Menschheitsgeschichte?« Picard mußte den Kanonenbeschuß überschreien. »Es ist doch ein klingonischer Feiertag!«

»Das weiß ich«, schrie der Junge zurück. »Da es Captain James T. Kirk und der Dahar-Meister Kor waren, die den Tag der Ehre begründet haben und menschliches und klingonisches Blut in mir ist, glaube ich, daß ich eins von beiden wählen kann!«

Picard duckte sich unter einem peitschenden Tau. »Nun ja ...«

Der Junge packte seinen Arm. »Sie werden es doch nicht abschalten, oder? Bloß weil irgendein Schiff angreift?«

»Nicht wegen des Angriffs ... Aber das Programm ist sehr alt und richtet sich nicht nach den Sicherheitsbestimmungen der heutigen Programme.«

»Das ist doch nicht meine Schuld. Die Großtante meiner Mutter hat dieses Tagebuch vor über fünfzig Jahren zu einem Holoprogramm verarbeiten lassen. Sie hat es von ihrer Urgoßmutter. Das Tagebuch befindet sich im Besitz der Familie seit ...«

»Ja, ich weiß. Seit 1777!«

»Sie haben gesagt, ich kann mir was aussuchen! Sie haben es *gesagt*!«

»Ich hab's gesagt.«

Jean-Luc Picard hielt sich an der Reling eines alten Segelschiffes fest, seine Hände umfaßten ein Wirrwarr von Sisaltauen, die von Belegnägeln herabhingen, und er fragte sich, wie Kinder überhaupt überleben konnten, wenn sie eine derart konkrete Vorstellung von Recht und Unrecht hatten und man etwas einmal Gesagtes nicht mehr zurücknehmen konnte.

Er hatte es *wirklich* gesagt. Er hatte Alexander erlaubt, den Kampf eines Vorfahren um die Ehre auszuwählen und sich darauf vorzubereiten, ihn zu studieren. Er hatte erwartet, daß der Junge sich einen klingonischen Ahnen aussuchte, irgend etwas aus jüngster Zeit, mit dem er selbst irgendwie vertraut war.

Ein Offizier in blauer Uniformjacke lief an Picard vorbei und eilte mittschiffs. »Kanonen nachladen und ausfahren! Bitte einen Schuß zur Prüfung der Entfernung, Mr. Nightingale! Toppsegel klarmachen! Klar zum Brassen! MacCrimmon, schräg zur Wetterseite, Sie Idiot! Wollard, die Hauptbrasse kollidiert! Leeseite! Rauf in die Wanten mit euch!«

»Aye, Sir!«

»Alle Mann Schiff halsen!«

Picard schaute auf, als drei Männer an den Stütztauen der mittleren Mastes – des Hauptmastes – hinaufkletterten. Er hatte sich zwar auch schon in diesem Teil der Geschichte herumgetrieben, auf Segelschiffen und dergleichen, aber die für Menschen seines Alters produzierten Holoprogramme hatten eine eingebaute Sicherung. Er konnte den Befehl geben, das Schiff zu halsen und dann eine falsche Leine ziehen, und das Scheinschiff würde es irgendwie ausgleichen.

Dies war jedoch kein narrensicheres Programm. Ihm lag das Tagebuch einer echten Reise zugrunde. Picard fand, daß es sogar anders roch als die Unterhaltungsprogramme.

Rauch wirbelte wie ein Rudel spanischer Tänzer durch den infernalischen Lärm des Kanonendonners. Der Junge neben ihm war schlauer gewesen, als Picard erwartet hatte.

Statt am Tag der Ehre sein klingonisches Erbe zu studieren, hatte er einen Verwandten aus seinem tief vergrabenen menschlichen Erbe ausgesucht und ihm Holobänder gegeben, die vor langer Zeit nach den Aufzeichnungen seines Ahnen dramatisiert worden waren.

Und nun waren sie hier, duckten sich am Bug eines Kriegsschiffes, über ihnen knatterten die Segel, und ganz in der Nähe riefen Trommeln zur Schlacht.

Er wußte nicht einmal, um welche Schlacht es sich handelte. Das Jahr: 1777. Der amerikanische Unabhängigkeitskrieg.

»Nicht gerade die Periode, über die ich besonders viel weiß«, murmelte er. Der Schweif des Kanonenrauchs erstickte seine Worte. »Hast du keine Verwandten aus der napoleonischen Zeit?«

»Was?« Alexander duckte sich neben ihm und zuckte beim Lärm der schweren Artillerie zusammen. Ein klingonischer Junge paßte einfach nicht zur umherwimmelnden menschlichen Besatzung. Doch dies war ein Computerprogramm; die Mannschaft würde ihn als Menschen sehen.

»Warum hast du gerade dieses Programm ausgesucht?« fragte Picard erneut. »Der Tag der Ehre ist doch eine klingonische Einrichtung.«

»Ich habe mein Leben lang vom Ehrbegriff der Klingonen gehört«, sagte Alexander. »Weiche nicht zurück, suche dir starke Gegner aus, kämpfe und stirb im Kampf. Es muß doch noch etwas anderes geben. Ich wollte meinen menschlichen Hintergrund kennenlernen. Vielleicht entdecke ich etwas Neues.«

»Vielleicht.« Picard packte die Taue neben seinem Kopf und zog sich auf die Beine, dann beugte er sich über die lasierte Reling und schaute nach unten. Die Buchstaben auf dem Namensschild waren eingeschnitzt und ausgemalt. *Justina.*

Dann schaute er zur Takelage hoch und hielt nach den hin und her rennenden Fähnrichen Ausschau, die die Masttopps hißten. Dort, exzentrisch in den Schwankbewegungen des Schiffes wippend, hing die unverwechselbare Fahne mit den weißen Linien, dem blauen Hintergrund und den roten Streifen. Die H.M.S. *Justina.*

Er suchte das Deck ab. Es sah so aus, als sei das Schiff fünfzig Meter lang und verfügte oberhalb der Wasserlinie über mindestens zwei Decks. Nicht besonders groß, auch nicht für diese Epoche. Es hatte drei Masten. Keine Brigg. Mußte irgendeine Fregatte sein.

Doch an welcher Schlacht nahmen sie teil? War es eine kritische Begegnung? Etwa die Schlacht um Long Island?

Er verwünschte sich, weil er nicht viel über die Schlachten der britischen Marine im Unabhängigkeitskrieg wußte. Er hätte fast eine Programmpause aufgerufen, um hinauszugehen und sich noch etwas darüber zu informieren.

Aber andererseits war dies keine Grundschule, und die Lehre war ja auch nicht für ihn bestimmt.

Nur die untersten Segel, die größten, waren gehißt. An der Vorderseite des Schiffes waren drei dreckige Segel, die bis zum Bugspriet hinausreichten. Vielleicht waren es auch mehr, aber er wußte es nicht genau.

Von Salzflecken und Schweiß bedeckte Seeleute wimmelten wie Insekten überall an Bord herum. Jeder kümmerte sich um spezielle Aufgaben. Die meisten waren mit den Kanonen an der Backbordseite beschäftigt, die auf das feindliche Schiff gerichtet waren. Auf dem über eine Treppe erreichbaren Deck am Heck – es mußte das Quarterdeck sein – beobachteten mindestens zwei Offiziere den Kampf und riefen der Geschützmannschaft und dem Rudergast Anweisungen zu. Auf den Quarterdeck standen mehrere Männer aufgereiht, die offenbar andere Aufgaben hatten. Sie trugen rote Uniformjacken und bearbeiteten langläufige Flinten. Sie feuerten selbsttätig, legten in fast entspannter Stimmung an, suchten Ziele auf dem anderen Schiff aus und luden ihre Waffen nach, um wieder von vorn mit der Prozedur anzufangen.

»Marineinfanterie«, murmelte Picard. »Scharfschützen. Wie interessant. So was habe ich wirklich noch nicht oft gesehen.«

Er hatte des öfteren Angehörige seiner Mannschaft aus Spaß abkommandiert, damit sie auf dem Holodeck die ›Besatzung‹ eines Segelschiffes in entsprechender Umgebung spielten.

Doch dieses Programm hatte eine eigene Mannschaft,

eigene Waffen und eine eigene Art Wirklichkeit. Wer es auch geschrieben hatte, er hatte ausgezeichnete Arbeit geleistet und die Tagebucheinträge gewissenhaft mit historischen Quellen und Verweisen gespickt. Soweit es möglich war, war das, was sich hier abspielte, tatsächlich vor Jahrhunderten passiert.

Alexander schaute über die Backbordreling zu dem anderen Schiff hinüber und keuchte auf. »Das Schiff da beschießt uns mit *Lärm*!«

Picard folgte seinem Blick, ohne ihn zu verstehen.

Das andere Schiff war zwar kleiner als das, auf dem sie sich aufhielten, schien aber manövrierfähiger zu sein, denn es drehte sich auf dem hellen graublauen Wasser, als werde es von unten von einem Korkenzieher bewegt. Es raste ihnen entgegen, schwenkte herum, um seine nachgeladenen Kanonen dwars auszurichten, und war nun sehr nahe, kaum mehr als fünfzehn Meter. Gefährlich nahe.

KA-WUMM! Eine Rauchwolke tauchte neben dem Achterdeck auf.

»Es ist *nicht nur* Lärm«, sagte Picard. »Es sind Kanonen. Sie schießen ...«

Puff. Das rechteckige Segel über ihnen implodierte, schüttelte sich und kämpfte darum, die Form der Brise wieder anzunehmen, doch nun zeigte sich in ihm ein fast meterlanger zitternder Riß.

»Kanonenkugeln«, sagte Picard. Wie erklärte man so was? »Dicke Eisenkugeln, die von ... von schweren Eisenrohren abgefeuert werden.«

»Und was können sie?« Alexander schaute nach oben. »Treffen sie nur das Schiff? Reißen sie Löcher in die Laken da oben?«

»Sie können eine Menge, wenn ich mich nicht irre.« Picard schaute sich um. »Sie können Holz zerschmettern, Taue zerreißen und Menschen töten. Und die Laken da nennt man Segel.«

Er spürte, daß das Schiff unter ihm bockte, und drückte sich fester an die Reling, während die Besatzung auf dem Vordeck weiterhin hin und her lief. Einige riefen etwas, andere konzentrierten sich darauf, die abgefeuerten Kanonen neu zu laden. Einige mußten über die Reling klettern, um dies zu tun. Der Gestank des letzten Beschusses wogte über Picard und den Jungen dahin und ließ beide husten, bis ihnen der Brustkorb weh tat.

Eine heranwehende Brise tat ihren stechenden Lungen und Augen gut. Picard öffnete die Augen gerade rechtzeitig, um etwas zu sehen, das er für einen Schwingbaum hielt – einen schweren hölzernen Schaft, an dem ein Toppsegel befestigt war. Dann, als hätte der gigantische Schaft mitten durch seine Brust gestochen, erkannte er, daß er in Wirklichkeit das Bugspriet des angreifenden Kolonistenschiffes sah, das binnenbords über die Backbordreling der *Justina* schwang!

»Gütiger Gott!« stieß er hervor.

Seine Stimme war im teuflischen Kratzen des Ankerbojenklöppels und der Ketten des anderen Schiffes, die gegen Reling und Schanzkleid schlugen, kaum zu hören. Sie waren zusammengestoßen!

Für Picard, den Kommandanten eines Raumschiffes, war eine Entfernung von hunderttausend Kilometern ›nah‹. Aber nicht hier. Hier war ›nah‹ ein paar Zentimeter. Als die beiden sich bekämpfenden Schiffe schwer aufeinanderprallten, sich hoben, daß einem übel werden konnte, setzte er alles daran, eine möglichst gute Position zu erreichen. Ohne Triebwerke gab es keine Möglichkeit, dem Kurs des angreifenden Schiffes auszuweichen und es aus den Wanten der *Justina* zu entfernen.

Eine schreckliche Salve ploppender Geräusche kam von dem anderen Schiff, und mehrere Infanteristen auf Picards Seite fielen plötzlich tot oder tödlich verwundet um. Auch das andere Schiff verfügte über eine Menge Scharfschützen!

»Bleib unten, Alexander!« rief er.

»Aber sie können uns doch nichts tun«, sagte der Junge protestierend. »Es ist doch nur ein Holoprogramm!«

»Ich bin mir dessen nicht sicher. Tu, was ich dir sage.«

Unter ihnen hob sich unstet die See, schob die *Justina* in ein Wellental und ließ das andere Schiff auf einer Woge aufsteigen. Der Bug des Gegners wurde in Picards Augen tausendmal größer, als es sich erhob. Der Rumpf war schmal und flach, der Bug spitz, die Masten neigten sich in einem Winkel, der das Schiff aussehen ließ, als wolle es bei zehn Knoten stillstehen. Es hatte eine andere Takelage – die Segel waren nicht quadratisch und senkrecht zum Schiffskörper gesetzt, aber zahlreicher. Sie waren im Verhältnis zum Schiff größer und knatterten stromlinienförmig vom Bug zum Heck.

Picard erkannte es – die Takelage eines amerikanischen Schoners. Er würde irgendwann für seine Einfachheit und Schnelligkeit berühmt werden. Doch momentan gab es das Wort Schoner noch nicht mal.

Das Namensschild des Feindes kroch in die Höhe und kam hinter den Maststützen der *Justina* hoch. Wie nannte man sie doch gleich? Picard erkannte plötzlich die Identität des Angreifers. *Chincoteague.*

Ein amerikanisches Schiff. 1777 mußte es von Kolonisten bemannt sein, die sich unabhängig erklärt hatten und nun einen Krieg um die letzte Entscheidung ausfochten.

Das drei Meter lange Bugspriet der *Chincoteague* schlug heftig und unregelmäßig gegen einen Mast der *Justina,* und beide Schiffe wankten. Der Bug des Kolonistenschiffes schrammte über die Seite der *Justina* und schliff Farbe und Holz ab. Der betäubend laute Kanonendonner verstummte für einen Moment. Man hörte zwei, drei Knallgeräusche vom Heck des britischen Schiffes. Das amerikanische Schiff konnte nicht feuern, da seine Kanonen jetzt nicht auf den Gegner zielen konnten, denn sein Bug drückte sich in die Seite der *Justina,* und dort standen allem Anschein nach keine Geschütze. Es wäre schon in Ordnung gewesen – wenn man davon absah, daß die beiden Schiffe sich in Sägemehl verwandelten, wenn man ihnen gestattete, sich weiterhin aneinander zu reiben.

»Tja, das Schiff kommt nicht weiter, was?« Picard richtete sich auf, kletterte zunächst auf die Reling, dann weiter hinauf in die Wanten und klemmte sich mit den Beinen daran fest. Dann packte er die Ketten des anderen Schiffes mit den Händen und zog mit aller Kraft.

Er hatte das Gefühl, mit bloßen Händen einen Berg vor sich herzuschieben. Die beiden Schiffskörper knirschten mit unvorstellbarer Kraft gegeneinander. Das Bugspriet der Amerikaner rieb sich wieder fest am Mast und drehte sich, als wolle es sich vom eigenen Bug lösen und schrammte über das Deck der *Justina.* Picard zog weiter.

»Was machen Sie da, Captain?« rief Alexander von unten.

»Nenn mich lieber nicht Captain«, erwiderte Picard. »Wir wissen doch nicht, welchen Dienstgrad ich habe.«

»Ach ...« Der Junge schaute sich um; er wollte sich wohl Klarheit darüber verschaffen, wie real ein Hologramm sein konnte.

Picard wußte aus Erfahrung – aus schlechten Erfahrungen –, daß schrullige Hologramme dieses Alters weitaus weniger gut zu handhaben und mehr aufs Mitmachen ausgerichtet waren als die Technik der Gegenwart. Und daß manches schiefgehen konnte.

Er stemmte erneut seine Beine gegen das Deck und zog an den Ketten. Plötzlich wich die *Chincoteague* gute zwei Meter zurück. Er packte einen anderen Teil der Kette und zog noch einmal.

»Hände weg, Rotrock!«

Picard schaute verblüfft zur Seite. Am Bug des Kolonistenschiffes zielte ein grob aussehender Seemann mit einer Steinschloßpistole auf seinen Kopf. Grob war er, ja, aber unter der Tünche von Wagemut und Geringschätzung war er höchstens zwanzig Jahre alt.

Picard zog weiter. »Wir müssen sie auseinanderkriegen, sonst drängen wir uns gegenseitig ins Meer! Wollen Sie das etwa?« Ohne auf eine Antwort zu warten, griff er nach unten, schnappte ein Stück Tau von einem Splint und warf sie dem Kolonisten zu. »Und jetzt fang an zu ziehen, Junge! Wir müssen den Winkel unseres Schiffes ändern!«

Das Tau wurde rasch an einem Splint befestigt und blieb vertäut. Der Soldat erbleichte, steckte die Pistole in seinen Gürtel und tat, was man ihm aufgetragen hatte. Er stemmte beide Beine gegen den Bug des Schiffes und zog.

»Wenn wir damit fertig sind«, rief der Seemann, »erschieße ich Sie, Sir!«

»Ist besser als ertrinken«, rief Picard zurück.

Sir. Nun, er schien also einen *Offiziersrang* haben. Er hatte sich bisher nicht mal die Mühe gemacht, sich seine Uniform anzusehen.

»Captain?« Alexanders Knubbelkopf tauchte unter Picard auf.

»Bleib unten. Und nenn mich nicht Captain.« Picard erhielt den Druck auf die Bugsprietketten aufrecht, doch nun zitterten seine Arme. Doch das Schiff – die *Chincoteague* – bewegte sich!

Vielleicht bewegte sich auch die *Justina* unter ihm – durch die vereinte Kraft seines Tuns und des Tauziehens des Soldaten auf dem anderen Schiff. Die *Justina* schwang träge herum, und die Schiffe gerieten nun

Seite an Seite. Dies erlaubte es dem Bugspriet der *Chincoteague,* ihr Tänzchen mit dem Fockmast der *Justina* zu beenden und in der Takelage frei auf und ab zu wippen.

Mit Unterstützung der Wogen und des erschlaffenden Windes fuhr das Bugspriet des Kolonistenschiffes einen weiteren Meter zurück. Es wich aus, setzte sich wieder in Bewegung und schwebte diesmal ganz ins Freie. In einer surrealen Bewegung entfernte sich das andere Schiff weiter. Sein Rumpf drehte querab; die Kanonen fingen wieder an zu krachen.

Seinem Versprechen getreu ließ der Seemann auf der *Chincoteague* das Tau fallen, das die Schiffe miteinander verbunden hatte, ließ von der Reling ab, sprang an Deck und zückte erneut seine Pistole. Er zielte so genau auf Picard, wie das Auf- und Niederwippen des Schiffes es ihm erlaubte, doch plötzlich trieb die *Chincoteague* zurück und wurde von einer dichten Pulverdampfwolke eingehüllt. Der Seemann konnte nicht mehr zielen. Er schoß einfach ins Blaue und traf natürlich nichts.

»Rauchwolken, das ist es!« schrie Picard in Siegerlaune und packte die Taue, die die Masten seitlich hielten. Dann griff er in die Wanten. »Und Wanten! Ja, natürlich! Ach, das waren noch Zeiten! Manchmal wünsche ich mir, wir hätten so was auch auf der *Enterprise*!«

Was für ein lächerlicher Gedanke.

»Und warum haben wir keine?« fragte Alexander und tauchte neben ihm auf.

»Weil wir keine Masten haben, die gestützt werden müssen. Wenn du mal hier raufschaust, erkennst du, wozu sie nützlich sind.«

Alexander reckte den Hals, um sich das Gewimmel aus Tauen und Seilrollen anzuschauen. »Auf diesem Schiff gibt es viele Dinge. Wissen Sie, wozu man die alle braucht?«

»Nein, nicht alle«, gab Picard zu. »Ich habe mich

zwar schon mal in dieser Epoche umgeschaut, aber richtig *gearbeitet* habe ich nie daran. Ich habe mich mehr auf die Taktiken konzentriert, die man damals bei Seeschlachten angewendet hat, nicht auf die Einzelheiten des Segelns. Vielleicht ist jetzt die richtige Gelegenheit, um ...«

Seine Worte gingen im Kanonendonner unter, denn nun feuerte gleich ein halbes Dutzend Geschütze aus erschreckender Nähe. Der kurze Tanz der *Chincoteague* mit der *Justina* hatte es beiden Schiffen erlaubt, die Kanonen neu zu laden und abzufeuern. Nun hatten beide das Feuer wieder eröffnet.

Picard duckte sich instinktiv und schob Alexander nach unten, denn das Schiff bebte unter den Treffern. Das Geräusch brechenden Holzes klang so abscheulich wie das von splitternden Knochen, und die Luft wurde vom Geschrei der Sterbenden auf dem Kanonendeck unter ihnen zerrissen.

Alexander schlüpfte unter Picards Arm hervor und schaute sich an Deck um, dann holte er plötzlich tief Luft und zitterte. Keine fünf Schritte entfernt lag ein Seemann keuchend und bebend im Sterben. Er hob elend den Kopf und schaute an sich herab. Sein Körper war von den Splittern des zersiebten Schanzkleides durchlöchert. Eine Kanonenkugel hatte das Schiff zwischen Deck und Reling durchschlagen und den armen Mann auf Dutzende spitzer Splitter gepfählt. Dann war sie übers Deck gerollt und durch eine Lücke, die sie auf der anderen Seite durch die Reling geschlagen hatte, ins Wasser gefallen. Picard hörte noch jetzt das Wasser zischen, wo die heiße Kugel aufgeschlagen war. Aus dem Wasser stieg eine Rauchsäule auf.

Alexander bemühte sich, wieder zu Atem zu kommen, als er den armen Kerl, so voller Splitter, sterben sah. Er war ein Junge, der in einem Zeitalter lebte, das mit Waffen vorsichtig hantierte und auf Distanz kämpfte. Ja, er entstammte zwar einer Kultur, die Zweikämpfe schätzte, aber die Geschichten, die Klingonen erzählten, und das tägliche Leben unterschieden sich sehr. Heutzutage wurde wirklich nicht mehr so viel Blut vergossen.

Doch hier floß Blut, und zwar in Massen. Der Sterbende schaute Alexander in einer grauenvollen, letzten Bitte an, und Picard merkte, daß dies alles den Jungen schwer mitnahm.

»Barbarisch...« Picard fächelte den schwefelhaltigen, von den Kanonen der *Justina* aufsteigenden Rauch beiseite und lugte durch die grauen Wolken zu dem anderen Schiff hinüber.

Der Rumpf war oberhalb der Wasserlinie an mehreren Stellen durchlöchert. Die obere Hälfte des Fockmastes war wie ein Zweig abgebrochen, zur Seite geknickt und hing nun in der Takelage fest. Doch der gebrochene Mast wurde rasch von ruß- und blutverschmierten Männern aus dem Weg geräumt.

Es war alles sehr nah und unmittelbar – sehr persönlich. Nicht wie eine Schlacht, die man an Bord eines Raumschiffes erlebte, dessen Gegner sich ein halbes Sonnensystem entfernt aufhielt. Ob Hologramm oder nicht, alles basierte auf den detaillierten Tagebuchnotizen eines Menschen, der dabeigewesen war, der diesen Tag des Jahres 1777 erlebt und das Blut und den Schweiß sogar bei der Niederschrift noch hatte riechen können.

Wer war dieser Mensch gewesen? Wer war Alexanders Vorfahr?

Jemand von der Geschützmannschaft? Ein Offizier? Jemand aus den Reihen der rotgekleideten Marineinfanteristen, die gerade ihre Flinten anlegten?

Als die Schützen alle zugleich in kalter Übereinkunft ihre Salve abfeuerten, zuckte Alexander neben ihm zusammen. Ein Geschoßhagel regnete auf das andere Schiff herab. An Deck wurden Schreie laut, und die *Chincoteague* gab ihre Angriffshaltung auf. Sogar aus der Ferne konnte Picard erkennen, daß das Ruder sich drehte. Der Rudergast war niedergemäht worden; nun mußte jemand aus seiner Umgebung seine Stelle einnehmen.

Er seufzte mitfühlend und verdrängte den lächerlichen Impuls, auf das andere Schiff zu springen und bei der Steuerung zu helfen.

Plötzlich fiel ihm auf dem Hauptdeck ein Tumult auf. Drei Männer in dunkelblauen Offiziersjacken gesellten sich eifrig zur Geschützmannschaft, denn eine Schiffskanone war mitsamt der Lafette umgekippt, und man brauchte die Kraft einer ganzen Reihe von Männern, um das eiserne Ungeheuer wieder aufzurichten.

Es mußten die Kommandooffiziere sein. Picard sah in ihren Bemühungen die langen Jahre, die sie auf Schiffen verbracht hatten. Sie sahen nicht im geringsten so aus wie er selbst bei den früheren geschichtlichen Holoprogramm-Ausflügen. Ihre Uniformen waren zerfetzt, von Schießpulver und Holzsplittern übersät. Die Wolle spannte sich um ihre Muskeln, als sie mit aller Kraft gegen die Kanone drückten und nicht weniger leisteten als die Decksmannschaft. Langsam bewegte sich das schwere Geschütz.

Es war gewaltig. Was so ein Ding wohl wiegen mochte? Fünfzehnundert Pfund? Unter der schweren Last des eisernen Rohrs wurde ein spitzer Schrei laut. Irgendeine arme Seele war unter dem Ding eingeklemmt und lebte noch!

Die Decksmannschaft und die Offiziere hoben die Kanone etwa fünfunddreißig Zentimeter an, doch diese Bemühung benötigte alle Männer, die sich in diesem Bereich des Schiffes aufhielten. Niemand wagte es, sie loszulassen, um den Verletzten herauszuziehen. Einen Moment lang wankte die Gruppe, als der unglückliche Matrose schrie und versuchte, sich aus der von Menschenhand gemachten Falle zu befreien.

»Ich kann ihn rausziehen!« piepste Alexander und eilte an Picard vorbei.

Ein anderer Mann der Kanonenmannschaft schwenkte ein kupfernes Messer in der einen und hielt Alexander mit der anderen Hand fest.

»Du willst doch nicht aufs Hauptdeck, Kleina, wat?« bellte er, wirbelte Alexander herum und versetzte ihm einen festen Stoß. »Kennze de Vorschriften nich'? Man geht nie näher als 'ne Bootshakenlänge annen Käppen ran. Verstan'?«

Alexander nickte, dann schaute er Picard an. Die Botschaft war ihm ziemlich klar. Mußte er nun auch eine Bootshakenlänge von Picard wegbleiben? Was, zum Henker, war überhaupt ein Bootshaken?

»Sergeant!« ächzte einer der Uniformierten an der Kanone, der sich gewaltig anstrengte, um das Ding in der Luft zu halten.

Sofort tauchte hinter dem Mast ein hochgewachsener junger Soldat auf – er trug einen roten Rock über einem Seemannshemd und brauchte einen Moment, um eine Flinte mit verrußter Mündung abzustellen. Eine Marinescharfschütze. Ein Sergeant.

Der Marine-Sergeant sprang aufs Deck hinunter und kroch unter die Kanone. Unvorstellbar!

»O Mann«, murmelte Picard bewundernd.

»Sie wird ihn zerquetschen!« sagte Alexander. »Er ist einfach unter das Ding gekrochen!«

»Wenn man dich nicht zurückgehalten hätte, wärst du zerquetscht worden.«

»Ich habe keine Angst!«

»Es ist zwar nicht gerade ein Lob, aber du bist nicht stark genug, um den Verletzten rauszuziehen.

Man muß den gesunden Menschenverstand anwenden. Manchmal kann man mehr helfen, wenn man den Leuten einfach Platz macht.«

»Das klingt aber nicht sehr gut«, beschwerte sich der Junge. Er verfiel ins Schweigen und schaute zu. Der Marine-Sergeant schob sich unter die schwere Kanone. Dann tauchte er, die Arme um den halb zerschmetterten Seemann gelegt, wieder auf. Aus dem Mund des Matrosen strömte Blut.

Picard zuckte zusammen. Hoffnungslose Fälle erkannte er auf den ersten Blick.

Eine Woge des Mitgefühls pulste durch seine Brust. Ob Holoprogramm oder nicht, der Unfall war wirklich passiert, die Männer waren wirklich gestorben oder hatten in stöhnendem Schmerz dagelegen, bis der Tod zu ihnen gekommen war. Die medizinische Wissenschaft dieser Zeit hatte keine großen Chancen gehabt, viele Verwundete zu retten.

»Er hat es geschafft!« Alexander sprang freudig in die Luft, als der Sergeant den Matrosen unter der Kanone hervorzog.

Eine Sekunde später ließen die Offiziere und die Decksmannschaft die Kanone dankbar wieder fallen. Das Rumsen ihres Gewichts auf den Planken sandte ein Beben durch das ganze Schiff.

Die Offiziere verteilten sich sofort auf andere Bereiche der *Justina*; sie ließen sich von der guten Tat, die sie gerade getan hatten, nicht ablenken.

Picard fiel auf, daß Alexander den Marine-Sergeanten besonders interessiert musterte.

Er hockte auf dem blutigen Deck, hielt den zerschmetterten Matrosen fest wie ein kleines Kind und redete trotz des fortwährenden Kanonendonners leise und kaum hörbar auf ihn ein, bis die sich an ihn klammernden Hände erschlafften und die ängstlichen Augen des Mannes glasig wurden.

Alexander schaute weiter zu. Er war von dem, was er sah, zutiefst bewegt.

»Steuerbord-Geschützmannschaft bereit?« schrie jemand.

»Bereit!« kam die Antwort.

»Alle Mann an die Vorderbrassen!« Der Schrei kam vom Hauptdeck, irgendwo mittschiffs, nicht weit von der aufgegebenen Kanone entfernt. Zuerst achtete Picard nicht darauf, doch dann schrie die Stimme erneut etwas. »Mr. Picard! Vorderbrassen! Schlafen Sie?«

Tja, es sollte ihm eine Lehre sein.

Picard warf einen Blick in die Richtung, aus der die Stimme ertönt war. Er erblickte einen ihm zuwinkenden Offizier.

Einen schrecklich kurzen Augenblick lang lugte er um sämtliche Taue herum. Er empfand Panik, weil er sich nicht erinnern konnte, was Vorderbrassen waren und wie man sie bediente. Dann zwang er sich zum Nachdenken. Der Offizier hatte ›Mister Picard‹ gesagt.

Picard trug eine blaue Uniformjacke vom gleichen Typ wie der andere Mann. Die Matrosen trugen gestreifte Hemden oder gar keine und schwarze Pluderhosen. Die meisten waren barfuß. Picards Hosen waren weiß, eng anliegend, und er hatte Schuhe an.

Er holte rasch Luft und blickte zur nächsten Matrosenmeute hinüber, die sich beeilte, Wrackteile über Bord zu werfen und eine Lafette festzubinden. »Klar zum Brassen, Männer!« schrie er dann.

Zwei Männer sprangen in die Gegend, in der Picard und Alexander standen. »Aye, Sir!« erwiderte einer, dann spritzten sie auseinander.

Sie schnappten sich zwei Taue, die an Belegnägeln zu beiden Seiten des Schiffes befestigt waren. Picards Blick folgte interessiert den Tauen bis zum Himmel hinauf, in die Takelage, und er sah, daß sie mit den Enden der langen Rahe verbunden waren, an dem das größte Vorsegel hing.

»Großsegel«, murmelte er. »Nein… Vortoppsegel – Toppsegel…«

Zwecklos. Ihm fiel nicht ein, wie man es nannte. Es hatte einen Namen, aber er kam nicht drauf. Er wußte jedoch, daß Taue Segel drehen konnten, daß sie es möglicherweise fast senkrecht zum Schiffskörper drehen konnten, wenn es notwendig war. Die Rahe, ein langes, sehr schwer aussehendes Rundholz, war nicht mit dem Mast verbunden, sondern hing frei an eigenen Tauen.

Die Männer lösten die Taue von den Nägeln, nahmen sie in die Hand und wandten sich zu Picard um, da sie seine Befehle erwarteten.

Picard schaute zum Heck. Niemand beachtete ihn. Mußte er jetzt etwas tun?

»Ähm… Bereithalten«, sagte er zu den Männern.

»Sind bereit, Sir«, erwiderte der eine.

»Vorbereiten zum Wendemanöver!« schrie jemand. Der Offizier, der mittschiffs stand.

Picard schaute die beiden Seeleute an. Na schön. »Auf Wendemanöver vorbereiten«, wiederholte er.

»Bereit, Sir«, bestätigte der Matrose an der Backbordseite. Er und sein Kamerad schauten hoch, dann zogen sie oder ließen die Brassentaue los, bis das Segel über dem Schiffskörper lag, ohne eine Seite zu bevorzugen.

Als der Wind sich drehte, vernahm Picard eine andere Stimme, die zu ihm herübergetragen wurde. Sie war etwas tiefer, doch ruhiger. »Schiff halsen!«

»Ruder nach Lee!« schrie der Offizier mittschiffs.

Vom Ruder meldete sich eine dritte Stimme. »Ruder ist Lee!«

Lee… Die Leeseite… Das war doch die Seite, aus der der Wind kam. Es ging also nach Lee. Schiff halsen – drehen, das Schiff vor den Wind drehen. Das wußte er.

Und klar, das Schiff tänzelte auf dem wogenden Wasser und setzte sich allmählich in die Richtung in Bewegung, in die der Wind wehte. Das Schiff verfiel in ein beunruhigendes Rollen, nicht auf, nicht ab, nicht von einer Seite zur anderen, nicht vor und zurück, sondern alles irgendwie gleichzeitig. Auf, seitlich, neigen, Heck, Rollen, seitlich, ab, weiter ab – abscheulich! Was war an diesem Dasein eigentlich so romantisch?

Die Segel sackten, flatterten, peitschten, als seien sie verwirrt, dann – *Klatsch Klatsch,* SCHNAPP – knallte Luft in sie hinein, und das Schiff bewegte sich schwerfällig auf das andere zu.

Erst jetzt sah Picard, daß sie nur einen knappen Kilometer vom Land entfernt waren! Unter der warmen Sonne breitete sich ein breiter Streifen grüner Hügel aus. Er fragte sich, wo sie waren. Sehr wahrscheinlich vor der Küste der Vereinigten Staaten. Aber wo? Vor Florida? Maine?

Vor den soeben ins Leben gerufenen Vereinigten Staaten, die ihre trotzigen Gründer erst vor einem Jahr so getauft hatten. Und nun herrschte Krieg, die große Prüfung eines Vorsatzes, da es gewiß nicht um Aktiva ging.

Er wußte zwar um den Ausgang dieser Revolution, aber es war dennoch aufregend, all dies zu sehen. Die geniale Technik seiner eigenen Zeit erlaubte ihm und Alexander, die Technik zu sehen, auf der die ihre aufbaute.

»Segel an neuen Kurs anpassen, Männer«, sagte er und bemühte sich, so zu klingen, als wisse er genau, worüber er redete.

Aber sie taten es. Einer der Männer ließ sein Tau frei, und der andere zog das seine an. Sie beobachteten das Segel während der ganzen Zeit, und bald stimmte es mit dem Winkel desjenigen in der Schiffsmitte und dem des dritten Masts überein. Besan. Besanmast.

»Ist doch ganz einfach«, sagte Picard. »Wenigstens fällt es mir allmählich wieder ein.«

»Gut gemacht!« rief der Offizier mittschiffs. »Alle Mann festmachen. Steuerbord-Geschützmannschaft, Achtung! Mr. Picard, die verfluchten Toppsegel, wenn ich bitten darf! Captain Sobel hätte das Schiff heute irgendwann gern gewendet!«

»Oh …« Picard fuhr herum und musterte die dreieckigen Segel, die vom Bugspriet abgingen, aber er hatte keine Ahnung, was er mit ihnen machen sollte. Dann, als er sich zum Nachdenken zwang, erkannte er, daß die Toppsegel von dem Wind gefüllt werden sollten, der von Backbord kam, doch sie waren noch immer an den Nägeln an der Steuerbordseite vertäut. »Kümmert euch sofort darum, Männer!«

Er wollte unverbindlich bleiben, um zu sehen, ob seine Einschätzung richtig oder falsch war.

Und tatsächlich, die Männer ließen die Taue hochschnellen, die die freien Ecken der Segel hielten, und lösten sie von den Nägeln. Dann liefen sie auf die andere Seite und zogen sie straff. Also mußten die Toppsegel von einer Seite zur anderen gedreht werden, je nachdem, woher der Wind wehte.

Nun hatte die *Justina* ganz gewendet und richtete den Bug zum Land. Die *Chincoteague* lag steuerbord seitlich vor ihnen – mit den geladenen, schußbereiten Kanonen. Die Matrosen, die noch auf den Beinen waren, bahnten sich einen Weg über das trümmerübersäte Deck, das Blut und die Leichen der Gefallenen und bezogen Position an der Steuerbordseite.

Alle schienen sich leicht zu entspannen und schauten zu, als Matrosen und Offiziere sich anschickten, die Decks von Trümmern und Leichen zu säubern und die Verwundeten zu suchen.

Picard schaute Alexander an, doch der Junge war fasziniert vom Verhalten des Marine-Sergeanten, der ihn schon zuvor beeindruckt hatte, denn er hatte den armen zerschmetterten Kanonier nicht allein gelassen.

»Wollen die Roten ihre Waffen wieder abfeuern?« fragte er.

»Ich glaube, die anderen sind außer Reichweite«, erwiderte Picard. »Ich glaube nicht, daß es schon Büchsenmusketen gibt... Aber ich weiß es nicht genau. Sie haben im Inneren des Laufes eine Art gedrehte Rille, die die... ähm... Kugel dreht, bevor sie vorn herausfliegt.«

»Und was bewirkt das?«

»Es erhöht Reichweite und Genauigkeit. Ich glaube nicht, daß es derlei schon gibt... Könnte aber sein.«

»Hmm«, machte Alexander. »Phaser sind besser.«

»Ja, aber jede Erfindung zieht Gegenmaßnahmen nach sich. Mit den Kugeln kam die kugelsicher Weste. Mit dem Phaser kam der Abwehrschirm. Jedes Zeitalter hat eigene Herausforderungen.«

»Feuern, sobald Sie nach steuerbord gehen, Mr. Pennington«, rief die tiefe Stimme durch den Wind, und Picard wurde mit einem plötzlichen Aufflackern von Gewißheit klar, daß er die Stimme des Captains hörte. Hieß er nicht Sobel?

Pennington, der sich mittschiffs aufhaltende Offizier, befahl: »Steuerbordgeschütze... Feuer!«

Das Schiff bewegte sich noch. Es drehte sich langsam, bis die meisten Kanonen auf die *Chincoteague* ausgerichtet waren, aber aufgrund der gekrümmten Form der Schiffsseite konnten nicht alle zugleich feuern. Es waren vier... Ja, vier Kanonen auf jeder Hauptdeckseite. Wie viele befanden sich unten auf dem Geschützdeck? Zehn? Dann gab es achtzehn Geschütze auf diesem Schiff.

»Schrecklich«, murmelte Picard. Er schaute über das glitzernde Wasser zu dem anderen Schiff hinüber. Die *Chincoteague* schien, als er ihre Kanonenschächte zählte, nur etwa halb so viele zu haben. Ihre Kanonen standen nur auf dem Hauptdeck. Aber sie war manövrierfähiger und schneller; sie drehte sich dort draußen, obwohl kaum ein Lüftchen wehte.

Wenn ihre Kanoniere besser oder nur besser motiviert waren … Oder verzweifelter …

RUUUUUMMMSSS! Das Deck unter ihm erbebte heftig, was am betäubenden Krachen der Kanonen am Bug und mittschiffs lag. Einige Sekunden später, als eine Woge die *Justina* durchschüttelte, ballerten die mittschiffs und achtern stehenden Geschütze über die See. Die Lafetten krachten mit der Kraft des eigenen Rückstoßes auf die Planken und wurden schwerfällig von starken Haltetauen festgehalten. Erstaunlich – die einzelnen Kanonen wogen zwischen 1500 und 2000 Pfund.

Jede Standardphaser war eine Million mal tödlicher, aber irgendwie konnte Picard nun nicht mehr Respekt vor dieser empfindlichen Waffe aufbringen als vor diesen Monolithen.

Rauchwolken und Feuer waren an der geschwärzten Seite der *Chincoteague* zu sehen. Schreie von Verwundeten durchdrangen den hellen Tag. Sie waren noch verstörender als der Kanonendonner.

Die Segel der *Chincoteague* flatterten, und das Schiff wankte kurz, dann drehte sich der Bug in einem Schwall von Pulverdampf außer Sicht, und Picard konnte nicht mehr erkennen, was da draußen passiert war.

Aber auf dem anderen Schiff war jetzt Feuer ausgebrochen.

Dessen war er sich gewiß.

»Sie ziehen Leine!« rief jemand, und die Mannschaft – jene Männer, die noch auf den Beinen standen – brach in Jubel aus.

»Es ist schändlich«, sagte Picard, »die Niederlage des Gegners zu bejubeln.«

Alexander schaute zu ihm auf. »Wieso ist es eigentlich schändlich?«

»Es hätte auch uns treffen können. Es ist nicht nett.«

»Aber wir haben gesiegt. Warum sollen wir es nicht feiern?«

»Es ist nicht nach meinem Geschmack.«

Der Junge musterte das zurückweichende Kolonistenschiff. »Aber nach meinem«, sagte er, stand auf und jubelte mit dem Rest der Mannschaft.

Picard schaute ihn an. Alexanders Respektlosigkeit gegenüber der Meinung seines Lehrers traf ihn zwar, aber er spürte auch Alexanders trotziges Gespür für sein eigenes Ich. Damit hatte er nicht gerechnet…

»Alexander«, sagte er. »Paß auf, Alexander. Wir müssen etwas vorsichtiger sein. Das Holoprogramm ist über fünfundsiebzig Jahre alt und wurde nicht von Technikern, sondern von Historikern geschrieben. Es kann immer etwas passieren.«

Der Junge teilte seine Aufmerksamkeit zwischen Picard und der sich zurückziehenden *Chincoteague* auf. »Schlimme Dinge?«

»Ja. Das Programm ist *gerade so* kompatibel mit modernen Schiffssystemen. Es kann sein, daß die Sicherheit nicht hundertprozentig funktioniert. Ich habe keine Ahnung, ob die Pistole des Seemannes mich wirklich hätte verwunden können.«

»Wir steigen doch nicht aus, oder?«

»Aber nein!«

»Wir bleiben also noch und suchen nach meinem Vorfahr?«

»Ja, ich wette, er ist hier irgendwo.«

»Und was unternehmen wir wegen der Sicherheit?«

»Bevor wir nicht mehr wissen«, sagte Picard, »schlage ich vor, daß wir den Kopf einziehen.«

5

»Achtung, Sindikash-Frachter Vier-Null-Fünf, hier spricht Commander William Riker vom Starfleet-Scoutschiff *Jackson Taylor.* Schalten Sie sofort die Maschinen ab und bereiten Sie sich darauf vor, ein Prisenkommando an Bord zu nehmen.«

Die Worte klangen vertraut. Ähnliche Worte hatten sogar das Unternehmen ausgelöst, mit dem Worf nun betraut war, und dieser konnte das Gefühl nicht abschütteln, daß er das schon einmal erlebt hatte.

Der Geruch von literweise Blut war noch immer in seiner Nase. In seinem Inneren baute sich eine Übelkeit auf, so daß er es kaum vermeiden konnte, die Einzelgänger hier und jetzt herauszufordern. Verbitterte Verlegenheit elektrisierte ihn – er hatte das verteidigt, was man nicht verteidigen durfte. Kommissar Toledano hatte recht gehabt, was die schrecklichen Morde auf dem Raumer anbetraf.

Er befand sich unter Klingonen und hätte sich eigentlich entspannt fühlen müssen, doch so war es nicht. Er mußte so tun, als sei er ihr Komplize, und das ging fast über seine Kraft.

Doch ich muß es tun.

Der Anblick der über dreißig unschuldigen Toten, die verstümmelten Zeugen, denen man sogar die Augen ausgestochen hatte, und die sorgenvolle Ernüchterung auf Captain Picards Gesicht plagten ihn mit jeder weiteren Minute mehr.

Und man hatte ihre Arme der Verstümmelten noch immer nicht gefunden.

»Starfleet!« stieß Ugulan hervor. Er saß neben Worf auf dem Pilotensitz. »Ich habe doch *gesagt*, daß uns jemand im Visier hat!«

»Sie patrouillieren in dieser Gegend«, knurrte Worf wütend zurück; er verachtete sich dafür, daß er überhaupt mit einem solchen Lebewesen sprach. »Wir haben unser Glück versucht – und verloren.«

»Wahrscheinlich war es deine Schuld!«

»Ist euch noch nie etwas schiefgegangen, bevor ich kam?«

»Verflucht noch mal! Schalt die automatische Verteidigung ein! Wir müssen versuchen, ihnen schnell zu entkommen!«

»Lächerlich. Wir müssen sie bekämpfen!«

»Es ist Starfleet!«

»Eben drum. Und du bist ein ängstliches Weib im Panzer eines Mannes.«

Worf, von Scham und kochender innerer Wut gereizt, richtete seine ganze Frustration auf das Ziel, Ugulan in Wut zu versetzen. Er mußte sich beherrschen – sich daran hindern, ihm die Faust in den Rachen zu schlagen, bis sie hinten wieder herauskam. Noch nicht ... Noch nicht ...

Er konzentrierte sich auf den Bildschirm.

Die Luft in der Kanzel war heiß. Er schwitzte in der Einzelgängeruniform. Er konnte sie nicht ausstehen. Er konnte auch den Bildschirm nicht ausstehen. Er konnte *nichts* ausstehen.

Was hatte die Klingonen zu dem gemacht, was sie waren? Was hatte sie dazu gebracht, der Ehre, Treue und Kraft zu entsagen, die das Imperium groß gemacht hatte? Es war ihm gelungen, sich auf dem Platz in Burkal-Stadt mit ihnen zu raufen und sie zu schlagen. Dies hatte ihm einen Hinweis gegeben. Waren sie einfach *un-*

zulänglich? War die Kampfausbildung zu starr für sie gewesen? Wie war jemand wie Ugulan dazu gekommen, für eine Menschenfrau Botengänge zu erledigen?

Die Antwort lag vielleicht genau vor seiner Nase. Ugulan wollte beim Anblick einer Starfleet-Einheit die Flucht ergreifen. Wo waren seine Eltern? Wer gehörte zu seiner Familie? Schämte sie sich seiner? Wurde ihr Name dort, wo sie lebten, überhaupt noch erwähnt?

Er dachte an die Namen der ehrlosen Familien, die ihre Macht in der klingonischen Gesellschaft verloren hatten, und er fragte sich, ob er nun mit ihren Söhnen zusammen war. War er mit den Vätern ehrloser klingonischer Jungen zusammen, die ihr Leben lang für das bezahlen würden, was sie jetzt taten?

Seine Hände flogen mit einem solchen Hunger über die Kontrollen, daß sie ihn schmerzten. Die Scham, so zu tun, als sei er einer von ihnen, kochte unter seiner Haut. Ob er nun im Dienst war oder nicht, er konnte die Übelkeit der Erniedrigung nicht bannen.

Auf dem Frontbildschirm des Frachters – er war der einzige, der Außenaufnahmen zeigen konnte –, wirbelte der Starfleet-Scout auf sie zu. Sein kleiner, schmaler Leib glitzerte im Licht der nahen Sonne.

Der von Ugulan und den anderen gesteuerte Frachter war technisch veraltet, eben der perfekte Schiffstyp, den die Flotte und alle anderen normalerweise ignorierten. Odette Khanty hatte genau darauf gezählt. Worf wußte zwar, daß die Gattin des Gouverneurs die Ladung organisiert hatte und sie laut interstellarer Handelsvorschrift etwas Ungesetzliches transportierten, aber Grant hatte nicht den geringsten Fetzen eines aufgezeichneten Beweises gefunden, der zu ihr zurückführte.

Odette Khanty stand in der Beliebtheitsskala zwar noch oben, aber sie hatte nur einen kleinen Vorsprung, und den wollte sie ausbauen. Die Verletzung ihres Gatten hatte ihr für eine Weile Auftrieb gegeben, doch nun nahm die Sympathie für sie langsam ab. Sie mußte die öffentliche Meinung wieder zu ihren Gunsten beeinflussen. Und Worf tanzte nach ihrer Pfeife, damit es dazu kam.

Der Frachter war Odette Khantys neuester Plan. Er war mit illegalen Gütern beladen und in den cardassianischen Machtbereich unterwegs. Er sollte jedoch niemals dort ankommen. Er sollte von einer Sindikash-Patrouille »aufgebracht« werden. Bevor es dazu kam, sollten die Einzelgänger den Frachter verlassen und nur einen Namen und eine Kennung zurücklassen, die nicht auf Odette Khanty hinwiesen, sondern auf den Vizegouverneur. Alles war ein gigantisches Komplott gegen ihren Konkurrenten.

Und ich mache dabei mit. Ich habe mich freiwillig zu dieser Fahrt gemeldet, ohne zu wissen, was wir geladen haben. Am liebsten würde ich jedem Klingonen an Bord die Faust in den Rachen schieben.

Worf zwang sich, aus seinen Träumen auszusteigen, indem er sich schüttelte und die Aufmerksamkeit auf den Augenblick richtete. Ein Starfleet-Scout hatte sie ausgemacht, jagte mit hoher Geschwindigkeit auf sie zu, und Ugulan geriet in Panik. Die anderen sechs an Bord befindlichen Einzelgänger waren zwar ebenfalls aufgeregt, aber sie warteten darauf, daß Ugulan eine Entscheidung traf.

Jämmerliche, rückgratlose Kreaturen ...

Der Frachter gehörte dem Bruder des Vizegouverneurs. Die Einzelgänger hatten ihn heute morgen gestohlen und mit unbeschrifteten Kisten beladen. Als Neuzugang hatte Worf sich gehütet, Fragen zu stellen, denn er wollte sich nicht verdächtig machen. War die illegale Ladung erst mal entdeckt, wollte Odette Khanty enthüllen, wem der Frachter gehörte und mit wem sein Besitzer enge Beziehungen unterhielt. Dies würde bei vielen Menschen ausreichen, um bei der Wahl ihre Stimme Odette zu geben.

Worf bewunderte zwar grollend die Genialität dieses Plans, doch trotz der in der Kanzel herrschenden Hitze wurden seine Finger zunehmend kälter. Dies war kein Unternehmen nach seinem Geschmack. Für Agententätigkeiten war er nicht der richtige Mann.

»Verrat! Verrat!« Ugulan bearbeitete hektisch die Kontrollen. Das Zehn-Mann-Scoutschiff kam immer näher. Er brüllte seine Leute an, die das Schiff um einen Staubgürtel und zwei Asteroiden herumlenkten, doch das Universum, in dem ein beladener Frachter eine Starfleet-Einheit ausmanövrieren oder ihr gar entwischen konnte, mußte erst noch entstehen.

»Achtung, Sindikash-Frachter«, ertönte wieder Rikers Stimme. Sie war nun wütender und lauter. »Drehen Sie bei, oder wir nehmen Sie unter Beschuß. Haben Sie verstanden? Dies ist die letzte Warnung. Schalten Sie sofort die Triebwerke ab!«

»Wir müssen es tun«, sagte der Einzelgänger Goric. »Sie schießen uns sonst in Fetzen.«

»Ja, tu es, Ugulan!« sagte ein anderer.

»Wir haben den Befehl, uns zu vernichten, bevor wir uns ergeben!« fauchte Ugulan.

»Für sie?« fragte Goric. »Ich habe kein Verlangen, für diese Frau zu sterben.«

Worf drehte sich um und fauchte ihn an. Wenigstens konnte er jetzt mal er selbst sein. »Wofür willst du denn *überhaupt* sterben?«

Goric gaffte ihn mit offenem Mund an. Er schien das, was Worf mit seinen Worten meinte, irgendwie zu ahnen.

Eine gespannte, bizarre Stille breitete sich in der Kanzel aus.

Was bist du, und wie bist du hier hineingeraten?

»Wir haben es ihr geschworen«, sagte Ugulan, wenn

auch mit geringer Begeisterung. »Wir haben bei unserer Ehre geschworen, daß wir uns niemals festnehmen lassen, damit wir nicht gegen sie als Beweis verwendet werden können. Sie hat ihre Abmachungen mit uns immer eingehalten.«

»Ihr seid alle Feiglinge«, fauchte Worf. »Ihr schwört einen Eid, der eure Ehre frißt, und dann wollt ihr ihn nicht mal ausführen.«

Goric fuhr erneut zu Ugulan herum. »Es bringt mir doch nichts ein, wenn sie gewinnt und wir alle tot sind!«

Ugulan knurrte, schaute die anderen Einzelgänger an, dechiffrierte ihre Übereinstimmung mit Goric und fragte sich, ob er das Schiff, damit Odette Khanty sauber blieb, vernichten sollte oder nicht. »Wenn wir jetzt versagen, wird sie uns hetzen lassen.«

»Ich sterbe lieber morgen als heute«, erklärte Goric.

Die anderen Einzelgänger knurrten zustimmend.

Worf hielt die Luft an. Er bereitete sich darauf vor, die Katastrophe notfalls zu umgehen, denn er hatte wirklich nicht die Absicht, für die Khanty zu sterben. Doch es erwies sich als nicht notwendig. Ugulan schlug auf die Steuerkonsole ein, verlangsamte das Schiff und bereitete sich darauf vor, Rikers Befehl zu entsprechen.

Rings um Worf zeigten die Mienen der Einzelgänger nur wütenden Zorn, denn sie erkannten, daß ihre Erbitterung sie nicht weiterbrachte. Worf musterte sie eingehend, als würde ihre Vergangenheit in Druckbuchstaben auf ihrer Stirn erscheinen, wenn er nur genau genug hinschaute. Verwelkten ihre Pläne von Macht und Einfluß vor ihren Augen? Waren sie wütend, weil sie nur noch wütend sein konnten?

Sein Magen machte einen üblen Satz, als er die abgehalfterten Klingonen betrachtete, denen nichts anderes einfiel, als die Waffen zu strecken.

Aufgeben! Verflucht sollt ihr sein!

Worf schob sich zwischen Ugulan und das Ruder, schaltete die Düsen wieder ein und verdoppelte die Geschwindigkeit des Frachters, in dem sie saßen.

»Was machst du da?« fragte Ugulan. »Wir entkommen ihnen doch sowieso nicht!«

»Dann sollten wir etwas anderes tun!« brüllte Worf zurück.

Ugulan erhob sich halb aus seinem Sessel. »Wir sind doch nicht blöd! Wir haben es mit Starfleet zu tun!«

Worf schaute ihn finster an. »Angsthasen!«

»Das Zuchthaus ist besser als der Tod!« rief Mortash, der Ugulan am nächsten saß.

»Woher willst *du* das wissen?« fauchte Worf ihn an. Er schubste Ugulan vom Ruder weg und übernahm es selbst. »Drecksack!«

Ugulan kam sofort wieder auf die Beine und drückte seinen Phaser an Worfs Wange. »Ich kommandiere dieses Schiff«, sagte er.

In der gleichen Sekunde feuerte die Starfleet-Einheit einen direkten Phaserschuß ab, der das Schiff hätte manövrierunfähig machen können – hätte Worf es nicht gekippt, so daß er vorbeiging. Die Klingonen torkelten, aber niemand fiel um.

»Unter deinem Kommando ist das Schiff tot, und wir sind es auch.« Worf steuerte weiter, als sei Ugulans Waffe nur ein an sein Gesicht gedrücktes Stück Holz. »Ich kann den Schutzschirm der anderen zum Flackern bringen.«

Ugulan veränderte seine Position, um den leicht geneigten Boden auszugleichen. »Wieso?«

»Ich kenne den Starfleet-Präfixkode.«

»Woher kannst du den kennen?«

Worf steuerte den Frachter in einem schwerfälligen elliptischen Kurs zurück, unter den Leib des Patrouillenbootes. »Ich hab ihn gestohlen, bevor ich gegangen bin.«

Ugulan schaute ihn an. »Du kannst ihre Schirme abschalten?« knurrte er.

»Nicht abschalten. Aber zum Flackern bringen. Und zwar so lange, bis wir einen Treffer gelandet haben. Setz dich wieder hin und halte genau auf sie zu.«

Ugulan, der es offenbar kaum fassen konnte, warf Goric, Mortash, Gern und dem anderen Abschaum einen Blick zu. Worf, sah, daß sich auf ihren Gesichtern ein Ausdruck breitmachte, als würde ihnen erst jetzt klar, daß sie eventuell doch noch nicht mit dem Rücken an der Wand standen. Eine haarsträubende Erregung hatte plötzlich alle erfaßt.

Ugulan ließ seinen Phaser sinken. »Ich hoffe, du hast keine Spuren hinterlassen, du Wahnsinniger! Ich werde nicht für dich bezahlen!«

Der Anführer der Einzelgänger machte eine schnelle Bewegung, und Worf überließ ihm das Ruder. Dann nahm er hinter der Geschützsteuerung Platz, um zu tun, was er tun konnte.

»Sie schießen!« rief Mortash. Seine Worte wurden von einem von außen kommenden Brüllen verzehrt.

Bösartige Elektrizität knisterte durch den Frachter; seine Platten kreischten, Schmiermittel- und Gasfontänen schossen aus einem Dutzend Platten des Innenrumpfes. Plötzlich war die Kanzel um zwanzig Grad heißer. Worf, der hektisch an den Kontrollen arbeitete und komplizierte Kodes eingab, schwitzte beträchtlich. Das Starfleet-Schiff auf dem Bildschirm wirkte nun nicht mehr klein. Es befand sich auf Kollisionskurs, und der Frachter erwiderte das Feuer.

Mortash klammerte sich an seine Konsole. »Abdrehen!« schrie er, stürzte nach vorn und schlug mit seiner gepanzerten Manschette gegen Worfs Kopf.

Worfs Hirn vibrierte, und einen Moment lang verschwamm sein Blickfeld. Er spürte, daß Blut über seinen Nacken lief, doch bevor er um sich schlagen konnte, tat Ugulan es für ihn.

»Runter, du Irrer! Wir nutzen die Chance!« Der Chef der Einzelgänger schob Mortash zurück, und Worf konnte seinen Geist klären und mit den Eingaben fortfahren.

»Kurs beibehalten«, befahl er. Ugulan gehorchte grollend; er blieb auf Kollisionskurs. »Bereit … Bereit …«

»Ihr Schirm bekommt Risse!« schrie Goric, der vor den Sensoren saß. »Jetzt! Jetzt!«

Worf hämmerte mit der linken Faust auf die Geschützkontrolle. Die Schüsse der Abwehrphaser jagten mit halber Kraft aus dem Leib des Frachters. Sie waren zwar nicht vergleichbar mit denen der Flotte, aber schrecklich genug, wenn man auf ein Schiff ohne Schutzschirm feuerte.

»Hier spricht Commander Riker! Stellen Sie das Feuer sofort ein, oder wir nehmen ihre Triebwerke unter Beschuß!«

»Haben wir getroffen?« Ugulan stierte keuchend den Bildschirm an. »Wir sind noch immer auf Kollisionskurs! Sie sind nicht explodiert! Haben wir getroffen?«

»Sie sind nicht tot?« brüllte Mortash hinter Worfs Rücken. »Seht ihr etwa, daß sie krepieren?« Er deutete auf Worf. »Der da ist an allem Schuld! Unsere Kiste ist beschädigt! Abdrehen!«

»Der Schirm stabilisiert sich wieder«, rief Gern durch das Knistern ihrer eigenen Schäden. »Ich meine den der anderen – nicht unseren!«

Ugulan warf Worf einen stechenden Blick zu. »Ich schneide dir die Kehle durch, bloß um zu hören, wie es klingt!«

»Vergiß dabei das Ruder nicht!« fauchte Worf zurück. *Tiere, elende Tiere!*

Ugulan lehnte sich weit zur Seite. Das Schiff machte

seine Bewegung mit; es legte sich nach steuerbord und ließ dem Starfleet-Schiff gerade so viel Raum unter dem Rumpf, um vorbeizurauschen. Sie waren so dicht aneinander, daß die Rumpfplatten des Frachters aufgrund der Sogstärke des anderen Schiffes schepperten.

»Wir haben nur noch Sekunden, dann wenden sie«, sagte Mortash klagend. »Wir sollten ihm die Kehle durchschneiden, bevor sie uns niedermachen!«

Worf warf furchtlose Blicke um sich und biß sich auf die Zunge. *Warum reiße ich ihnen eigentlich nicht die Arme ab?*

Glücklicherweise behielt er den Gedanken für sich.

»Sie wenden!« schrie ein hinten sitzender Einzelgänger.

Auf dem Hauptschirm folgten die Sensoren dem wendenden Starfleet-Schiff. Seine glänzenden oberen Rumpfplatten zeigten seine rechteckige Rumpfform und rotglühende Phasertürme. Es wendete, um sie fertig zu machen.

»Was haben sie vor?« Mortash schüttelte sich. »Sie … verlangsamen!«

»Warum denn?« Ugulan kämpfte mit dem halb blokkierten Ruder; er wollte den schwerfälligen Frachter umdrehen, damit sie so tun konnten, als wollten sie weiterkämpfen.

Ein Einzelgänger nach dem anderen trat durch den giftigen Gestank der schwelenden Leitungen nach vorn. Alle versammelten sich hinter Worf und Ugulan vor dem Hauptschirm, um zusammen das kleine Starfleet-Schiff zu beobachten, das sie nun töten würde. Sie nahmen an, daß es nur verlangsamte, um seinen Sieg auszukosten und sie zu demütigen.

Auch Worf schaute zu. Er wagte kaum zu atmen. Seine bebenden Hände auf den Kontrollen verrieten fast seine verbitterte Freude.

Das Patrouillenschiff verlangsamte tatsächlich.

Dann fegte es in einem erschreckenden Kurswechsel zur Seite und machte eine halbe Drehung.

»Schaut!« Ugulan deutete auf den Bildschirm.

Der Rücken des Patrouillenschiffes war aufgrund einer Explosion im Inneren des obersten Achterdecks aufgebrochen und spuckte ein Impulstriebwerk ins All hinaus. Funken wogten und hüllten das Scoutschiff ein.

Mortash deutete auf die Sensoranzeige. »Es ist durchlöchert! Es ist durchlöchert! Unser Schuß hat getroffen! Wir haben es durchlöchert!«

Er stolperte gerade noch rechtzeitig zum Hauptschirm zurück, um zu sehen, wie das Starfleet-Schiff knisternd Funken sprühte. Dann stülpte es sein Inneres nach außen, und das Warptriebwerk explodierte in einem Sonnenball.

Worf hielt den Mund fest geschlossen. Er wollte seinen Sieg unter keinen Umständen bejubeln. Auch wenn die anderen sich nicht beherrschen konnten – von ihm würde niemand so etwas hören.

Das Pack brach in Jubel aus. Keine Sekunde später hob sich der Frachter gewaltig auf einer Druckwelle, und die Hälfte von ihnen fiel zu Boden. Sie rappelten sich wieder hoch und schauten auf den Bildschirm.

Dort, wo noch kurz zuvor das andere Raumschiff gewesen war, drehte sich nur noch ein bläulicher Nebel.

Es war weg.

»Commander Riker«, grunzte Ugulan. »Pah!«

Dann spuckte er auf den Boden, und sein Kommentar klatschte auf Worfs Stiefel.

6

»So, das wäre geschafft. Diese verdammten Rebellen.«

Bei Mr. Pennington handelte es sich nach Picards Ansicht wahrscheinlich um den Ersten Offizier. Es waren auch noch andere Männer in blauen Uniformjacken da, wahrscheinlich Lieutenants und angehende Offiziere. Jeder schien seinen speziellen Aufgabenbereich zu haben. Einer befehligte die Geschützmannschaft auf dem Hauptdeck, ein anderer kümmerte sich um die Stellung der Segel. Es gab bestimmt noch mehr, unter Deck, die nun, da der Kampf gegen die *Chincoteague* beendet war, für andere Aspekte des Schiffsbetriebs zuständig waren.

»Es ist fast wie auf einem Raumschiff«, murmelte er vor sich hin.

»War es eine wichtige Schlacht?« fragte Alexander leise.

»Ich weiß es noch nicht«, erwiderte Picard. Sie genossen den Augenblick einer frischen Brise, die den überall umherwallenden Pulverdampf vertrieb. »Zwischen 1776 und 1787 gab es Tausende von Scharmützeln. Es war ein langer Krieg.«

»Übernehmen Sie das Schiff doch und bringen Sie es in Erfahrung.«

»Tja, weißt du, dies hier ist nun mal kein Holoroman. Es ist Geschichte. Ich war schon mal auf erfundenen Schiffen, aber das hier gab es wirklich.«

»Und was bedeutet das?«

Picard zögerte; er war leicht verlegen. Dann wagte er den Sprung ins kalte Wasser. »Es ist eine Sache, Interesse an der Geschichte der Marine zu haben, und eine ganz andere, tatsächlich an Bord eines Seglers zu sein und ihn zu befehligen. Niemand gibt gern zu, nicht die geringste Ahnung von dem zu haben, was er macht, aber bei mir ist es so. Hören wir doch einfach mal zu. Mal sehen, ob wir etwas erfahren können.«

Der Junge musterte ihn einen Moment, dann nickte er.

Also schwiegen Picard und Alexander und lauschten, als sich die Besatzung leise darüber unterhielt, ob der Captain eventuell befehlen würde, das Kolonistenschiff zu verfolgen oder ob er seinem Auftrag nachkommen würde, worin dieser auch immer bestand. Was war ihr Ziel gewesen, als man sie am hellichten Tag angegriffen hatten?

Warum hatten die Kolonisten sie angegriffen, obwohl sie unterlegen gewesen waren? Was hatten sie schützen wollen?

Picard gönnte sich einen Augenblick, um das Land zu mustern. Gab es dort etwas Schutzwürdiges? Etwa ein wertvolles Schiff, teure Geschütze und Munition? Oder Menschenleben? Wofür würde man ein großes Risiko unter der mittäglichen Sonne eingehen, wenn auch noch der Wind zugunsten des Gegners wehte?

»Mr. Picard!«

Pennington. Er war zwar ein Klotz von einem Mann, doch er bahnte sich rasch einen Weg durch die Reihen der Toten und Verwundeten, durch die Splitter und zertrümmerten Holzteile. Er kam durch einen Irrgarten aus Trümmern, als hätte er sein Leben lang nichts anderes getan. Vielleicht stimmte es sogar.

»Was wollen Sie jetzt tun?« fragte Alexander.

Picard schaute zu Boden. »Mich bei ihm melden.« Er schaute in Richtung des Offiziers. »Ja?«

Ihm wurde sofort klar, daß er das »Sir« vergessen

hatte. Was nur daran lag, daß er überhaupt nicht daran gewöhnt war, jemanden auf seinem eigenen Schiff so anzusprechen.

»Sind Sie verwundet, Mr. Picard?«

»Ach … Nein, Sir, ich bin nicht verwundet.«

»Würden Sie sich dann vielleicht um Ihre Pflichten kümmern?«

»Jawohl, natürlich. Mache ich.«

Pennington wandte sich sofort wieder um. Er eilte nach achtern, brüllte die Besatzung an und begutachtete die Schäden.

»Tja, das ist doch schon mal was«, sagte Picard. »Offenbar bin ich für das Vordeck zuständig.«

»Welchen Dienstgrad haben Sie?«

»Lieutenant, nehme ich an. Zweiter oder dritter Offizier. Vielleicht auch der vierte. Mal sehen, ob die Männer tun, was ich sage.«

Er ging zur nächsten Ansammlung von Männern, einer Gruppe von Kanonieren und Matrosen, die an der Steuerbordreling standen und den Rückzug des noch immer qualmenden Kolonistenschiffes verfolgten. Die Mannschaft dort drüben war außerordentlich beschäftigt.

Und auch die seine sollte es sein. Picard blickte sich um und schätzte die Lage ein. »Jetzt räumen wir die Trümmer weg und sichern die Geschütze, Männer«, sagte er. »Und wickelt die … die …«

»Aye, Sir!« brüllten zwei Matrosen. Die anderen murmelten das gleiche. Sie waren schweißgebadet, vom Kanonenruß geschwärzt und verschmiert, ihre schwieligen Hände waren blutig, aber sie wußten offenbar genau, was er meinte.

Was gut war, denn er selbst wußte es nicht. Er hatte keine Ahnung, wie man Kanonen sicherte und welche Trümmerteile repariert oder über Bord geworfen werden sollten.

»Alles Reparaturwürdige bleibt an Bord«, sagte er versuchsweise in die Runde.

»Jawohl, Sir«, sagte einer der Engländer.

»Bringt die Verwundeten runter«, fügte Picard hinzu, nachdem er einen Blick auf die zahlreichen Verwundeten und den Mann geworfen hatte, den die Splitter das Leben gekostet hatten. »Und kümmert euch um die Toten.«

Ein Matrose stand auf und trat vor ihn hin. »Die Verwundeten aufs Unterdeck, Sir?«

»Ähm ... ja«, sagte Picard. »Aufs Unterdeck.«

»Und die Toten?«

Alexander schaute ihn an.

Picard zögerte. »In den Laderaum.«

»Jawohl, Sir.« Der Seemann wandte sich zu seinen Kameraden um und sagte ihnen, was zu tun war.

»Tja«, sagte Picard seufzend zu Alexander, »das gehört wohl alles zu meinem Beruf.«

»Können wir helfen?« fragte Alexander.

Picard klopfte dem Jungen lächelnd auf die Schulter. »Genau das hatte ich vor. Du hilfst den Männern bei den Trümmern. Ich helfe bei den Verwundeten.«

»Aber Sie sind doch kein Arzt!« sagte der Junge protestierend.

»Ich werde einfach mein Bestes tun. Versprich mir, daß du es auch so machst.«

»Mach ich.«

»Und wirf nichts über Bord, ohne vorher zu fragen.«

»Klar.«

Picard holte tief Luft, um Kräfte zu sammeln. Er wurde sofort von einem starken Blut- und Schweißgeruch attackiert, doch hauptsächlich von Blut. Als er sich zu den Trümmern und den Verletzten begab, roch es heiß, salzig und widerlich. Er kniete sich neben einen stöhnenden jungen Matrosen. Ein herumfliegendes Stück Holz hatte seinen Oberschenkel zerschmettert.

Ein Stück Seil tat als Aderpresse zwar ganz gute Dienste, aber das Bein war eindeutig kaputt. Der Mann würde wahrscheinlich aufgrund der mangelnden medizinischen Möglichkeiten dieser Zeit sterben. Er würde langsam und quälend dahinsiechen. Picard klopfte ihm mitleidig auf die Schulter und ging weiter. Er fieberte schon.

Natürlich wußte er, daß dies nur ein Einblick in die Geschehnisse der Vergangenheit war und er im Grunde niemandem das Leben retten konnte, aber in der Tatsache, daß all dies *wirklich* passiert war, lag ein bestechender Realismus. Es war, wie gesagt, kein Holoroman. Die Männer auf diesem Schiff waren wirklich gefallen. Sie hatten ihr Blut auf den Planken vergossen. Sie hatten das verzweifelte Kolonistenschiff abgewehrt und waren auch hier gestorben. Das Leid, das er sah, war sehr real, eine Kostprobe historischer Ereignisse. Da bestand kein Bedarf an ausschmückendem Beiwerk. Und da das Programm für die Nachwelt gestaltet worden war, bestand seine Pflicht darin, die Wahrheiten zu würdigen, die es zeigte.

Doch nun war es Zeit, sich eine Weile auszuruhen, um dann wieder sein eigenes Schiff zu befehligen. Eigenartigerweise empfand Picard Enttäuschung darüber, ins 24. Jahrhundert zurückkehren zu müssen.

Am nächsten Abend suchte er mit Alexander erneut das Holodeck auf. Das Programm wartete geduldig auf ihre Rückkehr ins 18. Jahrhundert.

Bis die Sonne im milchigen Himmel versank, säuberten sie das Schiff und trennten die Toten und tödlich Verletzten von denen, die vielleicht überleben würden. Picard und Alexander absolvierten einen Intensivkurs zum Thema, wie man nach einer Schlacht ein Schiff wieder auf Vordermann brachte. Die Kanonen mußten festgezurrt und gereinigt werden. Um die Verwundeten kümmerte man sich mit der Medizin des 18. Jahrhunderts, doch so entsetzlich sie auch war, zeigte sie mehr gesunden Menschenverstand, als Picard erwartet hatte. Er wußte, daß es ein Fehler gewesen war, die Vergangenheit als primitiv einzustufen, denn primitiv war sie eigentlich nicht. Man verfügte halt nur nicht über den Vorteil vieler Generationen brillanter Geister, auf deren Forschung man aufbauen konnte. Die Menschen dieser Zeit waren mehr auf sich selbst angewiesen als er es je gewesen war, und er empfand Respekt, als er sah, wie sich die Mannschaft um das ramponierte Schiff und sich selbst kümmerte. Sie hatten nicht den Vorteil, sich wegen der Reparaturen und medizinischen Behandlung auf eine Raumbasis zurückziehen zu können. Was ihnen auch passierte, sie *mußten* selbst mit allem fertig werden.

Alexander und Picard paßten sich rasch an und lernten sehr schnell. Dann kam der unausweichliche Moment, in dem Picard, obwohl Offizier, half, einen Verwundeten nach unten zu bringen.

Welch bedrückende Erfahrung. Er verzog das Gesicht, als seine Finger in das blutüberströmte Fleisch des sich vor Schmerzen windenden Seemannes faßten. Die Planken unter seinen Füßen knirschten in einer Mischung aus Pulverkorn, Splittern und Blut. Er mußte sich zusammenreißen, um sich nicht zu übergeben.

Alle Segel- und Museumsschiffe aus der alten Zeit, die er je besichtigt hatte, waren so sauber wie frisch gewesen wie verarbeitete Baumwolle. Sie hatten keinen besonderen Geruch abgegeben. Baumwolle, Werg und Pech, einst verwendet, um Planken zu kalfatern, hatte man schon vor Jahrhunderten durch Epoxidharz und Synthetika ersetzt, die zwar genauso aussahen, aber nicht so schmutzig waren.

Auf diesem Schiff war es anders. Die *Justina* war kein

Nachbau. Sie war nicht mal eine Museumspräparation. Sie war echt und funktionsfähig.

Als Picards Kopf unter die Deckenbalken der Niedergangluke sank, hoben sich seine Eingeweide aufgrund des Geruchansturms von Schwefel, Teer, Pech, Kohle, Bilgewasser, Blut, ölgetränkten Sisaltauen und dem, was sich Trinkwasser nannte. Ewige Feuchtigkeit durchdrang die muffige Finsternis, und mehrere Minuten lang blieb er nur mit Mühe bei Bewußtsein. Jeder Atemzug verursachte ihm Übelkeit. Er war froh, daß Alexander an Deck geblieben war. Es gab Dinge, die ein Kind nicht erleiden sollte. Keine Lehre war dies wert.

Er hatte diesen Gedanken kaum gedacht, als zwei Jungen, die noch jünger waren als Alexander, mit Laternen in der Hand an ihm vorbeiflitzten und sich zum finsteren, stinkenden Unterdeck aufmachten. Ihre Schritte knirschten auf dem sandbedeckten Boden. Pulveräffchen.

Kinder an Bord eines Kriegsschiffes …

Falls er je in irgendwelchen Phantasien geschwelgt hatte, ein solches Leben zu führen – sie verblaßten nun schnell.

Vier Stunden später – das Hauptdeck war von Trümmern und Verwundeten befreit, die Kanonen waren abgekühlt, die Schiffszimmerleute flickten die von den Eisenkugeln in den Rumpf der *Justina* geschossenen Löcher, die Mannschaft und Alexander hatten das Blut von den Planken geschrubbt – wurde darüber geredet, an Land zu rudern, um einen Baum zu fällen, der einen Teil eines zerbrochenen Toppmastes ersetzen sollte.

Langsam, mit bemerkenswert gleichbleibender Nüchternheit, kehrte wieder Ordnung ein. Niemand beschwerte sich. Sogar die Verwundeten hielten ihr Stöhnen zurück. Es war ein Anblick, den man so schnell nicht wieder vergaß.

Picard schwelgte gerade in Bewunderung, als ein

junger Uniformierter auf ihn zukam. Oberflächlich betrachtet konnte der Bursche kaum älter sein als sechzehn Jahre. Ein Offiziersanwärter.

»Sir«, sagte der junge Mann, »Mr. Pennington bittet darum, daß Sie zwei Männer anweisen, beim Austeilen einer Extraration Rum auf dem Achterdeck zu helfen.«

»Meine Empfehlung an Mr. Pennington. Suchen Sie bitte zwei Männer aus, die gerade nicht mit irgend etwas beschäftigt sind.«

»Jawohl, Sir.«

»Ach ja, Mister ... Wie war doch gleich Ihr Name?«

Der junge, dunkelhaarige Bursche runzelte die Stirn, als glaube er, Picard habe eventuell einen Schlag auf den Kopf bekommen. »Nightingale, Sir. Oberfähnrich Edward Nightingale.«

»Ach ja ... Verzeihen Sie. Muß wohl am Rauch liegen.«

»Aye, Sir.«

»Wenn Sie Ihrer gegenwärtigen Pflicht nachgekommen sind, melden Sie sich bitte wieder bei mir.«

»Zu Befehl, Sir.«

Der junge Mann war mager und hatte lange Beine. Er war so groß wie Picard, wog jedoch nur die Hälfte. Er hatte noch nicht das Fleisch des Heranwachsenden angesetzt, aber lange würde es bis dahin nicht mehr dauern.

»Mr. Nightingale, bringen Sie auch den Jungen da drüben mit, wenn Sie sich bei mir melden.«

»Den Schrubber? Aye, Sir.«

Picard schaute zu, wie Nightingale über die geschrubbten Planken davoneilte, dann beobachtete er wieder die arbeitende Mannschaft. Wer von den Männern war Alexanders Vorfahr? Lag er vielleicht verwundet unter Deck? Wie viele Programmtage mußten sie noch aushalten, bevor sie erfuhren, wer er war?

Alexanders Verwandte, die das Tagebuchprogramm

aufbewahrt und ihm vermacht hatten, hatten den Namen des Ahnen nie erwähnt. Sie glaubten, es könne für Alexander nur lehrreich sein, ihm selbst auf die Spur zu kommen.

Aber Picard mußte sich um sein eigenes Schiff und um eine Pulverfaßsituation auf Sindikash kümmern. Riker würde das Holoprogramm natürlich, wenn nötig, unterbrechen; die *Enterprise* befand sich außerhalb der Sensorreichweite des Planeten und wartete auf Worfs Meldungen.

Ansonsten steuerte das Schiff sich selbst. Auch er verfügte wie der Captain dieser Fregatte über Offiziere, die die Aufgabe hatten, sich um spezielle Decks und Abteilungen zu kümmern. Es brachte nichts, wenn man sich in ihrer Nähe aufhielt. Er war eigentlich auch nicht geneigt, dies zu tun, aber er spürte trotzdem den Druck anderer Verpflichtungen.

Als er nun auf dem altmodischen Deck stand und die untergehende Sonne der Vergangenheit sein Gesicht und seinen Hals beschien, fühlte er sich für die britische Fregatte so zuständig wie für sein eigenes Schiff, denn auf vielerlei Weise brauchte die Fregatte ihn viel mehr.

Zumindest heute.

Heute hielt sich die H.M.S. *Justina* in feindlichen Gewässern auf, war Tausende von Seemeilen vom nächsten freundlich gesinnten Hafen entfernt und kämpfte für das, was der Captain, die Offiziere, die Mannschaft und der König für rechtens hielten.

Und er mußte sich um die Vorstellungen eines Jungen von der Ehre kümmern. Das durfte er keinesfalls vergessen.

Vor einer Woche hätte er den Gedanken, die Vorstellungen eines Jungen vom Universum könnten wichtig für ihn sein, wahrscheinlich noch abgetan. Doch nun, da Worf ihn darum gebeten hatte, war irgend etwas anders. Das Universum war leicht geschrumpft.

Ah, da kamen die beiden Jungs schon.

Alexanders weißes Hemd war von der Brust abwärts von blutbeflecktem Wasser verschmutzt. Hinter ihm kam Mr. Nightingale, der Picard erwartungsvoll anschaute.

»Mr. Nightingale«, sagte Picard, »ich möchte gern, daß Sie diesem Bürschlein schnell erklären, wie unser Schiff und seine Takelage aufgebaut ist.«

Der Oberfähnrich blinzelte verwirrt. »Wie bitte, Sir?«

»Sie haben mich schon verstanden«, fuhr Picard fort und verschränkte die Hände hinter dem Rücken. »Es soll auch für Sie eine Übung sein. Fangen Sie bitte an.«

»Ach ...« Nightingale erblaßte leicht, als fürchte er sich davor, geprüft zu werden. »Jawohl, Sir. – He, Schrubber, paß auf.«

Alexander runzelte die Stirn, als er den Spitznamen hörte. Picard fragte sich, ob es an Bord tatsächlich einen Schiffsjungen gegeben hatte, der so genannt worden war. So, wie das Programm ihm den Rang eines Leutnants zur See verliehen hatte, der wahrscheinlich wirklich gelebt hatte, nahm Alexander wohl den Platz eines Jungen ein, der wirklich an Bord gewesen war.

»Das da sind der Bug und das Bugspriet«, begann Nightingale, der bei seiner simplen, wenn nicht gar bizarren Aufgabe eindeutig Unbehagen empfand. »Die Takelage von dort bis zu den Masten nennt man Stag. Die Segel auf den Vorstagen sind Großsegel. Die Stützen dwars sind Wanten. Sie reichen bis zu den Jungfern und Taljenreeps runter und sind mit dem Außenrumpf verbunden. Wir haben drei Masten: Vorder-, Haupt- und Besanmast. Wir setzen fünf Segel auf dem Vorder- und Hauptmast; das untere und obere Toppsegel, dann die Gallants und Royals. Der Besan ist mit einem Schratsegel getakelt, und das Toppsegel ...«

Picard beugte sich zu Alexander vor. »Hört sich an, als führten Mr. Data und Mr. LaForge eine komplizierte technische Diskussion im Maschinenraum, nicht wahr?« murmelte er.

Alexander grinste verschwörerisch und nickte.

Oberfähnrich Nightingale legte eine Pause ein und schaute Picard an, als wolle er wissen, ob diese Lektion zu dämlich war, aber da Picard keine geringschätzige Miene aufsetzte, machte er weiter.

»Wir haben vierundzwanzig Kanonen und eine Schwadron Marineinfanteristen an Bord. Ähm… Vor- und Großsegel sind quadratisch und hängen an Rahen, und die Teile an ihren Enden sind Rahnocken. Die Segel werden mit Flaggleinen oder Fällen gerefft und gehißt, mit Brassentauen rumgeschwungen, mit Schlaufen und Bunten eingeholt und mit Schoten reguliert, die man laufende Takelage nennt, weil sie nämlich beweglich ist…«

»In Ordnung, das reicht«, warf Picard ein. »Gut gemacht, Mr. Nightingale. Alexander, ich werde dich später befragen.«

Die beiden Jungen schauten ihn an, als seien ihm plötzlich Haare gewachsen.

Picard war zufrieden. Er nickte, schaute zur Takelage empor und hoffte, daß niemand bemerkte, daß die Lektion eigentlich nur ihm gegolten hatte. Er mußte sich irgendwie alles merken. Laufende Takelage, stehende Takelage, Schlaufen, Sowieso-Bunte, Haupt-, Vor-, und so weiter. Na schön, kein Mensch konnte das alles nach einmaligen Hören behalten. Ein Teil des Wirrwarrs aus Leinen und Tauen wurde ihm aber allmählich verständlich, so daß er nicht mehr in eine peinliche Lage kommen würde. Eine gewisse Menge Kooperation verlangte jedes Holoprogramm von einem Nutzer. Wenn es ihm nicht gelang, seinen Teil dazu beizutragen und sich anzupassen, würde das Programm sich verknoten. Dann wurde nichts aus Alexanders Unterweisung.

Oder es würde Wochen dauern.

Als die Sonne unterging, verzog sich auch die Hitze des Tages. Nun war der Wind fast kalt. Picard zog den Schluß, daß sie sich irgendwo im Norden der mittleren Vereinigten Staaten befanden. Nicht weit weg von Chesapeake Bay ...

»Chesapeake Bay!« stieß er hervor. »Die *Chincoteague*! Natürlich! Ich hätte es gleich erkennen müssen!«

»Wie bitte, Sir?« fragte Oberfähnrich Nightingale.

Picard öffnete den Mund, um eine Erklärung abzugeben, doch seine Worte erstarben, als achtern ein Kanonenschuß dröhnte.

Nightingale wirbelte herum, sein Blick suchte das Meer ab. »Spinnenfresser!« schrie er. »Mein Gott, Spinnenfresser!«

Er rannte zur Schiffsglocke und ließ sie laut erklingen.

»Spinnenfresser!« schrie er noch einmal.

Picard zog Alexander von der Reling fort, lugte hinaus und suchte den Wasserspiegel ab. Vor der Dunkelheit machte er die Umrisse dreier kleiner Boote aus. Sie waren nicht größer als Beiboote, vielleicht sieben, acht Meter lang, und näherten sich ihrem Heck. Im gleichen Augenblick, in dem er sie sah, feuerte eins der Boote eine Kanone ab, die auf seinem Bug stand. Er sah, daß sich das Geschütz vom Körper des Bootes unabhängig bewegte. Wenigstens einer der Angreifer war also mit einem Drehgeschütz bestückt. Eine so kleine Waffe konnte viel schneller nachgeladen werden als eine Schiffskanone.

»Alle Mann an Deck!« schrie er. »Alle Mann an Deck!«

Zum Henker – einer mußte es doch tun.

Inzwischen hatte fast die ganze Mannschaft die Glocke gehört, und nach Picards Schrei strömten alle Männer durch Luken und Niedergänge. Der Captain erschien auf dem Achterdeck. Bei ihm waren Pennington und zwei Offiziere. Auch der Captain der Marineinfanteristen tauchte auf. Er war nur halb angezogen und blickte über die Reling. Dann eilte er wieder unter Deck, um seine Scharfschützen zu holen.

Die Kolonisten in den angreifenden Booten waren schneller. Sie hatten die Boote mit je etwa zehn Mann besetzt, manövrierten sie längsseits zur *Justina* und eröffneten das Feuer aus Pistolen und Gewehren.

An Bord strauchelten mehrere Männer, die gerade eine oder zwei Kanonen feuerbereit machen wollten. Sie fielen um. Mindestens zwei stießen Schmerzensschreie aus.

Der Captain bückte sich nach links, und einen üblen Augenblick lang glaubte Picard, auch er sei getroffen worden. Doch er wollte nur Mr. Pennington helfen, der auf ein Knie gesunken war. Der Erste Offizier war getroffen!

Die Spinnenfresser-Flottille bewegte sich im Schatten der *Justina* und war auf dem dunklen Wasser fast unsichtbar. Picard schaute hinüber, wollte ihre Bewegungen abschätzen, doch der absolute Lichtmangel war verblüffend. Die Sonne war nur noch eine Erinnerung. Es stand kein Mond am Himmel, und keine Sterne schienen durch die herabsinkende Wolkendecke. Er dachte kurz daran, Laternen an Deck anzuzünden, aber waren sie dann nicht ein ausgezeichnetes Ziel für die angreifende Flottille?

Mr. Nightingale tauchte neben ihm auf. »Sie müssen verzweifelt sein, Sir!«

»Verzweifelt, Mr. Nightingale? Weswegen? Was verteidigen sie denn?«

»Die Werft der Delaware-Station, meinen Sie nicht auch, Sir?«

»O ja ... Sehr wahrscheinlich.«

Er wollte eigentlich »Ist das alles?« sagen, aber dann fiel ihm ein, daß Einrichtungen wie Docks, Lagerhäuser und alles, das zur Mobilität des Feindes beitrug, in Kriegszeiten immer militärische Ziele waren. Es gab nicht viele militärische Einrichtungen in den amerikanischen Kolonien, und daß sie über eine Marine verfügten, konnte man eigentlich nicht sagen. Es gab hier und da ein paar schäbige Festungen und eine lose Miliz aus unausgebildeten Kolonisten, aber das war alles.

Der Captain kam nach mittschiffs, um zu sehen, was da vor sich ging. Er schätzte das Problem ein und wandte sich zu einem Offizier um. Der Offizier schaute anschließend in Richtung Vordeck. »Großsegel setzen, Mr. Picard.«

»Aye, Sir«, erwiderte Picard und sprach die ihm nächste Mannschaftsgruppe an. »Alle Mann an die Großsegel.«

Fünf... sieben... neun, zehn Matrosen eilten zum Bug des Schiffes, und er gesellte sich dazu. Sie lösten geschäftig acht Taue, und drei Mann machten die Großsegel los, obwohl es bedeutete, daß sie aufs Bugspriet klettern mußten und somit gute Ziele abgaben. Trotz der knallenden Pistolenschüsse und der Reaktion der inzwischen an Deck gestürmten Scharfschützen des Infanterie-Captains Newton hatten sie nur ihre Pflicht im Sinn. Alle paar Sekunden ertönte der Aufschrei eines Verwundeten, wenn ein Spinnenfresser oder ein Matrose auf der *Justina* getroffen wurde.

»Klar zum Klüverfall, Sir!« schrie jemand von der Vordecktruppe.

»Verstanden«, erwiderte Picard wie betäubt. »Anluven!«

Das taten sie. Die dreieckigen Klüver liefen an den Stütztauen hoch, bliesen sich in der Küstenbrise voll auf, füllten sich mit Leben und verliehen dem Schiff leichte Manövrierfähigkeit. Der Bug schwang langsam zum Land hin und drehte den Spinnenfressern, die sich im Heckschatten der *Justina* versteckten, die Breitseite zu. Picard spürte die Verbindung zwischen Rumpf und Wasser, Segeln und Wind. Also wirklich, allmählich machte es doch Spaß!

Und er sah die Logik darin. Die Spinnenfresser waren an der Backbordseite. Sie setzten ihr drehbares Geschütz ein, um dem Schiff von der Seite her Schaden zuzufügen und die Seeleute mit Handfeuerwaffen zu erledigen. Nun, da sich die *Justina* in der Küstenbrise drehte, glitt ihr Heck den kleinen Angreiferboote entgegen und brachte langsam die Steuerbordseite herum – an der die Männer nun eilig auf dem Hauptdeck mittschiffs die Kanonen geladen hatten.

»Feuer, Mr. Simon.«

KA-WUUUUMMM! Die erste Kanone feuerte in die Richtung, die der Captain angegeben hatte. Zentimeter vom Heck des ihnen nächsten Spinnenfressers entfernt klatschte die Kugel ins Wasser.

»Das nächste Geschütz, Feuer!«

Die zweite Kanone krachte los.

Das Spinnenfresserboot zerbrach sofort in zwei Hälften und spuckte die Besatzung ins Meer. Jene, die noch lebten, schwammen panisch zu den anderen Booten, deren Ruderer sich schnell von der *Justina* zurückzogen.

»Geben sie auf?« fragte Alexander.

Die Riemen ließen das Wasser weiß aufschäumen. Die Spinnenfresser koordinierten ihre Bemühungen und ruderten fest, um Entfernung zwischen sich und die tödlichen Bisse der Marinegewehre zu bringen. Ganz zu schweigen von den Steuerbordkanonen.

Trotzdem... Irgend etwas war eigenartig. Warum hatten sie den weiten Weg zurückgelegt – um jetzt so schnell aufzugeben? Es entsprach nicht dem Charakter von Rebellen. Wenn die Briten den Krieg gewannen, blieben die Kolonisten weiterhin Kolonisten, und der Preis für ihre Verwegenheit würde hoch ausfallen.

Als die Marineinfanteristen die letzten gezielten Schüsse in den dunklen Abend abgaben, spürte Picard, daß ein übelkeiterzeugendes Schlingern durch seine Füße und Beine ging. Er wurde seitlich gegen Nightingale geworfen, und beide flogen gegen die Reling.

Durch die Planken spürte er die Festigkeit sandigen Bodens. Er war weich, breiig und körnig, aber allemal hart genug, um das Schiff auf Grund laufen zu lassen.

Ihm wurde sofort klar, was geschehen war. Die *Justina* war von Männern, die sich in diesen Gewässern auskannten, in die Falle gelockt worden. Man hatte sie dazu verleitet, sich der Küste zuzudrehen. Obwohl es so aussah, als sei das Land eine Viertelmeile entfernt, war das Wasser hier seicht. Sie waren aufgelaufen.

Sie waren auf Grund gelaufen und wurden angegriffen!

7

»Ach, wie süß! Komm, Kleiner, setz dich auf meinen Schoß. Du auch, Schätzchen! Na, schau mal. Ist es nicht schön?«

Holographen, Kameras, Videoausrüstung, Sensorsender – alle Arten von Aufzeichnungsgeräten, die auf Sindikash existierten, summten fröhlich vor sich hin, als die Gattin des Gouverneurs die behinderten Kinder um sich versammelte und zwei von den Kleinen auf ihre Knie zog.

Die Villa des Gouverneurs war für den in drei Wochen stattfindenden Festtag der Gründung Sindikashs dekoriert. Die Staatsfarben waren Gold, Violett und Schwarz, deswegen flatterten in den Gängen Bänder, die diese Farben aufwiesen. Weinrankenkränze mit künstlichen Trauben hingen an allen Fenstern über den gewaltigen Kaminen der Villa. Auch sie waren praktisch Symbole Sindikashs. Die meisten Häuser verfügten über klotzigen Kamine oder wenigstens eine Attrappe, und man fand sie auch in den Eingangshallen der meisten öffentlichen Gebäude. Sindikash liebte seine Traditionen.

Worf hingegen hingen Traditionen allmählich zum Halse heraus. Er wäre am liebsten bei seinem Sohn auf der *Enterprise* gewesen, um seine eigenen Traditionen zu feiern. Doch nun war er hier, stand am Eingang und überwachte die Traditionen anderer.

In der Unterkunft, die er sich, da sie nun zu den Einzelgängern gehörten, mit Grant teilte, saß sein alter

Freund vor einem altertümlichen Rechner und bemühte sich, die Spur zu finden, von der er gesprochen hatte: die Spur, die Odette Khanty mit ihrer miesen Organisation in Verbindung brachte.

Worf, Ugulan und die anderen waren gerade erst aus dem Weltraum zurückgekehrt – mit dem ramponierten Frachter, den sie den Sindikash-Behörden an der cardassianischen Grenze nicht hatten unterjubeln können. Worf hoffte, seine Botschaft, daß der Trick wie geplant funktioniert hatte, würde bei Picard ankommen. Er hatte die streng kodierte Nachricht über zivile Leitungen versandt, über mehrere Handelsfrachter und den betrunkenen Captain eines Feuerschiffes. Es konnte vielleicht vier bis fünf Tage dauern.

Ob er Grant bis dahin außen vor halten konnte? Die Wahl rückte mit jedem Tag näher. Sie hatten kaum noch eine Woche Zeit.

Grant und er waren auf Sindikash völlig isoliert. Eine Verständigung mit der *Enterprise* war teuer, langsam und gefährlich. Schnellere Methode hätten Aufmerksamkeit erringen oder Signale auslösen können. Sie waren ganz auf sich allein gestellt. Was bedeutete, daß Grants Leben in Worfs Händen lag.

Er fragte sich allmählich, ob es nicht doch ein schlimmer Fehler gewesen war, sich mit einem so engen Freund zusammenzutun.

Mit einiger Mühe gelang es ihm, den Gedanken von sich zu schieben. Wieder einmal.

Hinter dem Zentralbüro lag der komatöse Gouverneur in seinem Krankenbett. Er war an mehrere Geräte angeschlossen, die Ärzte in der kleinen Hausklinik ein Stockwerk tiefer überwachten. Die Tür zum Gouverneurszimmer stand offen. Das Fußende des Bettes war sichtbar, auch die Füße des Bewußtlosen. Sie schufen unter der roten Bettdecke eine unregelmäßig geformte Wölbung.

Worf beobachtete Odette Khanty und die Kinder. Sie nahm sie in die Arme, küßte sie und ließ sich an den Haaren ziehen, denn das, was hier geschah, wurde auf dem ganzen Planeten gesendet. Die Öffentlichkeit nahm sie wahr.

»Wie süß«, murmelte sie und lachte. »Fein! Und jetzt könnt ihr alle runter ins Zwischengeschoß gehen. Da warten Eiskrem und Bonbons auf euch!«

Die Kinder klatschten jubelnd in die Hände, und die Khanty fiel in den Applaus ein. Dann half ein Trupp von Beratern und Eltern den Kindern aus dem Zimmer und geleitete sie durch einen breiten, mit einem Teppich ausgelegten Gang. Nur die Medienvertreter und ihre Aufzeichnungsgeräte blieben zurück.

Odette Khanty stand auf. Sie strahlte noch immer, als hätten die Kinder ihr Herz erfreut. Dann breitete sie vor den Journalisten elegant die Arme aus. »Kann ich sonst noch irgend etwas für Sie tun?«

Aus dem Hintergrund der kleinen Gruppe meldete sich ein Korrespondent. »Mrs. Khanty«, sagte er, »können Sie etwas über die gegen Sie erhobene Beschuldigung sagen, die Sie mit der Explosion im Lowelli-Kornspeicher im Ost-Territorium in Verbindung bringt? Gerüchten zufolge gab es auch zwei Zeugen dafür, daß Sie in die Explosion an Bord der Sindikash Eins-Vier verstrickt waren. Entspricht das der Wahrheit?«

Odette Khanty beherrschte meisterhaft ihren Gesichtsausdruck. Sie setzte eine strahlende Miene des Verständnisses für den Journalisten auf. »Ich verstehe ja, daß Sie sich verpflichtet fühlen, solche Fragen zu stellen. Aber ich kann nur sagen, daß kein Indiz darauf hinweist, daß ich oder jemand aus meiner Umgebung mit diesen Ereignissen in Verbindung gebracht werden kann. Es liegen einfach keine Indizien vor. Ich kann doch auch nichts dafür, wenn manche Leute so von Gier und Haß zerfressen werden, daß sie schlimme

Dinge über uns sagen. Wir müssen uns über all dies einfach hinwegsetzen.«

»Danke, meine Damen und Herren«, sagte Paolo Stefano elegant und würgte damit weitere Fragen ab. Er war ihr Assistent, ein junger Mann mit einem jungenhaften Gesicht. Er winkte die Presseleute zur Tür. »Mrs. Khanty hat einen anstrengenden Tag hinter sich. Denken Sie an den Termin morgen früh um zehn. Wir haben einigen von Ihnen erlaubt, Mrs. Khanty bei der Pflege des Gouverneurs aufzunehmen. Es handelt sich um die ersten der Öffentlichkeit zugänglichen Aufnahmen des Gouverneurs seit dem Mordversuch.«

Die Reporter und Kameraleute bedankten sich murmelnd, aber niemand stellte eine Frage.

»Wenn Sie uns nun entschuldigen wollen«, fuhr Stefano fort. »Wir sehen uns morgen, Stavros ... Danke, Achmed, hat mich gefreut, Sie zu sehen ... Danke, Myra, daß Sie gekommen sind ... Ayshe, Sie haben abgenommen!«

Odette Khanty nickte und wechselte noch ein paar Worte mit einigen Reporterinnen, die aufgeregt gurrten, da sie sich in ihrer Nähe aufhalten durften. Ihre Unterwürfigkeit schlug Worf auf den Magen.

Schließlich gelang es Stefano, alle hinauszutreiben. Er schloß sich ihnen an, damit niemand auf die Idee kam, sich anderswo im Haus umzuschauen.

Er schloß die Bürotür hinter sich.

»Raum abtasten«, sagte die Khanty sofort zu Ugulan.

Während Ugulan einen alten Tricorder zückte und den Raum nach irgendwelchen Gerätschaften absuchte, die vielleicht jemand zurückgelassen hatte, ging sie in der Kochnische ans Spülbecken und wusch sich großtuerisch die Hände. Dabei vergaß sie nicht, sich zwischen den Fingern und bis an die Ellbogen zu säubern.

»Dreckige Teppichratten«, knurrte sie vor sich hin und schüttelte sich unverhohlen. »Sie haben immer klebrige Pfoten. Wieso können die Eltern sie nicht sauberhalten? Schmutzige, übelriechende Rotzlöffel! Warum haben Menschen überhaupt Kinder? – Ugulan!«

Sie kehrte in den Empfangsvorraum zurück. Ihr Gesicht war nun gerötet. Ihre Miene hatte keine Ähnlichkeit mehr mit der, die sie vor den Kameras aufgesetzt hatte.

»Ugulan, du räudiger Köter, hol deine Schweinebande her!«

»Jawohl, Mrs. Khanty.« Ugulan steckte den Tricorder ein, zückte einen Kommunikator und sandte den Einzelgängern ein wortloses Signal. Da sie vor der Tür standen und den Korridor bewachten, waren sie Sekunden später da und quetschten sich durch den von Einlegearbeiten verzierten Türrahmen.

Die Khanty hatte sich inzwischen die Hände abgetrocknet und stand mit dem Gesicht zur Wand da. Ihre Schultern waren angespannt, ihr Kopf leicht nach vorn geneigt.

Worf konzentrierte sich. Als die Einzelgänger den Raum stumm wie Statuen betraten, empfand er Abscheu. Einer nach dem anderen baute sich an der Wand auf, und wenn möglich, sogar hinter einem Möbelstück.

Er konnte es in ihrer Gesellschaft nicht aushalten! So angezogen zu sein wie sie, zu ihnen gezählt zu werden, durch die Straßen zu gehen und für einen der ihren gehalten zu werden! Er musterte die Prozession mit unbehaglicher Neugier und zunehmendem Widerwillen. Der Augenblick wurde langsam surreal.

Sieben klingonische Krieger, bis an die Zähne bewaffnet. Außer der Polizei besaßen sie die einzigen auf dem Planeten erlaubten Energiehandwaffen. Sie standen wie an die Wand genagelt da, und ihre Augen schauten ins Leere. Einige der zähesten Krieger dieses Quadranten sammelten Kraft, um einer einzelnen Menschenfrau entgegenzutreten.

Ich gehöre nicht dazu, und doch ersaufe ich in ihrer Schande. Wann kann ich dieser Sache ein Ende bereiten?

Die antike Uhr auf dem Kaminsims tickte teilnahmslos. Ihr Pendel kündigte schleichendes Grauen an. Das einzelne bleiverglaste Fenster mit dem Steinrahmen ließ Worf sich danach sehnen, überall hinzuschauen, nur nicht in diesen Raum.

»Glück.«

Odette Khantys erstes Wort war so sanft wie ein Nieselregen. Worf mußte sich anstrengen, um es überhaupt zu hören.

Sie schaute noch immer den Schreibtisch an. Gegenüber, an der anderen Wand, schob Ugulan das Kinn vor. Sein Blick war auf die Frau gerichtet. Seine Hände öffneten und schlossen sich fortwährend, ballten sich zu Fäusten.

»Nichts als Glück. Hirn hat dabei sicher keine Rolle gespielt.«

Die Khanty führte wohl ein Selbstgespräch. Es war, als läse sie irgend etwas ab, das vor ihr auf dem Tisch lag.

»Loyalität auch nicht.«

Sie drehte sich nun langsam um und richtete den Blick auf die Blumensträuße des gewebten Teppichs. Sie ließ die Arme hängen und streckte leicht die Hände aus, als bemühe sie sich, das Gleichgewicht zu bewahren.

»Ihr gefährdet meine Pläne für diesen Planeten ... Ein Unternehmen, das mehr wert ist als euer Leben und das eurer Mütter. Es war eine Chance, die Opposition runterzumachen und uns all das, was wir haben wollen, durch einen umfassenden Schlag zu verschaffen. Aber ihr habt es nicht geschafft. Ihr habt nichts auf die Reihe gekriegt. Ihr habt euch nicht an euer Versprechen gehalten. Wie soll ich euch je wieder vertrauen? Was soll ich *jetzt* machen?«

Das Wort *jetzt* kam wie eine Ohrfeige über ihre Lippen. Sie riß so plötzlich den Kopf nach oben, daß ihr Haar hochflog, als wolle es die Bewegung betonen.

Ihr Gesichtsausdruck hatte sich verändert. Diese Miene hatte Worf noch nie zuvor gesehen. Ihre schwarzen Brauen waren flach, schmal; die Furchen um ihre Lippen traten plötzlich hervor. Ihr Blick war so scharf wie Trockeneis. Er zeigte sowohl Verachtung als auch reine Wut; als mache sie ein sittsames Kind zur Schnecke, das unerwartet ein böses Wort ausgesprochen hatte.

Worfs Gesicht erhitzte sich. Er empfand Verbitterung und Verlegenheit. Er hatte sich sein Leben lang bemüht, Individualist zu bleiben, dem Kurs dieser oder jener Gruppe oder Fraktion zu widerstehen; sogar der Kultur als Ganzes, doch nun war er ein Klingone, der sich einerseits ärgerte, daß eine Menschenfrau all jene heruntermachte, die Krieger hätten sein sollen, und sich andererseits freute, daß Ugulan und seine Lumpen es hinnehmen mußten, wie Kinder gezüchtigt zu werden.

Sie hatten es verdient!

Die Khanty machte einen Schritt nach dem anderen, bis sie in der Mitte der Bürozone stand. Sie blickte niemandem ins Gesicht. Ihr Blick war auf den Teppich gerichtet. Niemand schaute sie an.

»Habt ihr überhaupt irgendeine Vorstellung davon, was ich tun könnte, um euch fertig zu machen?«

Sie schritt am letzten der Einzelgänger vorbei, drehte sich um und ging langsam zurück. Sie schaute niemanden an. Ihr Blick war auf die gegenüberliegende Wand des Raumes gerichtet.

»Wißt ihr eigentlich«, fuhr sie fort, »wie weit ihr würdet rennen müssen?«

Die Uhr klickte. Dann schlug sie an. *Eins, zwei, drei …*

»In welchen Abwasserkanälen ihr euch verstecken müßtet?«

Fünf, sechs.

»Unter euch ist nur ein echter Mann.« Sie deutete knapp in Worfs Richtung. »Wenn er nicht gewesen wäre«, sagte sie, »wo würde ich dann vermutlich jetzt stehen?«

Worf versteifte sich und hielt die Luft an. *Wunderbar! Ich bin die Nummer Eins unter lauter Nullen! Wie weit habe ich es doch gebracht!*

Die schwere Klinke der Bürotür klickte. Die Tür wurde aufgeschoben. Ein junger Page trat ein. Er brachte einen Stapel Holzscheite für das abendliche Kaminfeuer. Feuer zu machen war eine Sitte, der man auf Sindikash an den meisten Abenden nachkam. Geistige Wärme, Verbundenheit mit einer schwierigen Vergangenheit.

Aber nicht heute abend.

Der Page blieb stehen, schaute sich um, erkannte, was hier vor sich ging, fand sich in Odette Khantys finsterem Blick wieder und zog sich schnell zurück, ohne sich umzudrehen. Die schwere Tür fiel ins Schloß. Zwei Einzelgänger zuckten bei dem Geräusch zusammen.

Die Khanty schaute die Tür an. Sie war in ihrem Zorn erstarrt.

Dann wandte sie sich zu den Einzelgängern um und schaute einem nach dem anderen in die Augen.

In den nachfolgenden Minuten schien der Teufel selbst zu ihnen zu sprechen.

8

»Sie haben nach mir geschickt, Mrs. Khanty? Hier bin ich.«

»Ja, Worf. Sie haben doch verhindert, daß der Frachter der Raumflotte in die Hände fiel.«

»Woher wissen Sie das?«

»Ich weiß es eben. Warum haben Sie es getan?«

»Weil … Ich möchte lieber nichts dazu sagen.«

Das Privatbüro roch nach dem Holzfeuer, das am anderen Ende des Raumes im Kamin prasselte. Holzfeuer waren zwar auf Sindikash beliebt, aber seit fünfzig oder sechzig Jahren nicht mehr nötig. Worf stand vor Odette Khanty. Sie saß teilnahmslos hinter einem geschnitzten Anwaltsschreibtisch aus dem 18. Jahrhundert. Er kam sich eigenartig klein vor. Irgendwie machten ihm die behaglichen Gerüche und das altmodische Dekor bewußt, wie fehl er hier am Platze war. Jede Faser des Teppichs war eine weitere Drehung auf dem Drahtseil, über das er lief.

Sie trug irgendein dickes Samtgewand mit Brokatärmeln und einem Seidenkragen, wodurch sie auf Worf wie eine zwanglose Adelige wirkte. Das Gewand mußte irgendeinen sentimentalen Erinnerungswert für sie haben, denn der Saum eines Ärmels war leicht duchgescheuert und ausgebessert worden.

Worf hielt sich in ihrer privaten Unterkunft auf. Sie befand sich über den Genesungsräumen des Gouverneurs, und niemand – niemand – kam hierher, ohne persönliche und von Mrs. Khanty bestätigte Anfrage und ohne vier bis fünf Stationen einer Sicherheitsüberprüfung zu durchlaufen. Die Tatsache, daß er ohne irgendwelche Bewacher hier war, war eine von ihr an ihn gerichtete Botschaft.

»Dann werde ich es genauer erklären«, sagte die von seiner Gegenwart und Größe völlig unbeeindruckte Frau gleichmütig. »Weil Ugulan und die anderen, obwohl sie mir geschworen hatten, sich lieber selbst zu opfern, bereit waren, sich verhaften zu lassen. Sie wollten sich nicht verhaften lassen. Aber Sie wollten auch nicht sterben. Ist es nicht so?«

»Stimmt.« Worf richtete sich auf, schaute über ihren Kopf hinweg auf die Skulptur eines Falken in einem Wandregal und gestattete sich für eine schnelle Sekunde, ehrlich zu sein. »Ich gehöre nicht zu denen, die gern sterben.«

Die Gattin des Gouverneurs lehnte sich in den Sessel zurück, der mit seinem Bezug aus besticktem Stoff eher wie ein Thron aussah, was sie auch wußte. Ihr hübsch frisiertes Haar umspielte ihre Schultern. Ihre Wangenknochen fingen das blasse Licht ein.

»Aber Sie haben sich auch nicht gefangennehmen lassen«, sagte sie.

Worf entspannte sich bei ihrem freimütigen Tonfall und schaute ihr in die Augen. Er hatte zum ersten Mal den Eindruck, als könne er sich mit ihr unterhalten wie ein Ebenbürtiger.

»Dann wäre es *für uns beide* übel ausgegangen, Mrs. Khanty«, sagte er. »Ich bin aus der Flotte desertiert, und Sie …«

Er hielt bewußt inne, nahm sie jedoch weiterhin mit festem Blick ins Visier. Sein Blick sollte ihr sagen, daß er wußte, wer sie war.

»Ja«, murmelte sie. »Es war meine Chance, dem Vizegouverneur zwanzig Prozentpunkte abzujagen. Ich hätte die Wahl problemlos gewonnen. Aber jetzt wird es knapp. Und das behagt mir nicht. Jetzt habe ich nur noch drei Tage. Was kann man in drei Tagen tun? Wissen Sie eigentlich, was aus Ihnen und den anderen wird, wenn ich verliere?«

Mehrere mögliche Antworten gingen Worf durch den Kopf. Schließlich entschied er sich für eine davon. »Der Vizegouverneur wird uns ausschalten.«

Odette Khanty lächelte nicht. Sie offerierte ihm auch in keiner Weise stillschweigende Anerkennung.

»Nein«, sagte sie. »Aber *ich* werde das tun.«

Er stand in der gelben Aura der den Raum erhellenden imitierten Gaslampen vor ihr und sagte nichts.

»Ich habe einen Auftrag für Sie«, fuhr sie fort, »der Ihnen mein volles Vertrauen einbringen wird. Die Einzelgänger müssen für ihre Feigheit bezahlen.«

Worf runzelte protestierend die Stirn. Er reagierte sofort defensiv, wenn Begriffe wie ›Klingonen‹ und ›Feigheit‹ in einem Satz auftauchten. »Es war nicht ihre Schuld, daß der Starfleet-Scout den Frachter geortet hat«, sagte er, obwohl es ihm schwerfiel, die Einzelgänger zu verteidigen.

»Das meine ich nicht«, sagte die Khanty zustimmend. »Ich meine das andere. Wir haben einen Pakt geschlossen. Sie haben mir Gehorsam geschworen. Sie leben auf meinem Planeten, genießen ihren Status als Fremde, sind meine Elitegarde und erringen Einfluß und Macht. Dafür schwören sie mir im Gegenzug, daß sie eher sterben werden, als sich verhaften zu lassen – damit kein Verdacht auf mich fällt. Sie haben den Pakt nicht eingehalten. Sie kennen den Preis. Sie müssen ihn bezahlen. Und ich möchte, daß *Sie* diesen Preis kassieren.«

Worf spürte die Hitze eines brennenden Scheits, das im Kamin knackte, im Nacken. Die Khanty war völlig undurchschaubar. Sie sprach nicht lauter, in ihren Augen war kein böser Glanz. Sie zeigte keine klammheimliche Freude, machte keine mürrische Drohung. Sie hätte ebenso mit einem Koch sprechen können, der gerade das Essen für ein Bankett zusammenstellte.

»Nehmen Sie sich irgend einen vor«, fügte sie hinzu. »Hinterlassen Sie keine Spuren. Ich kann nicht zulassen, daß so etwas noch mal passiert.«

Sie verharrte, faltete die Hände im Schoß und schlug die Beine übereinander. Und wartete.

Worf stand vor ihr, aber ihm fiel nichts ein, was er sagen konnte. Wie nahm man den Auftrag an, jemanden umzubringen, um beruflich voranzukommen?

Seit Kommissar Toledanos erstmaliger Behauptung, Klingonen hätten die abscheulichen Morde begangen, hatte er töten wollen. Und nun gab man ihm die Chance, einen ehrlosen Klingonen zu töten. Er konnte es sogar dienstlich tun. Er konnte es *wirklich* tun...

»Eine Frage«, sagte Worf. »Sie haben mich nicht um einen Treueeid gebeten. Darf ich fragen, warum?«

»Ich würde ihn doch ohnehin nicht kriegen, oder?«

»Nein.«

Odette Khanty war allem Anschein nach nicht an seinem Eid interessiert. Oder sie war zu sehr daran gewöhnt, daß man sich ihr nie widersetzte. Sie schien in dieser Lage kein Unbehagen zu verspüren.

Sie nickte.

»Ob mit Eid oder ohne, Worf«, sagte sie. »Betrügen Sie mich nicht. Es wäre keine gute Idee.«

»Du hättest deine Marke zücken und sie verhaften sollen! Das ist ja riesig! Wir haben sie! Sie hat einen Flottenoffizier gebeten, jemanden zu ermorden, damit sie zu ihrer Rache kommt und ihre Schläger disziplinieren kann!«

Ross Grant breitete die Arme aus. Er nahm es nicht persönlich, daß nicht er derjenige gewesen war, der Odette Khantys Tarnung hatte »knacken« können. Er wirbelte, verblüfft über die Dreistigkeit ihrer Gegenspielerin, im Raum umher wie eine Windhose.

Worf, innerlich dankbar für den Großmut seines Freundes, schüttelte den Kopf. »Sie hat gesagt, es sei ein ›Auftrag‹. Jemand müsse ›den Preis‹ bezahlen. Sie hat gesagt, daß ich ihn ›kassieren‹ soll. Sie war sehr vorsichtig. Sie hat nichts ausgesprochen, das ihr schaden kann, egal in welchem Zusammenhang. Und du weißt doch, wie geschickt sie ist, wenn es darum geht, Tatsachen zu verdrehen.«

»Und ob!«

»Außerdem hat sie dafür gesorgt, daß wir allein waren. Es gab keine weiteren Zeugen. Und die hiesigen Gesetze verlangen zwei, nicht einen.«

Grant wollte etwas sagen; dann hielt er kopfschüttelnd inne. »Ja, richtig … Ja, ich weiß, ich weiß … Verdammt.«

Worf, froh darüber, es nicht noch einmal wiederholen zu müssen, setzte sich hin und zog an seinem Stiefel. Als er seinen Fingern zuschaute, erblickte er zwei knorrige, kräftige, trainierte Hände, die sich um eine Klingonenkehle schlossen.

»Das größere Problem besteht aber noch. Sie möchte, daß ich einen Einzelgänger als abschreckendes Beispiel töte. Erst wenn ich es getan habe, wird sie mir vertrauen.«

»O ja, so ist es«, sagte Grant. »Sie will zwei Fliegen mit einer … Na, du weißt schon, was ich meine.«

»Ja«, sagte Worf seufzend. »Und wenn ich es nicht schaffe, kriegen wir vielleicht nie die Chance, dich in den Laden reinzubringen.«

»Mensch, laß dir bloß was einfallen! Was auch passiert, dazu darf es nicht kommen. Ich bin der einzige, gegen den sie sich nicht schützen kann.«

Worf knetete seinen Stiefel noch einmal und setzte sich aufrecht hin. »Ja … und um ihr Vertrauen zu behalten, muß ich es mir verdienen, indem ich mich ihr völlig ausliefere. Dann erst sind sie und ich einander verpflichtet.«

Grant zuckte die Achseln. »Das übliche Mob-Verfahren. Bring deine Handlanger dazu, daß sie etwas tun, wobei sie auf keinen Fall erwischt werden möchten. Sorg dafür, daß die richtigen Leute erfahren, daß es getan wurde, damit du nicht der einzige bist, der Verbrechen begeht. Dann müssen sie zu dir halten. Die älteste Geschichte aller Zeiten. Hab ich schon ein Dutzendmal erlebt.«

Worf nickte frustriert.

»Weißt du«, fuhr Grant fort, »du hast jetzt einen großen Schritt gemacht. Nach allem, was ich in Erfahrung gebracht habe, ist sie daran gewöhnt, solche Sondereinsätze an Ugulan zu vergeben. Jetzt ist er draußen, und du bist drin. Du solltest dich lieber vor diesem Typen in acht nehmen, Alter. Ich möchte nicht, daß du ohne Arme zurückkehrst.«

»Ich habe die Absicht, sie zu behalten«, sagte Worf und stand auf. Er holte tief Luft, hielt den Atem an, stieß ihn aus und ging in Richtung Tür. »Und schließ dich bloß ein.«

»He!« rief Grant. »Wo gehst du hin? Du solltest lieber nicht allein rausgehen. Soll ich mitkommen?«

»Diesmal nicht.« Worf öffnete die Tür, reckte die Schultern und zwang sich, keinen Blick zurückzuwerfen. »Ich muß einen Klingonen umbringen.«

Der mitternächtliche Himmel lag über den Kuppeln des Stadtkomplexes. Gotische Türme spielten mit niedrig hängenden Wolken. Der Duft nach nassem Gras und dampfender Wolle ritt auf einer heranwehenden Brise. Sie kam von der Herde amerikanischer Bisons, die gelassen im Tal vor der Stadt grasten.

Aus Cafés und Lokalen drangen Gelächter und

Musik, von Mandolinengeklimper bis hin zum Pfeifen von Klarinetten. Sindikash war ein gemütlicher Ort; er hatte eine Menge zu verlieren.

Schlamm. Es hatte kürzlich geregnet, aber nur wenig. Das Straßenpflaster war ölig, man konnte sich nur schwer auf ihm bewegen. Seine Stiefel rutschten beim Gehen, und jeder Ausrutscher ließ ihn vor Unsicherheit beben. Es war nicht gut, hier zu sein.

In der Finsternis der Gasse zwischen der Kirche und dem Postamt konnte er nichts sehen.

Nicht mal die eigenen Hände.

Er hätte nicht allein gehen sollen. Allein war auf Sindikash niemand sicher.

Er spürte seit seiner Kindheit, wenn jemand in der Nähe war. Sein Vater war ebenso gewesen. Mißtrauisch.

Alles machte ihn mißtrauisch. Der kalte Wind. Das Klicken und Pfeifen der Musik. Die blassen, flackernden Lichter der nächsten Straße, die in der Ferne einen bizarren silbernen Nebel erzeugten. Das Ende der Gasse. Er wäre gern dort gewesen, damit sein Rückgrat endlich nicht mehr bebte. Es war keine gute Zeit, um allein unterwegs zu sein.

Als sich sein Hunger nach dem Licht am Ende der Gasse steigerte, erkannte er, daß sie bereits zur Hälfte hinter ihm lag. Jetzt konnte er nicht mehr sicher umkehren. Er mußte den ganzen Weg zurücklegen. Wie viele Schritte hatten ihn bis hierher gebracht? Wie viele mußte er noch gehen? Normalerweise zählte er seine Schritte. Heute abend hatte er es vergessen.

In der dunklen Nacht brüllte ein Büffel. Er wäre gern dort draußen gewesen. Er hätte den Hieb einer Klinge oder den Schuß eines Phasers vielleicht mit einem schnellen Abtauchen hinter einen pelzigen Leib abblokken können. Schutz, Schutz …

Das Ende der Gasse vor ihm leuchtete. Er wollte dort sein. Sein Herzschlag trommelte so heftig in seinem

Kopf, daß er ihn für alles blendete, nur nicht für das ferne Licht und seinen nebeligen Flittervorhang.

Schritt, Schritt, Schlamm, Ausrutschen, Gleichgewicht finden, wieder ein Schritt ...

Plötzlich knickte sein linkes Knie ein und flog unter ihm weg. Sein Rückgrat kreischte, als es auf schlammglatte Pflastersteine knallte. Einer schlug gegen seinen Hinterkopf, machte ihn schlagartig schwindlig und ließ seinen Blick über den Hausdächern und dem dunstigen Himmel verschwimmen.

Dann waren Hände – Fäuste – an seiner Kehle, rissen ihn hoch. Er wollte sich wehren, doch seine Hände brannten vom Sturz.

Schwindel wirbelte durch seinen Schädel. Er verlor das Gleichgewicht, als jemand ihn auf die Beine stellte. Dies konnte niemand tun, der nicht selbst Klingone war.

In einem Augenblick der Panik riß er die tauben Arme an seinen Brustkorb und hoffte schwerfällig, die lebenswichtigen Organe vor dem Messerstich schützen zu können, von dem er wußte, daß er kommen mußte ...

Doch er kam nicht.

»Es ist nicht sehr klug«, sagte eine tiefe Stimme vor seinen verschwommenen Augen, »allein durch die Stadt zu gehen, Genzha.«

»Worf! Du bist es!«

Genzha drückte sich an die Ziegelsteinkirche. Doch bevor er eine Hand oder ein Knie heben konnte oder seine tauben Finger seinen Dolch fanden, wurden ihm die Arme hinter dem Rücken gebunden und mit einer Art Gurt befestigt.

Angst durchzuckte ihn, als er erkannte, daß ein ausgebildeter Berufssoldaten ihn festhielt – ein Soldat von Starfleet.

Es überraschte Genzha, daß er noch nicht tot war.

»Aber das macht doch Ugulan! Ich habe mit Ugulan gerechnet! Sie hat diesmal dich ausgesucht?«

»Sie hat mich ausgesucht. Wir leben in einem seltsamen Universum, in dem nichts sicher ist.«

»Was willst du? Es kotzt mich an, wie du dich freust!«

»Ich möchte, daß du leise bist.« Worfs Atem schlug heiß an Genzhas Ohr. »Geh vor mir her, dann sprechen wir darüber, wer bis zum Morgen lebt – und wer stirbt.«

»Transporterraum an Commander Riker.«

»Hier Commander Riker. Was machen Sie im Transporterraum, Mr. Data?«

»Der Neuzugang hat mich gebeten herzukommen, um mit einer Situation fertig zu werden. Doch nun muß ich um Ihre Hilfe ersuchen.«

»Um was geht's denn?«

»Wir haben ein Paket von Mr. Worf erhalten, Sir. Es kam von einem Asteroidenbrecher, der es von einem Torkezzi-Tanker übernommen hat, und der hatte es wiederum von einem Frachter von Sindikash.«

»Okay, was ist in dem Paket?«

»Ein ziemlich aufgebrachter Klingone, Sir.«

»Ein Klingone?«

»Jawohl, Sir. Er wurde offenbar vor sieben Stunden unter Drogen gesetzt. Als er an Bord des Brechers erwachte, machte er seinem Unmut Luft.«

»Hat er jemanden verletzt?«

»Nein, Sir. Seine Hand- und Fußgelenke waren gefesselt. Er ist allerdings sehr laut, denn niemand kam nahe genug an ihn heran, um ihn zu knebeln.«

»Haben Sie ihn jetzt unter Kontrolle?«

»Ich konnte ihn knebeln, Sir.«

»Ich schätze, es hat wohl seine Vorteile, Androide zu sein. Warum schickt Worf uns einen gefesselten Klingonen?«

»Keine Ahnung, Sir. Er bittet nur darum, ihn für unbestimmte Zeit in Gewahrsam zu nehmen und Stillschweigen darüber zu bewahren.«

»Hmmm... In Ordnung. Wenn er es will, machen wir es.«

»Wo soll ich ihn unterbringen, Sir?«

»In einer Arrestzelle. Dort geht's ihm gut. Unser Bau ist hübscher als die meisten.«

»Aber aus welchem Grund, Sir? Ohne Anklage können wir ihn nur vierundzwanzig Stunden festhalten.«

»Ich denke darüber nach. Buchten Sie ihn erst mal ein. Und sorgen Sie dafür, daß er es bequem hat.«

»Jawohl, Sir.«

»Mr. Data?«

»Ja, Sir?«

»Nicht *zu* bequem.«

»Verstanden, Sir.«

»Riker, Ende.«

»Er ist unpünktlich. Was hat er zu tun, daß er sich sogar zum Essen verspätet? Er hat keinen Auftrag. Er hat keinen Dienst. Er hat keinen Grund, beim Abendessen abwesend zu sein.«

Worf lauschte Ugulans Gedröhn mit einem Anflug von Erheiterung, sagte aber nichts. Er saß am anderen Ende einer langen Tafel, die Abend für Abend mit klingonischer Nahrung für die Einzelgänger bestückt wurde.

Es wurde erwartet, daß sie zusammen aßen. Es war die einzige Möglichkeit, miteinander zu reden. Oder einander im Auge zu behalten.

Doch Genzha hatte das Abkommen gebrochen. Er war nicht zum Abendessen erschienen.

Laut der untereinander getroffenen Abmachung durfte mit dem Essen erst angefangen werden, wenn alle zusammen waren.

Und Worf hatte Hunger. Er war hungrig und zufrieden. Er hatte eine Gelegenheit zum Töten gehabt und etwas Besseres daraus gemacht. Ach, wäre Alexander nur dabeigewesen, um es sich anzuschauen. Wäre Picard nur dabeigewesen. Er wäre Worf recht gewesen, wenn es jemand gewußt hätte.

Und warum auch nicht? Wozu war Selbstbeherrschung nütze, wenn man nicht ein bißchen mit ihr prahlen konnte?

Er musterte sein Publikum. In einer Minute würden alle vor ihm zittern. Das gefiel ihm.

»Genzha«, sagte er, »kommt heute nicht.«

Ugulan riß die Augen auf und fuhr zu ihm herum. »Was soll das heißen? Wo ist er?«

Worf stützte beiläufig einen Ellbogen auf den Tisch und spießte eine Roulade auf. »Er macht nicht mehr bei uns mit. Mehr sage ich nicht.«

Die anderen – Mortash, Tyro und die übrigen – fuhren plötzlich herum, starrten Worf an, verstanden, was er meinte, warfen sich gegenseitig Blicke zu. Niemand schien zu wissen, was er sagen sollte.

Ugulan stierte Worf ebenfalls an. Er wirkte am meisten entsetzt, weil er wußte, daß Worf nun seine Position einnahm.

Worf betonte seine Aussage, indem er langsam in die Roulade biß.

Mortash brach ziemlich unerwartet in ein brüllendes Gelächter aus. Es hallte von den mit Teppichen behangenen Wänden wider. Er nahm seinen Becher, prostete Worf zu und nahm einen großen Schluck. Dann lachten auch Tyro und Kev. Bald nickten die Einzelgänger zufrieden und stürzten sich aufs Essen.

Vorübergehende Verwirrung ergriff Worf, als er herauszufinden versuchte, was hier geschah. Warum lachten sie?

Sie waren nicht nur Leibwächter – sie waren klingonische Leibwächter. Ausgebürgert oder nicht, Klingonen brauchten Regeln. Deswegen speisten sie täglich miteinander; wegen ihres Pakts mit Odette Khanty und ihrer gegenseitigen Abmachung. Offenbar war es für sie kein Geheimnis, daß einer der ihren verschwunden war. Worf hatte erwartet, daß sie sich an ihm rächen würden, weil er einen der ihren ausgeschaltet hatte. Seine Beine waren angespannt für den Kampf, von dem er glaubte, der auf ihn zukäme.

Und doch reagierten sie ganz anders.

Plötzlich verstand er, was hier vorging. Was er in seiner Umgebung sah, ihre bizarre Fröhlichkeit – ausgenommen bei Ugulan –, war pure Erleichterung! Sie hatten gewußt, daß einer von ihnen für den Frachter-Zwischenfall würde »zahlen« müssen. Nun war die Schuld beglichen. Alle Klingonen freuten sich, daß sie nicht mit ihrem Blut bezahlt hatten. Worf wurde klar, daß sie nicht nur keine besonders guten Klingonen, sondern auch keine besonders guten Lebewesen waren.

Sie waren Feiglinge! Wie schändlich!

Sein Appetit verließ ihn. Er legte die Roulade hin. Jetzt konnte er den anderen nur noch zuschauen, wie sie sich vollfraßen.

Sie aßen ihre Mahlzeit mit der Jovialität von Wasser, das über eine Staumauer strömt und fröhlich an einer Blockade vorbeiplätschert, die vor wenigen Minuten noch als unüberwindbar gegolten hat. Sie redeten und aßen, schlugen sich gegenseitig auf die Schulter, kauten und lachten und schienen die Gegenwart der anderen sogar zu genießen.

Alle – außer Worf und Ugulan. Die beiden Rivalen saßen schweigend da.

Und beobachteten einander.

9

Worf hatte nie an Hexerei geglaubt, aber jetzt änderte er seine Meinung. Sie hatte einen Fluch aus unterschwelliger Furcht über sie gelegt, den man nicht so einfach bannen konnte.

Er spürte die verweilende Hitze dieses Fluches. Ihn hielt nur der Gedanke an die *Enterprise* aufrecht, die ihm den Rücken stärkte – und die Tatsache, daß er nicht mehr sehr lange hier bleiben mußte.

Unglaublich! Sie hatte Klingonen Angst eingejagt!

In ihr steckt mehr, als man auf den ersten Blick erkennt, dachte er. Er dachte auch an seine Schultergelenke und erfreute sich der Existenz seiner Ellbogen. Er ging schneller und überquerte den hell gefliesten Hauptplatz von Burkal-Stadt zu den Zwiebelturmwohnungen der Einzelgänger. Sindikash täuschte ein mitreißendes Orient-Expreß-Gefühl vor, und für Worf war das Entkommen aus Odette Khantys Herrschaftsbereich eine Erleichterung.

Diese Schande, dachte er. *Vor einem Feind zu fliehen, den ich mit einer Hand hochheben könnte. Ich werde wohl alt.*

Er eilte zu seiner Unterkunft, duckte sich hinter den Vorhang aus Holzperlen und den schweren gerundeten Türbogen aus Eiche und schaute sich rasch um.

In der kleinen, trotz der warmen Wandteppiche und den Stuckdecken asketisch eingerichteten Kammer, beugte sich Grant über einen tragbaren Rechner, dessen Bildschirm wechselndes Licht auf sein Gesicht warf.

»Wie kommst du voran?« fragte Worf.

Ross Grant schüttelte in eigenartiger Bewunderung den Kopf. »Captain Picards Plan funktioniert großartig. Du hast einen Stein bei ihr im Brett. Sie will zwei Mann, die Ugulan zur Bewachung ihres Gatten ausgesucht hat, abziehen und dich an ihre Stelle setzen. Muß ja 'ne tolle Ladung in dem Frachter gewesen sein.«

»Wir wußten nicht, was es war«, grollte Worf. »Kannst du es rauskriegen?«

»Ich hab's versucht«, sagte Grant. »Hab aber nichts gefunden. Könnte 'n chemisches Gift zum Zwecke landwirtschaftlicher Sabotage gewesen sein. Sie könnte einen ganzen Planeten strangulieren, indem sie seine Ernte als Geisel nimmt. So was hat sie schon mal gemacht.«

»Unter ihrem Namen?« fragte Worf hoffnungsvoll.

Grant schüttelte den Kopf und gab etwas in seinen Computer ein. »Nee, so'n Glück haben wir nicht. Sie ist gut. Sie ist verdammt gut. Ich hab noch nie jemanden mit 'ner solchen Tarnschicht gesehen. Wir können strafrechtlich nur halb an sie heran. Aber schau dir das mal an: Einer nach dem anderen werden alle, die mit ihr zusammenstecken, festgenommen. Ihre Organisation könnte in zehn Minuten zusammenkrachen, wenn wir ein Glied finden könnten, das sie mit allem in Verbindung bringt. Es ist bizarr, Worf – sie dreht so *viele* ungesetzliche Dinger, daß es einem schwerfällt, alles im Kopf zu behalten, was sie macht. Aber irgendwie erzeugt all das einen Schutzwall, hinter dem sie sich verstecken kann. Sie zuckt einfach die Achseln, als könne sie nicht verstehen, warum ihr alle ans Leder wollen. Aber innerlich ist sie absolut rücksichtslos ...«

»Ich weiß«, erwiderte Worf. »Sie nagelt ihre Leibwache praktisch nur mit Worten an die Wand. Sie macht erwachsene Klingonen zu bibbernden Angsthasen. An ihr ist irgend etwas. Alle wirken so, als hätten sie Angst um ihre Seele.«

»Wirklich? Das hätte ich gern gesehen. War wohl 'ne tolle Party.«

Worf entspannte sich seit Stunden zum ersten Mal und seufzte. »Sie haben wirklich Angst vor ihr.«

»Warum auch nicht? Ich hab ja auch Angst vor ihr.«

Grant lehnte sich zurück, verzog das Gesicht, streckte die Arme aus und zuckte wegen der Steifheit seines Rückens und seiner Schultern zusammen. Dann deutete er mit einem Finger auf den Bildschirm des Rechners.

»Ich hab ihre gesamte Organisation da drin. Die Föderation hat recht – es ist ihr Ziel, den Planeten zu übernehmen und ihn aus der Föderation herauszulösen, damit nur noch *ihre* Gesetze gelten. Dann macht sie aus Sindikash eine Festung des Verbrechens, und das Volk ist eingemauert. Ich hab alles. Berge von Material. Aber nichts, was *sie* damit in Verbindung bringt. Wir haben nicht den kleinsten Fetzen eines Beweises, der sie mit einem Kapitalverbrechen in Verbindung bringt; nichts, das ein Staatsanwalt gegen sie verwenden kann; nichts, das so simpel ist, daß das Volk es versteht. Die planetaren Behörden haben rein gar nichts, das sie gegen sie verwenden können.« Er schaute zu Worf auf, sein Blick war müde. »Ich weiß auch nicht mehr, was ich machen soll.«

»Weitermachen«, sagte Worf. »Sei ein Einzelgänger. Tu deine Arbeit. Dann sind wir am Ball, sobald sie einen Fehler macht.«

Grant schaute ihn an. »Sie macht keinen. Sie macht einfach keinen!«

»Jeder macht mal einen.« Worf legte die Hand auf die teure Computerkonsole und musterte kurz die Latte ihrer kriminellen Taten, die nur darauf warteten, vor Gericht besprochen zu werden. Dann richtete er den Blick fest auf seinen Freund. »Wir sind jetzt beide drin. Und wir werden da sein, wenn sie den Fehler macht. Sonst arrangieren wir einen.«

Jean-Luc Picard beobachtete die Spinnenfresser auf dem um fünfzehn Grad geneigten Deck und erwartete, daß sie nun, da die *Justina* auf Grund gelaufen war, zurückkehren und eine andere Angriffstaktik anwenden wollten.

Aber sie kamen nicht. Sie ruderten fort, zogen ihre Kameraden aus dem Wasser und gelangten außer Reichweite.

»Captain! Captain!«

Der Rudergast rief. Picard hätte beinahe geantwortet. Doch dann wandte er sich zur Vordeckmannschaft um. »Refft die Großsegel, Männer«, sagte er. »Sie schieben uns nur weiter auf die Sandbank.«

»Aye, Sir«, erwiderten mehrere Männer. Sie schienen genau dies ohnehin vorgehabt zu haben, also hatte er wohl den richtigen Befehl gegeben.

Ohne sich einen Moment zu gönnen, um sich auf die Schulter zu klopfen, bemerkte er, daß eine ganze Menge seiner Segelkenntnisse auf gesundem Menschenverstand und einfachen Beobachtungen basierte. Rein vernunftmäßig wußte er natürlich, daß er sich ein ganzes Jahr mit gesundem Menschenverstand durchschlagen konnte, ohne etwas zu wissen. Trotzdem, der Intensivkurs war hilfreich gewesen.

»Offiziere mittschiffs!«

Picard musterte Nightingale und Alexander. »Kommt mit, Jungs.«

Sie polterten etwa zwanzig Meter weit über die Deckplanken nach mittschiffs und gesellten sich zum Captain, dem Captain der Marineinfanteristen und den anderen Offizieren. Picard baute sich neben Mr. Pennington auf, der seinen blutigen rechten Arm festhielt.

»Sind Sie in Ordnung, Mr. Pennington?« erkundigte er sich freundlich.

»Es geht so«, rasselte der Erste Offizier, der offenbar

unter starken Schmerzen litt. »Die Kugel hat den Knochen verfehlt.«

»Soll ich Sie verbinden?«

Der klotzige Mann stützte sich nach hinten auf die Reling. »Danke … Vielen Dank. Sehr freundlich.«

Picard schaute sich um und nahm dankbar das schwarze Halstuch entgegen, das Nightingale spontan spendierte.

Der Captain, der den Rückzug der Spinnenfresser vom Hauptmast aus beobachtet hatte, kam nun zu ihnen. »Wir sind auf eine Sandbank gelaufen, meine Herren«, sagte er. »Wir müssen sofort runter. Außerdem hat das Drehgeschütz die Ruderpinne beschädigt. Mr. Simon und die Zimmerleute gehen gleich von Bord, um sie zu reparieren. Wenn wir das Schiff nicht seeklar kriegen, sind wir verloren. Nun, da wir sinken, kommen die Aufständischen bestimmt bald zurück. Wir müssen schnell handeln. Wir müssen uns rauswarpen.«

Picard, der eine feste Bandage um Penningtons Wunde band, schüttelte lächelnd den Kopf.

»Was gibt's da zu lachen?« fragte Pennington.

»Nichts, Sir. Rein gar nichts«, sagte Picard entschuldigend. »Ich dachte nur gerade an etwas anderes.«

Alexander zupfte an seinem Ärmel. »Er hat *warpen* gesagt! Können die das auch?«

»Nein, nein … Aber das Wort stammt davon ab. Es ist ziemlich beruhigend, wie wenig sich die Dinge im Lauf der Zeit ändern.«

»Mr. Picard?« sagte der Captain scharf, da ihn das Gemurmel verärgerte. »Haben Sie irgendeinen Vorschlag?«

Picard schaute ihn an. »Nun … Ja, Sir. Ich möchte mich freiwillig melden, um das Außenteam … die Landeeinheit anzuführen.«

»Ausgezeichnet. Nehmen Sie Mr. Nightingale und einen anderen Burschen und gehen Sie mit einer Trosse an Land. Machen Sie sich flink an einen Baum ran, dann setzen wir das Spill ein, um das Schiff von der Sandbank zu drehen. Danach machen sie das Tau ab, gehen in nördlicher Richtung am Ufer entlang und suchen sich rasch einen anderen Baum. Dann ziehen wir das Schiff die Küste rauf, bis wir tieferes Wasser finden. Mr. Chappell, bringen Sie alle Geschütze bis auf vier binnenbords und zurren Sie sie fest, bis wir von der Bank runter sind.«

Ein junger Leutnant nickte. »Jawohl, Sir.«

»Captain Newtons Infanteristen sollen zur Sicherheit an Deck Stellung beziehen, bis wir sie wieder herbringen können.«

»Aye, Sir.«

»Und sorgen Sie dafür, daß der Laderaum sicher ist. Ich glaube, da ist einiges verrutscht.«

»Aye, aye, Sir.«

»Ach, und … Mr. Picard?«

»Sir?«

»Nehmen Sie einen Infanteristen mit, der auf Sie aufpaßt.«

Picard nickte. »Danke, Sir.«

Er unterdrückte ein Lächeln. Die Entgegennahme von Befehlen erweckte nostalgische Gefühle in ihm. Es fiel ihm leichter, als er geglaubt hatte. Es war lange her. Irgendwie war es auch beruhigend, wenn mal ein anderer Entscheidungen traf.

»Nehmen Sie den da«, schlug Alexander aufgeregt vor und deutete auf den großen blonden Kerl, der ihnen zuvor schon aufgefallen war.

Der Captain, gerade im Begriff zu gehen, drehte sich nun um. »Ja, gut, nehmen Sie den Sergeant. Mr. Pennington, wo, glauben Sie, sind wir aufgelaufen?«

»Wo, Sir?«

»Am Rumpf, meine ich.«

»Ach … Mittschiffs, Sir. Von der Mitte zum Heck, Sir.«

»Das glaube ich auch. Lassen Sie lieber sechs Kanonen von jedem Achterdeck nach vorn fahren. Damit das Gewicht am Achterkiel geringer wird. Lassen Sie... eine schwere Warpleine abrollen.«

Er verharrte, schaute auf das schräg liegende Deck und wirkte besorgt.

»Vielleicht eine Springseil, Sir?« schlug Pennington vor.

Der Captain nickte. »Habe ich auch gedacht, aber wenn ich jetzt drüber nachdenke, glaube ich, wir drehen lieber den Bug herum. Lassen Sie die Leine vorn rauslaufen.«

»Aye, aye, Sir.«

»Ach, und wo wir gerade dabei sind... Es ist wohl besser, wenn wir zwischen uns und Mr. Picard, wenn er am Ufer ist, ein Boot stationieren.«

»Jawohl, Sir.«

Pennington riß sich zusammen, überwand seinen Schmerz und eilte von dannen. Er trug die ganze Last auf seinen Schultern. Der Captain blickte kurz zum Ufer und ging dann ebenfalls nach achtern.

Picard empfand Sympathie und Bewunderung für die Leute, die sich viele kluge Methoden hatten einfallen lassen, um einfachste Ziele zu erreichen – auch, um sich über kurze Entfernung zu verständigen. In seiner Zeit brauchte man nur einen Knopf zu drükken, dann gestattete es einem eine unvorstellbare Technik, durch Milliarden Kilometer von Vakuum zu kommunizieren. Wenn er die Offiziere dabei beobachtete, wie sie ihre Probleme lösten, wurde ihm klar, daß er ihnen nicht überlegen war. Die Dinge fielen ihm nur leichter, weil sie so schwierig für sie gewesen waren.

Im Gegensatz zu ihm kannten sie den Gegner. Der letzte Überlebende würde der Sieger sein. Picard wußte nie im voraus, ob der Fremdling, dem er begegnete, ihm freundlich gesinnt war; ob er ihn töten, heiraten oder fressen wollte. In seiner Zeit konnte man in einen fehlerhaften Transporter treten und in Gestalt einer Steckrübe wieder herauskommen.

Nun ja, jede Generation hatte ihre Last zu tragen.

Einige Minuten später war er zusammen mit Alexander, Nightingale, zwei als Ruderern tätigen Matrosen und dem Marineinfanterie-Sergeant und dessen geladener Flinte in einem Boot.

Der Sergeant trug eine rote Jacke mit weißen Aufschlägen und Messingknöpfen. Darunter war er mit einem karierten Seemannshemd und ziemlich schlabberigen Hosen bekleidet – wahrscheinlich weil er an Bord eines Schiffes lebte und enge Hosen und Westen in dieser Umgebung nur störten. Picard war aufgefallen, daß die Infanteristen meist von den Seeleuten nicht zu unterscheiden waren, es sei denn, es kam zum Kampf. Dann zogen sie ihre roten Jacken an und setzten die steifen gelben Hüte mit den eingestickten Buchstaben GR – *George Rex* – auf.

Natürlich. König George der Vierte.

Der Sergeant war ein junger Mann, etwa Mitte Zwanzig und ungefähr einen Meter achtzig groß. Sein Haar war so blond, wie das von Mr. Nightingale schwarz war, und er hatte beneidenswerte Wangenknochen und ein sehr arisch wirkendes Augenpaar. Er wirkte leicht nervös, blickte auf die dunkle Küstenlinie und machte sich wahrscheinlich Sorgen wegen der Scharfschützen oder einer Falle. Im Gegensatz zu den anderen saß er nicht. Er ruhte vielmehr mit einem Knie auf einem Lattensitz, hielt sich so gut wie möglich im Gleichgewicht und hielt sein Gewehr schußbereit.

Als sie auf die Broccolistraußbäume der Küstenlinie zuruderten, schien für ein paar kostbare Minuten Frieden in der Bucht zu herrschen. Hinter ihnen leuchtete der Mond schwach durch den Dunst. Er gab nur wenig

Licht ab, doch genug, um das gespenstische Abbild des Schiffes vor der dunstigen Nacht auszumachen.

Picard verharrte mehrere Minuten. Er schaute nur das Schiff an, begutachtete die Form seines Rumpfes, die hohe Quersprosse, die lose flatternden Großsegel und die geisterhaften Bewegungen der kleinen dunklen Gestalten an Bord.

»Es sieht schön aus …« Auch Alexander beobachtete die Fregatte. Als Kind des Raumfahrtzeitalters war er es nicht gewohnt, das Schiff, auf dem er lebte, von außen zu sehen, und dies war eine völlig neue Wahrnehmung.

»Da ist die Reparaturmannschaft«, sagte Picard leise, als er ein kleines Boot mit vier Männern bemerkte, das am Heck der *Justina* auftauchte.

»Sie machen sie wieder kampfbereit, nicht wahr?« fragte der Junge.

»Ja, sie reparieren den Schaden am Ruder. Das Schiff muß wieder manövrierfähig werden, sonst ist es verloren. Der Captain rechnet mit weiteren Angriffen.«

»Glaubt er … daß es eine Falle ist?«

»Eine Welle zielgerichteter Angriffe, ja. Die Kolonisten wissen, daß sie mit einem direkten Angriff nicht gegen eine bewaffnete Fregatte der Königlichen Marine und ihre Soldaten und Seeleute gewinnen können. Sie müssen den Gegner zuerst schwächen.«

Alexander setzte eine finstere Miene auf. »Es scheint mir nicht ehrenhaft zu sein. Sie sollten hervorkommen und kämpfen.«

»Wie würdest du einen Gegner bekämpfen, der viel größer ist und besser ausgebildet, bewaffnet und bezahlt wird als du? Würdest du dich im Hellen vor ihm aufbauen?«

»Ist es nicht besser?« Der Junge schaute ihn an. »Ist es nicht ehrenhafter?«

Also hatte er zumindest nicht vergessen, warum sie hier waren.

Picard nutzte den Augenblick. »Fangen wir mal damit an: Was ist deiner Meinung nach Ehre, Alexander? Nun, was meinst du?«

Der Infanteriesergeant am Bug fuhr plötzlich herum und schaute ihn an. Er schien etwas sagen zu wollen, doch Alexander antwortete, ohne zu bemerken, daß die blauen Augen des Sergeanten auf sie gerichtet waren.

»Ehre ist«, sagte der Junge, »wenn man siegt.«

Picard nickte und gewährte ihm höflich eine Pause. »Aber viele siegen, indem sie auf ihre Ehre pfeifen. Also muß noch mehr dahinterstecken.«

Der Junge runzelte die Stirn. Er bemühte sich, darüber nachzudenken, wovon er redete. Er schien zu akzeptieren, daß solche Dinge eben passierten. Er suchte eine andere Antwort und beschloß schließlich, eine zu versuchen.

»Dann ist Ehre ... *wie* man siegt.«

»Hmmm«, machte Picard und warf einen erneuten Blick auf das Schiff. »Ich glaube, ich muß in dieser Sache etwas kreativer werden.«

Der Infanterist drehte sich ein Stück herum und nahm in dem sich schnell bewegenden Boot eine andere Stellung ein. »Verzeihung, Sir, aber ich kenne Sie nicht. Wie heißen Sie?«

»Picard.«

»Franzose?«

»Ja, durchaus. Jean-Luc.«

»Aber sie klingen so britisch. Und dienen in der Königlichen Marine.«

»Ja. Ich habe in Oxford studiert.«

Der Infanterist blähte sich leicht auf und lächelte in spitzbübisch-kollegialer Rivalität. »Cambridge«, sagte er dann.

»Sie sprechen zwar ausgezeichnet Englisch«, sagte Picard, »aber Brite sind Sie auch nicht, was?«

Der Sergeant lächelte. »Ich heiße Alexander Leonfeld

und bin Österreicher. Mein Vater ist der fünfte Herzog von Leonfeld. Meine Mutter entstammt der Familie von Gosch-Emburg.«

Picard nickte, als wüßte er um die Bedeutung. »Ausgezeichnet.«

Und eigentlich nicht überraschend. Falls er sich richtig an das erinnerte, was er über Militärgeschichte wußte, kamen die Scharfschützen der Marine aus höchsten Kreisen und waren oft sogar von Adel. Sie waren die intelligentesten, gebildetsten und wurden oft bevorzugt, wenn sie aus angesehenen alten Familien kamen.

Sergeant Leonfeld wandte sich wieder seiner Aufgabe zu. Er spähte zum Ufer und suchte es fortwährend nach Bewegungen ab. Er liebkoste unruhig sein geladenes Gewehr.

Alexander schaute den Mann pausenlos an. Schließlich rückte er näher an Picard heran, der am Heck des Bootes saß.

»Das ist er!« sagte er leise.

»Bitte?«

»Das ist mein Vorfahr!«

»Woher weißt du es?«

»Weil er Alexander heißt! Ich wurde nach ihm genannt!«

10

Das Boot näherte sich allmählich dem Land und wurde alle paar Sekunden aufgrund der Bemühungen der Ruderer auf eine neue Woge gehoben.

Picard zog Alexander dicht an sich und flüsterte ihm ins Ohr. »Noch andere Indizien?«

Der Junge nickte heftig. »Er war weder Engländer noch Amerikaner«, raunte er zurück.

»Hmmm«, machte Picard. »Wenn das kein Indiz ist.«

Alexander war in diesen Zeiten kein ungewöhnlicher Name. Trotzdem war es wahrscheinlich, daß das Holoprogamm Picard und Alexander mit dem Menschen zusammenbrachte, den sie in einer Art Cyber-Schicksal kennenlernen sollten.

Wie klug, daß Alexanders Verwandte ihm den Namen seines Ahnen nicht mitgeteilt hatten, sondern ihn nach dem Mann suchen ließen. Statt gleich nach ihrer Beute Ausschau zu halten, hatten Picard und Alexander ein bemerkenswertes Abenteuer erlebt. Sie hatten gelernt, die Lebensart dieser Menschen zu verstehen, statt einfach nur herumzusitzen und zuzuhören. Das war viel besser.

Und nun kniete der Mann vor ihnen in einem kleinen Boot. Alexander beobachtete seinen Vorfahr aus einem völlig neuen Blickwinkel; die Augen eines Jungen betrachteten eine verkörperte Legende.

Als der Bootskiel über den steinigen Boden ratschte, verzog Picard das Gesicht. Schon hatten sie das Ufer erreicht. Das Zusammenzucken war ihm peinlich. Er stellte fest, wie real all dies in den vergangenen Stunden für ihn geworden war. Er hoffte, daß es dem jungen Alexander ebenso erging. Natürlich, machte er sich erneut klar, war all dies wirklich passiert. Es war kein Roman. Gleich gingen Alexander und er mit jungen Männern an Land, die genau in diesem Moment in eben diesem Wald gewesen waren, denn dies waren die Aufzeichnungen Alexander Leonfelds über seine Erlebnisse in Amerika.

In jener Nacht war es aufgrund der Luftfeuchtigkeit des Tages überaus kalt im Wald gewesen. Sie schwitzten unter der wollenen Uniform. Sie lebten in Zeiten weit vor den schweißaufsaugenden Stoffen ihrer Ära. In jener Nacht hatte der Mond dort oben in seinem Dunst gehangen und mit nicht gerade hilfreicher Schwärze auf die H.M.S. *Justina* herabgeschaut. Es war der gleiche Mond, zu dem nun auch Picard aufschaute. Der Mond über der Chesapeake Bay, irgendwann im Sommer des Jahres 1777.

Er wartete, bis die beiden Ruderer heraussprangen und das Boot näher an das kiesige Ufer schoben. Dann stiegen er und beide Alexander aus. Sie zogen das Boot gemeinsam in eine stabilere Position. Schließlich gingen sie nach achtern und hievten die etwa zehn Zentimeter dicke geflochtene Trosse hoch, die sie mitgenommen hatten. Es war eigentlich eine umfunktionierte Andockleine, das heißt, drei mit zwei Carrickknoten aneinander befestigte Leinen, so daß sie lang genug waren, um das Ufer zu erreichen.

Picard half, die Leine ans Ufer zu bringen. Dann wählte er persönlich einen Baum aus. Mit einem kleinen Fünkchen Stolz legte er die dicke Trosse in einem Schifferknoten um den Stamm. Als er seine Arbeit mit einiger Zufriedenheit begutachtete, bedauerte er es, zu den wenigen Offiziersanwärtern der Flottenakademie gehört zu haben, die den Antrag gestellt hatten, vom Seemannskurs freigestellt zu werden. Was, in aller Welt, konnten Kenntnisse im Knotenbinden und dem Reparieren von Leinen einem Menschen im Dienst der Raumflotte nützen?

Tja, nicht wahr?

Zum Glück hatte man die Eingabe abgelehnt, und er hatte den Kurs verbissen absolviert.

»Nicht schlecht«, murmelte er. »Danke, Commander Graves. Und ich entschuldige mich.« Dann drehte er sich zu der felsigen Küste um und musterte das zweite Ruderboot, das zwischen der *Justina* und dem Ufer Stellung bezogen hatte. Er legte die Hände an den Mund und rief: »Einholen!«

Aus dem kleinen Boot wurde der Befehl an das Schiff weitergegeben. »Einholen!«

Mehrere Sekunden vergingen, dann wurden die Bemühungen der Mannschaft an den Spillstangen der *Justina* koordiniert. Das Spill war eigentlich eine große Winde, die mit Knüppeln von der Dicke und Länge von Baseballschlägern bewegt wurde. Normalerweise setzte man diesen Apparat dazu ein, um den Anker zu heben, aber wie der heutige Tag bezeugte, konnte er auch anderen Zwecken dienen.

Die knapp unter der Wasseroberfläche schwebende Trosse tanzte sanft mit den Gezeiten, verschwand, kam wieder hoch und fuhr in den geschnitzten Schiffsbug ein. Als die Bewegung an Deck rhythmischer wurde, tanzte die Leine auf der Oberfläche, dann sprang sie hoch, wurde kürzer und enger und vom sich drehenden Spill binnenbords gezogen.

Es ging alles sehr langsam. Picard konnte seine Ungeduld kaum zügeln.

Er erlaubte sich einen Moment, um Alexander anzuschauen. Wie er gemutmaßt hatte, musterte ›Schrubber‹ unverhohlen seinen menschlichen Vorfahr. Alexander

Leonfeld merkte nichts davon. Er wirkte ziemlich majestätisch, als er an der Uferlinie stand. Seine Jugend und seine Statur, die scharlachrote Uniformjacke mit den weißen Aufschlägen und Goldknöpfen, die trotz der Wochen auf See irgendwie noch immer glänzten, seine weißen Beinkleider und die lange Muskete stellten eindeutig etwas dar. Leonfeld bot einen statuenhaften Anblick vor dem schimmernden Abendmeer, als er, die Waffe bereit, auf Wache stand, und sein Blick die gekrümmte Uferlinie absuchte.

»Leine an Bord!« jubelte Nightingale. Picard schaute, und sah, daß das Tau endlich aus dem Wasser war und nun wie ein gigantisches Springseil knapp über der Oberfläche wedelte. Glitzernde Wassertröpfchen strömten von dem nassen Geflecht. Schrittweise verlor das Tau seine Schlaffheit und zog sich straff.

Schließlich fing die Trosse an, am Baum zu ziehen. Er ächzte, sprühte Funken und knirschte. Picard und die Landeeinheit beobachteten das Schiff. Die Trosse wurde noch straffer und spannte sich.

Der auf der Sandbank in der Klemme steckende riesige Leib der *Justina* krängte allmählich. Der Kiel stach in die Sandbank, als sie das Gewicht verlagerte. Wenn sie sich nicht löste, mußte sie entweder stranden oder auf die Seite kippen. Der Captain ließ sie so weit kippen, bis sich das Deck um vierzig oder mehr Grad neigte. Jeder Grad mehr bestätigte die Entschlossenheit des Captains, dem Gegner, falls möglich, seinen Gewinn zu verweigern. Wie lautete hier der Ehrenkodex? Ob der Captain das Schiff lieber vernichtete, bevor er es in die Hände des Gegners fallen ließ? Picard erinnerte sich zwar nicht an die Gebräuche der Royal Navy zu dieser Zeit, aber er wußte, daß mehrere Kriegsschiffe der Kolonisten erbeutete und umgebaute gegnerische Einheiten gewesen waren. Also konnte man als Captain möglicherweise eine Schlacht überleben, ein Schiff verlieren, ein neues Kommando erringen und sich in der Situation wiederfinden, auf ein Schiff zu feuern, das er zuvor befehligt hatte.

»Zurücktreten, Männer«, sagte Picard, als die Trosse sich spannte und so hart wie Stahl wurde. Wenn sie riß oder ein Knoten sich löste, konnte sie zurückschnappen und jemanden enthaupten. Angesichts der dürftigen Natur dieser frühzeitlichen Technik konnte er das Risiko nicht eingehen, daß Alexander oder er dieser Jemand war.

»Mr. Picard!« Edward Nightingale schluckte, als müsse er sich gleich übergeben. Er deutete aufgeregt auf das sich hinter dem Schiff ausbreitende Meer. »Schauen Sie, Sir! Da!«

Zwei Schiffe schossen aus einer schmalen Bucht hervor! Eins war ein Einmaster mit einem Stagsegel, groß genug, um ein halbes Dutzend Kanonen zu tragen. Das andere war ein Zweimaster von etwa dreißig Metern Länge. Ein Schoner mit Rahsegeln.

»Da sind auch noch mehr Spinnenfresser!« sagte einer der beiden Ruderer. »Wir müssen zurück!«

Er wollte zum Ruderboot eilen, doch Leonfeld gab seine Wächterstellung auf, packte den aufgeregten Matrosen und hielt ihn fest. »Bennett! Auf dem Wasser schießen sie uns sofort ab!«

Der muskulöse Matrose fuhr herum. »Sie haben mir nichts zu befehlen! Sie sind kein Marineoffizier!«

»Aber ich«, sagte Picard und trat zwischen sie. »Bleiben Sie hier, Bennett!«

Sergeant Leonfeld ließ sich von dem Matrosen nicht in Panik versetzen. Er stand bis zu den Knöcheln im Uferwasser, schien sich dessen jedoch nicht bewußt zu sein. Er wollte verhindern, daß sich der Mann sinnlos opferte.

Hilflos und frustriert schauten die Männer und der Junge zu, als die beiden angreifenden Schiffe und die

Spinnenfresserboote das Feuer auf die *Justina* eröffneten. Die Kanonenschüsse ließen die ruhige Nacht erzittern. Rot glühende Blitze rasten durch die Dunkelheit, schlitzten die Großsegel der *Justina* auf, zerfetzten sie und ließen sie in Flammen aufgehen.

»Kartätschen!« Nightingale würgte. »Gütiger Gott, die Brigg da setzt Feuerschrapnells gegen uns ein! Oh, wie ungezogen!«

Nun, *davon* verstand Picard etwas. Eisenstücke, Nägel, Glasscherben, heiß gemacht und in Geschosse gefüllt, dann von einer Kanone abgefeuert, damit sie mitten in der Luft zerplatzten, den Inhalt verstreuten und alles zerrissen, was sie trafen. Sie entzündeten Segel und Holz und zerfetzten bei der Berührung Fleisch. Es war alles andere als schön.

Über eine Phaserbank konnte man freilich auch nichts Nettes sagen.

Die Großsegel der *Justina* standen nun in Flammen, was die Mannschaft zwang, sich aufs Feuerlöschen zu konzentrieren, so daß sie kaum mehr in der Lage war, ihre Kanonen effektiv einzusetzen. Picard wünschte sich, sehen zu können, was an Deck passierte, das sich nun immer stärker neigte.

Die Leine. Sollten sie die Trosse kappen, die die Fregatte mit dem Land verband? Oder drehten die Männer am Spill noch immer die Stangen? Versuchten sie weiterhin, das Schiff von der Sandbank zu ziehen?

Von dem Boot, das zwischen ihnen und der *Justina* war, kam kein Laut. Bisher war kein Befehl ergangen. Und wenn der Captain wollte, daß die Leine gekappt wurde, konnte er es auch problemlos an Bord erledigen.

Die stille Bucht wurde schlagartig zu einem Hornissennest. Die *Justina* begegnete dem Kanonenbeschuß sporadisch mit brutalen Reaktionen, und die Mannschaft gab sich alle Mühe, die Geschütze einsatzbereit zu machen. Doch die Briten eröffneten das Feuer auch mit Gewehren.

Neben Picard bebte Alexander Leonfelds Körper aufgrund der gleichen Hilflosigkeit, der Bennett bereits Ausdruck verliehen hatte. Plötzlich hob der Infanteriesergeant seine Flinte und gab einen schnell berechneten Schuß auf einen Spinnenfresser ab.

Eine Wolke ätzenden Pulverdampfs stieg auf, dann war das Steinschloßgewehr leer. Leonfeld beeilte sich, neu zu laden, während Alexander der Schrubber ihm in stummer Bewunderung aus kurzer Entfernung zuschaute.

»Feuer einstellen, Mr. Leonfeld«, sagte Picard leise.

Der Sergeant schaute erschreckt auf. »Warum denn?« fragte er jäh.

»Weil Sie unsere Leute auf dem Ruderboot treffen könnten. Schauen Sie ... Sie versuchen, zum Schiff zurückzukommen. Außerdem lenken Sie die Aufmerksamkeit auf uns. Und das kann uns nicht dienlich sein.«

Leonfeld zitterte vor Hoffnungslosigkeit. Er lud das Steinschloßgewehr zwar erneut – was einige Zeit dauerte –, feuerte es jedoch nicht ab.

»Captain ...«, sagte Alexander.

Picard schaute auf. Der Junge sprach zwar mit ihm, hatte jedoch weder ihn noch das Schiff oder die Schlacht im Auge, sondern Sergeant Leonfeld. Picard verstand sofort. Alexander wollte, daß er diesen jungen Mann, der sein Verwandter war, nicht daran hinderte einzugreifen; aber dies wäre nicht dienlich gewesen. Picard konnte zwar, was seine Teilnahme an diesem Szenarium anbetraf, nur raten, aber er konnte sich vorstellen, was der Offizier, dessen Platz er nun einnahm, eventuell getan hätte.

Die Schreie der Kameraden an Bord und der ihrer Gegner schrillten durch die Nacht. Die Mannschaft der *Justina* schlug sich zwar wacker, doch das Schiff war verloren. Es war umzingelt. Entweder verbrannte es, oder der Captain holte die Flagge ein, löschte das Feuer und ergab sich.

»Warum sind die Boote so hartnäckig?« fragte Alexander. »Warum greifen sie immer wieder an?«

»Sie verteidigen die Schiffswerft«, erklärte Oberfähnrich Nightingale. »Sie wollen sichergehen, daß unser Angriff fehlschlägt. Sie müssen gewußt haben, daß wir irgendwann hier anrücken.«

»Wie können sie es gewußt haben?«

»Wahrscheinlich durch Spione. Verräter.«

Alexander schüttelte verwirrt den Kopf. »Und warum sollen wir eine Schiffswerft angreifen?«

Edward Nightingales jugendlicher Blick beobachtete die sich bekämpfenden Schiffe. Er zuckte jedesmal zusammen, wenn Kanonenrauch im mondbeschienenen Dunst explodierte, und verharrte, bis das ihn begleitende Explosionsgeräusch bei ihnen ankam. »Die Schiffswerft der Delaware-Station ist darauf spezialisiert, in wenigen Wochen Handelsschiffe zu Kriegsschiffen umzubauen. Amerikanische Schiffe sind niedrig und schmal und haben nur wenig Platz für Vorräte. Schließlich überqueren sie den Ozean nur selten. Sie sind dazu konstruiert...«

Plötzlich öffneten sich vor ihnen die Tore der Hölle. Die Steuerbordgeschütze der *Justina* zerschmetterten ein Spinnenfresserboot, verfehlten jedoch den Einmaster, der rasch um ihr Heck auswich und sie weiter beharkte.

Nightingale zuckte zusammen und schluckte angestrengt, dann sprach er unter großen Mühen weiter. »Amerikanische Schiffe sind in erster Linie für den... Küstenhandel und die Fischerei konstruiert. Deswegen sind sie beträchtlich schneller und manövrierfähiger als... unsere.«

»Was macht man, um aus einem Handelsschiff ein

Kriegsschiff zu machen? Worin besteht der Unterschied?«

Picard hätte fast gesagt, daß der Unterschiede im Grund der gleiche war wie in ihrer eigenen Zeit, doch Nightingale sprach schon weiter, wobei seine Hände, mit denen er sich an einem Ast festhielt, zitterten. »Das Schanzkleid muß natürlich durchbohrt werden, für die Schießscharten der Kanonen. Auch muß das Deck wegen des Gewichts der Geschütze verstärkt werden. Waffenschränke und ein Munitionsdepots müssen gebaut und die Mannschaftsquartiere vergrößert werden, weil Kampfmannschaften aus viel mehr Männern bestehen als Frachtermannschaften. Solche Umbauten machen aus Lasteseln Kriegsschiffe …«

Die Stimme des Oberfähnrichs verstummte. Er wirkte durch das, was er auf dem Wasser sah, zutiefst verstört.

»Holoprogramm abbrechen. Kode Riker Null Eins.«

Rings um Picard und Alexander verlangsamte das altmodische Holoprogamm, doch diesmal erstarrte es aufgrund teilweiser Inkompatibilität mit dem modernen Holosystem nicht gänzlich. Kanonenrauch über dem Wasser wälzte sich auf die *Justina* zu, der Feuerblitz wurde zu einem langen, hellgelben Fetzen, der mitten in der Luft stehenblieb.

Rechts von ihnen tauchte die Holodecktür auf, öffnete sich und ließ William Riker herein.

»Verzeihen Sie die Unterbrechung, Captain.«

»Mr. Riker.« Picard seufzte schwer und schüttelte sich, um vollständig in die reale Welt zurückzukehren. »Sind Sie schon tot?«

»Jawohl, Sir, ich bin tot. Es ist alles so gelaufen, wie Sie geplant haben. Der Trick mit dem Patrouillenflieger war gut, Sir.«

»Danke. Alexander, geh doch schon mal zum Essen. Ich habe mit Mr. Riker noch etwas zu besprechen.«

Alexander schaute verstohlen auf das Schiff und die

Schlacht, die sehr, sehr langsam ihren Fortgang nahm, dann zuckte er die Achseln und nickte. Er wollte gehen, doch im letzten Augenblick zögerte er, um liebevoll die Gestalt Alexander Leonfelds anzuschauen, des Mannes, dessen Namen man ihm gegeben hatte. Er schien keine rechte Lust zu haben, seinen Helden in diesen Stadium zu verlassen. Nur die stummen Blicke Picards und Rikers brachten ihn schließlich dazu, das Holodeck zu verlassen.

Als er gegangen war, schaute Riker die fast reglosen Männer aus der Vergangenheit an. »Ein verteufelt harter Unterricht, Sir.«

»Ja, aber er macht auch Spaß. Ich hätte es kaum für möglich gehalten. Sie sehen ja, daß die Technik nicht hundertprozentig mit der unseren zusammenpaßt. Es bewegt sich noch immer alles. Der Computer kann es erst richtig anhalten, wenn ich ein vollständiges Abschalten befehle. Interessant.«

»Ja, ist es.« Riker lugte auf das flackernde Wasser und die gestrandete Fregatte hinaus. »Verlieren Sie gerade Ihr Schiff?«

»Es ist nicht meins«, sagte Picard gereizt. »Nun? was liegt an?«

»Oh, Verzeihung. – Worf hat das Drohnenschiff mit dem üblichen Elan ausgeschaltet.« Riker grinste trokken. »Der Frachter mußte nach Sindikash zurückkehren. Ich nehme an, er hat ihn erfolgreich sabotiert und dadurch verhindert, daß die Ladung in den Machtbereich der Cardassianer gebracht wird. Die Einzelgänger haben sich nicht gerade mit Ruhm bekleckert. Eigentlich waren sie verpflichtet, sich für Odette Khanty in ihre Schwerter zu stürzen, aber das haben sie nicht getan. Ich nehme an, sie ist es nicht wert, daß man für sie zu stirbt.«

»Also ist es ihr nicht gelungen, den Vizegouverneur zu verleumden.«

»Richtig. Worf hat es so aussehen lassen, als wären sie fast geschnappt worden, deswegen ist sie im Moment nicht sehr erfreut über ihre Truppe. Das zu unserem Vorteil werden.«

»Ja, und sie wird verzweifeln«, sagte Picard. Er schaute zur *Justina* hinaus. Sie war ein Bild der Verzweiflung.

Riker nickte. »Nun ist Worf in ihren Augen ein Held. Weil er dafür gesorgt hat, daß der Frachter und die Besatzung nicht hochgenommen wurden. Falls Sie noch an ihm gezweifelt hat, tut sie's jetzt nicht mehr.«

»Perfekt. Sehr gut. Ausgezeichnet. Und woraus bestand die Ladung, Mr. Riker?«

Riker kratzte sich am Ohr. »Wissen wir nicht genau, Captain. Vergiftetes Saatgut, Scheinpharmazeutika, chemische Verfälschungsmittel – Odette Khanty hat alles schon gemacht. Es hätte für den Vize übel ausgesehen, hätte man ihn mit solchem Zeug in Verbindung gebracht. Selbst Worf konnte nicht in Erfahrung bringen, woraus die Ladung bestand, aber was es auch war: Wir können uns glücklich schätzen, daß wir sie nicht durchgelassen haben.«

Picard nickte. Er warf einen Blick auf die fast erstarrte Bucht. »Freut mich zu hören, daß Mr. Worf Glück hatte. Hat er Grant in eine Position bringen können, in der er Interna herauskriegen kann?«

»Das glaube ich nicht. Worfs letzte Meldung kam über mehrere Zwischenstationen, aber sie besagt, daß er das Vertrauen der Dame langsam gewinnt. Er wird schon einen Weg finden, wie er Grant in den Laden reinbringt. Auch wenn die Einzelgänger ihn nicht besonders mögen – vertrauen tun sie ihm jedenfalls jetzt. Er arbeitet sich langsam bis in die oberen Ränge der Wacheinheit im Haus des Gouverneurs hinauf und nimmt Grant natürlich mit ...«

Der Türabschnitt, der zusammenhanglos in der Mitte

des Waldes hing, teilte sich erneut. Commander Data trat ein, sein blaßgoldenes Gesicht leuchtete im Mondschein der Chesapeake Bay. Seine katzenhaften Androidenaugen flackerten auf, als er sie zwischen den Bäumen stehen sah, und er bahnte sich einen Weg ans Meeresufer.

»Sir«, sagte er herzlich zu Riker. Dann schaute er Picard an. »Captain.«

»Ja, Mr. Data?« erkundigte sich Picard.

»Ich habe sämtliche zur Verfügung stehenden Informationen über die ermordeten Passagiere des Raumers zusammengetragen und untersucht, konnte aber nichts Ungewöhnliches über die Vermögensverhältnisse der fraglichen Personen in Erfahrung bringen. – Tut mir leid, Sir.«

Picard spürte, daß seine Stirn sich runzelte, und stellte fest, daß Riker eine vergleichbare Miene aufsetzte. »Vermögensverhältnisse, Mr. Riker? Ich erinnere mich gar nicht, daß wir die Vermögensverhältnisse irgendwelcher Personen überprüfen lassen sollten ...«

»Die Vermögensverhältnisse der umgebrachten Passagiere des Raumfrachters, Sir«, wiederholte Data auf seine unschuldige Art, Tatsachen so zu melden, wie er sie sah.

Seine bernsteinfarbenen Augen musterten Riker, dann wieder Picard. Da keiner von ihnen zu wissen schien, wovon er redete, fügte er hinzu: »Sie wollten wissen, welche von ihnen zu den Armen gerechnet werden müssen, Sir.«

Rikers Augen wurden groß. Er preßte die Lippen fest aufeinander.

»Ach ... die *Armen* ...« Picard fuhr sich mit der Hand über den Mund, um das Grinsen fortzuwischen, das sich ungewollt dort bildete.

Data nickte. »Ja, Sir. Sie haben gesagt, nirgendwo an Bord seien Arme zu finden.«

Will Riker mußte schlagartig husten. Er verschränkte die Arme vor der Brust und zeigte urplötzlich großes Interesse an der Gestalt von Sergeant Leonfeld sowie seinem scharlachroten Rock und dessen weißen Beinkleidern.

»Hübsche Uniform«, murmelte er.

Datas Kindergesicht schaute ihn von der Seite an. »Gibt es irgendein Problem, Sir? Habe ich etwas falsch verstanden? Ein Teil der ermordeten Passagiere war nicht gut betucht, nicht wahr?«

Picard schaute Riker an, aber er fand keine Hilfe bei ihm, da er alle Konzentration aufbieten mußte, um nicht laut loszuplatzen.

»Ähm ... ja ...«, sagte Picard. »Einige waren ziemlich blank. Ähm ... Mr. Data, blasen Sie die Suche ab. Ich gebe Ihnen später präzisere Anweisungen in dieser Sache ... Mr. Riker, stimmen Sie mir zu?«

»Mhmmhmm.« Riker wandte ihnen den Rücken zu. Er hielt die Arme noch immer verschränkt und drückte eine Hüfte heraus. Der Mondschein umspielte seinen Kopf und seine Schultern. Picard schob das Kinn vor. »Weitermachen, Mr. Data.«

»Jawohl, Sir.« Der Androide drehte sich um und ging durch den frei stehenden Türrahmen zurück.

Picard räusperte sich. Er schloß kurz die Augen und dachte über die Tücken sprachlicher Verständigung nach.

Riker tauchte, mit noch immer verschränkten Armen, neben ihm auf. Seine Augen waren groß, und er hob fragend eine Braue.

»Vielleicht ... wäre Ihnen jetzt nach einer Mahlzeit zumute, Sir?« schlug er vor.

»Mahlzeit?« fauchte Picard. »Nach einer Mahlzeit, Mr. Riker? Während mein Schiff da draußen im Begriff ist, dem Feind in die Hände zu fallen? Sie überraschen mich, Mann. Was Sie für Ideen haben! Mir ist eher danach, Sie in den Zustand eines Sozialhilfeempfängers zu versetzen.«

Riker nickte lächelnd. »Fröhliches Stranden, Sir.«

»Siehst du? Da! Der Gouverneur wollte zwar Unabhängigkeit, aber auch starke Bindungen an die Föderation und am Ende eine Wiederaufnahme als Vollmitgliedswelt. Die Khanty will überhaupt keine Bindungen. Aber sie war vorsichtig. Ich hab nur eins gefunden. Als ihr bei einer Rede vor einer Frauenvereinigung etwas herausgerutscht ist. Ich schalt mal um – da.«

»Spiel's ab.«

Worf lugte in ihrem Quartier, in dem sie den Rechner aufgestellt hatten, über Grants Schulter. Grant verbrachte jede dienstfreie Stunde, einschließlich einigen, in denen er hätte schlafen sollen, damit, sich in das Computernetz der Regierung einzuschleichen. Er wollte eine Möglichkeit finden, Odette Khantys Beteiligung nachzuweisen – die ›Spur‹, von der er ständig sprach.

Die Khanty war nun auf dem winzigen Bildschirm zu sehen; sie sprach vor einer Frauengruppe.

»... gehören wir doch zum kühnen Typ, oder nicht? Wir sind echte Pioniere. Seniarden haben es nicht gern, wenn andere ihnen etwas vorschreiben. Die Föderation will uns durch Steuern vorschreiben, wie wir unsere Erze vertreiben. Wissen wir etwa nicht selbst, *wie man Erz vertreibt?!«*

»Pioniere?! Sie war in ihrem ganzen Leben nie auch nur in Transporterreichweite eines echten Grenzgebiets ...«

»Sei still, Grant.«

»Mein Gatte ist ein großer Staatsmann und will für Sindikash nur das Beste. Niemand, der nicht auf unserem Planeten lebt, darf uns vorschreiben, was das Beste für uns ist. Unsere Familien und unsere Kinder sind uns sehr wichtig. Ich beklage die Tatsache, daß mein Gatte und ich nie die Ge-

legenheit hatten, Kinder zu bekommen. Wenn er sich von seinen Verletzungen erholt, und darauf hoffe ich sehr stark, können wir vielleicht das stolze Unternehmen in Angriff nehmen, ein Kind aufzuziehen.«

»Unglaublich!« Grant streckte die Hände aus und setzte die Tastatur ein, um das Bild auf dem Monitor erstarren zu lassen.

Worf lehnte sich zurück und richtete den Blick auf das Standfoto. »Was meinst du genau?«

»Daß man ihr dieses unsäglichen Geschwafel abkauft! Du weißt doch selbst, daß sie Kinder nicht ausstehen kann. Ich gehe davon aus, daß sie ihren Mann, nun, da er bewußtlos ist, auch viel besser leiden kann. Der Gouverneur liegt im Koma, und Mrs. Khanty zieht alle Register, damit sie selbst die Macht über den Planeten ausüben kann. Und zwar auf eine unschuldige Habt-mich-doch-lieb-Weise. Ich könnte kotzen.«

»Unser Unternehmen geht einem wirklich unter die Haut«, sagte Worf besorgt. »Ich könnte ausrasten, wenn ich so tun muß, als wäre ich einer von ihnen. Ich fühle mich noch immer für die Taten der Einzelgänger verantwortlich, so sehr ich mir auch einrede, daß ich *nicht* so bin wie sie. Ich höre in meinem Kopf zwar ständig die Stimme des Captains, die mir sagt, daß ich nichts davon persönlich nehmen soll, aber ich nehme es *wirklich* persönlich. Wirklich!«

Grant zuckte mit die Achseln. »Ja«, sagte er leise. »Das ist unser Manko. Deswegen sind wir ein so tolles Team. Wir nehmen die Dinge persönlich. Jetzt schau dir mal ihr Gesicht an. Siehst du, wie sie die Braue leicht hochzieht? Ihre Körpersprache! Ihr Kinn geht nur hoch, wenn sie über Sindikash als Ganzes spricht. Wenn sie über sich redet, zieht sie es ein und stellt den Kopf etwas schief, als wäre sie schüchtern. Und sie nickt sogar langsam, wenn sie sich selbst zustimmt. Ich wette, sie übt ihre Auftritte vor dem Spiegel. Hitler hat es auch so gemacht. Die Seniarden halten sich zwar gern für sehr unabhängig, aber wenn sie sie als Gruppe anspricht, laufen sie wie eine Schafherde hinter ihr her. Sie mißbraucht ihren unabhängigen Geist, um sie auf ihren eigenen Kurs zu bringen. Sie ist ein Marketing-Genie. Besonders dann, wenn man bedenkt, daß sie nur heiße Luft verkauft.«

»Aber die heiße Luft hat es in sich«, warf Worf korrigierend und lauter als beabsichtigt ein. »Sie ist durch und durch verdorben!«

»Weiß ich. Es gab Dutzende von Unfällen, bei denen Hunderte von Menschen starben. Frachtunfälle durch Fehler beim Verladen von Erz. Erpressung. Bestechung. Schöffenbeeinflussung. Sie bereitet diesen Planeten als Plattform für ihre Organisation vor, und die Menschen schlucken es.«

Worf, über die Zugeknöpftheit ihrer Gegenspielerin besorgt, stierte so finster vor sich hin, bis seine Augen schmerzten. Gab es denn nicht irgendeine Möglichkeit, dieses gerissene Weib mit einem Phaser, einem *Bat'telh* oder einer Keule zu bekämpfen? Konnte man sie nicht mal bei einer Rechenaufgabe schlagen?

»Ihr öffentliches Bild kann manipuliert werden«, sagte er und bemühte sich, auf Distanz zu bleiben. »Wenn man die Wahl verschieben kann, besteht vielleicht eine Chance, hier aufzuräumen.«

»Ja, und dann...!« Grant lehnte sich zurück und streckte die schmerzenden Arme aus. Dann sackte er wieder in sich zusammen und deutete mit der Hand auf den Computer. »Die Spur der Leichen, Anklageerhebungen und Verurteilungen, die sie hinterläßt, reicht so weit, wie das Auge sieht. Ihre ehemaligen Komplizen sind alle tot oder im Gefängnis! Aber sie tritt auf und schwafelt von Unabhängigkeit, und daß sie den Planeten vom schmutzigen äußeren Einfluß säubern müssen. Als würde sich Al Capone über zu viele Verbrechen beschweren! Wie hält sie das Volk nur bei der Stange?«

»Mit Angst«, erwiderte Worf. »Manche sind einfach nur verzweifelt. Andere werden von Gier angetrieben. Wie die Einzelgänger. Sie hoffen, Einfluß zu erringen, der bis aufs Imperium zurückwirkt. Eine starke Verlockung für ausgebürgerte Klingonen.«

Grant schaute lächelnd auf. »Wie bei dir, alter Knabe?«

»In einem anderen Leben.« Worf setzte sich neben Grant auf den Stuhl und konzentrierte sich wieder auf den Bildschirm.

»Ich weiß nicht mehr weiter«, sagte Grant. »Wir haben es mit einer Frau zu tun, die anderen die Arme ausreißt, aber ich finde keine Spur! Kannst du dir vorstellen, wie es ist, wenn einem die Arme ausgerissen werden?«

Worf tat sein Bestes, um seinen Freund zu beschwichtigen, obwohl er sich selbst kaum anders fühlte. »Du wirst die Spur schon finden. Wie auf Pasha IX.« Er setzte zu einem Lächeln an. »Du bist auf deine Weise auch ein Krieger. Kahless' Hand wird dich leiten.«

Grant lächelte kurz, dann wandte er sich wieder seiner Arbeit zu.

Worfs Magen zog sich frustriert zusammen. Er wünschte sich, Captain Picard wäre hier, um sich mit dem gewieften Weib zu befassen. Er war offenbar nicht gerissen genug, um mit einer solchen Gegenspielerin fertig zu werden.

»Spiel den Rest mal ab«, sagte er heiser.

Grant verzog widerwillig das Gesicht und startete den Computer neu.

»Wir müssen die Identität unseres Planeten schützen – die Integrität unserer Wirtschaft, die Individualität unseres Volkes. Dies tun wir, indem wir eine Wagenburg gegen jene errichten, die uns vorschreiben wollen, wie wir leben sollen.

Wir brauchen Unabhängigkeit, damit wir unsere Schwingen ausbreiten können ...«

Grant schnaufte erneut und drückte eine Taste, damit das Bild erneut stehenblieb. Worf hätte ihn fast daran gehindert, aber er brachte es nicht über sich, die Gefühlswoge aufzuhalten, die in Grants Blick aufwallte.

»Wenn die Leute endlich erkennen, was geschehen ist, hat sie ihren Schwingen längst Ketten verpaßt«, sagte Grant. »Sie sagt natürlich kein Wort über das Lumpenpack, das der Planet anzieht, wenn die Föderation sich zurückgezogen hat. Sie kann diese Welt zur Zentrale jedes Abschaums machen, der auf Gesetze pfeift. Und nur, weil ich keine Verbindung finden kann.«

Grant schüttelte den Kopf, überwältigt vom erstarrten Bild der Khanty, die irgendwo eine Rede gehalten hatte, ohne zu ahnen, daß sie aufgezeichnet wurde. Nach mehreren langen Sekunden verriet sein Schweigen Worf, wie tief sein Kollege von dem bewegt war, was als einfache Computersuche begonnen hatte.

»Ich hab alles da drin«, sagte Grant klagend. »Aber nichts an diesem ungesetzlichen Kram weist eine Verbindung zu *ihr* auf. Diese Bestie wird zwar von Bienen umschwärmt, aber keine sticht sie. Sie ist nie nahe genug an dem Übel dran, das passiert. Sie läßt alles von den Einzelgängern, der Großmutter des Hofnarren oder der Frau ihres Gärtners erledigen.« Er sackte noch mehr zusammen und verbarg sein müdes Gesicht in den Händen. »Ah, ich muß einfach irgend etwas über sie finden ... Sonst krepieren noch mehr.«

Worf stand auf. »Du mußt dich ausruhen.«

»Mhmm, kann ich nicht. Muß weitersuchen. Und du mußt jetzt gehen. In einer Viertelstunde fängt dein Dienst in der Gouverneursvilla an. Wenn du nicht aufkreuzt, könnte es dir übel ergehen. Und wirklich, Kumpel, wir wollen doch nicht, daß die Dame uns etwas verübelt. Mach dir keine Sorgen. Mir geht's gut. Ich bin nur …«

»Frustriert«, ergänzte Worf. »So wie ich. Ich bekämpfe lieber Gegner anderer Art.«

»Weiß ich doch, verdammt noch mal.« Grant lachte leise. »Schließlich hat man dich aus ganz anderen Gründen hergeschickt. Du bist hier, damit du auffällst; damit du Leute zusammenhaust, knurrst und Ugulan neben dir wie ein Halbaffe wirkt.« Grant deutete auf den Computer. »Das da bin *ich.* Ich muß irgendwie da reinkommen; ich muß irgendwie an ihre persönlichen Unterlagen ran. Am besten an einen Rechner im abgeschirmten Gebiet.«

»Es muß eine Möglichkeit dazu geben«, sagte Worf. »Ich melde mich. Sei bereit.«

Als Worf neben seinem alten Freund stand, sah er einen Menschen, der sich wie ein nur an Computern interessierter Techniker aufführte, der seinen Auftrag mit der linken Hand erledigen konnte. Worf hatte sich sehr oft über ihn geärgert. Trotzdem war er ein Mensch, dessen Herz so ehrenhaft schlug, wie das eines Klingonen. Grant hatte mehr Ehre im Leib als die P'taks, die der Khanty dienten und sie aus Gründen fürchteten, die er selbst nicht verstand.

Er wollte, daß die Sache gut ausging, nicht nur für das Volk von Sindikash oder die Föderation, sondern um die klingonische Ehre wiederherzustellen, um den Schmutz der Einzelgänger-Klingonen aus der Galaxis zu wischen, um dafür zu sorgen, daß Alexander, der in diesem Moment erfuhr, was Ehre war, nie einen Grund hatte, sich seines klingonischen Erbes zu schämen.

Er überlegte fortwährend, was er Grant sagen sollte. Kollegen bei einem Unternehmen mußten doch in der Lage sein, einander Trost zu spenden. Und alte Freunde noch viel besser.

Als die Unzulänglichkeit ihn plagte, stellte er fest,

daß seine Gedanken zu Alexander abschweiften. vermittelte er seinem Sohn Bildung, oder zog er ihn nur auf? Hatte er in Alexanders Gesicht nicht den gleichen Ausdruck gesehen, den er gerade in dem von Grant gesehen hatte? Eine Suche nach schwer bestimmbarem Seelenfrieden?

»Ich bring dich rein, Grant«, sagte er. »Ich verspreche es.«

Der Korridor war Zufluchtsort und Ablenkung zugleich. Die Farben waren wie die Straßen und Gebäude Sindikashs. Erdverhaftet, mißmutig. Die Wände waren mit Teppichen bedeckt, die satte Farben aufwiesen: Rote Bete, Pflaumen, Kupfer, Hochzeitskuchenweiß, Senf, Otterbraun. Orientalisch wirkende Türbogen zu anderen Büros und geflieste Formen zeigten den vorherrschenden Geist des Exotischen. Kunstvoll gefärbte Muster an den Wänden. Buschigbraune Bisonfelle dienten als Läufer und Sesselbezüge.

Seit Worf hier war, hatte er festgestellt, daß die Seniarden im allgemeinen begeisterungsfähig, anständig, mildtätig und gastfreundlich waren. Leider konnte ein großer Prozentsatz von ihnen nicht erkennen, daß andere Wesen weniger edel waren und sie an der Nase herumführten. Bald würden sie ersticken.

Die Büros waren verwaist. Die Villa bereitete sich auf die Nacht vor. Berater und Pagen waren nach Hause gegangen oder hatten sich in ihr Quartier zurückgezogen. Die Khanty hielt sich am Ende des Ganges auf, in ihren privaten Gemächern.

Worf war hier. Er bewachte das Zentralbüro, in dem Odette Khanty die Einzelgänger zusammengestaucht hatte. Nebenan lag der Gouverneur, nun schon seit vielen Wochen, in der Stille des Komas. Er wurde aus der Klinik in den oberen Stockwerken überwacht.

Die Stille nervte.

Trotzdem ließ Worf sich nicht zur Selbstgefälligkeit verführen. Er hielt Wache, bis es fast Mitternacht war, dann drückte er das Privatsignal seines subkutanen Transponders.

Auf der anderen Seite des Hofes mußte der unter Grants Haut angebrachte Transponder nun sanft vibrieren. *Komm jetzt.*

Die Minuten, in denen Worf auf Grants Ankunft warten mußte, waren viel schlimmer als erwartet. Verlor er allmählich die Beherrschung? Nahm er die ganze Sache wirklich zu persönlich? War er voreilig, weil er die Sache schnell zu Ende bringen wollte, um auf die *Enterprise* zurückkehren und seine Rolle als Alexanders Mentor zu übernehmen?

»He, da bin ich.« Grant tauchte am Ende des Ganges auf. Er sprach schnell und leise. »Kann ich…« Er deutete auf die Tür der Bürosuite.

Worf nickte. Er hielt den Blick auf den Gang hinter Grant gerichtet, als dieser auf ihn zukam, dann schloß er rasch die Tür auf und ließ ihn hinein. »Der Rechner steht in der Kochnische. Mach schnell. Vielleicht ist auch eine Abhöranlage da drin.«

»Gut«, murmelte Grant mit großen Augen. Er war so gespannt wie ein Flitzebogen. »Das ist unsere große Chance. Jetzt brauch ich keine Bröckchen mehr zusammenzusuchen, indem ich von außen eindringe. Es muß alles in ihrem privaten…«

»Mach schon, Grant.« Worf schob ihn hinein und schloß die Tür hinter ihm.

Nun war das Feuer angezündet. Falls jemand kam, konnte er Grant nicht mehr rechtzeitig herausholen.

Worf beobachtete pausenlos den Korridor. In seinem Kopf drehte sich alles. Kerzenimitationen in Haltern warfen weiche Helligkeit in den Gang, erzeugten den gespenstischen Eindruck einer Burg im Zwielicht und warfen Schatten, die sich manchmal zu bewegen schienen. Er wünschte, sich wie Data von seinem emotionalen Kern und seiner Phantasie abschotten zu können.

Was war das?

Hatte er etwas gehört? Hatte die Eingangstür nicht gerade geknarrt?

Er machte einen Schritt nach rechts, auf den Salon zu.

Vor dem zweiten Schritt schwang er herum, erstarrte und spitzte die Ohren. Stimmen? Kam jemand durch das Treppenhaus? Oder mit dem Aufzug? Die Khanty?

Was hatte er von dieser einzelnen kleinen Frau zu befürchten? Warum war sie so effektiv? Wie beherrschte sie die klingonischen Krieger? Was war sie wirklich für ein Gegner?

Seine Hände waren kalt, seine Finger schmerzten. Er bewegte sie und dachte dabei an jene, die keine Finger mehr hatten. Oder kein Leben.

Er lauschte, paßte auf, drehte sich um, lauschte erneut, aber es kam niemand. Er hoffte, daß Grant die Zeit an Odette Khantys Privatrechner nutzen konnte. Er mußte irgend etwas finden, damit das Unternehmen ein Ende nahm.

Worf schalt sich wegen seiner Gefühle. Dieses Unternehmen konnte man nicht eilig vorantreiben. Er ermahnte sich aufgebracht, daß Klingonen keine Vulkanier und Gefühle ein wertvoller Besitz waren. Er war Klingone, war als Klingone erzogen worden, doch von Menschen, und er hatte die Ansichten seiner Adoptiveltern über das Dasein eines Klingonen als skizzenhaft und nicht immer dienlich gefunden. Manchmal war er zu klingonisch, manchmal zu menschlich.

Worf bemühte sich besorgt, seine Sorgen abzuschütteln, sich einzureden, daß er allein war und sich deswegen so viele Sorgen machte. An Bord eines Raumschiffes waren die Dinge viel klarer, die Pflichten klar umrissen, und seine Rolle als Vater etwas leichter. Irgendwie fiel ihm seine Tätigkeit immer dann schwerer, wenn er von Alexander getrennt war. Was für ein Erwachsener würde sein Sohn werden, wenn er mit jedem Bein in einer anderen Kultur lebte, die nichts Gemeinsames hatten?

Der Korridor gab ihm leise Widerworte. Die Halter imitierten teilnahmslos Gaslampen, strahlten jedoch einen Anflug von Wärme aus. Worf fror dennoch, aber von innen heraus. Er wollte sich nicht auf Probleme konzentrieren, die von diesem Gang aus unlösbar waren.

Plötzlich wurde die Stille vom lauten Heulen eines Alarms durchbrochen. Die roten Notlichter blitzten auf!

Er löste sich vom Eingang und stierte in der ersten Sekunde nur das rote Licht über der Tür zum Zimmer des Gouverneurs an. Der Alarm war betäubend, heftig, wie das übertriebene Gebell eines gejagten Seehundes.

Bevor er auch nur einen Muskel rühren konnte, flogen in der Ferne zwei Türen auf. Der Eingang zum Treppenhaus hallte laut vor stampfenden Beinen. Plötzlich war der Gang voller Angehöriger des medizinischen Personals. Und er sah vier Einzelgänger! Ugulan, Mortash, Goric, Tyro ...

Das Lebenserhaltungssystem des Gouverneurs hatte den Alarm ausgelöst.

Während die Ärzte und das Sicherheitspersonal durch die Tür des Krankenzimmers stürzten, stürmte Worf zur Bürotür und riß sie auf.

In den Räumen herrschte Chaos. Sämtliche medizinischen Apparaturen lärmten und zeigten aufblitzende Lämpchen. Als das medizinische Personal hineingeströmt war, trat Grant langsam aus seinem Versteck. Worf sah nur seinen Rücken, angespannte Schultern und geballte Fäuste.

Die Beine des Gouverneurs zuckten unkontrolliert unter dem Bettlaken, und als Worf eintrat, versteiften sie sich, und er rührte sich nicht mehr. Die herumschwärmenden Ärzte, Schwestern und Techniker nahmen eine Reanimation vor, doch als Worf sich langsam entfernte und neben Grant stehenblieb, strahlten ihre Handlungen etwas Verzweifeltes aus.

Das medizinische Personal umringte das Bett, und die restlichen Einzelgänger traten in den Hintergrund. Ein Arzt kniete sich aufs Bett und schlug auf den Brustkorb des Gouverneurs.

»Es war Gift«, stieß Grant keuchend hervor. »Sie müssen herauskriegen, was sie da reingetan hat!«

»Wer hat was wo reingetan?« fragte der Arzt auf dem Bett.

»Mrs. Khanty!« Grant deutete verzweifelt auf den Schlauch, der im linken Arm des Gouverneurs verschwand. »Sie kam durch die Tür da drüben und hat irgend etwas in den Schlauch getan! Dann ging es los! Sie hat ihn vergiftet! Sie müssen herauskriegen, was sie ihm gegeben hat!«

Der Arzt zog verblüfft an dem Schlauch. Andere Mediziner eilten mit Gerätschaften und Spritzen ans Bett. Die Ärzte und Techniker gaben sich alle Mühe, in Erfahrung zu bringen, was passiert war. Sie entnahmen der Leiche schnell eine Blutprobe und gaben sie in ein tragbares Analysegerät. Der Arzt konnte Grants Worte nur bestätigen. »Er hat recht! Neurotoxin. Holt sofort einen Neutralisator her!«

»Es ist zu spät«, sagte ein anderer Arzt unheilvoll. Er trat zurück. Alle anderen verharrten, als Gouverneur Khanty ihnen mit einem letzten Zucken entglitt.

Danach arbeiteten sie zwar weiter, aber ihre Mienen zeigten keine Hoffnung mehr.

Ein medizinischer Techniker trat mit dem gleichen entsetzten Gesichtsausdruck wie Grant vom Bett zurück. Eine Schwester schob ihn nach hinten und überprüfte ein Gerät. Dann hielt sie inne und seufzte. Als sie das Unausweichliche erkannte, sanken ihre Schultern herab. Sie drehte sich um und schaute zu.

»Grant«, sagte Worf drängend. Er nahm den Arm seines Freundes. »Was ist passiert?«

»Sie hat es getan«, sagte er würgend und schüttelte sich. »Mrs. Khanty. Sie kam hier rein. Sie hat mich nicht gesehen … Sie wußte nicht, daß ich hier war.«

Ugulan, Goric und drei Mediziner fuhren jäh herum und schauten Grant und Worf an.

»Der Gouverneur hat noch gelebt«, sagte Grant. »Er war stabil. Sie kam rein … Und jetzt ist er tot. Und ich habe es nicht verhindert.«

Er schaute Worf an, und plötzlich war ihnen, als seien sie allein auf einer Insel.

»Sie hat irgend etwas gemacht, damit er stirbt«, sagte Grant. »Und es ist meine Schuld.«

Despotismus ist zwar immer von Übel,
aber am schlimmsten ist der,
der die Mechanismen der Freiheit ausnutzt.

JUNIUS

11

»Lügner!« Ugulan deutete mit einem Finger auf Grants Brustkorb. »Das behauptest du doch nur, um zu verschleiern, daß du den Gouverneur ermordet hast!«

»Halt dein Schandmaul, Ugulan!« Bis zu diesen Worten war es Worf gelungen, sich zurückzuhalten. Er fegte an Grant vorbei nach vorn, versetzte Ugulan einen Schlag mit der Handkante ans Kinn und trieb ihn so einen Schritt zurück. »Ich werde dein Gesicht mit deiner Falschheit zeichnen!«

Die Einzelgänger hätten ihn nicht aufhalten können, aber als zwei Mediziner zwischen Ugulan und ihn traten, hielt er in seiner Attacke inne. Was nützte es schon, wenn er Ugulan die Haut abzog?

»Wenn ich ihn vergiftet hätte«, schrie Grant Ugulan an, »hätte ich dann erzählt, was ihm fehlt, damit eine Chance besteht, ihn zu retten?«

»Schweig, Kerl!« Ugulan fuhr jäh zu Goric herum. »Sag Stefano Bescheid«, sagte er.

»Wir beginnen mit den Ermittlungen«, sagte der Arzt und musterte seine Mitarbeiter. »Der Tod trat 0.41 Uhr Ortszeit ein. Besorgen Sie die Aussage Mrs. Khantys über ihren Aufenthaltsort in den letzten fünfzehn Minuten.« Er drehte sich zu Grant um. »Ich möchte, daß Sie mit niemandem sprechen, bevor die Ermittlungen offiziell begonnen haben. Ist das klar?«

Grant wollte etwas sagen, doch dann nickte er nur.

»Sie auch«, sagte der Arzt zu Worf. »Sie hatten doch hier Dienst, oder?«

»Ja!« stieß Worf hervor. Er trat neben Grant und hoffte, daß die Anwesenden sahen, daß er der Aussage seines Freundes glaubte.

»Sie beide sagen jetzt nichts mehr.« Der Arzt wandte sich an Ugulan. »Versiegeln Sie diese Räume. Isolieren Sie die beiden Männer, bis wir in Erfahrung gebracht haben, was hier vorgefallen ist.«

»Jawohl, Doktor«, sagte Ugulan. Seine grauen Augen glitzerten bei der Vorstellung, Worf von den anderen Einzelgängern zu trennen.

Worf sträubte sich sofort. Was würde passieren, wenn es Ugulan gelang, Grant und ihn zu isolieren?

»Nein!« sagte er schnell »Wir gehen beide in unser Quartier. Solange keine Anzeige vorliegt – falls es überhaupt dazu kommt –, besteht keine Veranlassung, uns in eine Zelle zu stecken!«

Der untersetzte Tyro kam Worf unerwartet zu Hilfe. »Verpaß Ihnen Hausarrest, Ugulan. Noch hat niemand sie angezeigt.«

»Verteidige mich nicht, du Feigling!« rief Worf und drohte Tyro mit der Faust. Er wußte sofort, daß Tyro ihm nicht beistand, weil sie Klingonen und Kollegen waren. Er wollte nur vermeiden, daß ein Präzedenzfall entstand, daß Einzelgänger einander ohne Anklageerhebung verhaften konnten.

Da Phaser in der Villa nicht gestattet waren, zog Ugulan seinen Dolch und wirbelte zu Tyro herum. »Das entscheide ich!« Er drehte sich sofort wieder zu Worf um und deutete auf die Tür, die zum Korridor führte. »Raus!«

Als Worf das Zentralbüro als erster verließ, wütete es in seinem Kopf. Grant kam hinter ihm her. Die Wendungen dieses Unternehmens waren zum Verrücktwerden! Hätte er doch nur sämtliche Wahrheiten herausbrüllen können!

Auch die Einzelgänger folgten ihnen; sie ließen den Toten und die Ärzte allein. Sie kamen hintereinander durch die Tür und schritten durch den Korridor, der für ihre breiten Schultern viel zu eng war. Zwei Klingonen – angenommen, es würde hier zwei *echte* Klingonen geben – hätten in dem Gang kaum nebeneinander gehen können. Worf hatte das Gefühl, als kräusele sich die Kleidung um seine Haut. Warum war der verfluchte Gang so lang? Wer hatte dieses dämliche, närrische, häßliche Gebäude entworfen?

Die ferne, geflieste Eingangshalle kam langsam näher, und im Geiste sah Worf schon die Steinterrasse, die lange, gekrümmte Kacheltreppe, die zu dem mit Platten ausgelegten Hof und auf das große Grundstück führte, das sie, wenn sie überleben wollten, durchqueren mußten.

Grant stieß hinter ihm ein überraschtes Grunzen aus. Worf fuhr herum, zog Grant an sich vorbei, hob ein Bein und rammte es gegen Ugulans Brust.

»Hau ab!« fauchte er, als seine Faust gegen Ugulans Kehle krachte. Ugulans Arme wirbelten, sein Dolch zuckte vor und zielte auf Grants Rücken. Noch ein paar Sekunden …

Niemand war mit einem Phaser bewaffnet. Welch ein Glück, daß die Vorschriften dies genau regelten. Es spielte keine Rolle – es gab Worf einen Vorteil. Er zog Grant schützend beiseite und baute sich zwischen ihm und den Einzelgängern auf. Die meisten waren noch im Korridor.

»Bleibt weg von ihm!« fauchte er.

»Du beschützt Menschen?« sagte Ugulan vorwurfsvoll. »Und Lügner?«

Worf knirschte mit den Zähnen. »Er lügt nicht.«

»Hast auch du gesehen, was er gesehen hat?« stieß Goric hervor. Er stand hinter Ugulan und schob sich nun nach vorn.

»Mit triefnasigen Schwächlingen wie euch rede ich doch gar nicht«, fauchte Worf. »Ich mache meine Aussage bei der Stadtpolizei.«

Ugulan stürzte vor, ohne sich von Worfs Dolch einschüchtern zu lassen. Zweifellos glaubten die Einzelgänger Grants Worten über die Khanty, aber sie waren bereit, ihn und jeden anderen zum Schweigen zu bringen, der das skrupellose Weib in Gefahr brachte. Sie hatten die Khanty zu fürchten gelernt, und sie war ihre letzte Verbindung zu Macht und Einfluß.

Worf schob Grant zurück und wehrte Ugulans Messer mit dem eigenen ab. Die Klingen knirschten abscheulich, als sie einander trafen; das Geräusch warf unter den Fresken des Kuppeldaches Echos und ließ den kristallenen Kronleuchter in mitfühlender Vibration klirren. Es war wirklich ein gutes Gefühl, sich endlich zur Wehr zu setzen!

»Hau ab, Grant!« rief Worf, als die Einzelgänger auf ihn zustürzten. Sie pfiffen auf die Kampfesehre – er wußte, daß sie ihn am liebsten alle zusammen fertig gemacht hätten. Doch Ugulan stand ihnen im Weg.

»Ich laß dich nicht allein!« rief Grant protestierend.

Worf machte eine Rückwärtsfinte zur Haupttür, und es gelang ihm, sie mit dem Stiefel aufzustoßen. Er fuhr gerade rechtzeitig herum, um seine Klinge über Ugulans Brustkorb zu ziehen. Der Anführer der Einzelgänger wich einen Schritt zurück.

»Raus!« schrie Worf Grant zu. »Lauf zu! Hol die Polizei!«

»Ach, verdammt ...!« Grant schaute sich hektisch um, warf einen raschen Blick nach oben, erblickte etwas und riß eine schwere Messingvase von einem Tisch.

Er setzte beide Hände ein, hob die Vase und warf sie in Richtung Decke. Sie segelte in hohem Bogen davon, und ihr Eigengewicht beeinflußte ihren Flug. Sie flog mit dem Ende voran, wie ein geworfener Kegel. Am höchsten Punkt krachte sie in den riesigen Kronleuchter. Die tausend geschliffenen Glasstücke beschädigten sie kaum, doch der Kronleuchter zerbarst. Mit einem harfenähnlichen Klingeln löste er sich in seine Bestandteile auf. Glassplitter regneten auf die erschreckten Einzelgänger herab, die nicht einmal genug Zeit hatten, die Arme in die Luft zu reißen, um ihr Gesicht zu schützen. Glasskalpelle fielen in die Tiefe, zerschnitten Wangen, Kopfhaut und Augen. Sie gruben sich in Hände, fuhren durch den Uniformstoff und spießten sich in Arme und Schultern.

Worf machte einen Riesensatz auf Grant und die offene Tür zu. Mitten in der Luft spürte er, daß sich ein Dutzend Glasscherben in seine linke Hüfte und sein Bein bohrten, doch sein Kopf blieb verschont.

Und Grant war unverletzt!

Die beiden schlitterten über den Ziegelsteinboden der Terrasse und krachten gegen einen Metalltisch und mehrere Stühle. Die Stühle schepperten gegen das kreisförmige Geländer und kippten um; der Tisch blieb stehen. Grant landete unter ihm.

Worfs Becken und Beine wurden von Schmerzen erfaßt, und er spürte, daß Blut an seinen Beinkleidern hinablief. Er legte sein Gewicht auf das unverletzte Bein und zog Grant unter dem Tisch hervor.

»Du bist ein wahrer Krieger«, sagte er lobend und zog ihn die gekrümmte Treppe zum Hof hinab. Eine fleckige Spur amethystfarbenen Blutes verschmierte hinter ihnen die Stufen.

Worf warf einen Blick auf die Terrasse zurück. Goric wankte ins Freie, er preßte eine Hand auf sein rechtes Auge. Sein Gesicht war blutverschmiert. Er wußte überhaupt nicht, wo er war, und keuchte vor Schmerzen und Angst. Hinter ihm kamen Gern und Tyro. Beide zupften an den Glassplittern, die sich in ihren Kopf und ihre Arme gebohrt hatten. Ugulan taumelte heraus. Er warf bösartige Blicke um sich, denn das Mittelstück des Kronleuchters ragte aus seiner Schulter hervor. Er ballte die Faust um den Dolch in seiner Hand. In der anderen Hand hielt er einen langen, gläsernen Speer. Er brüllte vor Wut.

»Na, so was«, sagte Grant. »Glaubst du, wir haben ihn wütend gemacht?«

»Ich hoffe, wir haben ihn wahnsinnig gemacht«, erwiderte Worf. »Komm!« Er zog Grant auf die Steinplatten des großen Hofes.

Jeder Schritt verursachte in seiner linken Seite wüste Schmerzen, denn die Glasscherben bohrten sich tiefer in seine Haut und seine Muskeln. Grant tauchte unter Worfs Arm, um ihn zu stützen. Auf der Terrasse verbissen sich Ugulan, Mortash und die anderen ihren Schmerz. Vielleicht spürten sie ihn auch gar nicht mehr in ihrer Wut. Ihre Zukunft schlurfte über den Hof davon. Sie wollten sie nicht entwischen lassen.

Auch dann nicht, wenn es bedeutete, daß sie auf den Steinplatten starben!

»Sie kommen«, sagte Grant keuchend. »Sie sind halb die Treppe runter … Sie sind jetzt auf den Platten … O Mann, sie werden uns abschlachten …«

»Hau ab«, ächzte Worf. »Hol die Polizei.«

Grant, von Worfs beträchtlichem Gewicht belastet, warf einen erneuten Blick nach hinten. »Keine Chance, Alter. Wir hauen zusammen ab.«

»Du kannst nicht gegen Klingonen kämpfen!« fauchte Worf verächtlich. »Nicht mal gegen *die*!«

»Hätte ich doch 'ne Leuchtpistole oder so was …«

»Grant, sie werden mich nicht umbringen. Klingonen greifen gestürzte Klingonen nicht an.«

Wer log denn da?

Aber Grant ließ sich zum Glück nicht foppen. »Ach, auch *die* nicht? Was ist los mit dir? Machst du der Khanty nun als Schwafler des Monats Konkurrenz? Die legen dich um und fressen dich!«

»Ich bin zu knorpelig«, sagte Worf schnaufend und sank auf ein Knie.

Grant zog ihn wieder hoch. »Erzähl mir bloß nicht so'n Mist, verstanden? Wir schaffen es schon bis zum Torhaus.« Er warf einen nervösen Blick auf die wankenden Einzelgänger, die allmählich aufholten und ihren Schmerzen gegenüber langsam unempfindlich wurden. Sie waren zu sehr von dem Ärger geblendet, den sie sich einhandelten, falls Worf und Grant entkamen.

Worf stützte sich schwer auf Grant und zwang sein pulsierendes Bein zur Bewegung. Es ging hier nicht nur um ihr Leben – auch die Ärzte, Schwestern und Techniker waren in Gefahr, denn sie hatten Grants Behauptung über die Khanty gehört. Wenn Worf und Grant erwischt wurden, waren sie alle tot. Man würde ihre Leichen verschwinden lassen, den Hof vom Blut säubern, und Odette Khanty würde die ›verschwundenen‹ Verschwörer mit den Morden in Verbindung bringen.

Verärgert, daß er und Grant ihr möglicherweise gerade ein Motiv verschafft hatten, eilte Worf dem verzierten Steintorhaus entgegen. Sein Herz schlug fest in seiner Brust. Sein Puls brüllte in seinen Ohren. Er sah hinter dem Eisentor auf dem Platz Menschen flanieren. Wenn sie ihn erreichen konnten …

Sein Bein gab schon nach. Die Glasscherben stießen bei jeder neuen Bewegung seiner Muskeln tiefer durch seine Kleidung. Der Schmerz war nicht zu ertragen; er schnitt durch seinen Leib, als er sich vorankämpfte, über die Steinplatten rutschte und sich an Grant festklammerte, der nicht stark genug war, jemanden von seiner Größe zu tragen.

Sie scharrten über die Platten, angetrieben vom Klakken der Stiefel Ugulans und jener Einzelgänger, die noch sehen und sich bewegen konnten. Das Haupttor fing vor Worfs Augen an, sich zu drehen. Er verlor Blut.

Der Schock setzte ein und ließ den Blick verschwimmen. Verzweiflung überkam ihn ebenso, wie die Wut die Einzelgänger trotz ihrer Verletzungen vorantrieb. Er mußte das Tor erreichen, er mußte Grant zur Stadtpolizei bringen. Sie durften sich hier nicht schnappen lassen!

Grant würgte plötzlich, verzog das Gesicht, beugte sich vor und taumelte. Er ließ Worf fallen und sank auf ein Knie. Als er stürzte, fröstelte Worf. Er sah Ugulans Klinge, sie steckte in Grants Rücken, genau unter dem Schulterblatt.

»Ahhh!« Grant stöhnte vor Schmerz auf, zog einen zuckenden Arm an seinen Körper und stützte sich mit dem anderen auf den Bodenplatten ab. Er kniff die Augen zusammen. »Bockmist, wir sind erledigt! Von Gorillas aufs Kreuz gelegt!«

»Steh auf!« fauchte Worf. »Auf! Benutz die Beine!«

Er richtete sich auf, verfluchte den Schmerz, der sich in seinem Bein und seiner Seite breitmachte, und hob Grant mit dem unverletzten Arm hoch.

»Beweg dich! Los!«

Er hörte die Schritte Ugulans und der anderen. Sie kamen näher. Die Einzelgänger waren ausnahmslos verletzt und schwach auf den Beinen, aber die Entfernung schrumpfte. Worf zweifelte nicht daran, daß Ugulan und die anderen genug Kräfte entwickeln konnten, um sie umzubringen, wenn sie erst einmal bei ihnen waren.

»O Gott …« Grant sackte gegen ihn.

»Beweg dich!« sagte Worf drängend.

»Sie hat gesiegt …«

»Sie hat nicht gesiegt!«

»Wir sind geschlagen, Worf. Sie hat uns jetzt geschlagen …«

»Noch nicht! Beweg dich!«

»Du hörst einem nie zu.«

»Geh!«

Meter für Meter wankten sie dem Tor entgegen, doch nun spürten sie Ugulans Atem schon im Nacken. Nur noch wenige Zentimeter trennten sie von den blutigen Händen des Chefs der Einzelgänger und dem Dolch, den Mortash in der Hand hielt.

Worf richtete seinen verschwommenen Blick auf das Eisentor und wünschte sich, daß es aufging. Das Tor setzte sich langsam in Bewegung. Die Kraft seines Willens hatte dazu geführt, daß die Torhälften sich teilten und nach innen schwangen. Zauberei! Das Tor ging auf!

Als die Anstrengung an seinen Kräften zehrte und Grant neben ihm erneut aufs Knie sank, stöhnte Worf. Nur noch ein paar Schritte zwischen ihnen und dem aufgehenden Tor. Nur ein paar Schritte ...

»Stehenbleiben! Aufhören!«

Er hob den wackelnden Kopf in Richtung des Schreis, der vom Tor her gekommen war.

»Stadtpolizei!«

Ein Dutzend Gesetzeshüter strömte mit gezückten Waffen auf den Hof und legte auf die entsetzten Einzelgänger, Worf und Grant an, obwohl für jedermann ersichtlich war, wer hier die Jäger und wer die Gejagten waren.

»Stehenbleiben, alle Mann! Stadtpolizei!«

Ein muskulöser Beamter mit dichtem, früh ergrautem Haar baute sich zwischen Worf und Ugulan auf. Die Garde hatte keine Wahl. Alle hielten inne, bedroht von Polizeiwaffen, die ihnen die Dolche aus den Händen schießen konnten. Polizisten umzingelten die Einzelgänger und nahmen ihnen die Waffen ab.

Der Anführer, der Mann, der bisher die Befehle erteilt hatte, kam auf Worf und Grant zu.

»Ich bin Kommissar Stoner. Sind Sie die beiden, die beim Tod des Gouverneurs Zeugen waren?«

»Ja«, sagte Grant rasselnd und spuckte aus.

Worf, der sich nicht auf Grant stützen wollte, strengte sich an, um trotz seines verschwommenen Blicks etwas zu erkennen. »Woher wissen Sie davon?«

»Die Ärzte haben uns verständigt.«

Grant deutete auf die Einzelgänger. »Die da wollen uns umbringen – um den Mord zu verschleiern!«

Ugulan deutete mit einem anklagenden Finger auf ihn. »Die beiden sind Spione! Sie haben sich ins Haus des Gouverneurs eingeschlichen! Sie können uns nicht an unserer rechtmäßigen Rache hindern! Wir sind Klingonen!«

Worf machte einen wankenden Schritt auf ihn zu. »Woher willst *du* wissen, was ein Klingone ist?« schrie er in seiner Sprache. Er konnte sich nicht mehr bezähmen. »Was bringt euch nur dazu, wie feige Sklaven vor dieser Frau zu kuschen?« schrie er Ugulan an. »Daß ihr ihren Befehlen gehorcht, obwohl sie euch, dem Imperium und uns allen Schande machen?«

Ugulan trat näher heran, so daß nur Worf ihn verstand. »Sie hat unseren Eid«, sagte er leise. Trauer ersetzte seinen Zorn. »Sie hat unseren Sto-vo-kor-Eid. Es war die einzige Möglichkeit, bei ihr hier Zuflucht zu finden.«

Worf hatte mit allem möglichen gerechnet, doch damit nicht. Sto-vo-kor war das klingonische Walhalla, der Ort, an den alle Krieger gingen, wenn sie gestorben waren. Der Sto-vo-kor-Eid war kein bloßer Treueeid. Er gab dem Kommandierenden die Macht, über das Schicksal eines Kriegers nach dessen Ableben zu entscheiden. Die Einzelgänger hatten Angst um ihre Seele, denn auf ein Wort der Khanty hin konnte diese dem Vergessen anheimfallen.

Worf spürte, daß seine Wut verdampfte. Er schaute Ugulan stolz an. »Ihr tut mir leid«, sagte er.

Während er sprach, hielten drei Polizisten ihn fest. Und drei Mann waren auch dazu nötig.

»Immer mit der Ruhe«, sagte Stoner. »Haltet mal die Luft an. Wir kriegen es schon auf die Reihe. Bis dahin sind Sie alle festgenommen. Ihre ›rechtmäßige Rache‹ muß leider warten.«

»Sie können uns nicht festhalten!« sagte Grant protestierend. »Wenn Sie es tun, machen die uns fertig!«

Stoner schaute ihn an. Dann fiel sein Blick auf Ugulan. »Hm, ja«, sagte er dann.

Unglaublich – er verstand! Ein Hoffnungsflackern verdrängte Worfs Schmerzen, als er das umgängliche Gesicht des Polizeikommissars sah. Der Schock, nicht mehr allein zu sein, traf ihn mit der Kraft eines Lähmstrahlers.

»Sie können das Gesetz nicht umgehen!« sagte Ugulan protestierend. »Sie müssen festgenommen werden!«

»Ich habe gesagt, und zwar auf freundliche Weise, Sie sollen ruhig sein«, erwiderte Stoner. »Ihr Einzelgänger glaubt wohl, ihr beherrscht die ganze Welt. Niemand wird irgend jemandem etwas tun. Wir nehmen Sie alle in Gewahrsam, bis wir wissen, was los ist. Los, Jungs, nehmt die Einzelgänger mit. Mittlere Sicherheitsstufe, bis wir wissen, wer weswegen angeklagt wird.«

»Das ist ja kriminell!« nörgelte Mortash.

»Das werden wir ja sehen«, sagte Stoner unbeeindruckt. »Tschüß. Diese Einzelgänger sind doch wirklich edel, was?«

»O Mann ...« Grant sank gegen den Polizisten, der ihn aufrecht hielt.

Stoner schaute den Einzelgängern hinterher, bis sie, von seinen Leuten flankiert, durch das Tor verschwunden waren und über die Straße gingen, die zum Polizeipräsidium führte.

»Nun denn, meine Herren«, sagte er dann mit einem Seufzer. »Wie sieht Ihre Geschichte aus?«

»Er ist Starfleet-Offizier«, sagte Grant. »Ich bin Agent

der Föderation. Wir ermitteln wegen gewisser Ladungen von Konterbande durch offene Raumstraßen.«

»Hmm… Tja, tut mir zwar leid, daß Sindikash Sie nicht herzlicher willkommen geheißen hat, aber ich habe ebenso wenig Grund, Ihnen zu glauben wie den anderen. Oder? Können Sie sich ausweisen?«

»Natürlich nicht«, knurrte Worf.

»Aber…« Stoner schob seine kastanienbraune Polizeimütze nach hinten. »Aber die Ärzte haben mich benachrichtigt und gesagt, Sie wären in Schwierigkeiten. Es gibt also jemanden, der Ihnen glaubt, also… nehme ich Sie in Schutzhaft, bis wir mehr über Ihre Identität wissen. Können Sie mir einen Kontaktkode oder irgend etwas geben, das ich verwenden kann, um ihre Behauptungen zu überprüfen?«

»Ja«, fauchte Worf. »Sie können Verbindung zu meinem Schiff aufnehmen.«

»Wie heißt Ihr Schiff?«

»*Enterprise.*«

»Oh!« Stoners blaue Augen wurden größer. »Das muß ich meinen Kindern erzählen. Mein Sohn hat bei einem Schulprojekt Modelle der beiden ersten Schiffe dieses Namens gebaut, mit jeder einzelnen Rumpfplatte.«

»Ich kann Ihnen und ihm eine Führung auf der echten *Enterprise* vermitteln«, sagte Worf. »Vorausgesetzt, wir überleben.«

»Ja«, sagte Stoner verständnisvoll. Er sprach nun leiser, da sich vor dem Tor immer mehr Schaulustige versammelten. »Ich weiß, was Sie meinen. Na, dann wollen wir Sie mal zur Behandlung bringen. Anschließend muß ich Sie einsperren, bis der Fall geklärt ist. Wollen wir doch mal sehen, was dann passiert.«

»Setz dich hin, Grant«, befahl Worf. »Wenn du noch länger auf und ab gehst, hast du bald keine Beine mehr.

Und es kann der Sache kaum dienlich sein, auf Stümpfen herumzuspazieren.«

»Ich kann nicht.« Grant schüttelte sich. Sein ganzer Körper zitterte. Er drehte sich wie ein Windsack. Seine Schulter war bandagiert, er rieb hektisch seinen Arm. »Sie hat ihn ermordet. Sie hat den eigenen Ehemann umgebracht! Ich hab doch gesagt, daß sie ihn nicht leiden konnte! So was passiert allen, die ihr in die Quere kommen. Und all das nur, weil die Sache mit dem Frachter nicht geklappt hat. Sie kann den Vizegouverneur nicht verleumden, aber sie braucht die öffentliche Meinung, um ihre Ziele zu erreichen. Diese Sache mußte sie selbst erledigen. Sie möchte die Sympathie der Öffentlichkeit zurückgewinnen.«

»Weiß ich.«

Grant blieb stehen. »Dann glaubst du mir?«

Worf verschob sein verletztes Bein. Er nickte und wünschte sich, sie hätten sich vor dem Aufbruch zu diesem Unternehmen zwei Tage Zeit zum Nachdenken gelassen.

»Ja, natürlich glaube ich dir. Ich habe allerdings nicht gesehen, daß sie die Gemächer des Gouverneurs betreten hat.«

Er lehnte sich in den großen, dick gepolsterten und mit Büffelhaut überzogenen Sessel zurück, um Grant durch sein Beispiel ebenfalls zum Entspannen zu veranlassen.

Grant, dem dies offenbar entging, legte beide Arme um seinen Körper und lief vor dem Kachelherd weiter auf und ab. »Ich hätte sie in der Sekunde aufhalten sollen, in der ich wußte, daß sie drin war. Ich bin einfach nur erstarrt. Sie hat mich nicht gesehen, und ich konnte mich nicht von der Stelle rühren. Ich hab zugelassen, daß sie ihn umbrachte.«

»Quatsch«, sagte Worf gleichmütig. Seine Stimme klang im Vergleich zu den fast panisch klingenden

Selbstvorwürfen Grants wie ein dumpfes Trommeln, und er klammerte sich an den Klang der eigenen Stimme. »Der Gouverneur wäre wahrscheinlich ohnehin gestorben.«

»Aber er ist nicht einfach gestorben. Er war stabil! Diesmal klebt Blut an ihren Händen.«

»Grant, bitte, versuche wenigstens einen kühlen Kopf zu bewahren.«

»Ich kann's kaum glauben, daß es uns so in den Schoß gefallen ist!« schrie Grant. »Da kehren wir das Innerste nach außen, um einen Beweis für ihre Aktivitäten zu finden, und dann bringt sie ihn um, während ich dabeistehe und zuschaue! Aber wenn ich es allein behaupte ...«

Sein Gesichtsausdruck veränderte sich plötzlich. Er fuhr herum, blieb mit gespreizten Beinen stehen.

»Worf! Du glaubst mir doch, oder?«

»Ja, natürlich.«

»Du weißt, daß sie den Gouverneur umgebracht hat, damit die Volksbefragung zum Thema Unabhängigkeit pünktlich abläuft, nicht wahr? Sie weiß doch bestimmt, daß die Föderation Interesse daran hat, sie zu verschieben, oder?«

Worf nickte unbehaglich. »Ja, natürlich.«

Grant eilte zu Worfs Sessel, kniete sich neben ihn hin und griff mit beiden Händen in das dicke Büffelfell der Lehne.

»Laut den hiesigen Gesetzen sind bei Kapitalverbrechen zwei Zeugen erforderlich! Du hast noch keine Aussage gemacht!« Er schlug auf das Büffelfell und deutete mit einem Finger auf Worf. »Du mußt mir den Rücken stärken! Du mußt sagen, du hättest es auch gesehen! Du mußt sagen, du hättest sie zur gleichen Zeit da drin gesehen wie ich!«

Worf setzte sich aufrecht hin. Seine Arme und Beine spannten sich plötzlich. Hatte er sich verhört?

»Du willst, daß ich unter Eid lüge?«

»Wieso denn lügen? Du weißt doch, was sie getan hat.«

»Ja … Ich weiß, daß sie es getan hat.«

»Ohne einen zweiten Zeugen kann man sie nicht anklagen oder in Untersuchungshaft nehmen. Dann bleibt sie frei und kann tun, was sie …« Grant hielt inne, seine Kehle schien sich zu verknoten, und er deutete mit der Hand auf den anderen Arm. Als wolle er ihn abreißen.

Worf stand auf und machte einige Schritte, als wolle er sich von Grants Vorschlag entfernen. Ein Dehnen der Wahrheit. Das war alles, um Grant freizubekommen und die korrupte Organisation zu Fall zu bringen, bevor sie sich auf anderen Planeten ausbreitete.

»Wir können dich hier rausholen«, sagte er. »Der Captain wird dafür sorgen …«

»Nein!« Grant stand auf und stampfte auf. »Kommt nicht in Frage. Ich gehe nicht hier weg. Dies ist unsere große Chance, eine Menge Leben zu retten. Wenn wir keinen Erfolg haben, geht der ganze Planet zum Teufel.« Er legte die Hände auf seine Brust und verzog das Gesicht. »Ich kann das nicht geschehen lassen. Ich könnte nämlich nicht damit leben.«

Das Feuerchen hinter ihnen knisterte, und Grant streckte flehentlich die Hand aus.

Worfs Freund … Ein Kollege und Krieger, trotz seiner Eigenarten … Und war er nicht auch so etwas wie der Pate seines Sohnes?

Grants Stimme wirkte angespannt. »Du mußt aussagen, du wärst drinnen gewesen, Worf, im Raum. Du kennst doch die Wahrheit. Du brauchst sie nur *auszusprechen*!«

Worf hatte plötzlich den Eindruck, als würde sein Körper gefühllos. Er wünschte sich aus tiefstem Herzen, Grant die Antwort geben zu können, die er so dringend benötigte – und verdient hatte.

Ja, verdient hatte!

Doch warum fand er keine Worte?

Obwohl er noch zögerte, wußte er, daß sein Gesicht deutlich sagte, was er absichtlich nicht aussprach.

Er wußte es, weil er es an Grants Miene erkannte.

»Du ...« Grants Unterkiefer sackte überrascht herunter, und sein Gesicht wurde schmerzhaft bleich. »Du machst also keine entsprechende Aussage, oder? O mein Gott ... Du wirst meine Aussage nicht bestätigen!«

Worf spürte, wie sein Gesicht sich in tiefe Falten legte. Er mußte sich zum Reden zwingen. »Ich kann keinen Meineid für dich leisten. Ich darf meine Ehre nicht außer Betracht lassen.«

Grant schaute ihn an, als bräche sein Weltbild zusammen. »Ehre? Das soll wohl ein Witz sein! Hier geht es um einen Planeten und ein Fünftel des ganzen Sektors! Du redest von Recht? Es muß zwei Zeugen geben – so verlangt es das Gesetz auf dieser gottverlassenen Welt! Dafür hat sie gesorgt! Glaubst du etwa nicht, sie hat das Gesetz bewußt für Fälle dieser Art so gedreht? Sie hat das Gesetz vorangetrieben, um sich zu schützen – nicht die Menschen dieser Welt! Und es funktioniert! Das läßt du zu?«

Seine letzten Worte blieben fast in seiner Kehle stekken, doch ihre Bedeutung kam so deutlich bei Worf an wie eine Meldung über Subraumfunk.

Die plötzliche Stille ließ ihn fast den Halt verlieren. Zehntausend Antworten strömten durch seinen Geist und zogen sich wieder zurück, bevor er die einzige gab, die er geben konnte.

»Tut mir leid ...«

Grant keuchte sofort auf. »Es tut dir leid? Wir sind doch Kollegen!«

»Im *Gesetz* vereint«, sagte Worf rauh. »Nicht in Ehrlosigkeit.«

Wie hohl seine Worte klangen. Wie lahm und gewichtslos.

Grant schüttelte den Kopf. Seine Augen wurden zu Schlitzen, die seinen Schmerz deutlich zeigten. Er schüttelte sich und wurde so kalt wie eine Klinge im Winter. Schweiß brach ihm aus, sein gesamter Leib schien zu dampfen.

Er bebte, als litte er urplötzlich an Altersschwäche. »Sie wird mir dann bei lebendigem Leib die Haut abziehen…«

Worf trat, von Mitgefühl ergriffen, neben Grant, denn er hoffte, ihn wenigstens körperlich stützen zu können. »Wir können dich hier rausholen, Grant. Die Khanty…«

»Ich hab doch gesagt, daß ich nicht gehe.« Grant schüttelte mitfühlend den Kopf. »Ich bleibe bei dem, was ich gesagt habe.«

Er drehte sich um und krallte sich mit den Fingern in den Kragen von Worfs Einzelgänger-Uniform.

Worf knirschte mit den Zähnen. Er empfand plötzlich ein Schwindelgefühl und kam sich vor, als hätte er nicht mehr Substanz als ein Blatt Papier. Ihm schien, als werde er auf der Stelle ohnmächtig. Als verblasse er ins Nichts. Er war ein Nichts – er konnte nichts tun.

»Du mußt es bestätigen«, sagte Grant rasselnd. »Es ist die Wahrheit, und du kennst sie. Du kannst die Wahrheit wahr werden lassen, wenn du nur sagst, was du weißt! Du mußt es einfach tun!«

Seine Finger griffen fester zu, er runzelte die Stirn und holte tief Luft, bis es schließlich aus ihm hervorbrach.

»Um Himmels willen… Dann mußt du eben *lügen*!«

»Wir holen dich von diesem Planeten weg. Es kommt schon alles in Ordnung – und zwar auf gesetzlicher Grundlage.«

Der schreckliche Entschluß war gefällt. Nun lag er

wie ein Stein in Worfs Magen. Eine halbe Stunde war vergangen, und zwar sehr langsam.

Grant stritt sich mit Worf nun nicht mehr darum, ob er Sindikash verlassen und sich auf die *Enterprise* begeben sollte, wo Odette Khantys Tentakel ihn nicht erreichen konnten.

Er saß auf einer Ottomane und stierte den Teppich ohne aufzuschauen an.

»Du mußt lügen«, krächzte er.

Worf kämpfte sich auf die Beine und zwang das geschwollene Bein und die Hüfte, sich zu bewegen. Er wollte den Fuß nicht steif werden lassen, also ging er hinter Grant auf und ab. »Die Flotte kann ein Team herschicken, das unsere Arbeit fortsetzt. Die Khanty wird irgendwann einen Fehler machen.«

»Wir müssen sie aber *jetzt* kriegen«, sagte Grant bittend. »Lüge. Tu es einfach.«

»Durch den Mord an ihrem Ehemann werden alle in ihrer Umgebung ihr mißtrauen. Sie kann sich nur für einen bestimmten Zeitraum tarnen. Irgendwann muß sie die Dinge selbst in die Hand nehmen.«

»Ich würde es für dich tun.«

Worf musterte Grants Hinterkopf. Das Licht aus dem imitierten Buntglaskerzenhalter versah ihn mit einer Art Heiligenschein. Grant drehte sich nicht um, schaute ihm nicht in die Augen.

Die Zurückweisung ließ Worfs Haut prickeln.

Konnte er es Grant verübeln, da er keine andere Möglichkeit sah? Eine Chance war eine Chance. Ihre letzte.

Das Klopfen an der schweren Eichentür unterbrach zwar seine Gedanken, aber nicht seine Besorgnis. Er hinkte über den Teppich, stolperte beinahe über den Rand und öffnete die Tür um fünf Zentimeter, um nachzuschauen, wer gekommen war.

»Hallo, Sir, ich bin's. Ted Stoner.«

»Kommen Sie rein, Herr Kommissar«, sagte Worf mit beträchtlicher Erleichterung.

Der Polizist trat in Begleitung eines Kollegen ein. Er nickte drei anderen zu, damit sie draußen auf dem Gang blieben, nahm die Mütze ab und knöpfte seine dicke kastanienbraune Jacke auf.

»Das ist mein Kollege Zared«, sagte Stoner.

Worf nickte. »Angenehm.«

Der Polizist nickte ihm grüßend zu und blieb wie ein Unteroffizier der Raumflotte an der Tür stehen.

»Tja«, sagte Stoner, »wir haben Ihre Geschichte überprüft, und alles stimmt. Sie sind wirklich Offizier der *Enterprise.* Ein gewisser Jean-Luc Picard hat es bestätigt.«

»*Captain* Picard«, griff Worf korrigierend ein. Er fühlte sich amüsierter als erwartet.

»Oh, Verzeihung.«

»Schon vergessen.«

Stoner zuckte die Achseln. »Ich kann Sie jedenfalls nicht mehr festhalten. Sie werden dem Gewahrsam der Flotte unterstellt. Man hat sich einverstanden erklärt, Sie nicht aus diesem Sektor zu verbringen, bevor die Ermittlungen abgeschlossen sind.« Er drehte sich um. »Mr. Grant muß allerdings hier bleiben. Er ist zwar Beamter der Föderation, aber Zivilist, und unsere Gesetze schreiben vor, daß wir ihn auf dem Planeten behalten, bis der Fall geklärt ist.«

»Nein!« sagte Worf protestierend. »Man wird ihn umbringen!«

»Was interessiert dich das denn auf einmal?« sagte Grant stöhnend.

Worf fuhr zu ihm herum. Er fühlte sich ungut. »Sag das nie wieder!«

Stoner nickte seufzend. »Ich kann's Ihnen nicht verübeln, daß Sie sich deswegen Sorgen machen«, sagte er. »Ich weiß, wie die Dinge hier liegen. Ich behalte ihn in

Schutzhaft und verpflichte mich, persönlich auf ihn zu achten, bis Anklage erhoben wird.«

»Erwarten Sie, daß ich ihn auf diesem Planeten allein lasse?« fragte Worf, dem es sehr weh tat, daß Grant ihm nicht mehr vertraute.

Der Kommissar neigte verständnisvoll den Kopf. »Sie haben keine andere Wahl. Man hat eine richterliche Verfügung erlassen, Sie von diesem Planeten zu entfernen. Mr. Grant kann ich leider nicht gehen lassen. Ich glaube, der Richter befürchtet, daß wir die Flotte nie wiedersehen, wenn Sie alle beide gehen, und vielen von uns ist daran nicht gelegen, wenn Sie verstehen, was ich meine. Außerdem muß ich… Tja, sagen wir mal, ich muß noch ein paar andere Leute beschützen. Im Moment ist auf dieser Welt sozusagen alles in der Schwebe. Tut mir leid, das sagen zu müssen.«

»Wir hatten die Hoffnung, dies zu ändern«, sagte Worf verbittert, der die Offenheit des Polizeioffiziers zu schätzen wußte.

»Ich verstehe schon«, sagte Stoner vorsichtig. »Zared ist hier, um Sie zum städtischen Raumhafen zu begleiten. Er sorgt dafür, daß Sie unseren Machtbereich sicher verlassen können. Ich habe für eine Sicherheitspassage gesorgt. Waffen darf ich Ihnen leider nicht zugestehen. Bis auf weiteres kümmere ich mich um Mr. Grant. Darauf können Sie sich verlassen.«

Als Worf Stoner in die Augen schaute, sah er die Probleme dieses Planeten mit den Augen eines jungen Gesetzeshüters, dessen Last unermeßlich war. Er sah einen ehrlichen Menschen in einem korrupten Netz und empfand tiefstes Verständnis für ihn. Immerhin würden er und Grant diese Welt früher oder später verlassen. Aber Ted Stoner und seine anderen ehrlichen Kameraden mußten weiter hierbleiben.

Vielleicht konnte er, wenn er seinen Kurs beibehielt, dafür sorgen, daß aus Sindikash eine bessere Welt wurde. Doch Grant sagte mit jeder Faser seiner Haltung aus, daß das zwischen ihnen bislang herrschende Vertrauen stark erschüttert war.

Worf schaute Stoner an, suchte verzweifelt nach einem Hoffnungsschimmer, aber es gab keinen anderen Kurs. Nicht jetzt.

Schließlich hinkte Worf auf Grant zu. Doch keine Macht auf diesem Planeten konnte ihn dazu bewegen, den Freund in ihm zu erblicken, der er noch vor einem Tag gewesen war.

»Grant«, sagte Worf. »Kommissar Stoner kümmert sich um deine Sicherheit. Er wird dich beschützen. Und ich komme zurück. – Grant? Hörst du mir überhaupt zu? Ich komme *bestimmt* zurück.«

12

»Ich hätte nie gedacht, daß sie eine Fregatte der Royal Navy besiegen könnten... Nie im Leben...«

Oberfähnrich Edward Nightingale schaute auf das offene Wasser der Chesapeake Bay hinaus. Picard beobachtete ihn. Er hatte großes Verständnis für den entsetzten jungen Seemann.

Sie saßen an Land fest, während ihr Schiff aus allen Richtungen angegriffen wurde. Die Kanonen der *Justina* schwiegen nun. Der Captain ergab sich lieber, als das Schiff und die Mannschaft in einer sinnlosen Schlacht zu verlieren.

»Wir müssen hier weg«, sagte Picard jäh. »Sie haben die Trosse gesehen und wissen, daß jemand an Land gegangen ist. Sie werden sicher ans Ufer kommen und uns suchen.«

Nightingale drehte sich zu ihm um. »Aber das Schiff...«

»Das Schiff wird geentert«, fauchte Picard, um Gedanken an irgendwelchen heldenhaften Irrsinn gar nicht erst aufkommen zu lassen. »Man wird die Mannschaft als Kriegsgefangene behandeln. Wir müssen für uns selbst sorgen, sonst ergeht es uns nicht anders.«

»Jawohl, Sir«, sagte Nightingale. »Aber wohin sollen wir gehen? Wo sind Männer der Royal Navy in den Kolonien sicher?«

»Ich weiß, wo«, sagte Sergeant Leonfeld. »Ich habe Verwandte hier. In der Delaware-Station.«

Er runzelte besorgt die Brauen. Es war ihm wohl peinlich, in den Kolonien Verwandte zu haben.

»Wer ist es?« fragte Picard.

»Mein Vetter und seine Familie, Sir. Er wurde in England geboren und ist vor ein paar Jahren herübergekommen. Er ist ein Tory und steht treu zur Krone. Von Beruf ist er Webermeister. Ich habe ihm geschrieben; er weiß, daß ich herüberkomme.«

»Wie hat er darauf reagiert?«

»Ich habe keine Antwort erhalten. Wir sind vorher ausgelaufen.« Leonfelds Stimme wurde leiser. »Ich hoffe«, fügte er hinzu, »daß er noch lebt.«

»Daß er noch lebt?« fragte Picard. »Warum sollte er tot sein?« Er bedauerte seine Worte sofort. In diesen Zeiten starben die Menschen an einfachen Verletzungen und Infektionen – und an Kinderkrankheiten, die man in seiner Epoche nicht einmal mehr kannte.

»Sie hatten eine Fieberepidemie, Sir«, sagte Leonfeld. »Er hat mir geschrieben, daß seine Mutter daran gestorben ist. Und das war das letzte, was ich von ihm gehört habe.«

Zum ersten Mal seit langer Zeit ergriff Alexander wieder das Wort. Picard fiel auf, daß er seinen Vorfahr zum ersten Mal ansprach. »Standen Sie sich sehr nahe, Sergeant?«

Leonfelds Seufzen war mehr ein Frösteln. Sein Blick verengte sich. »Wir waren eher Brüder als Vettern. Wir haben in unserer Kindheit jeden Sommer im gleichen Haus verbracht. Als ich alt genug war, um die Universität zu besuchen, ging ich nach England. Ich habe bei ihm gewohnt, als ich in Cambridge studierte. Er wollte, daß wir zusammen ein Unternehmen gründen. Er wollte auch, daß wir zusammen nach Amerika auswandern. Aber mir stand der Sinn nach einer militärischen Laufbahn. Deswegen wurde ich Grenadier, und er wurde Amerikaner.«

Erwartung vermischte sich mit Furcht, als Leonfeld in die Bucht hinausschaute – über die Bewegungen der Schiffe hinweg. Unverhüllte Gefühle wurden in seinen Blicken sichtbar. »Wenn Jeremiah noch hier ist, wird er uns für eine Weile verstecken.«

Picard räusperte sich. »Sie sagen, er ist der Krone treu?«

»O ja«, sagte Leonfeld jäh. »Ein stolzer Diener der Krone. Jeremiah kennt sein eigenes Blut.«

»Und er heißt auch Leonfeld?«

Der Sergeant schaute ihn an, als würfe dies noch mehr Zweifel auf, dann lugte er wieder durch die Bäume.

»Coverman«, sagte er. »Er heißt Jeremiah Coverman.«

Eine leichte Brise kam vom abendlichen Himmel herab. Als Picard Anstalten machte, sich zu erheben und voranzugehen, zeigten die ihn umgebenden Männer plötzlich glasige Augen und verlangsamten ihre Bewegungen.

»Ach ...« Picard schaute Alexander an und stand auf. Als sie sich umdrehten und den Eingang zum Holodeck suchten, wurde er rechts vor einer gewaltigen, einen Meter durchmessenden Eiche sichtbar und öffnete sich.

»Captain?« Riker trat ein, doch in der Dunkelheit konnte er sie nicht sofort sehen.

»Hier, Mr. Riker.« Picard bahnte sich einen Weg durch die Büsche.

»Worf hat sich gerade von Bord eines im Anflug befindlichen Frachters von Sindikash gemeldet, Sir«, sagte er und kam über moosbewachsenes Wurzelwerk auf sie zu. »Er ist in etwa vier Stunden hier. Nachdem Sie seine Identität bestätigt hatten, wurde er freigelassen. Aber wir haben ein neues Problem.«

»Und zwar welches?«

»Offenbar hat Ross Grant Odette Khanty wenige Sekunden vor dem Ableben ihres Gatten in dessen Krankenzimmer gesehen. Er starb an einem durch Gift hervorgerufenes Aneurysma.«

»Er wurde vergiftet? Ist es bestätigt worden?«

»Ja, es wurde bestätigt. Er war auf dem Weg der Besserung, aber er starb an einer großen Menge zweier toxischer Substanzen, die sich in seinem Blutkreislauf befanden. Er hat sie sich mit Sicherheit nicht selbst verabreicht. Grant sagt, er habe gesehen, wie seine Frau etwas in einen intravenösen Schlauch getan hat.«

»Mr. Grant ist der einzige Zeuge?«

»Jawohl, Sir. Aber die planetaren Gesetze erfordern...«

»Mindestens zwei Zeugen, um jemanden wegen eines Kapitalverbrechens zu verurteilen. Ich weiß.«

»Worf hat allerdings noch keine Aussage gemacht«, erläuterte Riker. »Seine Tarnung ist natürlich aufgeflogen. Nur so konnte er den Planeten überhaupt verlassen. Grant befindet sich als wichtiger Zeuge in der Schutzhaft der Stadtpolizei.«

Picard runzelte die Stirn. Die Wendung der Ereignisse irritierte ihn. »Tja, Mr. Riker, das klingt aber gar nicht gut.«

»Es ist noch schlimmer, Sir. Worf weiß, daß Grant die Wahrheit sagt. Wir wissen, was diese Frau schon für Dinger gedreht hat. Weder ich noch Worf zweifeln daran...«

»Ich natürlich auch nicht. Es wäre mir sehr recht, wenn wir irgendeine Methode ersinnen könnten, die dazu dient, sie für alles zur Rechenschaft zu ziehen, was sie angestellt hat.«

Plötzlich ertönte eine Stimme: »Ist mein Vater in Schwierigkeiten, Captain?«

Picard drehte sich um. »Ach, Alexander. Nein, nicht so, wie du meinst. Er ist bald hier. Mr. Grant ist in Schwierigkeiten.«

»Onkel Ross?« Alexander löste sich von den Bäumen. »Er ist in Schwierigkeiten? Er gehört praktisch zur Familie.« Er schaute Picard an, dann Riker. »Er ist mir wirklich wichtig.«

Riker legte eine Hand auf Alexanders Schulter. »Wir tun alle unser Bestes, um dafür zu sorgen, daß ihm nichts passiert.«

»Sie lassen doch nicht zu, daß ihm etwas zustößt, oder?«

»Nein, mein Sohn.«

»Mein Vater würde doch nicht zulassen, daß Onkel Ross etwas passiert, nicht wahr?« Der Junge schien plötzlich etwas in Rikers Miene zu sehen, was dieser freiwillig nie preisgegeben hätte. Er wirbelte zu Picard herum. »Sie könnten mir wenigstens sagen, was passiert ist. Es steht mir doch zu. Ich bin doch auch ein Besatzungsmitglied!«

Bis zu diesem Augenblick hätte Picard den Jungen frohen Herzens ins Bonbonland der Halbwahrheit geführt, wie es Kindern zustand, aber irgend etwas an seiner Erklärung hinderte ihn daran. Er hatte zwar keine Ahnung, wieso Alexander sich als Besatzungsmitglied sah, aber dies war vielleicht ein Teil des Ballasts, wenn man an Bord eines Schiffes lebte – hier gab es keine teilende gesellschaftlicher Struktur. Es gab keine Matrosen und Zivilisten, keine Erwachsenen und Kinder. Sie lebten alle zusammen auf einer gefährlichen Insel. Irgendwie hatte seine Aufnahme an Bord die Gefühle des Jungen infiziert. Er fühlte sich absolut dazugehörig. Seiner Meinung zufolge war Alexander für die Wahrheit qualifiziert.

Er schaute Riker an. »Er hat recht. Es steht ihm zu.«

Riker trat unschlüssig von einem Bein aufs andere. Seine blauen Augen zeigten einen Anflug von Zweifel. »Jemand ist ermordet worden, Alexander. Der Gouverneur des Planeten wurde umgebracht. Dein Vater glaubt, daß es seine Gattin war.«

»Mrs. Khanty?« sagte der Junge sofort.

»Woher weißt du das?« fragte Picard jäh.

»Ich hab's nachgeprüft. Als mein Vater und Onkel Ross zu dem Planeten unterwegs waren, habe ich mir von Mr. Data die Unterlagen zeigen lassen. Ich habe alle Schlagzeilen und Leserbriefe in der Presse gelesen. Viele Menschen mögen die Frau nicht, aber viele andere halten sie sozusagen für einen Engel.«

Picard runzelte die Stirn, um seine Mißbilligung zu vertreiben. »Hmmm«, sagte er dann. »Engel sind immer Futter für Straßenkämpfe.«

»Sie ist aber kein Engel«, sagte Riker.

»Ich weiß«, erwiderte der Junge. »Und Onkel Ross ist viel zu gutmütig, um mit so einer Frau fertig zu werden. Er ist kein Klingone wie mein Vater und ich.«

Kindermund tut Wahrheit kund, dachte Picard seufzend. Und es stimmte auch diesmal. Er schaute in die klaren und entschlußfreudigen Augen des Jungen und brachte es nicht über sich, seinen Mut und seine Besorgnis zu beschwichtigen.

»Er hat gesehen, daß Mrs. Khanty kurz vor dem plötzlichen Tod des Gouverneurs in seinem Zimmer war. Allem Anschein nach hat sie bei seinem Ableben etwas nachgeholfen.«

Riker nickte. »Mr. Grant benötigt laut der planetaren Gesetze eine Bestätigung für das, was er gesehen hat, und obwohl Worf ebenfalls glaubt, daß er es wirklich gesehen hat, kann er nicht behaupten, es *auch* gesehen zu haben.«

»Hat Worf schon eine offizielle eidliche Zeugenaussage gemacht?« fragte Picard.

»Nein, Sir, noch nicht. Aber er glaubt, daß Grant auch dann in Gefahr gerät, wenn keine Anklage gegen Mrs. Khanty erhoben wird. Falls die öffentliche Meinung zu ihren Gunsten umschwenkt, kann sie ihre Macht im Nu wieder konsolidieren.«

»Was?« Alexander zupfte an Picards Ärmel. »Soll das heißen, man kann Onkel Ross etwas antun, wenn mein Vater seine Aussage nicht bestätigt?«

Die beiden Männer schauten zu dem Jungen hinab und wägten sein Wissensbedürfnis gegen sein Wissensrecht ab.

»Sie müssen es mir sagen!« sagte Alexander beharrlich. »Ich habe da einiges gehört!«

Picard verharrte, aber er erkannte, daß er die Brücke bereits überquert hatte.

»Dein Vater hat nicht gesehen, daß die Frau ihrem Mann etwas getan hat, Alexander. Er kann doch nicht das Gegenteil behaupten.«

Alexander trat einen Schritt zurück und nahm eine Position ein, in der er beide Offiziere gleichzeitig betrachten konnte. »Und wieso nicht?«

Trotz aller Übergangsriten verlangte die Einfachheit der Jugend einen Preis. Picard schaute in die entschlossenen Augen des Jungen, aber er konnte nur wenig Rückhalt geben.

»Wenn er die Wahrheit kennt«, sagte Alexander stur, »warum kann er dann nicht auch *sagen*, daß es so war?«

Picard runzelte die Stirn. »Es ist eine Frage der Ehre, Alexander. Jedenfalls für deinen Vater.«

Der Junge schaute ihn kämpferisch an. »Aber Ehre und Wahrheit sind doch angeblich das gleiche, nicht wahr? Sie gehören doch zusammen, oder?«

»Nummer Eins, ich habe in der Galaxis einigen der übelsten Charaktere gegenübergestanden. Ich hatte es mit den Borg, Q, Cardassianern, Romulanern, Orionern, Klingonen und sogar meinem eigenen durchgedrehten Holodeck zu tun, aber ich war noch nie so gelähmt wie vor fünf Minuten, als der Junge mit seiner verflucht einfachen Frage vor mir stand.«

Die beiden Männer gingen durch den Schiffskorridor

zum Büro des Captains. »Manchmal«, erwiderte Commander Riker, »ist es ganz schön erschreckend, sich der simplen Logik eines Kindes stellen zu müssen, Sir.«

»Es ist nicht das Kind. Es ist die Frage.«

Eine Monteurmannschaft, auf der Brücke mit Reparaturen beschäftigt, machte Platz, als Picard und Riker zum Besprechungszimmer eilten. Picard lachte innerlich. Er mußte an die Sitten auf der *Justina* denken, und daß man dem Captain auf dem Kommandodeck nicht zu dicht auf den Pelz rücken durfte. Er musterte kurz die arbeitenden Fähnriche, dann blickte er auf seine Knie und sah unter der Starfleet-Uniform die Kniebundhose und Jacke der Royal Navy von 1777. Sie fühlten sich nun irgendwie natürlich an. Er hätte sie gern weiterhin getragen. Ihm war, als hätte er etwas aufgegeben, und er sehnte sich danach zurückzukehren.

»Warum ist mir keine Antwort für Alexander eingefallen?« sagte er klagend. »Der arme Junge hat doch gewiß eine verdient.«

»Ja«, sagte Riker und nahm in einem Sessel neben dem Sofa Platz. Er lächelte, und seine Augen funkelten irgendwie dämonisch. »Schließlich gehört er zur Besatzung.«

»Tja, so ist es«, sagte Picard, obwohl er genau wußte, daß Riker nur einen Witz machte. »Jeder, der über einen gewissen Zeitraum hinaus mit dem Schicksal eines Schiffes verbunden ist, ist ein Teil seiner Besatzung. Alexander hat Selbstbewußtsein. Er hält sich nicht nur wegen seines Vaters für ein Besatzungsmitglied, er fühlt sich selbst als solches. Er ist ein bemerkenswerter junger Mann.«

Riker lächelte erneut. »Wir lernen mehr als nur Geschichte, nicht wahr, Sir?«

»An zwei Fronten, fürchte ich«, gestand Picard und beobachtete zwei Fähnriche, die eine schwere Klimakontrolleinheit von den Deckenplatten lösen wollten. »Diese Odette Khanty ist ein tödliches Geschöpf.« Picard lehnte sich nachdenklich zurück. »Wenn Worf Grants Aussage nicht bestätigt, kann sie ihre Organisation ausbauen. Dann wird der Planet sie nie wieder los. Dann ist sie die mächtigste Einzelperson in diesem Sektor.«

»Und Sie werden von Mr. Toledano nie das Ende erfahren.«

»Ach, das ist mir doch schnuppe – gütiger Gott!«

Picard wäre fast aus der Haut gefahren, als eine rötlich-goldene Lebensform hinter einem Sofa hervorsprang und auf seiner Schulter landete. »Mrrrrraaauuuu!« machte der Fremdling an seinem Ohr und hielt ihm eine Pranke unter die Nase.

»Was … Was macht denn Mr. Datas *Katze* in meinem Besprechungszimmer?«

Riker griff zu ihm hinüber und kraulte die Katze im Nacken. Das zutrauliche Tier machte einen genüßlichen Buckel und beugte sich zu Picards Ohr vor. »Mögen Sie keine Katzen, Sir?«

»Ich kann mir nur nicht vorstellen, wozu ein Androide eine Katze braucht, Mr. Riker!« Picard ließ das geschmeidige Geschöpf über seine Schulter und seinen Arm hinablaufen, bis es irgendwie mit seinem Schoß verschmolz.

»Wozu braucht *überhaupt jemand* eine Katze, Sir?« fragte Riker.

»Tja, *ich* brauche in diesem Raum jedenfalls *keine.* Bitte, geben Sie sie Mr. Data zurück.« Er reichte Riker die Katze und knurrte leise. »Lieber stelle ich mich Odette Khanty und all ihren Lumpen.«

»Hmm.« Riker streichelte den kugelförmigen Kopf der Katze. »Worf sagt, er hätte noch nie jemanden gesehen, dessen private und öffentliche Persönlichkeit so weit auseinanderklafft. Normalerweise besteht doch immer eine *gewisse* Ähnlichkeit. Sie ist so, wie in alten Zeiten die amerikanischen Gewerkschaftsbosse: Sie isoliert sich selbst.«

»Worf war nie ein Heuchler«, sagte Picard gelassen. »Deswegen ist er in privaten Dingen manchmal durcheinander. Deswegen macht ihm der Tag der Ehre zu schaffen. Er definiert Ehre nicht immer so wie ein Klingone. Er bemüht sich zwar sehr, sie der klingonischen Schablone anzupassen, aber jedesmal, wenn er an eine Weggabelung kommt, nimmt er die Abzweigung, die die Föderation nehmen würde.«

Er dachte an Odette Khanty. »Ich mag auch keine Gegner dieser Art. Ich kann mir vorstellen, daß es für Worf noch schlimmer ist. Er ist an Gegner gewöhnt, die man in aller Ehrlichkeit öffentlich packen kann. Mit einem Bat'telh.«

Riker nickte und ging ihm zum nächsten Turbolift voran. »Es ist eher ein Fall für Mr. Toledano. Es geht um Spionage, Täuschungsmanöver, Agententätigkeit, Meuchelmorde und andere lokale Dinge ...«

»Es ist halt Politik, Mr. Riker. Es geht um politische Machenschaften. Na und? Eine Kriminelle dieser Art zu entlarven, deren Verbindungen bis zu den Romulanern und Cardassianern reichen ... ist eine gute Sache. Was macht es schon für einen Unterschied, wie wir vorgehen? Das Volk zu überzeugen, daß es besser wäre, in der Föderation zu bleiben, ist nicht das Schlimmste, was ihm passieren kann.«

»Gewiß nicht, Sir«, sagte Riker zustimmend, »aber die Sache mit der Unabhängigkeit ist verzwickt. Was sollen wir machen, und was nicht? Was soll das Volk machen, und was nicht? Die Föderationsmitgliedschaft bringt Pflichten mit sich, auch einen langen Abnabelungsprozeß.«

»Aber Sindikash ist kein Mitglied, das von außerhalb kam«, erläuterte Picard. »Um koloniale Unabhängigkeit zu erlangen, muß man völlig andere Verfahren durchlaufen. Und viel schwierigere.«

»Ich weiß nicht viel darüber«, gab Riker zu. »Ein Planet, in den wir investiert und den wir aufgebaut haben, meint, daß ihm dieses oder jenes nicht behagt. Deswegen tritt er aus. Das verstehe ich nicht.«

»Es ist wie bei den Vereinigten Staaten, als sie noch Kolonien waren«, sagte Picard. »Damals hat es auch keiner verstanden, aber ihre Unabhängigkeit hat zur Gestaltung der Galaxis beigetragen, wie wir sie nun kennen, und die blühende Zivilisation mit aufgebaut, die wir jetzt haben. Es fällt mir schwer, Sindikash die gleiche Chance zu verwehren.«

Als die Lifttür aufging und sie auf Deck 10 ausstiegen, legte Riker den Kopf schief. »Es klingt untypisch für Sie, Sir.«

»Wirklich? Sindikash will jetzt das gleiche tun wie die amerikanischen Kolonien. Sie profitieren von den Investitionen anderer.«

»Aber die amerikanischen Kolonien hatten doch keine Vertreter, Sir. Die Briten hatten eine Klassengesellschaft. Alles kam darauf an, in welche Klasse man hineingeboren wurde. Was ist mit jenen Seniarden, die in der Föderation bleiben wollen? Sie sind unsere Bürger. Man kann ihre Rechte doch nicht einfach außer Kraft setzen, weil ein Planet damit droht, sich selbständig zu machen.«

»Sie können Sindikash doch verlassen, würde Mrs. Khanty sagen. Das haben die Patrioten in den amerikanischen Kolonien auch gesagt. Wo steckt denn nun das Problem?«

Riker lächelte. »Soll das eine Fragen sein, Sir?«

»Warum nicht?«

»Nun, angesichts der Untaten Mrs. Khantys nehme ich an, daß sie eine hundertprozentige Ausreisesteuer für alle erhebt, die ausreisen wollen.«

Die Tür nach Zehn-Vorne ging auf. Picards Blick schweifte durch den leeren Raum.

»Wo ist überhaupt Mr. Toledano?« fragte er irritiert.

»Er macht einen Fährenflug, Sir«, sagte Riker.

»Wie bitte?«

»Er wollte das Schiff mal von außen sehen. Nachdem der Ferengi-Frachter Worfs Botschaft weitergegeben hatte, habe ich ihn auf eine sehr *lange* Reise geschickt.«

»Ach, er ist schon in Ordnung«, sagte Picard und machte sich auf den Weg zum Holodeck. »Er hat ziemlich genau erfaßt, wie der Planet sich auf diesen Sektor auswirken wird, wenn Mrs. Khanty sich festsetzt.«

Riker runzelte die Stirn. »Ich werde einfach den Gedanken nicht los, daß die Menschen auf diesem Planeten das Recht haben, eine freie und *unbeeinflußte* Wahl zu treffen.«

»Die haben sie aber nicht«, erläuterte Picard ernst. »Entweder werden sie von Odette Khanty oder uns beeinflußt. Und solange Sie nicht aufgibt, können *wir* es auch nicht wagen.«

Picard ließ Alexanders Programm wieder anlaufen, das zu einem noch halb erstarrten Zustand erwachte. Sergeant Leonfeld, Oberfähnrich Nightingale und die beiden Matrosen der *Justina* bewegten sich mit dem Tempo kranker Schnecken, aber sie wirkten irgendwie lebendig, als könnten sie, sobald sie wie Geister bei einer Séance zum Leben erweckt waren, erst exorziert werden, wenn ihre Mission zu Ende war.

Picard musterte sie besorgt. »Odette Khanty manipuliert die Seniarden. Die Föderation hat das Recht zur Gegenmanipulation.«

»Betreiben wir kein Täuschungsmanöver, um ein Ergebnis zu erzielen, das an sich durch eine freie Wahl zustande kommen müßte?« Riker deutete auf die Holodecktür. »Die Briten haben Geschütze eingesetzt, um dies zu tun. Wo ist der Unterschied? Ich frage mich... Spielen wir die Rolle der Briten?«

Picards Kinn sank auf seine Brust. »Will, wir kämpfen gegen eine Verbrecherorganisation. Das ist ein Unterschied. Ein sehr großer Unterschied.« Er schaute Sergeant Leonfeld an, und sein Geist hielt in zwei Welten zugleich auf. »Suchen Sie Alexander. Sagen Sie ihm, er soll herkommen. Ich möchte weitermachen. Wir haben noch einige Stunden Zeit, bis Worf ankommt. Ich möchte den Jungen ablenken.«

»Sofort, Sir«, erwiderte Riker. Nun war auch in seinem Tonfall deutliche Entschlossenheit zu hören. Er warf dem Bild der Schiffe in der Chesapeake Bay einen letzten Blick zu. »War es eine entscheidende Schlacht, Sir?«

»Ich glaube nicht«, sagte Picard. »Es scheint sich eher um eins der zahllosen unbeachteten Scharmützel zu handeln, die viele Menschen das Leben gekostet und irgendwann zum Kriegsausgang beigetragen haben. Ist es nicht komisch, aus wie vielen Fußnoten die Vergangenheit besteht?« Er schüttelte den Kopf, ballte die Fäuste und empfand Verärgerung. »Wir leben in einer großen Galaxis, Mr. Riker. Warum sind die Probleme, mit denen wir uns herumschlagen, bloß immer so fein ziseliert?«

Riker warf einen Blick auf die Mannschaft aus der Alten Welt, das ebenso altmodische Schiff und die Probleme der Alten Welt. Er schien, wie Picard, die Spiegelung einer Angelegenheit zu sehen, die ihnen viel näher lag.

»Muß an unserer Begabung liegen, Sir«, sagte er.

13

»Wissen Sie vielleicht, wo dieser Jeremiah Coverman wohnt?«

»In einem Haus neben einer Fabrik. Er hat eine Textilmanufaktur. Er hat alles auf eine Karte gesetzt. Seine Familie hat ihn ausgestoßen, als er auswanderte. Er hatte keinen Pfennig. Ich habe ihm ein bißchen Silber geschickt, damit er seine Firma aufbauen konnte.«

»Dann müßte er sich doch freuen, Sie zu sehen«, sagte Picard. Er hockte geduckt neben Leonfeld. »Gehen wir doch mal runter.«

»Wie sollen wir die Manufaktur finden?« fragte Oberfähnrich Nightingale. »Wir sind doch uniformiert. Wir können uns wohl kaum durchfragen.«

»Der Ort durchmißt kaum zwei Kilometer. Wir werden sie schon finden.«

Bennett und der andere Matrose, ein Schuster namens Wollard, kamen zwischen den Bäumen nach vorn. »Sir«, sagte Bennett, »Wollard un' ich woll'n uns freiwillich melden und uns mal umschaun, bevor Sie un' die jungen Herrn da runtergehn.«

Picard belohnte ihn mit einem anerkennenden Lächeln. »Das ist zwar sehr ritterlich von Ihnen, Mr. Bennett, aber wir gehen alle. Wir sollten im Moment lieber zusammenbleiben.«

Sie waren mehr als die halbe Nacht marschiert. Nun standen sie auf einem dicht bewaldeten Hügelkamm und schauten auf ein Küstendorf hinab, in dem zu dieser späten Stunde nur wenige Kerzen brannten. Kurz hinter dem Ort konnte man im Mondlicht mehrere aufragende Masten und dazu eine kleine Schiffswerft ausmachen.

»Die schlafen doch alle, Sir«, sagte Wollard.

»Nein, sie schlafen nicht. Schauen Sie mal.« Picard streckte eine Hand aus. »In der Werft sind die Laternen an. Da herrscht Aktivität. Ich kann Menschen sehen, die sich bewegen.«

»Sie befestigen den Hafen«, nahm Leonfeld an. »Für den Fall, daß wir durchgekommen wären. Sie wollen die Werft schützen.«

»Dann wissen Sie also noch nichts«, sagte Nightingale.

»Es könnte uns zum Vorteil gereichen«, sagte Picard hoffnungsvoll. »Sie sind abgelenkt; sie wissen nicht, daß wir an Land gegangen sind. Beeilen wir uns. Lassen Sie Ihren Kopfschmuck lieber hier, Sergeant. Er ist sperrig und könnte etwas auffällig sein.«

Leonfeld nickte, warf den hohen gelben Hut weg, und sie gingen los. Sie pirschten zusammen durch den Wald, nutzten die Dunkelheit und suchten sich einen Weg durch enge, ungepflasterte Straßen. Picard freute sich, daß er die Größe der Ortschaft richtig eingeschätzt hatte. Man brauchte nur eine Handvoll Straßen zu überprüfen. Einige waren mit Kopfsteinen gepflastert, die Eier- bis Melonengröße erreichten. Ihm fiel ein, daß viele Straßen in den östlichen Vereinigten Staaten mit Steinen gepflastert waren, die Schiffe als Ballast mitgebracht hatten. Der kleine Ort gefiel ihm auf der Stelle.

Nach einer halben Stunde zahlte sich ihre Erkundungsarbeit aus. Drei Straßen vom Meeresufer entfernt entdeckten sie ein Gebäude, über dessen Tür sich das richtige Schild befand.

»Das soll eine *Fabrik* sein?« sagte Alexander. »Die ist aber klein!«

Und tatsächlich, das Wort, das für Menschen des

24. Jahrhunderts einen massiven Komplex bezeichnete, bedeutete im Jahr 1777 etwas völlig anderes. Die Weberei lag in einem schmalen dreistöckigen Schindelhaus. Es war blau gestrichen, inzwischen jedoch verwittert, und es verfügte über ein ordentliches Firmenschild. COVERMAN TEXTILIEN.

Sergeant Leonfeld musterte das Schild mit dem Namen seines Vetters und murmelte »Jeremiah ...«

Alexander lächelte mitfühlend. Er freute sich, daß der Sergeant gefunden hatte, was sie suchten.

Picard erkannte freilich auch, daß die Tatsache, daß sich die Firma von Leonfelds Vetter hier befand, eigentlich recht wenig darüber aussagte, ob der fragliche Besitzer noch lebte. Es konnte auch sein, daß seine Firma inzwischen von seiner Familie betrieben wurde – oder von einem völlig neuen Eigentümer, der nur den Namen beibehalten hatte.

»Als ich das letzte Mal von Jeremiah hörte, hatte er vier Angestellte«, sagte Leonfeld. »Ich weiß, es erscheint unbedeutend ...«

»Vielleicht für die reiche europäische Aristokratie«, sagte Picard verärgert.

Leonfeld warf ihm einen verständnislosen Blick zu, sagte aber nichts. Natürlich glaubte er noch immer, er hätte es mit einem Lieutenant der Royal Navy zu tun. Was hätte er wohl gedacht, wenn er gewußt hätte, daß er mit einem Starfleet-Captain sprach?

Sie verbargen sich hinter einem Lattenzaun und beobachteten hin und her eilende Menschen, die Utensilien und Kisten schleppten. Die Kisten enthielten vermutlich Munition für die Verteidigung des Ortes. Die Leute glaubten, ein britisches Schiff würde sich nähern, aber dazu würde es nun natürlich nicht mehr kommen. Daß der Frontalangriff der Kolonisten erfolgreich gewesen war, wußten die Leute noch nicht. Sie fürchteten sich noch immer. Picard schaute in ihre Gesichter. Sie fürchteten sich vor der Schlacht und konnten es dennoch kaum erwarten, daß sie begann.

»Vielleicht sollten wir hintenrum gehen, Sir«, sagte Nightingale. »Schließlich ...« Er berührte den Stoff seiner blauen Uniformjacke.

Picard nickte. »Was empfehlen Sie, Mr. Leonfeld?«

Leonfeld musterte die Pflasterstraße, die Vorderseite der Manufaktur, das Haus auf der gegenüberliegenden Straßenseite und die dort herrschende sporadische Aktivität. »Hintenrum. Ja. Mein Vetter hat geschrieben, er wohnt in dem Haus neben der Manufaktur ...« Er deutete auf ein Blockhaus. Es war ziemlich klein und hatte zwei Stockwerke und quadratische Fenster mit gestrichenen Schlagläden.

»Alexander«, murmelte Picard und packte den Arm des Jungen. »Bleib bloß in meiner Nähe.«

Der Junge schaute ihn an und wandte sich dann sehnsüchtig zu Sergeant Leonfeld um, der offenbar der Mensch war, in dessen Nähe er am liebsten bleiben wollte. Er protestierte jedoch nicht, und auf Picards Zeichen hin setzte sich die Gruppe in Bewegung.

Im Schutz der Dunkelheit und jedes Gegenstandes, der sie verbergen konnte, bahnten sie sich schwerfällig einen Weg zur Rückseite der Weberei. Sie stolperten in der Finsternis mehrmals über Fässer und mechanische Teile, bis sie hinter dem Blockhaus waren.

Dort gingen sie in Deckung und beobachteten.

Ein kleines Fenster war vom Licht zweier Kerzen in Messinghaltern erleuchtet. Es war also jemand wach.

Aber man hörte keine Bewegungsgeräusche und Stimmen.

»Schauen Sie mal durchs Fenster, Mr. Leonfeld«, sagte Picard leise. »Schauen Sie nach, ob dort jemand ist, den sie kennen.«

Leonfeld nickte, brachte aber kein Wort heraus. Er reichte Nightingale sein Gewehr und schlich ans Fenster. Obwohl er fast einen Meter achtzig maß, mußte er sich auf die Zehenspitzen stellen, um durch das Fensterchen zu schauen. Er zog sich an der gestrichenen Fensterbank hoch, warf einen Blick hinein und schaute von links nach rechts.

»Es ist niemand da«, sagte er. »Überhaupt keiner... Aber da brennen Kerzen... Und auf dem Tisch steht ein Krug. Und irgendwelche Papiere liegen da.«

»Rein«, sagte Picard. Er eilte auf die schmale Hintertür zu und packte die Klinke.

Die Tür öffnete sich. Der Geruch eines Holzfeuers zog ihn hinein, bis er unter einer klaustrophobisch niedrigen Decke stand, die kaum hoch genug war, um Sergeant Leonfeld genug Raum zu bieten. Bis zu diesem Augenblick, als die Wärme des knisternden Feuers und der rußige Geruch brennender Scheite rings um ihn aufstieg, war Picard nicht aufgefallen, wie kalt es ihm geworden war. Nun ließ er seine Handmuskeln spielen. Seine Arme und Knie wurden schmerzfrei, und einen Moment lang war ihm von dem angenehmen Gefühl fast schwindlig.

Das Erdgeschoß des Hauses bestand aus einer Wohnküche. Linker Hand führte eine schmale Treppe nach oben, höchstwahrscheinlich ins Schlafzimmer. Ein ovaler Teppich in der Mitte des Raumes war das einzige, was den abgetretenen Holzlattenboden bedeckte, der hier und da sichtlich eingesackt war. Die beiden Kerzen standen in Messinghaltern mit gewienerten Rückenteilen, warfen ihren Glanz auf die unbearbeiteten Blockhauswände und erzeugten matte Helligkeit in den Ecken, die am weitesten von der Feuerstelle entfernt war.

Auch die Feuerstelle bestand aus Ballaststeinen. Der Kochherd war rußgeschwärzt und wimmelte von eisernen, an Haken hängenden Utensilien. An einem der vier Deckenbalken hingen Eisentöpfe, Backbleche und ein Nudelholz. Vor einem der beiden Vorderfenster standen ein Tisch und zwei einfache Holzbänke auf Stummelbeinen. Auf dem Tisch, neben dem Krug, lagen einige Broschüren und Papiere. Über der ersten Bank lag eine Tagesdecke mit Sternenmuster. Picard mußte lächeln, als er sie sah.

Neben dem Feuer standen ein einfacher Sessel und ein kleiner knorriger Tavernentisch. Auf der anderen Seite des Raumes, auf der kühlen Seite, befanden sich eine Sammlung von Weidenkörben, ein Hackstock und ein Faß, möglicherweise ein Kornbehälter.

»Keine Bewegung, oder ihr seid tot!«

Trotz des jäh hervorgestoßenen Befehls fuhren sie alle zu der Stimme herum – und blickten in eine trichterförmige Pistolenmündung.

Die Pistole wurde von der schmalen Treppe herab auf sie gerichtet. Ansonsten sah man nur den verschwommenen Schatten eines Mannes.

»Was machen Sie in der Stadt?« fragte die Stimme. »Sind Sie ein Spähtrupp?«

Beim Klang der Stimme – sie hatte einen eindeutig britischen Akzent – hob Picard vorsichtig die Hände. »Wir sind Überlebende. Unser Schiff ist gestrandet. Wir suchen eine sichere Zuflucht, solange bis wir Genaueres wissen.«

»Hier gibt es für Sie keine sichere Zuflucht. Man wird Sie unserem Militär als Kriegsgefangene übergeben.«

»Wir sind nicht hier, um Krieg zu führen«, sagte Picard. »Wir suchen den Besitzer der Weberei. Er heißt Jeremiah Coverman.«

Bei der Nennung dieses Namens trat der Mann aus der Finsternis der Treppe hervor. Er war jung, vielleicht fünfundzwanzig Jahre alt, mittelgroß, muskulös und hatte die gleichen blauen Augen wie Alexander Leonfeld. Obwohl sein Haar dunkler, seine Hautfarbe gebräunter und er kräftiger gebaut war, war die Ähnlichkeit unverkennbar.

»Was wollen Sie hier?« fragte Coverman, der die Pistole weiterhin auf Picard gerichtet hielt, als wisse er recht gut, wer hier das Kommando führte. Er wußte offenbar einiges übers britische Militär. Er kam in den Raum. Hinter ihm auf der Treppe bewegte sich etwas, doch Picard konnte nicht erkennen, wer oder was sonst noch dort war.

Ohne eine Antwort zu geben, blickte Picard sich zu Sergeant Leonfeld um, der bis jetzt an der Seite, neben dem Herd, gestanden hatte.

Leonfeld glotzte nur, und auf seinem Gesicht spiegelte sich irgendeine alte Erinnerung. Als er Picards Blick auf sich spürte, fand er endlich die Sprache wieder. »Jeremiah?«

Coverman blickte mit zusammengekniffenen Augen in das von Kerzen erhellte Halbdunkel. Er sah den hochgewachsenen Infanteristen mit der scharlachroten Uniform, den weißen Aufschlägen und den Messingknöpfen, und schien erst jetzt etwas anderes als nur die Kleidung zu erkennen.

Die Pistole wackelte, dann wurde sie gesenkt.

Jeremiah Coverman kniff erneut die Augen zusammen. Er gab sich den innerlichen Ruck, um das, was er sah, zu glauben. »Ah ...«, stieß er keuchend hervor.

Leonfeld ließ sein Gewehr auf eine Bank fallen. Coverman legte die Pistole auf den Tisch, und die beiden Vettern stürzten aufeinander zu und umarmtem sich heftig. Sie schienen wirklich erschreckt zu sein, sich zu sehen, als hätten sie den jeweils anderen längst für tot oder verschollen gehalten.

»Alex!« stieß Jeremiah endlich hervor.

Sergeant Leonfeld, der seinen Vetter umarmt hielt, lachte nur, während der andere fortwährend keuchte »Mein Gott! Mein Gott! O gütiger Gott!«

Seine Begeisterung war so rührend, daß Picard mehr oder weniger damit rechnete, daß das Dach sich teilte und der Angerufene einen persönlichen Kommentar abgab.

Der glücklich lächelnde Alexander drängte sich an Picards Seite. »Ist der auch mit mir verwandt?«

»Scheint so«, sagte Picard und erwiderte wehmütig sein Lächeln.

»Mein Gott! Alex, Alex… Alex!« Jeremiah erlaubte seinem Vetter endlich, sich von ihm zu lösen, damit sie einander anschauen konnten. »Wann… Mensch, bist du groß geworden! Laß dich mal ansehen! Herr im Himmel, und erst dein Haar! Du bist ja unheimlich erblondet! Und du paßt sogar ins Jackett! Dabei haben die Kleider doch früher immer nur an dir rumgeschlottert!«

»Du hast deine Klamotten immer ausgefüllt«, sagte Leonfeld lachend und stieß seinem Vetter den Daumen in den Bauch. »Jetzt hast du alles abgeschwitzt!«

»Abgerackert wäre das passendere Wort. Mein Gott! Es ist unglaublich! Was machst du denn hier? Warum hast du nicht geschrieben, daß du kommst?«

»Ich hab's versucht, aber das Schiff, das meinen Brief transportiert hat, wurde wohl angegriffen und versenkt. Euer kleiner Krieg.«

»Ja, ja…« Coverman trat noch einen Schritt zurück, hielt Leonfeld mit einer Hand am Ärmel fest und beugte sich der schmalen Treppenflucht entgegen. »Amy!« rief er lachend. »Amy, komm runter! Es ist alles in Ordnung! Es ist unser Alex! Es ist kaum zu glauben!«

Ein blutjunges Mädchen lugte die Treppe hinab. Ihr braunes Haar war unter einem Spitzenhäubchen hochgesteckt, und sie trug, obwohl es mitten in der Nacht war, ein Tageskleid. Allem Anschein nach rechnete man heute nacht in der Ortschaft tatsächlich mit Schwierigkeiten. Auch Jeremiah, dies fiel Picard nun auf, war trotz der späten Stunde vollständig angekleidet. Er trug ein einfaches Leinenhemd mit langen, weiten Ärmeln, eine braune Weste und graue Kniebundhosen.

Coverman packte die Hand des Mädchens und zog es in den Raum hinein. »Das ist Amy«, sagte er. »Meine Frau.«

Es fiel Picard schwer, nicht zu protestieren. Die Kleine konnte kaum fünfzehn Jahre alt sein.

»Alex? Wirklich?« Amy Covermans Stimme war sehr leise und weitaus ernster als die aller anderen Frauen, denen Picard je begegnet war. Sie hielt dem Vetter ihres Gatten die Hand hin. »Mr. Leonfeld, ich freue mich sehr, daß Sie zu uns gekommen sind.«

»Gnä' Frau …« Alex nahm ihre Hand, verbeugte sich und wurde sofort wieder zu einem eleganten Aristokraten. »Mein lieber Vetter«, fügte er hinzu, als er in ihr blasses junges Gesicht sah. »Wie ich sehe, Jeremiah, bist du inzwischen Kinderräuber geworden.«

Jeremiah lächelte seine junge Frau an. »Der Pastor unserer Kirche hat uns getraut. Wir haben geheiratet, als Amy vierzehn wurde. Es gibt keinen glücklicheren Mann, es sei denn im Himmel.«

Das Mädchen lächelte, errötete im Kerzenlicht, und Picard konnte die Anbetung, die offenkundig das Verblassen mädchenhafter Vernarrtheit überlebt hatte, kaum übersehen.

Nun tauchte eine zweite Frau auf der Treppe auf. Sie war um die dreißig Jahre alt und zog ein Kind hinter sich her. Sie schob das Kind, einen etwa vier Jahre alten Knaben, vorsichtig hinter ihr Schürzenkleid, aber er lugte zu den Fremden hinunter.

»Verzeihung«, sagte Amy Coverman. »Tante Mercy, du kannst ruhig runterkommen. Darf ich ihnen die zweite Schwester meiner Mutter vorstellen, meine Herren? Mercy Starrett. Und ihr Sohn Seth.«

»Guten Abend«, sagte Picard.

»Guten Abend«, sagte die Frau. Sie war sehr pummelig und nervös, beäugte die fremden Männer mit großen Augen und versteckte den Knaben auch dann noch hinter sich, als sie den Raum betrat.

»Habt ihr schon gegessen?« fragte Jeremiah Coverman plötzlich und schüttelte den Arm seines Vetters. »Wie seid ihr hierhergekommen? Wo ist euer Regiment? Also wirklich, diese Uniform! Du siehst wirklich aus wie ein britischer Unterdrücker aus dem Bilderbuch! Und wer sind die anderen Männer?«

»Oh, Verzeihung.« Leonfeld trat zurück und ging zu Picard und den anderen. »Lieutenant Picard von der H.M.S. *Justina,* Oberfähnrich Nightingale, die Matrosen Bennett und Wollard – und der Schrubber Alexander.«

Alexanders finstere Miene sagte aus, daß er auf diesen Titel wenig Wert legte. Er schaute Picard irgendwie unsicher an. Picard wußte nicht, ob die Bezeichnung ihn beleidigte, oder weil es Alex Leonfeld ihn so nannte. Aber daran war nun mal nichts zu ändern.

Coverman musterte die Männer. Er schien über etwas nachzudenken. »Wo ist euer Schiff?« fragte er.

Leonfeld wollte antworten, doch dann überlegte er es sich und deutete auf Picard, als hielte er es für besser, wenn er als Marineoffizier dazu etwas sagte.

Picard zuckte leicht die Achseln. »Ich fürchte, unser Schiff ist in der Bucht auf Grund gelaufen und den Kolonisten in die Hände gefallen.«

»Na, so was! Unglaublich!« Coverman schaute seine Frau an. »Hast du das gehört, Amy?« Er drehte sich zu den anderen um. »Wie, um alles in der Welt, seid ihr entkommen?«

»Wir waren an Land, als der Angriff erfolgte«, sagte Picard.

»Was für ein außerordentliches Glück!« keuchte Jeremiah nervös und schüttelte sich.

Alex Leonfeld klopfte seinem Vetter herzlich auf die Schulter. Dann schaute er Picard und die anderen Besatzungsmitglieder des verlorenen britischen Schiffes an. »Sehen Sie? Ich wußte doch, daß wir in diesem Rebellennest auf Königstreue stoßen!«

Jeremiah Covermans Lächeln erstarb. Teigige Furcht legte sich auf seine rosige Miene. »Nun ja, ihr könnt hierbleiben.«

Er tauchte unter dem Arm seines Vetters hindurch, eilte zu einem Vorderfenster, zog die Kattunvorhänge zu, lief dann zur verschlossenen Haustür und schloß auch die Gardinen des zweiten Fensters, das zur Straße hinausschaute.

»Ja, für eine gewisse Zeit seid ihr hier sicher, aber ... Delaware-Station ist eine Patriotenfestung. Hier ist es anders als in New York oder Philadelphia, wo noch mehr als vierzig Prozent der Menschen König George treu ergeben sind. Königstreue sind hier nicht sehr beliebt, besonders nicht bei den Werftarbeitern, und die sind zahlreich. Achtet auf eure Worte und darauf, mit wem ihr sprecht. Ich weiß freilich nicht, wie wir euch auf ein britisches Schiff bringen können. Aber wir müssen einen Weg finden, sonst ist alles verloren.« Er fuhr mit einem Finger durch die Luft und deutete auf die Kleider, die sie trugen. »Man sollte euch keinesfalls in Uniform sehen. Ich gebe euch andere Kleider. Ach, und ihr habt doch bestimmt Hunger! Amy, Mercy, bitte ...«

Er gab den beiden Frauen einen Wink. Amy Coverman ging eilig nach oben. Mercy setzte ihr Kind ans Feuer und eilte zu einem Holzschrank mit Metalltüren. Sie entnahm ihm geschnittenes Brot, einen tiefes Blech mit Streuselkuchen und einen runden molkefarbenen Haufen, der wie Käse aussah. Sie brachte alles zum Tisch, stellte es neben den bereits dort stehenden Krug und holte mehrere Zinnbecher aus einem Regal.

»Bitte«, sagte Jeremiah. Picard stellte fest, daß der Vetter plötzlich nervös war.

Er hatte Verständnis für den armen Kerl, der als Königstreuer in einem Rebellenort lebte und sich um eine Handvoll entwischter britischer Seeleute und zwei Offiziere kümmern mußte, die er aufgrund familiärer Verpflichtungen eigentlich nicht zu verstecken brauchte. All dies brachte Jeremiah Coverman sichtlich in arge Bedrängnis.

»Bitte, setzt euch«, wiederholte er. Er packte Alex am Ellbogen und schenkte ihm mit trauriger Herzlichkeit einen kurzen Blick. »Ich will euch gern ein paar Minuten Behagen gewähren, bevor die Schwierigkeiten losgehen.«

»Schwierigkeiten?« Alex beäugte seinen Vetter, trat dann an den Tisch und ließ sich auf der Bank nieder. Die beiden Matrosen, Mr. Nightingale, Picard und Alexander taten kurz darauf das gleiche.

Picard beobachtete die beiden Vettern, und besonders Coverman. Für einen Menschen, der in einem fremden Land festsaß, in dem er ein Feind war, wirkte Leonfeld eigenartig entspannt. Jeremiah Coverman hingegen runzelte die Stirn, legte eine Hand auf seinen Mund und versuchte nachzudenken. Doch jede Entscheidung schien ihn Überwindung zu kosten, sogar eine simple, wie das Einschenken von Bier aus dem Krug in Alex' Becher. Das Zeug hatte einen starken Geruch …

Was war das? Ein Stoß gegen seinen Unterschenkel. Picard schaute automatisch zur Seite. Alexander trat gegen sein Bein. Die Augen des Jungen waren groß. Er schien etwas bemerkt zu haben, was Picard nicht aufgefallen war.

»Ist was?« fragte er, weil er der Meinung war, man könne die Dinge auch in aller Offenheit klären. Er sprach freilich mit leiser Stimme, denn das Scheppern der Zinnteller und das Gemurmel der Frauen übertönte seine Worte.

Alexander gab zwar keine Antwort, aber er nickte zweimal heftig – in Jeremiahs Richtung.

Der Blick des Vetters, der ihre karge Mahlzeit musterte, zeigte Besorgnis. Was sah Alexander? Was entging Picard? Sah er einen Menschen, der sich um das Wohlergehen seines Vetters sorgte? Vielleicht sogar um sein Überleben? Sie lebten in problematischen Zeiten. Von denen, die sich in der Hütte aufhielten, wußten nur Picard und Alexander, daß Leonfeld den Krieg überleben würde, um sein Tagebuch an spätere Generationen weiterzugeben. Sie wußten auch, wie weit sein Erbe reichte und daß es irgend eines Tages ein Teleskop wie dieses gab, mit dem man in die ferne Vergangenheit schauen konnte.

Jeremiah schob den Broschürenstapel beiseite, um für Alex' Teller Platz zu machen. Er schien sich dabei unbehaglich zu fühlen, und zwar so sehr, daß Alex die Broschüren auffielen und er eine von dem Stapel nahm, kurz bevor Jeremiah sie beiseite legen konnte.

»Was ist das?« fragte Alex. »Gibt es in den Kolonien tatsächlich Literatur? Hätte ich nicht gedacht.« Er musterte lächelnd die Broschüre, ohne das nun erbleichende Gesicht seines Vetters zu bemerken.

Dann lachte er schlagartig los.

»*Gesunder Menschenverstand!* Ich habe davon gehört. Thomas Paine – ja, ich weiß noch, wie dieser Tunichtgut England verließ. Gut, daß wir ihn los sind. Er war ein Versager, ein Lump, ein Störenfried. Ich habe gehört, was er für Reden schwingt, seit er hier ist. Hier will er den Erfolg erringen, der ihm in England nicht vergönnt war. Er will ihn erringen, indem er Besitztümer durch Rebellion an sich reißt, die er durch Verdienste nicht erwerben konnte. Er ist schlimmer als ein Rebell. Er ist ein zum Verräter gewordener Engländer.«

Alex lachte erneut. Dann schaute er Jeremiah lächelnd an und wedelte mit der Broschüre vor dessen Nase herum.

»Was willst du damit?« fragte er.

14

O nein …« In der kleinen Hütte wurde es plötzlich kalt. »Es kann nicht sein, daß auch du zu diesen Kreaturen gehörst«, sagte Alex Leonfeld zu seinem Vetter.

Durch Jeremiah Covermans Zerknirschtheit strömte unbeugsamer Groll. »Und wieso nicht?«

Picard, von Neugier ergriffen, beobachtete die beiden Männer sorgfältig. Ihm fiel auf, daß Alexander so gespannt war wie ein Falke auf der Suche nach Beute.

Leonfeld wirkte wie jemand, der einen Tritt in den Magen bekommen hat. Seine Schultern sanken herab. Sein stolzer Brustkorb fiel in sich zusammen, sein Kinn sackte herunter. Seine Uniform wirkte plötzlich durchweicht.

Er stöhnte, als sei ihm übel. »Nein … nein … nein«, murmelte er fortwährend.

Er schüttelte den Kopf und blinzelte wiederholt auf die Broschüre, die er in den Händen hielt. Dann schaute er auf.

»Du bist doch britischer Staatsbürger«, stieß er hervor. »Die Krone, Jeremiah … Die Krone ist doch alles!«

»Die Krone ist *nichts*«, erwiderte Jeremiah plötzlich aggressiv, als sei diese Meinungsverschiedenheit eine persönliche Beleidigung für ihn.

Die beiden Vettern, die sich erst kurz zuvor in großer Freude umarmt hatten, schauten einander mit stechenden Blicken an.

Picard empfand Mitleid, als er sah, daß Leonfeld ein

Mensch war, der zusehen mußte, wie etwas für ihn Kostbares starb. Ein großer Verlust zeichnete sich auf seinem jungen Gesicht ab, in Linien, so klar umrissen wie uralte Flüsse auf der Oberfläche eines Planeten. Seine Augen verschwanden unter seinem dichten blonden Haar in einem Schatten, und er neigte den Kopf.

Schmerz spiegelte sich auch in Jeremiah Covermans Gesicht. Vielleicht wies seine Miene auch Verlegenheit – Sorge ganz gewiß – auf, doch im Gegensatz zu seinem Vetter senkte er nicht den Blick. Er hatte offenbar nicht vor, sich für irgend etwas zu entschuldigen. Picard verstand nun, warum die Verständigung zwischen den Vettern irgendwann eingeschlafen war: Jeremiah hatte Alex nicht sagen wollen, was in seinem Haushalt, seinem Bewußtsein und seinem Herzen geschah.

Nein, er schämte sich dessen nicht. Picard hielt nach Schamgefühlen Ausschau, fand in Jeremiahs Benehmen jedoch nichts dergleichen. Groll, ja, aber seine Meinungsänderung tat ihm nicht leid.

Leonfeld kämpfte gegen seine starke körperliche Reaktion auf diese Neuigkeit an und fand die Kraft, seine Schultern wieder zu straffen. »Das göttliche Recht der Könige ist unwiderlegbar«, tönte er. »Es gibt *durchaus* Menschen, die anderen von Geburt überlegen sind. Nicht jedes Blut ist gleich. Diese Vorstellungen der Kolonisten von der Gleichheit sind nur peinlich, und ihre Deklarationen sind nicht entschuldbar.«

Obwohl Brot und Käse auf dem Tisch bereit standen, griff niemand zu. Die beiden Matrosen und der ›Schiffsjunge‹ warteten darauf, daß ihre Vorgesetzten den Anfang machten, doch diese waren zu ihrem Leidwesen anderweitig beschäftigt.

»Du machst dir etwas vor, Jeremiah«, fauchte Alex. »Du gehörst doch nicht zu diesem Pöbel! Die Krone und das europäische System haben dir alles gegeben. Sie haben die Kolonien erst lebensfähig gemacht. Sie haben euch Land und das Werkzeug gegeben, um es zu bearbeiten. Sie haben euch Handel gebracht und euch beschützt und genährt. Wir haben euch erst *gemacht.* Sollte aus diesem schäbigen Gebiet je ein Land werden, dann nur aufgrund der Gnade unserer Nation und unseres Königs. Und du, ein Aristokrat, spuckst ihm jetzt ins Gesicht?«

Jeremiah errötete aufgrund seiner Gefühle und rutschte hin und her, als wisse er, daß der verurteilende Blick aller anderen auf ihm ruhte. »Ich kann kein Tory mehr sein«, sagte er einfach. »Die Klassengesellschaft funktioniert in der Neuen Welt nicht mehr!«

»Weil Unzufriedene nicht mit ihr umgehen können!« gab Leonfeld zurück. Er stand auf und reckte sich.

Picard sagte ganz bewußt nichts. Er beobachtete die beiden Männer und Alexander, der in versunkener Aufmerksamkeit vorgetreten war, um zu sehen, was sich zwischen seinen Vorfahren tat. Die Kompliziertheit der menschlichen Geschichte, die raumfahrende Völker sehr oft für allzu simpel hielten, kamen für den Jungen nun ans Licht.

Bevor Jeremiah antworten konnte, klopfte jemand an die Haustür.

»Zeigt euch bitte nicht.« Jeremiah wurde plötzlich nervös. Seine Frau gesellte sich zu ihm. Sie gingen zusammen an die Tür.

Jeremiah öffnete sie, und glücklicherweise war es für den draußen Stehenden nicht möglich, einen Blick auf den Tisch und die dort sitzenden und stehenden Menschen zu werfen. Picard gab den Männern ein Zeichen, damit sie sich still verhielten.

»Danke, Angus«, sagte Jeremiah und schloß die Tür sofort wieder. Wer auch vor ihm gestanden hatte, er hatte kein Wort gesagt.

Als die Tür wieder verschlossen war, hielt er ein zusammengefaltetes Stück Stoff in der Hand. Er drehte sich zu seiner Frau um, und sie öffneten das Päckchen gemeinsam. Picard sah, daß eine Botschaft auf den Stoff gekritzelt war, außerdem enthielt das Päckchen einen großen, handgeschmiedeten Nagel mit quadratischem Kopf.

Jeremiah schaute Picard an. »Es kommt von Elder Nethers. Ihm gehört die Schlosserei.«

»Ah!« sagte Leonfeld. »Wir verständigen uns mit der Elite, was? Laßt uns unter allen Umständen mit dem Schlosser, dem Kerzenmacher, dem Küfer und dem Schuster soupieren. Und rümpfen wir auch nicht die Nase über den Fleischer, ansonsten verhungern wir hier.«

Jeremiah schaute jäh auf. »Bitte, Alex.«

»Vetter«, sagte Amy Coverman leise. »Du beleidigst uns.«

Alex funkelte sie an. »Sie beleidigen sich selbst, Gnädigste«, erwiderte er.

»Was besagt die Nachricht?« fragte Picard in der Hoffnung, einen Plan entwickeln zu können, der nicht damit endete, daß die beiden Männer sich unter irgendeinem knorrigen Baum duellierten.

Jeremiah wollte antworten, dann fiel sein Blick plötzlich auf Alex. Picard registrierte mit Bedauern Jeremiahs plötzliche Erkenntnis, daß dieser einem der Menschen, die ihm auf der ganzen Welt die liebsten waren, nicht mehr trauen konnte.

In dieser schrecklichen Sekunde überschritt er die Grenze zum Argwohn. Er und Alexander wurden zu Feinden.

Es war traurig, es mit ansehen zu müssen.

Jeremiah schirmte seine Besorgnis ab, indem er die Nachricht zusammenfaltete und in seine Weste stopfte. Dann trat er an den Kaminsims über dem Feuer und legte den geschmiedeten Nagel in eine Messingdose, die bereits mehrere gleichartige Nägel enthielt. Dies war also eindeutig nicht die erste Botschaft, die er aus der Schlosserei erhielt.

Angst machte sich in Jeremiahs verzweifeltem Blick breit, als er sich entschlossen zu Leonfeld herumdrehte.

»Ich bin Patriot«, verkündete er mit leiser Stimme. »Wir sind anständige Menschen, die ihren Besitz schützen wollen.«

»Anständig?« Leonfeld schüttelte den Kopf. »Gehen eure Sicherheitskomitees etwa anständig vor, wenn sie treue britische Staatsbürger verhaften? Wenn sie sie teeren und federn? Wenn sie ihren Besitz beschlagnahmen, weil sie eure egoistische rebellische Bewegung nicht mit offenen Armen begrüßen? Wenn man sie ins Gefängnis steckt? Ihr seid Menschen, die von Rechten und Freiheit reden und jene hängt, die mit eurer Politik nicht einverstanden sind. Faß dich an die eigene Nase, Jeremiah – Oberflächlichkeit ist die Waffe des Teufels. Zünde nicht zu viele Kerzen an. Die Tageslaune ist ein gefährliches Werkzeug, mit dem man schlecht regiert.«

»Laune?« Jeremiahs Tonfall wurde zum ersten Mal schroff. »Wer seid ihr denn, daß ihr mit euren gepuderten Perücken herkommt und uns vorschreibt, was wir mit den Früchten unserer Arbeit tun sollen?«

Alex Leonfeld hatte seinem Vetter den Rücken zugewandt, als wolle er sich geistig von allem entfernen. Doch nun wandte er sich zu Jeremiah Coverman um und zog die Schultern leicht zurück.

Seine Augen flackerten, als er kalt verkündete: »Wir stehen über euch.«

Die Spannung in der Hütte erreichte einen kritischen Zustand, den nur das teilnahmslos im Herd knisternde Feuer bremste.

Die Matrosen schwiegen. Sie waren gefesselt von den Reibereien der Vettern, die den Krieg widerspiegelten, der nun zwei Kontinente betraf.

»Es gibt immer jemanden, der mehr kann als ein anderer«, gestand Jeremiah ein. »Ich kann aber anderen nicht die Chance verwehren, nach Vervollkommung zu streben.«

»Man kann herrschaftlichen Status nicht *anstreben*«, sagte Leonfeld. »Man muß in diesem Stand geboren sein. Offiziere und Gentlemen haben die britische Regierung und das Militär seit uralten Zeiten angeführt, und deswegen hat Britannien überlebt. Wenn man die Tradition nicht mehr respektiert, ist die Zivilisation beim Teufel! Schau dir Frankreich an! Wo wäre diese Senkgrube aus Bauern heute ohne die Aristokratie? Wenn die Elite zugrunde geht, ist Europa im Eimer. Das militärische Klassensystem ist es, das auch dem niedrigsten Soldaten zu essen gibt. So ist es in der ganzen Gesellschaft. Das System basiert auf unserer Ehre. Wenn wir hier draußen sind, Tausende von Meilen von unserem König entfernt, schulden wir ihm dennoch Treue. Wir schulden dem System Treue, das uns ernährt. Wenn es versagt, werden auch wir versagen.«

»Du machst dir etwas vor«, sagte Jeremiah leise. »Du kennst einfach keine andere Methode.«

»Ach ja?« Leonfelds Brauen hoben sich wie ein ansteigendes Barometer. »Weißt du eigentlich, daß du mich jetzt beleidigst?«

»Dann beleidige ich mich doch auch«, sagte Jeremiah. »Auch ich stamme aus höheren Kreisen.«

Leonfeld kniff die Augen zusammen und reckte erneut die Schultern.

»Nicht aus so hohen wie *ich*«, sagte er hochtrabend. »Ich gehöre zum Hochadel des Reiches. Meine Nachfahren werden Herzöge, Prinzen, Fürsten, Barone und Könige sein.«

Picard beugte sich zu Alexander hinab. »Und Klingonen«, sagte er leise.

»Jeremiah, sei doch vernünftig!« bat Leonfeld.

»Hältst du diese Ansammlung von Kolonien wirklich für eine Nation? Glaubst du, ihr könnt überleben, ohne euch an irgendeine ausländische Macht zu verkaufen? Früher oder später werden die Kolonien Geschäfte mit Königen machen. Solltet ihr Erfolg haben und euch von Britannien lösen, genießt ihr es hoffentlich, wenn ihr Spanier oder Holländer werdet! Oder, Gott verhüte es, Franzosen! Unabhängigkeit! Was für ein Unfug!«

Er entfernte sich von Jeremiah und brachte so viel Distanz zwischen sich und ihn, wie der kleine Raum es erlaubte. Als er an der Feuerstelle stehenblieb und mit drohendem Blick in die Flammen starrte, schaute er Picard kurz an, war aber nicht gewillt, sich zu entschuldigen. Er wirkte so bedrohlich wie angewidert, und die Stärke seiner Überzeugung entsprach eindeutig der, die sich in Jeremiah Covermans Gesicht und dem der beiden Frauen zeigte.

Er stützte die Hände in die Hüften und musterte die Hütte und ihre ärmliche Ausstattung. Gewiß verglich er sie mit der Pracht seines und Jeremiahs früheren Lebens in der Aristokratie von Britannien und Österreich. Bestimmt war diese Hütte schäbig angesichts der Vergangenheit der beiden jungen Männer. All das spiegelte sich in Alex Leonfelds geringschätzigem Blick.

»Programm anhalten.« Picard erwartete, daß der Computer das Programm anhielt, doch dazu kam es nicht. Statt dessen wandten sich alle Anwesenden im Raum zu ihm um. Sie schienen sich zu fragen, was er damit meinte.

»Wie bitte, Lieutenant?« fragte Jeremiah.

Tante Mercy reckte den Hals, als rechne sie damit, daß gleich Gespenster aus den Wänden kamen.

»Computer, ich habe gesagt, Programm *anhalten*«, wiederholte Picard.

Endlich verlangsamte sich das Holoprogramm und hielt an.

STAR TREK™

DAS STAR TREK-UNIVERSUM, 2 Bde.,
von *Ralph Sander* · 06/5150
DAS STAR TREK-UNIVERSUM, 1. Ergänzungsband
von *Ralph Sander* · 06/5151
DAS STAR TREK-UNIVERSUM, 2. Ergänzungsband
von *Ralph Sander* · 06/5270

Ralph Sander, Star Trek Timer 1996 · 06/1996
Ralph Sander, Star Trek Timer 1997 · 06/1997
Ralph Sander, Star Trek Timer 1998 · 06/1998
Ralph Sander, Star Trek Timer 1999 · 06/1999

William Shatner/Chris Kreski, Star Trek Erinnerungen · 06/5188
William Shatner/Chris Kreski, Star Trek Erinnerungen: Die Filme · 06/5450

Phil Farrand, Cap'n Beckmessers Führer durch STAR TREK – DIE CLASSIC SERIE · 06/5451
Phil Farrand, Cap'n Beckmessers Führer durch STAR TREK – DIE NÄCHSTE GENERATION · 06/5199
Phil Farrand, Cap'n Beckmessers Führer durch STAR TREK – DIE NÄCHSTE GENERATION - Teil 2 · 06/6457

David Alexander, Gene Roddenberry - Die autorisierte Biographie · 06/5544
Judith & Garfield Reeves-Stevens, Star Trek Design · 06/5545
Nichelle Nichols, Nicht nur Uhura · 06/5547
Leonard Nimoy, Ich bin Spock · 06/5548
Lawrence M. Krauss, Die Physik von Star Trek · 06/5549
Judith & Garfield Reeves-Stevens, Star Trek – Deep Space Nine: Die Realisierung einer Idee · 06/5550
Herbert F. Solow & Yvonne Fern Solow, Star Trek: Das Skizzenbuch – Die Classic-Serie · 06/6469
Judith & Garfield Reeves-Stevens, Star Trek – Phase II: Die verlorene Generation · 06/6470
Herbert F. Solow/Robert H. Justman, Star Trek – Die wahre Geschichte · 06/6499
J. M. Dillard, Star Trek: Wo bisher noch niemand gewesen ist · 06/6500

Diese Liste ist eine Bibliographie erschienener Titel,
KEIN VERZEICHNIS LIEFERBARER BÜCHER!

Picard schaute Alexander an.

»Warum haben Sie es angehalten?« fragte der Junge. Seine Fäuste ballten sich in dem Versuch, männlich zu wirken. »Gerade jetzt, wo es spannend wird!«

»Woher hast du es gewußt, Alexander?« fragte Picard. »Noch bevor Jeremiah irgend etwas sagte, hast du gewußt, daß er nicht mehr treu zur Krone steht.«

»Ja.« Der Junge schaute ihn an, sein Gesicht legte sich vor Unzufriedenheit und Enttäuschung in Falten. Er überlegte. »Er hat sich wie ein Kind benommen, das etwas angestellt hat und sich nicht traut, es zu sagen«, erklärte er. »Er hat sich irgendwie ungut aufgeführt.«

Picard bemerkte, daß seine Lippen zu einem Lächeln ansetzten. »Ungut«, wiederholte er. »Shakespeare hätte es nicht besser ausdrücken können. Und was war deiner Meinung nach ungut an seiner neuen Einstellung?«

»Daß er sie geheimhalten wollte. Er wußte, daß es Alex nicht gefallen hätte, daß er nun gegen alles war, wofür die beiden früher eingetreten sind. Sie waren loyal. Sie haben Schwüre geleistet. Alex' Eid war fürs Leben gedacht. Jeremiah hat abgeschworen. Ich glaube, ich mag Jeremiah nicht besonders. Ich glaube, er weiß, daß er falsch liegt, sonst müßte er doch stolzer auf sich sein. Dann hätte er keinen Versuch gemacht, die Sache für sich zu behalten.«

»Hmm«, machte Picard. »Vielleicht ist etwas daran. Mit welchem der beiden Männer stimmst du mehr überein?«

Alexander nagelte ihn mit einem Blick fest. »Natürlich mit Alex!«

»Warum, Alexander?«

Der Junge scheute vor Frage zurück, doch nicht aufgrund ihrer Schwierigkeit, sondern, weil sie ihm überhaupt gestellt wurde. »Jeremiah hat dem König ein Versprechen gegeben! Es muß ihm doch etwas bedeuten. Alex ist seinem Versprechen treu. *Das* ist Ehre.«

»Was ist mit Jeremiahs Ehre? Vergiß nicht, daß der Tag der Ehre den Zweck hat, die Ehre deines Gegners zu …«

»Er hat doch gar keine!« sagte der Junge erzürnt. »Wie könnte er sonst der ganzen Familie in den Rücken fallen? Seine Familie hat ihn aufgezogen, damit etwas aus ihm wird. Sie hat gearbeitet, damit er etwas hat. Und er hat einen Eid geschworen. Und all das gibt er auf, um Rebell zu werden.« Der Junge beugte sich vor, seine Stimme wurde leiser. »Ich glaube, er hat sich nur verändert, damit er die hübsche Frau kriegen konnte. *Sie* ist nämlich Amerikanerin.«

Picard nickte und bemühte sich, nicht zu grinsen.

Alexanders Augen weiteten. Er nickte selbstgefällig vor sich hin.

»Hmm«, machte Picard. »Das weiß ich auch, ja …«

»Diese Kolonisten«, fuhr Alexander fort. »Von denen hat doch keiner eine Ehre! Wie soll ich denn die Ehre meines Gegners verstehen lernen, wenn er keine Ehre hat, die man feiern kann? Dieser Feiertag hat doch überhaupt keinen Sinn.«

Er sank neben der sich langsam umdrehenden Gestalt von Oberfähnrich Nightingale wie ein Sack auf die Bank.

»Wie kommst du darauf, daß sie keine haben?« fragte Picard beharrlich.

Alexander breitete die Arme aus. »Warum würden sie sonst ein gestrandetes Schiff angreifen? Das ist doch nicht ehrenwert! So was tun doch nur Feiglinge!«

Picard legte den Kopf schief. »Eigentlich habe ich es nicht für eine schlechte Taktik gehalten.«

Der Junge warf ihm einen finsteren Blick zu. »Würden Sie das etwa auch tun?«

»Ja, wenn ich es müßte.«

Verblüfft über den Mangel an Scham in Picards Stimme und seine Ungezwungenheit bei einer solchen

Vorstellung, stand Alexander von der Bank auf, durchquerte den Raum und ging der fast reglosen Gestalt Jeremiah Covermans offenkundig aus dem Weg.

Am Küchenschrank stützte er die Hände in die Hüften und schüttelte den Kopf. »Ich hätte nie gedacht, daß wir so ein Volk sind!«

Picard erkannte, daß Alexander sich trotz seiner widersprüchlichen Erziehung und seines Lebens an Bord eines Raumschiffes – für jeden Heranwachsenden im besten Fall ein fragwürdiges Unternehmen – im Begriff war, sich in einen jungen Mann mit Prinzipien zu verwandeln. Er trat auf den Jungen zu.

»Alexander«, sagte er, »was ist wirklich mit dir los?«

Der Junge schaute ihn diesmal nicht an, doch andere Dinge an seinem Verhalten änderten sich. Seine Haltung verkündete, daß dies mehr gewesen war als eine Geschichtslektion, mehr als eine Tradition und auch mehr als ein Übergangsritus. Eine gewisse Grundsätzlichkeit hatte gegriffen.

»Ach so…« Picard ging vor ihm auf und ab, ohne sich ihm aufzudrängen. »Es hat mit deinem Vater und Mr. Grant zu tun, nicht wahr?«

Alexander trat gegen das Bein eines Spinnrades, das in der Ecke stand. »Erzählen Sie mir nichts von meinem Vater! Ich möchte nicht über ihn reden.«

»Warum denn nicht?«

»Weil ich nicht will. Und außerdem gehen die Gründe Sie nichts an.«

»Also wirklich«, sagte Picard. »Wer ist denn jetzt ehrlos?«

Der Junge wandte sich wütend dem Spinnrad zu, aber diesmal trat er nicht dagegen. Er knirschte mit den Zähnen, fuhr herum, als wolle er angreifen, zog sich dann zurück und machte seinen Gedanken schließlich verärgert Luft.

»Er läßt Onkel Ross im Stich. Sein Leben ist in Gefahr! Tun Sie bloß nicht so, als wäre es nicht wahr, denn ich weiß, was auf Sindikash passiert ist.«

»Du bist besorgt, dein Vater könnte seine Ehre verloren haben?« fragte Picard. »Es ist doch gerade sein Ehrgefühl, das ihn daran hindert zu lügen.«

»Welches Ehrgefühl? Wenn er weiß, daß diese Frau Verbrechen begangen hat, wie kann er da eine Chance ungenutzt lassen, sie ins Gefängnis zu bringen? Wenn er weiß, daß sie schuldig ist, kann er doch das, was er weiß, dazu verwenden, sie daran zu hindern, anderen weh zu tun! Vielleicht ist Grant der nächste, den sie sich vornimmt!«

Picard atmete angespannt ein, er scheute sich vor der schonungslosen Logik des Jungen. »Es geht um verzwickte Dinge«, sagte er. »Themen für Erwachsene.«

Alexander konterte wie ein Staatsanwalt vor Gericht. »Wenn er gesehen hätte, was sie getan hat, hätte er seinen Phaser eingesetzt, nicht wahr?«

»Nun ja … Ich würde es hoffen«, gab Picard überrascht zu.

Alexander breitete die Arme aus. »Dann verstehe ich nichts mehr! Er will nicht lügen, aber im Grunde wäre es gar keine Lüge, weil er damit der Wahrheit zum Durchbruch verhilft. Statt dessen läßt er Onkel Ross wie einen Lügner dastehen. Das ist doch ungerecht.«

»Leider«, sagte Picard seufzend, »kommt man mit Gerechtigkeit allein auch nicht weiter.«

»Er hätte sich etwas ausdenken müssen, um Grant zu helfen«, fuhr Alexander fort. »Er muß dafür sorgen, daß es klappt. Es ist unehrenhaft, wenn man nur sagt, man sei ehrenhaft. Ich mag meinen Vater im Moment nicht sehr.«

Er wandte sich halb von Picard ab und verfiel in Schweigen. Die Sache mit dem Kindermund fiel Picard wieder ein, und irgendwie war es absolut verständlich. Was war gut daran, auf seiner Ehre zu bestehen, während die Plattform der Gerechtigkeit darunter zusammenbrach? Überhaupt nichts.

Aber wie konnte er Alexander die Unehrenhaftigkeit des Meineids erklären, selbst wenn es galt, eine Verbrecherin dingfest zu machen? Er wußte schon, daß simple Erklärungen nur selten dazu beitrugen, Kinder zu überzeugen.

Während er zuschaute, wurde Worfs Abbild als Vater, Krieger und Raumoffizier in den Augen seines Sohnes stumpf.

Picard runzelte die Stirn. Vielleicht hätte er Alexanders Empfindlichkeit ausführlicher bedenken und ihn vom dem abschirmen sollen, was auf dem Planeten geschah. Er hätte überhaupt nichts von Worfs Auftrag und den persönlichen Auswirkungen erfahren müssen.

Doch dies war eine der Schwierigkeiten, wenn man in einem Raumschiff lebte. Alexanders Freundschaft zu Grant konnte bestimmten Ereignissen schaden. Trotzdem hatte niemand im Lauf der Geschichte vom ersten Ruderboot über den Segler bis zum Raumschiff je eine Möglichkeit gefunden, eine Mannschaft, egal wie quirlig, daran zu hindern, eine Familie zu werden. Auch hatte niemand, die stursten Blighs vielleicht ausgenommen, je etwas anderes erwartet.

Diese Lektionen konnte eine Junge nur äußerst schwer in sich aufnehmen. Noch problematischer war sein persönlicher größer werdender Zweifel. Es war ihm immer leichtgefallen, an der Nasenspitze vorbei in die einfachere Vergangenheit zu schauen, aber nun fiel ihm auf, daß diese Zeiten gar nicht so einfach gewesen waren. Es waren Zeiten, in denen die Gesetze, die er für selbstverständlich hielt, im Feuer geschmiedet worden waren.

Picard fragte sich allmählich, wer wohl aus all dem die größte Lehre zog.

»Du weißt doch, was später aus den Kolonien wurde, nicht wahr?« fragte er.

»Die Vereinigten Staaten von Amerika«, erwiderte Alexander grollend, doch ohne aufzuschauen. »Ich weiß, ich weiß. Später haben sie die ganze Welt vereint und angefangen, den Weltraum zu erforschen. Sie haben die Vulkanier kennengelernt und die Föderation gegründet.« Nun hob er den Kopf. »Na und? Verändert es etwa die Tatsache, daß *er* sein Versprechen gebrochen hat?«

Er deutete heftig auf Jeremiah Coverman, was irgendwie grausam wirkte, da dieser sich im Zeitlupentempo bewegte und nicht für sich selbst sprechen konnte. Alexander, der einen klaren Fall von Heldenverehrung pflegte, trat neben seinen Lieblingsverwandten: Alexander Leonfeld.

Picard begriff, daß der Junge nun kein typischer Junge mehr war.

»Tut mir leid«, sagte er langsam. »Es ist mir leider nicht gelungen, dir verständlich zu machen, daß Ehre keine einfache Sache ist. Das war *mein* Auftrag.«

»Ich bin der Aufträge müde«, sagte Alexander schroff und verschränkte die Arme. Er trat genau neben seinen Namensvetter hin, doch dessen Ellbogen lag nicht ganz mit dem seinen auf einer Höhe. »Alex hat sich nicht gegen seine Familie und seine Regierung gestellt. Er ist Offizier. Er ist ein geborener Herr. Bei den Klingonen ist es auch so. Man kann in eine mächtige Familie hineingeboren werden. Bei *mir* war es so! Wir beide sind gleich. Ich und er. Er und ich.«

»Ja, aber ...«

»Er ist nicht zu den Grenadieren gegangen, weil er sonst hätte verhungern müssen«, fuhr der Junge fort. »Das haben nämlich damals viele Soldaten getan. Ich hab's nachgelesen.«

»Wann denn?«

»Als Mr. Riker bei Ihnen war. Ich bin nicht zum Essen gegangen. Ich habe in den Datenbanken einiges über diese Zeit nachgelesen.«

Hmm – immerhin ein Schritt in die richtige Richtung. Er hatte sich die Antworten selbst gesucht.

»Ja«, sagte Picard, »dein Vater wurde in eine mächtige Familie hineingeboren. Aber alles hat seine Grenzen. Dein Vater versucht zwischen seiner Ehre, Mr. Grants Sicherheit und dem Einfluß von Mrs. Khanty auf dem Planeten zu wählen. Es ist nicht so einfach, wie du es dir vielleicht vorstellst.«

»Es ist einfach«, konterte Alexander. »Er hält sich aus der Schußlinie. Und ich weiß nicht, warum. Wenn das die Ehre der Klingonen ist, will ich sie nicht haben. Dann bleibe ich lieber hier und werde Grenadier.«

Picard lächelte. »Du kannst nicht hierbleiben. Es ist ein Holoprogramm.«

»Tja, aber irgendwo wird es schon einen Planeten geben, auf dem ich der königlichen Marine beitreten kann.«

In einem Augenblick völliger Verrücktheit hätte sich Picard beinahe zu Mr. Nightingale und den Seeleuten umgedreht und ihnen gesagt, sie sollten weiteressen. Die sie umgebenden, sich kaum merklich bewegenden Menschen, waren keine der üblichen kalten, flachen Gestalten, die die Unterhaltungsprogramme des Holodecks erzeugten. Sie waren nicht irgendwelche Romanfiguren. Sie waren echte Menschen, die gelebt hatten und gestorben waren. Sie hatten echte Leidenschaften gepflegt und echte Verluste beklagt, so wie er und der Junge. Sie hatten all dies nur in einer anderen Zeit erlebt. Im kosmischen Maßstab fühlte er sich ihnen sehr nahe.

Tragischerweise war es bei Alexander ebenso.

»Nun ja«, sagte Picard, »spielen wir doch lieber alles zu Ende und später fällen unser Urteil. Schließlich haben wir noch nicht alle Seiten gehört. Sollen wir?«

Alexander ließ den Kopf hängen, aber sein Blick suchte auch weiterhin den des Captains. »Ich schätze, ja.«

»Computer«, sagte Picard und nutzte den Augenblick, »Programm fortsetzen.«

»Ich kann es nicht mehr ertragen!« Alex Leonfelds Stimme erfüllte das Innere der Hütte. Er hieb mit einer Hand in die Luft zwischen sich und seinen Vetter und eilte zur Haustür. Er wollte offenbar keine Sekunde mehr hier verweilen.

»Alex!« Jeremiah sprang von Furcht ergriffen vor und erwischte Leonfelds Hand, bevor sie sich auf den Eisenriegel legte. Er faßte seine Arme mit der gleichen drängenden Vertrautheit, die sie vor kurzem füreinander gezeigt hatten, als alles noch anders gewesen war. Doch Leonfeld zeigte fast nichts mehr davon. »Bitte... Du darfst nicht rausgehen.«

»Und warum nicht?« knirschte Leonfeld. »Bin ich nicht in Feindeshand? Welche Sicherheit bietet dieses Haus einem loyalen Briten? Warum sollte ich nicht hinausgehen?«

Jeremiah zog ihn von der Tür fort. »Weil man dich hängen würde.«

Leonfeld zuckte zusammen. Er wirkte, als wolle er seinem Vetter eine wütende Antwort geben, doch ihm fiel wohl keine ein.

Jeremiah wartete mit flehentlichem Blick darauf, daß Leonfeld aufhörte, sich gegen seinen Griff zu wehren. »Die Botschaft aus der Schlosserei... Euer Schiff wird über den Fluß zur Werft hinaufgeschleppt, damit es für die Zwecke der Patrioten umgebaut wird. Die Offiziere und Matrosen, die noch leben, wurden im Mietstall eingekerkert. Wenn man dich erwischt, wird man davon ausgehen, daß du geflohen bist, und dann wird man dich als Spion hinrichten. Bitte... bitte! Wir sind zwar nicht einer Meinung, aber ich könnte es nicht ertragen, wenn man dich tötet.«

Eine niederschmetterndes Gefühl stieg zwischen ihnen auf. Trotz seines Versuchs, Entrüstung zu zeigen, war Alex Leonfeld deutlich erregt. Dies war ein schrecklicher innerer Schlag, nicht nur ein Riß in der Weltanschauung. All dies ging ihm sehr zu Herzen.

»Sergeant«, unterbrach Picard und packte Leonfelds Ellbogen, »wollen wir uns nicht lieber hinsetzen und etwas essen?«

»Ich müßte mich übergeben«, murmelte Alex.

»Bitte ...« Nun meldete sich Amy Coverman zu Wort. Sie eilte umher und schenkte Apfelmost in die Becher ein. »Ich möchte in meinem Hause niemanden Hunger leiden sehen.«

»Danke«, sagte Picard und nahm Platz. Aufgrund des Zögerns des Oberfähnrichs und der Matrosen mutmaßte er, daß sie wahrscheinlich nicht vor ihm zugriffen. Als sein Becher gefüllt wurde, schaute er auf und sprach Alex an. »Sergeant?«

Alex Leonfeld reagierte nur mit dem nötigen Respekt, den er einem Vorgesetzten entgegenbringen mußte. Er ließ sich so unverbindlich wie möglich auf der Bank neben ihm nieder. Er schaute den Tisch kaum an und setzte sich ans Ende. Er aß nichts.

»Greifen Sie zu, meine Herren«, befahl Picard. »Wir müssen bei Kräften bleiben. Alexander, iß etwas.«

Alexander zog eine Schnute, kniete sich auf die Bank, riß ein Stück Käse ab, roch daran, verzog das Gesicht und schien sich zu entschließen, kein Vergnügen zu empfinden.

Der Käse war schimmlig, der Most abgestanden, das Brot hart, und Picard bedauerte allmählich die verfluchte Genauigkeit des Holodecks, denn ihm wurde nun klar, daß er gar nicht hungrig war, sondern nur so getan hatte, um ein Beispiel zu geben. Er biß zaghaft ins Brot und rechnete schon mit dem saftigen Ende eines

Rüsselkäfers, als sich der Holodeck-Eingang abrupt wieder öffnete.

Er schaute auf. »Programm anhalten«, sagte er, doch der Computer reagierte nicht. Wieder einmal schauten ihn alle Menschen in seiner Umgebung verwirrt an. Und dann brach das Chaos aus.

Worf kam durch den Eingang in die Wohnküche der Hütte. Der Erste Offizier Riker war gleich hinter ihm.

»Computer, Programm anhalten«, wiederholte Picard lauter, aber nicht schnell genug.

Worf, der unter einer Zimmerdecke einherschritt, die so niedrig war, daß sein Stirnkamm sich fast an ihr rieb, war ein so monströser Anblick, daß Amy Coverman aufschrie. Jeremiah machte einen Satz, um seine Gattin zu beschützen, und das Holoprogramm schlug Haken und bemühte sich, die Reaktion amerikanischer Kolonisten des Jahres 1777 auf den Anblick eines Klingonen darzustellen.

»Ein Dämon!« Amys Tante flog um den Tisch herum, eilte zur Feuerstelle, riß den Suppenkessel vom Haken, der zum Glück nicht genau über dem Feuer hing, fuhr herum und schüttete Worf den Inhalt genau ins Gesicht.

Graupensuppe spritzte über Worfs Kopf, strömte über seine Schultern und benetzte die Brust seiner Einzelgänger-Uniform. Sein Mund war offen gewesen, da er etwas hatte sagen wollen. Nun schloß er ihn, und an seiner Lippe hing ein Stück Gemüse. Riker machte gerade noch rechtzeitig einen Satz, um der Suppe auszuweichen.

»Gütiger Gott im Himmel!« rief Jeremiah.

Alex Leonfeld stürzte sich auf sein Gewehr, riß es an die Schulter, legte an …

»Nein, nein!« Picard warf sich wie ein Athlet über den Tisch, um den Gewehrlauf mit der flachen Hand zur Seite zu schlagen.

Sein Einsatz zahlte sich nicht aus, denn er landete mit

dem Gesicht auf einem Teller und einem mit Käse belegten Brot.

Er hob den Kopf hoch, um schreien zu können. »Programm anhalten, sofort, habe ich gesagt, verdammt noch mal!«

Endlich erstarrten die Menschen in der Hütte.

»Verflucht!« Picard quetschte sich zwischen Wollard und Alexander. »Zum Teufel mit dieser archaischen Technik!«

Jemand packte seinen Ellbogen und verhinderte, daß er von der Bank fiel. Als er aufschaute, sah er, daß es Riker war.

Worf stand pitschnaß in der Mitte des Raumes und streckte leicht die Arme aus. Er roch nach Graupen. Er musterte die ihn umgebende Szenerie. »Was ist denn *das*? Das ist doch die Erde! Der Tag der Ehre ist doch eine klingonische Sitte! Und warum hat mich dieses Relikt mit dem Inhalt eines Nachttopfs bespritzt?«

Picard zwang sich ein Grinsen ab, dann trat er vor und wischte sich den Käse aus dem Gesicht. »Ich glaube, man hat Sie ins Reich des Übernatürlichen verwiesen, Mr. Worf. Dies hier ist ein uraltes Programm. Man muß von Anfang an als Teilnehmer im Computer gespeichert sein, sonst weiß er nicht, wie er einen in die Handlung einbauen soll. Falls wir zuvor nur Zweifel hatten, daß die Sicherheitsschaltungen funktionierten, wissen wir es jetzt genau.«

»Ich habe mich schon gefragt, warum Sie die Flinte da beiseite gestoßen haben«, sagte Riker. »Wollen Sie das Spielchen wirklich weitermachen?«

»Captain!« mischte Worf sich ein. »Was hat das alles zu bedeuten?«

Riker lächelte. Seine Augen funkelten schalkhaft. »Es geht um den amerikanischen Unabhängigkeitskrieg. Der Captain hat ein Schiff verloren. So war es doch, Sir?«

»Es war meine Idee«, sagte Alexander und wagte sich vor.

Worf deutete auf die verlangsamte Gestalt von Tante Mercy. »Aber es sollte doch eine Lektion in klingonischer Kultur sein! Kein Ausflug in die Hexerei!«

»Es sollte eine Lektion in Sachen Ehre sein«, führte Picard aus. »So seltsam es ist, irgendwie scheint es sogar zu klappen...«

»Es war *meine* Idee!« wiederholte Alexander. »Ich sollte mir aussuchen, wie ich den Tag der Ehre erlebe. Ich habe das Tagebuch eines irdischen Vorfahren ausgesucht. Ich bin nämlich teilweise auch irdischer Abstammung.« Er schob eine Hüfte vor, verschränkte die Arme und hob das Kinn. »Und ich habe ein paar Dinge über die Ehre erfahren, von denen ich glaube, daß *du* sie nicht kennst.«

Worf tröpfelte vor sich hin und schaute sich um. Er blickte über Alexanders Kopf hinweg Picard an. »Captain! Was bringen Sie ihm da bei?«

»Ich bringe ihm *nichts* bei«, sagte Picard. »Ich leite ihn nur an. Die Menschen, die Sie um uns herum sehen, lehren ihn etwas. Seine Schlüsse zieht er selbst. Und so soll es doch auch sein. Wir sind natürlich noch nicht fertig...«

»Wir machen es auf alle Fälle fertig.« Alexander richtete sich auf, damit die beiden Männer ihn bemerkten. Er ließ Picard außer acht, sprach direkt zu seinem Vater. »Ich bleibe hier bei Alex, bis ich alles gehört habe, was er zu sagen hat. Es ist nicht deine Aufgabe, mir zu sagen, wie ich lernen muß, was Ehre ist.«

Der plötzliche Mißton, von dem Picard wußte, daß er daran schuld war, ließ ihn neben den Jungen treten. »Das reicht, Alexander.«

»Was soll das bedeuten?« fragte Worf und musterte seinen Sohn mit einem finsteren Blick.

Alexanders verschränkte Arme verkrampften sich.

»Du sagst, du bist ehrenwert, aber du stellst dich Mrs. Khanty nicht entgegen. Du wirfst eine Chance zu gewinnen weg. Du sagst nicht zu Onkel Ross' Gunsten aus.«

Worf wischte sich sprachlos die Suppe aus dem Gesicht und musterte nun auch Picard mit finsterer Miene. »Sir! Wie hat er davon erfahren?«

»Ich bin nun alt genug«, sagte Alexander. Er beharrte darauf, daß sich das Gespräch auf ihn konzentrierte, statt über seinen Kopf hinweg von zwei Erwachsenen geführt zu werden. »Du willst nicht sagen, daß du gesehen hast, was Ross gesehen hat; auch dann nicht, wenn es sein Leben rettet und diese Mrs. Khanty entlarvt.«

Worf empfand die Verachtung seines Sohnes wie einen Tritt in die Magengrube. Sie war schlimmer als jede Verletzung durch irgendeinen Feind.

Picards Brustkorb zog sich mitfühlend zusammen. Er hätte Worf diese Qual gern erspart. Was konnte er sagen? Was konnte Worf als Vater sagen, das nicht seicht und hohl klang? Er brachte ein reales, lebendiges, ihm wichtiges Lebewesen in Gefahr, damit er seine Vorstellung von Redlichkeit bewahren konnte.

»Alexander«, sagte er mühsam, »ich werde nicht lügen.«

»Du meinst, du bringst dich nicht in Verlegenheit«, gab der Junge fest zurück. »Du weißt doch, daß sie eine Bestie ist, oder? Aber du willst keinen Finger rühren, um den Planeten zu retten.«

»Ich habe schon mal gesagt«, erwiderte Worf kochend, denn er sah, daß sich der Respekt seines Sohnes vor seinen Augen auflöste, »daß ich nicht lügen werde.«

»Du lügst doch jetzt auch!« konterte der Junge und riß die Arme auseinander, als wolle er sich auf einen Ringkampf einlassen. »Deine ganze Mission war eine

Lüge! Du hast dich doch gar nicht auf Sindikash versteckt, wie du behauptet hast! War das etwa keine Lüge? Hast du den Einzelgängern etwa nichts vorgemacht? Hast du sie nicht *auch* betrogen? Dein ganzes Leben da unten war eine Lüge nach der anderen! Glaubst du, nur *ausgesprochene* Lügen sind Lügen?«

Riker beugte sich an Picard vorbei und zupfte an dem Holokäse. »Da hat er recht, Worf. Ich kann's nicht in Abrede stellen.«

»Mr. Riker«, sagte Picard, »es ist nicht sehr hilfreich, wenn ...«

»Verzeihung, Sir.«

Worf ignorierte sie; er wußte nicht, was er tun sollte. Da stand er nun, der große Krieger, fast elend und traurig über einen grundlegenden Verlust, den kein Kampf beseitigen konnte. Er konnte seinem Sohn auch nicht einfach befehlen, ihn zu respektieren. Was taten Eltern in solchen Augenblicken?

»Alexander«, startete er einen Versuch in der Hoffnung, irgend etwas wiederherzustellen, »du solltest nicht so mit mir reden.«

Picard hob eine beschwichtigende Hand. »Der Junge hat nicht ganz Unrecht, Mr. Worf. Jedes verdeckte Unternehmen ist von vornherein unehrlich. Wir alle lügen hin und wieder, um andere zu beschützen oder zu schonen. Jeder, der behauptet, er lüge nicht, lügt schon, wenn er es behauptet.«

»Darum geht es doch gar nicht!« Alexander meldete sich erneut zu Wort. Er hob vor seinem Vater die Fäuste. »Wenn du Grant beschützen kannst, indem du etwas sagst, von dem du weißt, daß es stimmt, selbst wenn du es nicht gesehen hast – warum willst du es dann nicht tun? Wie kann es ehrlos sein, eine Sache richtig zu tun, wenn daraus großes Unrecht erwachsen kann? Hältst du es für ehrenhaft, jemanden sterben zu lassen, weil du nichts sagen willst? Wie wichtig kann es sein? Grant wird sterben, weil du den Mund nicht aufmachen willst. Bricht deine Zunge ab, wenn du die Maskerade noch ein wenig aufrechterhältst? Ich halte so was für eine ziemlich einfältige Ehre. Entweder kann man bis an die Grenze gehen oder nicht! Um Krieger zu sein, bedarf es nicht nur eines Krieges!«

Worf stierte seinen Sohn verblüfft an. Als er ihn verlassen hatte, war er im wahrsten Sinne des Wortes nur ein Junge gewesen. Aber jetzt? Irgend etwas hatte sich verändert.

Auch Picard stellte fest, daß er den Jungen anstarrte. War das Alexander? War dies ein *Kind*?

Als Worf zu ihm herumfuhr, zuckte er ungewollt zusammen. »Erteilen Sie auf diese Art Lektionen? Indem sie den Unterschied zwischen einem Auftrag und einem Meineid nicht erläutern? Captain, ich muß protestieren ...«

»Rede nicht mit dem Captain! Rede mit *mir*.« Alexander versetzte seinem Vater einen leichten Schubs gegen den Gürtel, um seine Beachtung zu finden. »Wenn du die Khanty erwischen würdest, wenn sie ein Verbrechen begeht, würdest du doch schießen, nicht wahr? Was also ist der Unterschied? Stehst du Ross nun bei oder nicht?«

»In Ordnung, in Ordnung, heben wir uns das für später auf!« Picard schob sich zwischen die beiden. »Mr. Riker, ich möchte Worf, Dr. Crusher, Mr. Data und Sie in einer Viertelstunde im Konferenzraum sehen. Alexander, du gehst irgendwohin und regst dich ab, bis ich dich rufen lasse. Wir machen in Kürze mit dem Unabhängigkeitskrieg weiter. Gehen Sie nun alle hinaus. Computer, Programmablauf an dieser Stelle abspeichern und bis auf weiteres beenden. – Schauen Sie mich nicht so an, Mr. Worf. Ich habe gesagt, Sie können gehen. Trocknen Sie sich ab.«

»Na schön, Mr. Worf. Sagen Sie jetzt, was Sie sagen müssen.«

»Ich bin über Alexanders Vorwürfe zutiefst verwirrt, Sir.«

»Ich meine in Sachen Sindikash, Lieutenant.«

»Ach ... so.« Worf kämpfte einen inneren Kampf, um die Frustration bezüglich seines Sohn und des Captains zu bewältigen, und zwang sich zur Konzentration auf das Unternehmen.

Er saß steif im Konferenzraum, dem Captain genau gegenüber, der am anderen Ende des langen Tisches Platz genommen hatte. Will Riker saß rechts stumm neben ihm. Links von ihm saß Dr. Beverly Crusher. Kommissar Toledano stand vor dem großen Aussichtsfenster. Er wirkte sehr unstet, seine Arme bewegten sich ständig, und er faltete fortwährend die Hände.

Worf zuckte unbehaglich. Eigenartig, wie fehl am Platz er sich bei diesen Leuten und auf diesem Schiff fühlte. Als sei er aus den Bergen ins Flachland unterwegs und rechne damit, gleich abzustürzen.

Er atmete ein und stürzte sich in seinen Bericht.

»Der Frachter, den ich und die anderen Einzelgänger steuerten, sollte an der Grenze zum cardassianischen Machtbereich ›erwischt‹ werden, um den Vizegouverneur zu belasten. Da Mrs. Khantys Plan fehlgeschlagen ist, glaubte sie nicht mehr, daß die Einzelgänger sich für sie opfern. Sie war also gezwungen, die Dinge selbst in die Hand zu nehmen. Ich war der einzige, dem sie noch traute, da ich den Frachter und ihre Leute vor der Flotte ›gerettet‹ hatte, denn die anderen hätten sie bloßstellen können. Ich sollte also vor der Suite Wache halten. Offenbar hat sie mir aber nicht soweit vertraut, mich zu bitten, den Gouverneur zu ermorden.«

»Gut, daß sie es nicht getan hat,« meldete sich Dr. Crusher. »Wenn Sie sich geweigert hätten, wäre Ihre Tarnung aufgeflogen.«

»Sehr wahrscheinlich«, sagte Worf zustimmend. »Sie braucht einen Meinungsumschwung in der Öffentlichkeit. Deshalb hat sie ihren Gatten ermordet. Allerdings hat Grant sie bei der Tat beobachtet und die Ärzte darüber informiert, daß sie ihm wohl Gift verabreicht hatte. Dies hat sich auch bestätigt. Doch nun beschuldigt Mrs. Khanty Grant, der Mörder gewesen zu sein. Natürlich hätte er ganz einfach über alles schweigen und behaupten können, gar nicht in der Suite gewesen zu sein. Die Ärzte und Kommissar Stoner von der Stadtpolizei sind ausnahmslos der Meinung, daß er, wenn er der Mörder gewesen wäre, kein Wort über das Gift hätte verlauten lassen.«

»Ja, darin sehe ich eine logische Kette«, sagte Picard zustimmend. »Er hätte sich leicht schützen können. Und was ist seither passiert?«

»Wie schon gesagt, Sir«, sagte Worf barsch, »hat Mrs. Khanty behauptet, Grants Anwesenheit in der Suite und meine Enttarnung als Offizier der Raumflotte käme fast einem Geständnis gleich. Beauftragte der Föderation hielten sich in einem Raum auf, in dem sie nicht sein durften. Und der Gouverneur wurde vergiftet. Sie sagt, jeder vernunftbegabte Mensch müsse daraus die gleichen Schlüsse ziehen.«

Picard runzelte die Stirn und rieb sich die Augen. »Das hatten wir wohl nicht beabsichtigt, oder?«

»Das kann man wohl sagen!« Plötzlich meldete sich Kommissar Toledano zu Wort. Er breitete frustriert die Arme aus. »Keiner von Ihnen hat dieses Unternehmen von Anfang an richtig ernst genommen!«

Vernebelte sich der Raum? Worf kniff die Augen zusammen und schaute sich verärgert um. Er legte die Hände auf die glatte Tischoberfläche und beugte sich vor. »Wir haben unser Leben riskiert!«

Toledano drückte die Beine gegen den Tisch. »Das wird von Ihnen *erwartet*!«

Worf fühlte sich beschämt und errötete. Er biß die Zähne aufeinander und reagierte mit wütendem Schweigen.

»Grants große Klappe wird sich nun zugunsten der Khanty auswirken«, fauchte Toledano. Die Anwesenheit der meisten Führungsoffiziere scherte ihn nicht. »Wenn wir unsere Bemühungen fortsetzen, wird sie behaupten, daß wir ihren Mann umgebracht haben und nun den Versuch machen, es ihr in die Schuhe zu schieben. Sie wird sagen, Grant sei nicht rechtzeitig dort rausgekommen und wolle nun ihr etwas anhängen. Sie wird sagen, sie hätte keine Animositäten mit der Föderation gewollt, doch wir hätten darauf bestanden, uns einzumischen. Verdammt noch mal! Sie hat ihren halbtoten Mann wochenlang füttern lassen, um sich bei der Bevölkerung einzuschleimen, und dabei hat sie nur auf eine Gelegenheit gewartet, ihn umzubringen. Und wir haben sie ihr geliefert! Der Versuch, Sindikash in der Föderation zu behalten, hat sich als Rohrkrepierer erwiesen. Vorher hätte sie die Wahl möglicherweise verloren. Das ist jetzt nicht mehr der Fall. Sie haben ihr alles auf dem Tablett serviert.«

»Herr Kommissar«, sagte der Captain, »der Beschluß, sich einzumischen, wurde von Ihnen und dem Föderationsrat getroffen, nicht von Worf und Grant. Sindikash war eine Föderationskolonie, und fast fünfzig Prozent der Einwohner sehen sich als Bürger der Föderation. Die ganze Situation hätte viel diplomatischer gehandhabt werden können: ohne extreme Einsätze.«

»Wir haben den Fehler nicht gemacht«, sagte Toledano. Er fuhr zu Worf herum. »Der ganze Planet wird darunter leiden müssen, weil Grant und Sie das Unternehmen vermasselt haben!«

»Vermasselt?« brüllte Worf. Sein Sessel wurde enger. Seine Stiefel paßten ihm nicht mehr.

Will Riker richtete sich in seinem Sessel auf. »Mr.

Toledano«, sagte er scharf, »Sie sprechen mit einem Führungsoffizier der Flotte, und ich rate Ihnen, ihm mit mehr Respekt zu begegnen.«

Toledano fuhr unbeeindruckt zu ihm herum und deutete auf Worf. »Wenn er es verdient hat, hat er es verdient.«

»Es gibt manchmal Unternehmen, die gehen einfach schief, meine Herren«, sagte Picard. »Schiffe gehen verloren, Menschen sterben, Zivilisationen gehen unter … Manche Rädchen im Getriebe kann man nicht aufhalten, Herr Kommissar. Die Bewohner Sindikashs werden für ihre Gutgläubigkeit büßen. Nach vielen Leiden und Verlusten werden sie sich wieder erholen. Mr. Worf, ich nehme an, Sie haben ihre Ansichten über Ihre amtliche Aussage nicht geändert.«

»Ich kann nicht sagen, ich hätte etwas gesehen, das ich nicht gesehen habe«, erwiderte Worf. Die Worte kratzten in seiner Kehle. Er dachte wieder an seinen Sohn Alexander.

»Schön, dann bleiben Sie bei Ihrer klingonischen Redlichkeit.« Toledanos Körper verkrampfte sich vor Qualen. »Und Odette Khantys Verbrecherorganisation erringt die Herrschaft über diesen Planeten und ein Fünftel des Sektors. Sie bleiben ein ehrlicher Klingone, aber Millionen werden dran glauben müssen. Eine gute Entscheidung.«

»Mrs. Khanty kann nun frei handeln«, warf Data ein. »Sie weiß doch bestimmt, daß es kein direktes Eingreifen der Föderation geben wird.«

Picard wirkte verärgert über die Bestätigung dessen, was sie alle bereits wußten, und blickte Worf noch einmal an. »Was wird Ihrer Meinung nach mit Mr. Grant geschehen?«

»Auf diesem Planeten kann ihn keine Art der Schutzhaft beschützen«, sagte Worf verächtlich. »Sie wird eine Möglichkeit finden, ihn vor Gericht zu stellen, oder sie läßt ihn ermorden und hängt es mir an. Seine einzige Hoffnung ist Kommissar Stoner, den ich für ehrlich halte. Ich kann nur hoffen, daß er versucht, Zeit zu gewinnen.«

»Zeit? Wozu?« warf Toledano ein.

»Damit ich zurückkehren und meinen Kollegen retten kann, Herr Kommissar.« War dies denn nicht völlig klar gewesen?

»Das vergessen Sie lieber. Vergessen Sie es einfach. Vergessen Sie, daß Sie es je gesagt haben. Ich wende mich an das Oberkommando der Flotte und lasse ein professionelles Rettungsteam für Mr. Grant kommen. Sie halten sich von jetzt an aus der Sache raus. Andere holen ihn raus. Damit hat es sich.«

»Es könnte Tage dauern.«

»Na und? Haben Sie nicht gesagt, er wird von einem ehrlichen Polizisten bewacht? Glauben Sie nun, daß er ehrlich ist, oder nicht? Haben Sie es nun gesagt oder nicht? Dann müssen Sie es doch auch *glauben*!«

»Das reicht, Herr Kommissar«, sagte Picard wütend.

»Nein, es reicht noch lange nicht. Mr. Worf, Captain Picard hat auf diesem Schiff das Kommando über sie und jedes Unternehmen, das das Oberkommando der Flotte oder der Föderationsrat sanktioniert, doch von dieser Sekunde an sind keine – ich wiederhole *keine* – Handlungen mehr sanktioniert, die Sie und Sindikash betreffen. Halten Sie sich von dem Planeten fern. Er liegt außerhalb Ihrer Reichweite. Kapiert?«

Toledano hatte zwar weder das Format noch die Kraft oder die körperlichen Fähigkeiten, einen ausgebildeten Krieger wie Worf zu provozieren, aber er verfügte eindeutig über die größte aller Waffen: Autorität. Jeder andere Klingone hätte sein Gesicht abgepellt und zu Sauerteig verarbeitet, aber Worf war nun einmal Flottenoffizier, und dies ließ ihm kaum Möglichkeiten.

Der Kommissar stieß sich vom Tisch ab. »Halten Sie

sich aus der Sache raus«, sagte er. »Sie alle. Lassen Sie einfach die Finger davon.«

Mit diesen Worten verließ der Mann, der anfangs so freundlich und gutmütig gewesen war, den Konferenzraum. Er schien die Personen, die er einst respektiert hatte, nicht mehr wahrzunehmen. Worf tat besonders der Captain leid, der das meiste davon tragen mußte.

Zuerst Grant. Nun mußte der Captain für Worfs Ehre zahlen. Daran war er nicht gewöhnt. Er hatte nicht damit gerechnet.

»Tja …« Captain Picard musterte die sich hinter dem Kommissar schließenden Türhälften. Die Zurückgebliebenen fühlten sich unbehaglich. »Es hätte auch besser ablaufen können.«

»Sie hatten recht, Jean-Luc«, kam Beverly ihm zu Hilfe. »Hin und wieder gehen Unternehmen schief.«

»Deswegen muß es mir nicht gefallen, Doktor. – Nun, Mr. Worf, wollen Sie, da Sie nun wieder an Bord sind, daß ich aufhöre, Alexanders Mentor zu sein?«

Worf schwitzte und kämpfte zwischen väterlicher Pflicht und dem, worum er den Captain gebeten hatte. Auch hier ging es irgendwie um Ehre und den Respekt für seinen Captain, den er, wenn er ihn kompromittierte, in eine schwierige Lage brachte.

»Nein, Sir«, sagte er schließlich und erstickte fast an seinen Worten. »Ich habe Ihnen das Recht zugestanden. Ich werde es nicht zurücknehmen.«

So wie er seine Ehre sah, mußte er auf den Planeten zurückkehren. Deswegen mußte er Alexander weiterhin dem Captain anvertrauen.

Der Captain beobachtete ihn.

»Ich werde mich bemühen, eine Möglichkeit zu finden, daß er versteht«, sagte Picard beruhigend. »Sind Sie sich auch ganz sicher, Mr. Worf?«

»Ja, Sir, völlig sicher.« Worf stand auf. »Ich werde gar nicht hier sein, um Alexander übernehmen zu können.«

»Warum nicht?«

»Weil ich Sie bitten muß, mir die Erlaubnis zu erteilen, nach Sindikash zurückzukehren, um Grant zu retten.«

Picard schaute ihn an und faltete in gespielter Passivität die Hände. »Eine *Erlaubnis*? Ich fürchte, ich kann Ihnen keine erteilen, Mr. Worf. Ich kann Ihnen keine *Genehmigung* geben, eine Rettungsmission für jemanden in die Wege zu leiten, der sich in Haft befindet und kein Angehöriger der Raumflotte ist. Ich kann eine solche Expedition unter keinen Umständen *autorisieren*.«

»Ich verstehe, Sir«, sagte Worf knapp.

Verstand er den Captain richtig? Warum sonst betonte er die Worte so komisch? Er würde es sicher bald wissen.

»Dann werde ich Sie natürlich auch *nicht* darum bitten, Sir«, erwiderte er zaghaft.

»Gut«, sagte Picard mit funkelnden Augen. »Und bitten Sie auch Mr. Riker nicht, Sie zu begleiten. *Ihm* könnte ich nämlich auch keine Genehmigung erteilen.«

Riker, der neben Worf saß, lächelte.

In Worfs Brust machte sich Hoffnung breit.

»Ja, Sir«, sagte er. »Dann werde ich Mr. Data lieber auch nicht darum bitten.«

Picard stand langsam auf und deutete auf den Androiden. »Einverstanden. Wäre sowieso zu schwierig. Sein Äußeres ist viel zu auffällig. Man müßte ihn nämlich zuvor irgendwie maskieren, damit er wie ein Mensch aussieht.«

Worf nickte düster.

»Würden Sie Dr. Crusher um Unterstützung bitten, wäre das natürlich ebenso nicht annehmbar.«

»Tja, mir ist das sowieso alles egal«, sagte Riker. »Ich will nämlich gar nicht bei irgendwelchen Rettungsunternehmen mitmachen. Ich werde mich ungefähr für zwanzig Stunden in meiner Kabine aufs Ohr legen und

Anweisung geben, daß mich niemand stört. Mr. Data wird das gleiche tun. Er hat gerade zum ersten Mal im Leben Kopfschmerzen.«

Data stand auf und legte verdattert den Kopf schief. »Wie bitte, Sir?«

Riker nahm Datas Arm. »Wie *schrecklich*! Man sieht ihm den Schmerz schon an den Augen an. Sie müssen unbedingt das Bett hüten. – Stimmt's, Dr. Crusher?«

»Aber ja!« sagte Crusher und nahm Datas anderen Arm. »Mindestens für zwanzig Stunden. Ich werde die ganze Zeit bei ihm bleiben und seine Stirn mit einem kalten Lappen kühlen. Kommen Sie, Data.«

»Gehen wir dann irgendwo hin?« fragte der Android arglos.

»Aber ja«, erwiderte Riker und grinste Worf zu. »Sie haben doch noch einen Termin im Schönheitssalon.«

15

Computer – Programm um dreißig Sekunden zurückfahren und dann weitermachen.«

Jean-Luc Picard schob Alexander in Jeremiah Covermans Wohnküche an seinen Platz am Tisch zurück. Rings um sie her fegten die Darsteller wie in einem alten Film an den Ort zurück, an dem sie sich vor Worfs und Rikers Eintreten aufgehalten hatten. Picard setzte sich hin. Das Szenarium begann von neuem, und die Mitwirkenden kehrten ächzend ins Leben zurück.

»Zieh keine Schnute, Alexander«, murmelte Picard, als die anderen gerade wieder Luft holten.

»Ich hab auch meine Rechte«, gab der Junge zurück.

»Nicht, wenn ich dabei bin.«

»Lieutenant Picard?« fragte Nightingale. »Ist irgend etwas, Sir?«

»Keineswegs, Oberfähnrich«, sagte Picard und drehte sich um. »Mr. Coverman, was hat sie in erster Linie zu ihrer neuen Denkweise bewogen?«

Die Blicke der anderen trafen ihn wie Peitschenhiebe. Er hatte es gewagt, die Flamme des Abweichlertums am Brennen zu halten. Aber er wollte es wissen, denn wenn man sich von einem Problem abwandte, führte dies nur dazu, daß es schwärte.

Um die Spannung zu lockern, reichte er Leonfeld ein Stück Brot und etwas Käse, so daß dieser anfing zu kauen, ob es ihm nun gefiel oder nicht. Einem Befehl durfte er sich nicht widersetzen.

Manchmal war ein höherer Rang auch von Vorteil.

Jeremiah seufzte, aber er war nicht mehr böse. Er hatte alles offenbar vor Monaten, falls nicht gar vor Jahren überdacht, und deswegen lag das emotionale Ringen längst hinter ihm. Er schien die Konfrontation mit seiner Familie zwar vorausgeahnt zu haben, aber Picard nahm an, daß er sie nicht mit Alex hatte führen wollen.

Er nahm den Krug von Amy entgegen und schenkte Mr. Nightingale ein.

»Die Klassengesellschaft funktioniert hier nicht. Hier herrscht unglaubliche Mobilität. Ein Armer kann hier in wenigen Monaten reich werden. Ein Reicher kann sein Vermögen noch schneller verlieren. Viele leben im Grenzgebiet. Wir sind *Monate* von Britannien entfernt. Unsere Abgeschiedenheit macht aus den Erlassen des Königs nur das weit entfernte Bellen von Hunden. Wir hören es kaum. Und niemand macht sich die Mühe, ihm zuzuhören. Die Elite Europas ... Tut mir leid, Alex. Die Elite, die nie auch nur einen Fuß in dieses Land gesetzt hat und es für einen Ort voller Jauchegruben hält, in dem sie uns sagen muß, was wir tun sollen, hat keine Ahnung, was hier vorgeht. Die britischen Zölle drehen uns die Luft ab; man schreibt uns vor, die britische Währung und keine andere zu benutzen; wir werden öffentlich angeprangert und verurteilt. Alles mögliche wird als Verrat bezeichnet. Wir dürfen nicht mal gegen die Politik der Krone sein, sonst riskieren wir unser Leben. Ist das etwa Freiheit?«

Jeremiah stellte den Krug auf den Tisch und nahm seinem Vetter gegenüber Platz. Er streckte eine Hand aus. »Alex, bitte, versteh mich doch«, sagte er bittend. »Selbst du mußt Probleme haben, manchen Schwachsinn der Monarchie zu verteidigen. Du bist doch für die Magna Charta, oder? Sie ist der nächste Schritt auf dem Weg, allen gleiche Rechte zuzugestehen. Diese Rebellion fragt: ›Wozu brauchen wir überhaupt einen König? Wozu brauchen Menschen eine Aristokratie?‹«

Alex schluckte den ganzen Bissen in seinem Mund herunter und verbarg seine Antwort hinter einem Schluck Most. Er behielt seinen Vetter jedoch genau im Auge.

»Was ist das?« fragte Alexander, dessen Stimme Picards Gedanken unterbrach. »Diese Magna Sowieso?«

Picard nutzte die Gelegenheit, sich in etwas zu vertiefen, das ihm angenehmer war. »Anfang des 13. Jahrhunderts wurde König Johann I. gezwungen, die Magna Charta zu unterzeichnen, denn er war ein schlechter König. Sie beschränkt die Macht der Krone und verteilt sie auf den Adel. Die Macht des Königs ist seither nicht mehr absolut.«

»Er war wirklich ein schlechter König«, nahm Jeremiah den Faden wieder auf. »Weil er eben nur König von Geburt war, nicht durch eigene Verdienste.« Er schaute seinen Vetter erneut an. »Wieso ist jemand durch seine Geburt dazu bestimmt, über den anderen zu stehen? Wenn eine Regierung über das Leben der Menschen bestimmen darf, sollten die Menschen auch über die Regierung bestimmen. Regierungen sind zwar notwendig, aber wir sollten auch akzeptieren, daß sie von Natur aus unmäßig und ineffektiv sind und genau beobachtet werden sollten, da wir sonst die Kontrolle über sie verlieren.«

Amy Coverman nickte und stellte eine Schale mit Obst auf den Tisch, aber sie sagte nichts. Picard schaute sie an; er rechnete damit, daß sie das Wort ergriff, wie es die Frauen in seiner Zeit taten, aber allem Anschein nach war diese Diskussion Männersache. Trotzdem schien es kein Wort ihres Mannes zu geben, dem sie nicht zustimmte, denn sie nickte und strahlte voller Stolz.

»Wir zahlen hier Steuern«, fuhr Jeremiah fort und

schaute Picard plötzlich an, »aber im britischen Parlament spricht niemand für uns. Seit der Magna Charta teilt sich die Krone die Macht mit dem Ober- und Unterhaus, aber niemand vertritt uns, die wir in den Kolonien leben. Wir zählen überhaupt nicht. Männer, die durch ihre Geburt einen Titel haben, bestimmen über unser Leben. Wir verstehen zwar, daß wir besteuert werden müssen, aber wer vertritt unseren Anteil im Parlament? Niemand. Unsere Stimme wird nicht gehört. Wir haben hier keine Lords, weil niemand ›höher geboren‹ ist als die anderen. Manche Kolonisten leben seit Jahrhunderten hier. Amys Familie zum Beispiel!« Er deutete auf seine schüchterne Frau. »Sie ist Amerikanerin, keine Engländerin. Und doch will England über sie herrschen. England sagt, daß sie niedrig geboren ist und niedrig bleibt. Daß sie ein erbärmliches Leben führen und dann sterben muß, weil Gott es so will; weil das Recht des Königs göttlich ist. Akzeptiere deine Stellung und hege keinen Ehrgeiz.«

Als Tante Mercy mit einem gefalteten Kleiderstapel die Treppe herunterkam, schaute Picard auf. Ihm war nicht mal aufgefallen, daß sie nach oben gegangen war, aber offenbar brachte sie nun die Verkleidungen, die er und die Seeleute tragen sollten, damit sie nicht als ›Spione‹ gehängt wurden.

»Zum ersten Mal«, fuhr Jeremiah fort, »verlangen ganz normale Menschen, daß niemand willkürliche Macht ausübt. Eine Regierungsmacht sollte jenen, die sie regiert, Rechenschaft schuldig sein. Wie kann ein solcher Gedanke der Menschheit seit Ewigkeit fremd sein?«

»Gott verfügt, wer herrschen soll«, rasselte Alex und legte das Brot hin, da er keinen Appetit mehr empfand. »Es gibt *wirklich* ein göttliches Recht der Könige. Gott segnet die Hochwohlgeborenen mit einem Platz in der Gesellschaft.«

»Dann hat Gott den Humor eines Hanswursten«, erwiderte Jeremiah. »Man braucht sich doch nur das schäbige Urteilsvermögen jener anzusehen, die sich ›gesegnet‹ nennen.«

Alex musterte ihn scharf und schien wieder kurz vor der Explosion zu stehen. Doch dann antwortete er ziemlich leise, wie ein sich hinter dem Horizont nähernder Sturm.

»Du verschwendest nur deinen Atem«, sagte er, an seinen Vetter gerichtet. »Ihr könnt einen Krieg gegen Britannien unmöglich gewinnen. Man wird die Kolonistenmiliz niedermetzeln. Ihr habt keine Marine... Was wirst du tun, mein lieber Vetter, wenn alles vorbei ist und du noch immer Brite bist? Wirst du in die Wildnis im Westen ziehen, wo man dich nicht findet? Willst du die Frauen und das Kind noch weiter von der Zivilisation fortzerren, bis ihr alle dort sterbt, wo es keine Straßen gibt?«

Jeremiah schaute seine junge Frau mit großem Bedauern an, dann holte er tief Luft. »Nein«, sagte er. »Ob wir nun gewinnen oder verlieren, ich werde Delaware nicht verlassen.«

»Dann ist dir doch sicher klar«, sagte Alex, nun nicht mehr so heftig, »daß man dich wegen Verrats exekutieren wird?«

Als Amy Coverman um den Tisch kam und die Hand ihres Gatten nahm, um ihn zu beruhigen, strahlte dieser sie an und nickte Alex zu. »Ja, das weiß ich.«

Picard warf Alexander einen Blick zu. Der Junge hatte ebenfalls aufgehört zu essen und musterte Jeremiah, als sei ihm irgend etwas klar geworden. Jeremiah war kein Lump. Er wollte nur über sein eigenes Dasein bestimmen.

Alexanders völlig verwirrter Blick fiel nun auf seinen Namensvetter, und die Heldenverehrung für ihn bekam plötzlich Risse.

»Irgend jemand wird sich erinnern«, sagte Amy Coverman für ihren Gatten.

Mit diesen fünf Worten erzählte die junge Frau ihre ganze Geschichte. Sie glaubte an ihren Mann; sie war bereit, ihn und sich für ihren Glauben und die Zukunft anderer noch nicht Geborener zu opfern.

Picard wußte, daß er und die Menschen seiner Zeit die Früchte ihres Mutes ernteten. Er schaute zur Seite.

Alexander gaffte sie an, sog die Tiefe ihrer Überzeugung in sich auf. Er warf Picard einen kurzen Blick zu und zog dann die Schultern ein, weil er sich seiner zuvor geäußerten Worte schämte.

»Wenn ihr auf diesen Ansichten beharrt«, sagte Alex Leonfeld gequält zu Jeremiah, »wird einer von uns den anderen irgendwann töten müssen. Ich bin Offizier und ein Herr von edler Abkunft. Ich habe einen Eid abgelegt. Ich werde ihn nicht verraten.«

Jeremiah musterte ihn. »Du würdest mich verraten?«

»Ich müßte es tun«, sagte Leonfeld. »Es ist meine Pflicht. Ich habe es geschworen.«

Jeremiah, weniger überrascht als Picard erwartet hatte, zuckte nur die Achseln. »Nun gut. Auch ich habe eine Pflicht, und doch bin ich bereit, die meine euretwegen zu kompromittieren. Ich weiß, wie du denkst, und ich nehme es dir nicht übel. Du hast hier Zuflucht – ihr alle –, bis wir eine Möglichkeit finden, euch nach England zurückzubringen.«

Seine Worte erzeugten in Alex Leonfelds Gesicht eine Menge Probleme und wusch seinen Trotz bis zu einem gewissen Grad fort. Es verwirrte ihn eindeutig, daß sein Vetter bereit war, ihn zu schützen, da er doch gerade zugegeben hatte, nicht bereit zu sein, für ihn das gleiche zu tun.

»Angenommen, wir könn' nich' zurück, Sir?« fragte der Matrose Wollard mit vollem Mund. »Wenn wir kein Schiff ...«

Picard schaute auf, da er das Wort ›Sir‹ vernommen hatte und wußte, daß er gemeint war.

»Dann finden wir Sicherheit in den größeren Städten, Seemann«, erwiderte er. »In Philadelphia oder New York.«

»Wir sollten die *Justina* zurückerobern!« sagte der Matrose Bennett. »Wir können den Captain und die anderen doch befreien.«

»Man wird euch auf der Stelle töten«, sagte Jeremiah. »Sie werden von der Kolonialmiliz bewacht. Von Männern, die Kaninchen und Füchse jagen. Sie können zwei von euch mit einem Schuß erledigen.«

Picard fragte sich, was Jeremiah wirklich glaubte – ob der Ex-Brite es zulassen würde, daß es, nun, da er sich der Unabhängigkeit verschrieben hatte, überhaupt dazu kam. Auch seine aufopfernde Hingabe hatte gewiß ihre Grenzen.

Er dachte plötzlich an Worf, der zwischen seinem Ehrgefühl und seiner Freundschaft zu Grant hin und her gerissen war.

»Ich muß mal eben weg«, sagte Jeremiah und stand auf. »Mercy gibt euch Kleider. Eure Uniformen werden versteckt. Mit normalem Zeug könnt ihr euch unter den Dörflern bewegen, aber paßt auf. Dies ist eine kleine Gemeinde, und Fremde werden schnell bemerkt. Fallt nicht auf, seid vorsichtig, ich bitte euch, und nähert euch nicht dem Stall. Wenn ihr nach Philadelphia oder New York gehen möchtet, liegt es nicht in meiner Macht, euch zurückzuhalten. Das muß der Lieutenant entscheiden, der euer kommandierender Offizier ist.«

Die Männer entledigten sich ihrer Uniformjacken und reichten sie Amy Coverman und Tante Mercy. Picard registrierte mit leichter Besorgnis, daß Alex Leonfeld am längsten zögerte, und es bedurfte Amys leidenden Blicks, daß er den scharlachroten Rock auszog. Da er ein Gentleman war, war es sehr passend, da er unter ihrem bittendem Blick den Widerstand aufgab.

Jeremiah schaute zu, wie die Offiziere und Soldaten gewöhnliche Städterkleidung anlegten, dann trat er zögernd an die Haustür und ging hinaus. Amy verriegelte hinter ihm die Tür, dann trugen sie und Tante Mercy die Uniformen die Treppe hinauf.

Abgesehen von dem kleinen Kind, das am Kamin vor sich hindöste, waren Picard und die Männer nun zum ersten Mal seit ihrer Ankunft allein.

»Es ist nicht annehmbar!« sagte Oberfähnrich Nightingale heftig. »Wir sind im Lager des Feindes!« Er appellierte zuerst an die ihn anschauenden Matrosen, dann wandte er sich Picard zu. »Sir!«

»Wir werden uns umschauen«, sagte Picard gleichmütig. »Niemand unternimmt etwas, bevor ich es befehle. Ist das klar?«

»Aye, aye, Sir«, erwiderten die beiden Matrosen sofort erleichtert.

Doch die beiden anderen sagten nichts, und Picard wollte auf einer Bestätigung seiner Autorität beharren.

»Mr. Leonfeld«, sagte er mahnend. »Mr. Nightingale. Haben Sie verstanden?«

Alle Blicke richteten sich auf Leonfeld. Sein blondes Haar funkelte im Licht des Feuers wie Sterne. »Jawohl, Sir«, sagte er schließlich.

»Aye, Sir«, sagte nun auch der junge Edward Nightingale.

Picard stand auf und gab einem Ansturm unbesonnener Erregung nach.

»Ich nehme Sie beim Wort. Weil wir nämlich unser Schiff zurückerobern werden.«

*Wäre ich Amerikaner, wie ich Engländer bin,
würde ich, wenn ausländische Truppen
in mein Land einfallen, nie und nimmer
die Waffen strecken!*

William Pitt, Earl of Chatham

16

Zwei festmachen!«

»Aye, zwei festmachen!«

»Drei aufnehmen! Eins festmachen!«

»Aye, Sir. Eins festgemacht!«

»Vier rauslassen!«

»Leine drei! Aufwachen, Mann! Leine aufnehmen!«

Holz knirschte gegen einen Anlegeplatz. Irgendwo darunter: das Klatschen von Wasser. Das Krächzen zerbrochener Rahen.

Juckreiz.

Die wollene Kniebundhose fühlte sich an, als wären Holzsplitter im Stoff. Das Baumwollhemd drückte sich unter der ziemlich lose sitzenden Leinenweste steif an Picards Hals und seine Schultern.

Er hätte sich gern gekratzt, doch an einer intimen Stelle. Aber er eilte über eine öffentliche Straße. Und es waren Frauen anwesend.

Tatsächlich schien es so, als seien alle Einwohner zur Hafenanlage gegangen, um das Anlegen der H.M.S. *Justina* zu bejubeln.

Es war wirklich ein jämmerlicher Anblick. Im Halbdunkel vor dem Morgengrauen konnte Picard erkennen, wie groß der Schaden war, den die Fregatte eingesteckt hatte. In der Nacht, aus der Ferne, war es nicht zu erkennen gewesen. Das Schiff und die Mannschaft hatten sich offenbar heftiger gewehrt, als vom Ufer aus erkennbar gewesen war, denn man brachte die *Justina* mit Segeln herein. Sie hingen an Rahen, die an zwei oder drei Stellen gebrochen waren. Ein Teil des Bugs war von einer Kanonenkugel oberhalb der Wasserlinie zerstört worden.

Die *Justina* war das bei weitem größte Schiff in diesem ordentlichen Hafen, einschließlich der Boote, an denen man arbeitete oder die man auf der Werft umbaute. Es wimmelte aber auch von gewöhnlichen Fischerbooten und Frachtkähnen. Es war ein kleiner Hafen, aber geschäftig und fleißig.

Rechts von ihm stand Alexander dicht neben Alex Leonfeld. Links standen Mr. Nightingale und die beiden Matrosen in der zu den beiden schmalen Anlegeplätzen führenden hölzernen Umzäunung. Niemand sagte etwas, als sie beobachteten, wie ihr von zivil gekleideten Kolonisten und einem halben Dutzend Blauröcken der Delaware-Miliz bemanntes Schiff zur Anlegestelle fuhr. Sie waren mit langläufige Flinten und Steinschloßpistolen bewaffnet und kontrollierten die Bordgeschütze.

Die Uniformierten und die am Ufer stehenden Männer gehörten, nahm Picard an, zu dem Bataillon, das vom Delaware-Sicherheitskomitee autorisiert worden war. Leonfeld hatte es erwähnt. Ein Mensch aus einer technisch fortgeschrittenen Ära konnte keine große Gefahr in ihnen sehen, denn er hätte sie mit einem einzigen Phaser leicht ausschalten können. Doch als er sie nun anschaute, sah er die Vertrautheit, mit der sie ihre langen Gewehre behandelten, und ihren strammen, auf Überleben ausgerichteten Körperbau. Diese Männer waren weder verwöhnte Aristokraten, die über die Straßen Europas schritten, noch die geknechteten Massen, die in der Gosse verhungerten. Es waren starke, harte, das Grenzgebiet zähmende Amerikaner. Sie hatten diese wilde Meeresküste in eine blühende Zivilisation verwandelt. Und in den anstehenden Jahrzehnten, wußte Picard, würden sie noch viel mehr tun.

Das Schiff zurückerobern. Es war ihm wie eine kühne und einfache Aussage erschienen. Er hatte sie schnell hingesagt, doch als er nun die furchteinflößende Größe und komplizierte Lage der Fregatte und den Schaden sah, mit dem sie fertig werden mußten – von den Männern, die sie bewachten, ganz zu schweigen –, brachte seine Vorstellung ihn in Bedrängnis.

Es war seltsam, daß der Computer nicht irgend jemanden erschaffen hatte, der ihn aufhielt, denn er befand sich nicht in einem gewöhnlichen Holostück. Es verfügte zwar über interaktive Elemente, aber dieses Programm war Geschichte – es führte tatsächlich erfolgte Ereignisse auf, die irgendwie zustandekommen mußten. In einem anderen Programm konnte er, wenn er wollte, in die Vergangenheit reisen und die Schlacht von Trafalgar für Frankreich gewinnen, aber bei einem Programm wie diesem war es unmöglich. Bestimmte Dinge *mußten* geschehen. Die *Justina* hatte besiegt werden müssen. Jeremiah und Alex hatten einander wiedersehen müssen. Jeremiah mußte seine Ansichten über den Staat geändert haben. Das Programm mußte Picard und Alexander auf natürliche Weise in bestimmte Richtungen lenken oder sie behindern, wenn sie eine Entwicklung in die Wege leiteten, die so nicht passiert war – etwa, indem sie Jeremiah töteten oder die Stadt niederbrannten.

Aber wie weit konnte er gehen?

Das Schiff zurückerobern … War es wirklich dazu gekommen? Nahm er etwa die Stelle eines Offiziers ein, dem dies gelungen war? Würden sie Erfolg haben?

Vielleicht wußte es nicht mal der Computer. Leonfelds Aufzeichnungen hatten dies natürlich alles mitgeteilt. Die Kernaussagen ihrer Gespräche waren ins Programm aufgenommen worden, nicht aber der genaue Wortlaut. Der Computer hatte mit seinen gewaltigen Milliarden Datenbits in die Historie gegriffen und all dies rekonstruiert. Und Augenzeugen von zeitgenössischen Ereignissen hatten immer wieder bestätigt, daß Holodeckcomputer ihre Arbeit bemerkenswert gut verrichteten. Er hatte einen guten Grund zu der Annahme, daß sie ebenso gut mit der Vergangenheit zurechtkamen.

Konnte er das Schiff also retten? Würde man es vereiteln? Oder konnte das schwerfällige alte Programm ihm zufällig mit einem schwingenden Großsegelfetzen den Kopf abschneiden?

Wie seine Chancen auch standen, er vermutete, daß das Programm ihm Gelegenheit geben würde, die Ereignisse zu manipulieren. Also los. Er wollte das Risiko eingehen. Im Moment war ihm nämlich danach zumute, irgend etwas zu retten.

»Sie ham ihre Leute an Bord gebracht«, sagte Wollard mit unverhüllter Abscheu. »Auf *unser* Schiff!«

»Verfluchtes Rebellengesindel auf 'nem britischen Schiff«, sagte Bennett ebenso wütend und biß die Zähne zusammen.

»Seid still, ihr beiden«, sagte Picard. Er beobachtete die Milizsoldaten, die nur wenige Schritte von ihnen entfernt am Anlegeplatz standen. »Wenn sie uns erkennen, erschießen sie uns.«

»Schaunse mal, Sir!« sagte Wollard und streckte den Arm aus.

Picard und die anderen blickten über den Zaun und sahen drei wie Quäkerinnen gekleidete Frauen.

»Da steht doch Mr. Pennington!« sagte Nightingale. Dann fiel ihm ein, daß er leise sein sollte, und er trat vom Zaun zurück.

Picard streckte schnell die Hand aus, packte den Arm des jungen Oberfähnrichs und zog ihn herum. »Warten Sie! Ich werde mit ihm sprechen. Sie bleiben alle hier.«

»Ich gehe mit!« sagte Alexander und eilte voran.

Picard hätte ihn beinahe festgehalten, dann fiel ihm der Grund ihres Hierseins wieder ein. »Na schön.«

Er trat von dem kleinen Zaun fort und spürte, daß die Blicke der Männer ihm zum Kai folgten. Pennington stand mit grimmiger Miene da und schaute zu, wie das Schiff am Anlegeplatz vertäut wurde. Er trug noch immer Uniform, und sein verletzter Arm hing in einer einfachen Schlinge.

Kurz bevor Picard neben Pennington auftauchte, bemerkte dieser, wer sich ihm näherte, und er riß erschreckt die Augen auf.

»Mr. Picard!« krächzte er. Dann fiel ihm plötzlich auf, daß Picard keine Uniform trug, und er schaute sich fast panisch um.

»Mr. Pennington«, sagte Picard. »Geht es Ihnen gut, Sir?«

»Ja, es geht mir relativ gut, aber wie kommen Sie hierher? Hat man sie gefangengenommen?« Penningtons Stimme war kaum mehr als ein Flüstern. Er war sich der Menschen und der bewaffneten Wächter, die den Hafen bevölkerten, völlig bewußt.

»Wir sind im Schutz der Nacht gekommen«, erklärte Picard. »Ein Verwandter von Sergeant Leonfeld lebt in diesem Ort. Wir haben bei ihm Zuflucht gefunden. Stehen Sie unter Bewachung, Sir?«

»Nein, ich bin auf Bewährung draußen. Die Mannschaft wurde eingesperrt. Die Offiziere haben ihr Ehrenwort gegeben. Es ist uns erlaubt, uns frei zu bewegen, wenn wir bei unserer Ehre schwören, den Ort nicht zu verlassen und keine aggressiven Taten zu begehen.«

»Wie viele Offiziere sind hier?«

»Außer mir? Lieutenant Frost, der vierte Offizier; der Ingenieuroffizier Rollins und Oberfähnrich Parks.«

Picard spürte eine plötzliche Kälte in seinem Arm. »Und Captain Sobel?«

Alexander schob sich von hinten an ihn heran und schaute zu Pennington auf. »Was ist mit dem Captain?«

Mitgefühl einer Art, wie Picard es bei ihm an Bord der *Justina* nicht gesehen hatte, zeichnete sich in Penningtons Gesicht ab. Der Erste Offizier schaute Alexander an, dann richtete er den Blick wieder auf Picard. »Es tut mir leid, aber ich muß Ihnen sagen, daß der Captain gestorben ist, als man uns an Land ruderte. Ziemlich langsam und auf groteske Weise, wie ich gestehen muß ... Wir haben zahlreiche Männer verloren, darunter auch den zweiten Offizier, fast ein Drittel der Mannschaft und sieben Marineinfanteristen. Auch Captain Newton von der Infanterie. Ihn hat eine Kugel ins Auge getroffen. Sie haben alle tapfer gekämpft, aber ...«

»Ich weiß, Sir«, sagte Picard. »Wir haben alles gesehen.«

»Das macht Sie natürlich zum ranghöchsten Offizier, der ohne Ehrenwort auf freiem Fuß ist, Picard«, sagte Pennington. »Sämtliche Entscheidungen und Handlungen an Land oder auf der *Justina* müssen nun von Ihnen getroffen werden.«

»Ach so ... Ja, natürlich.«

Sie schauten zusammen zu, wie die letzten Leinen fest am Kai vertäut wurden und das klotzige britische Schiff zur Kriegsbeute wurde. Ihre Masten beherrschten die Dockanlagen, ihre zerbrochenen Rahen zeigten nur noch unstet in der Brise des Delaware River flatternde Segelfetzen.

»Ist die gesamte Landeeinheit bei Ihnen?« fragte Pennington und faßte drängend Picards Arm.

»Ja, alle Mann, Sir.«

Pennington blickte ins Hafenbecken und sah Nightingale, die beiden Matrosen und Alex. »Dann sind Sie also zu sechst ... Das sind zu wenig.«

»Zu wenig? Wofür, Sir?«

»Natürlich, um das Schiff zurückzuerobern.«

Alexander schoß nach vorn. »Wir sind zwar nur sechs, aber mit den Offizieren, die sich frei bewegen können, könnten wir die Mannschaft aus dem Kerker holen! Tun wir's einfach!« Er zog an Picards Ärmel. »Sie haben doch gesagt, daß wir es *können*! Mr. Pennington kann uns doch anführen!«

Penningtons Mitgefühl zeigte sich erneut, als er in das hoffende und trotzige Gesicht blickte. »Ich kann unmöglich dabei mitmachen, Schrubber.«

Alexander runzelte die Stirn. Er war fassungslos. »Warum denn nicht?«

Der Marineoffizier legte eine Hand auf die Schulter des Jungen. »Weil ich mein Ehrenwort gegeben habe. Ich habe versprochen, nicht zu kämpfen. Wenn ich mein Versprechen breche, ist es fast so etwas wie Verrat.«

Alexander schaute dem Ersten Offizier in die Augen. Er wollte etwas sagen, aber es gelang ihm nicht.

Pennington, der bisher wie ein abgehärteter Seefahrer und steifer Offizier gewirkt hatte, wurde fast zu einem Onkel. Er sah das Problem im Gesicht des Jungen und nahm sich die Zeit, ihn zu besänftigen.

»Wir halten uns deswegen an ein Ehrenwort«, sagte er, »weil der Krieg sonst völlig aus den Fugen geriete. Wenn man mir nicht trauen könnte, könnte ich mich jetzt nicht frei bewegen. Man würde alle Gefangenen erschießen oder in irgendeinem stinkenden Lager vor die Hunde gehen lassen. Ich gebe dem Feind mein Ehrenwort, und irgendwann in der Zukunft, wenn er mir *sein* Wort gibt, habe ich Grund zu der Annahme, daß er es ebenfalls hält.«

Der Junge schaute zu dem Mann auf, den er eindeutig verehrte, und seine Verwirrung wurde noch größer, so wie sie in Bezug auf Alex Leonfeld, Jeremiah Coverman und seinen Vater größer wurde.

»Aber ... Es ist doch Krieg«, sagte er protestierend. »Müssen Sie nicht alles tun, um ihn ... zu gewinnen?«

Pennington lächelte trotz seiner Schmerzen. »Ich würde eher mein Leben opfern … oder das jedes anderen Offiziers, ja sogar das der ganzen Mannschaft, bevor ich mein Versprechen breche. Wenn ich das tue, ist der Preis, den andere dafür zahlen, zu hoch, als daß ich damit leben könnte. Die Gesetze der Ehre formen unsere Gesellschaft. Es gibt Dinge, die wir nie tun dürfen; egal unter welchen Umständen. Wenn es im Krieg oder im Frieden keine Regeln gibt, wird das Leben zum Chaos. Du sagst, wir haben Krieg … Ja, natürlich. Genau das meine ich. Krieg ohne Regeln ist Barbarei.«

Picard schaute Pennington in kameradschaftlicher Bewunderung an und freute sich, Zweifel und Besorgnis in Alexanders Augen zu sehen. In Zeiten wie diesen gab es keine eindeutigen Antworten, doch der Junge suchte dort Klarheit, wo er sie nie finden würde. Seine Verwirrung war eine gute Sache.

Pennington klopfte Alexander noch einmal auf die Schulter und drehte sich um. »Picard«, sagte er, »hören Sie nun genau zu …«

»Sir?«

»Für den Fall, daß meine Verwundung meinen Tod bewirkt, melden Sie Mr. Frost Ihre Aktivitäten. Er kann natürlich nicht daran teilnehmen, da er ebenfalls durch sein Ehrenwort gebunden ist, aber er sollte Bescheid wissen. Er ist der leitende Offizier bei den Gefangenen. Er ist nun dritter Offizier; Sie sind der zweite.«

»Bitte, verzeihen Sie, Sir«, sagte Picard, »aber wenn der Captain tot ist, sind Sie nun der Captain. Dann bin ich der Erste Offizier, und Mr. Frost ist der zweite.«

Pennington schaute ihn traurig an. Er hatte all dies offenbar gewußt und war nur nicht fähig gewesen, es auszusprechen.

»Ja«, sagte er zögernd. »Es fällt mir sehr schwer … das mit dem Captain und so weiter. Ich war sein Erster Offizier seit …«

Er senkte den Blick, preßte die Lippen aufeinander, rieb seinen verletzten Arm und bemühte sich, die Beherrschung zu bewahren. Kurz darauf hatte er sich wieder gefaßt und konnte fortfahren.

»Auf jeden Fall, Picard, sind wir in der Royal Navy. Wir müssen die Disziplin aufrechterhalten, sonst sind wir verloren. Falls ich sterben sollte, kümmern Sie sich um die Männer. Sie haben ihre Pflicht getan und es verdient, daß sie dementsprechend behandelt werden.«

Picard verharrte in kurzer Bewunderung für seinen verletzten Vorgesetzten. Die Wunde erschien ihm als Mensch des 24. Jahrhunderts geringfügig, aber 1777 war dies natürlich anders. Diese Menschen kannten keine Betäubungsmittel und Antibiotika. Sie wußten nicht, wie Wunden sich entzündeten, wie Fieber entstand oder warum sie daran starben. Ehepaare bekamen sechs, acht, zehn Kinder, manche sogar achtzehn oder zwanzig, in der Hoffnung, daß drei oder vier überlebten und erwachsen wurden, um sich umeinander und ihre Eltern kümmern zu können, wenn diese alt waren.

Mr. Pennington stellte das Denken eines Offiziers zur Schau. Er machte sich keine Sorgen um sich, obwohl ihm eventuell ein langsamer, qualvoller Tod bevorstand. Er war besorgt, wie es seiner Mannschaft ohne ihn erging.

»Sie sollten sich nicht in der Öffentlichkeit zeigen«, riet er Picard. »Gehen Sie in Ihr Versteck zurück und schmieden Sie einen Plan. Was Sie auch tun, behalten Sie den Matrosen Wollard und den Kanonier Bennett im Auge. Sie wissen doch, wie renitent Seeleute sein können.«

»Hmm ... Ja, mach ich. Und passen Sie gut auf sich auf, Sir.«

»Ich danke Ihnen, Picard. Seien Sie äußerst vorsichtig. Die momentane Lage ist nicht gut.«

»Ganz meine Meinung, Sir. – Komm, Alexander, und zwar schnell.«

»Gott sei Dank! Wo wart ihr denn?«

Jeremiah Coverman eilte auf sie zu, als sich der Rest der *Justina*-Mannschaft durch seine schmale Haustür drängte.

»Wir haben uns das Schiff angesehen«, erklärte Picard.

»Es liegt am Kai!« piepste Alexander. »Von außen sieht es viel größer aus!«

Picard legte eine Hand auf die Schulter des Jungen, um ihn zum Schweigen zu bringen. Alexander schaute ihn an und schloß den Mund.

»Kommen Sie bitte sofort alle rein.« Jeremiah winkte sie in den warmen Raum herein, warf einen raschen Blick ins Freie und schloß dann die Tür.

Amy und Mercy waren ebenfalls anwesend. Mercys Kind war auf einer Decke vor dem Feuer eingeschlafen und nahm nichts von den Geräuschen wahr, die die Erwachsenen machten. In der Hütte herrschte ein ganz und gar trügerischer Friede.

»Gütiger Gott, ich hatte schon mit dem Schlimmsten gerechnet«, sagte Jeremiah. Er wirkte, als sei er außer Atem. Er wandte sich zu Alex um und streckte die Arme nach ihm aus, doch als er dessen harten Gesichtsausdruck sah, hielt er abrupt inne.

Mitgefühl ließ Picard die Stirn runzeln, denn er sah, daß Jeremiah sich verletzt fühlte. Verletzt, aber nicht beschämt.

Picard wandte sich an Nightingale, Wollard und Bennett. »Setzt euch hin, Männer. Und seid leise.«

»Jawohl, Sir«, erwiderte Nightingale und führte die Seeleute an den Tisch.

Bevor Picard sich zu Jeremiah und Alex umdrehen konnte, flog plötzlich die Tür auf und warf Leonfeld einen Schritt zurück. Ein rothaariger Kolonist torkelte herein und hielt sich an der Rückenlehne eines Stuhls fest. Er keuchte und ächzte vor Schmerzen. Hätte er gerade gestanden, wäre er größenmäßig irgendwo zwischen Alex und Jeremiah gewesen. Er war ein hagerer Kerl um die Dreißig, doch schien er sich im Moment wie ein Hundertjähriger zu fühlen.

»Patrick!« Jeremiah stürzte vor, um den Neuankömmling zu stützen, bevor er umfiel. »Amy, bring Wasser! Gütiger Gott, was ist passiert?«

Während Mercy eilig die Tür schloß, setzten Picard und Jeremiah den Mann neben Edward Nightingale auf die Bank. Jeremiah blieb direkt neben ihm stehen, so daß der erschöpfte und verletzte Mann sich an ihn lehnen konnte.

»Was ist passiert, Patrick?« fragte Jeremiah erneut.

»Mein Pferd... Unter mir weggeschossen... Bin fürchterlich gestürzt...«

Der Mann beugte sich kurz vor und holte fröstelnd Luft.

»Wer ist das?« fauchte Alex leise, als hätte er das Recht, im Haus eines anderen über alles Bescheid zu wissen.

Jeremiah warf ihm einen tadelnden Blick zu. »Das ist Patrick O'Heyne. Der Mann, der mein Leben verändert hat.« Er schaute den erschöpften Besucher an. »Er ist auch mein bester Freund. Patrick, wer hat dein Pferd erschossen?«

»Rotröcke!« Patrick O'Heyne packte Jeremiahs Arm. Er sprach einen deutlichen amerikanischen Akzent. »Sie sind gelandet! Schon wieder ein Schiff der Royal Navy... In der Bucht...«

Er hustete plötzlich und sank gegen die Tischkante. Amy Coverman kam mit einem Zinnbecher voller Wasser, das O'Heyne gierig trank. Dann drückte das freundliche junge Mädchen ein feuchtes Tuch auf den Blutfleck an der Seite von O'Heynes Schädel.

»Du bist verletzt, Patrick«, sagte Jeremiah besorgt. »Du solltest dich hinlegen.«

»Keine Zeit. Das Schiff wollte sich wahrscheinlich mit der *Justina* treffen. Als sie nicht auftauchte, ist fünf Meilen südlich von uns eine Kompanie Rotröcke an Land gegangen. Grenadiere. Ich war während der ganzen Zeit immer nur knapp vor ihnen! Sie sind bestimmt bald hier. Wir müssen Colonel Fox benachrichtigen, damit er mit der Miliz kommt. Er ist drei Meilen nordöstlich am Nebenfluß stationiert ...«

Eine plötzliche Schmerzwelle ließ ihn erneut verstummen. Doch schon kam es in dem Raum zu aufgeregten Bewegungen.

»Ich gehe!« Mercy zog einen Wollschal von einem Haken und schlang ihn um sich.

»Mercy!« fauchte Jeremiah. »Das ist doch Unsinn! Würde ich dich gehen lassen, wäre ich kein Gentleman!«

»Du bleibst, um die Stadt zu verteidigen!« sagte die Frau stur. »Mach dir keine Sorgen um mich. Ich habe einen Schutzengel, und ich bin schon weg. Auf zur Dover Light Infantry!«

Und weg war sie. Picard wurde den Eindruck nicht los, daß sie jedem den Arm gebrochen hätte, der sie hätte aufhalten wollen.

Jeremiah half Patrick O'Heyne beim Trinken eines weiteren Glases Wasser und schaute seine Frau an. »Amy, bring den Kleinen nach oben. Für den Fall, daß geschossen wird.«

»Mach ich, Jeremiah«, sagte das Mädchen und folgte seiner Anweisung.

Als der Saum ihres Kleides über die Treppe fegte und sie verschwand, so daß nur noch die Männer zurückblieben, schaute O'Heyne mit nun klarer werdendem Blick Picard, Alex und die Seeleute an, die ihn sitzend umringten und alle unverfängliche Kolonistenkleidung trugen.

Er schien es ihnen nicht ganz abzunehmen.

»Ich kenne diese Herren nicht«, sagte er, plötzlich stur und argwöhnisch.

Picard fand O'Heynes Instinkte beeindruckend, da sie sich im Haus seines besten Freundes aufhielten und er deshalb kein Mißtrauen hätte entwickeln dürfen. Und doch schien er etwas zu ahnen. Interessant.

Vielleicht lag es an den argwöhnischen Zeiten.

Jeremiah schaute kurz Alex an, doch dieser setzte zum Glück eine freundliche Miene auf.

»Das ist Alex Leonfeld, mein Vetter aus Österreich«, sagte Jeremiah angespannt. »Dies sind seine Reisegefährten – Mr. Picard, Mr. Nightingale, Mr. Wollard, Mr. Bennett, und ... Mr. Picards Sohn.«

»Alexander«, sagte der Junge, der offenbar auch einen Namen haben wollte, wenn alle anderen schon einen hatten.

Picard und Alexander tauschten einen gespannten Blick, aber es passierte nichts, zumal in diesem Moment Amy zurückkehrte. Auch sie trug einen gestrickten Schal, der ihre Schultern bedeckte und fast bis zu den Knien reichte.

»Was ist?« fragte Jeremiah.

»Ich läute die Glocke für die *Minutemen*. Sie müssen die Postenkette bemannen.«

»Aber das will ich doch machen«, sagte Jeremiah protestierend.

»Du bleibst bei Patrick«, sagte die mutige junge Frau beharrlich. »Macht Ihr eure Pläne. Ich werde doch wohl noch eine Kirchenglocke läuten können, oder? Schließlich ist es auch meine Stadt.«

Und schon verschwand sie durch die Haustür, ohne daß er Protest erheben konnte.

»Eine wunderbare Familie«, sagte Patrick O'Heyne. Dann schüttelte er sich plötzlich und drückte eine Hand auf seine Stirn.

»Bist du in Ordnung, Patrick?« fragte Jeremiah.

O'Heyne schenkte ihm ein Lächeln. »Ich erhole mich schon. Ich habe Schrammen an der Hüfte, am Knie und an der Schulter. Klugerweise habe ich nämlich meine Rippen an einem Baum gerieben, um den Sturz zu bremsen.«

»Ihr Kopf blutet, Mr. O'Heyne«, sagte Picard.

Der rothaarige Mann schaute irgendwie dankbar auf. »Ach, wirklich? Na ja, ist ja nur mein Kopf. Wenn die Rotröcke die Stadt einnehmen, hab ich ohnehin keine Verwendung mehr für ihn.«

Picards britischer Akzent war bei den Patrioten offenbar keine Seltenheit, denn O'Heyne schien ihn nicht zu bemerken.

»Dann sollten Sie lieber anfangen, vom Knie an abwärts zu denken, denn Briten sind sehr gut organisierte Soldaten.«

Er hatte eigentlich nur seine Bewunderung für das ausdrücken wollen, was er an Bord der *Justina* gesehen hatte, doch Patrick O'Heyne bemerkte etwas anderes an seinen Worten und den anwesenden Fremden.

O'Heyne blinzelte die verkleideten Seeleute an, dann fiel sein Blick wieder auf Alex und Picard. »Wie sind Sie hergekommen, Sir? Und woher kennen Sie Jeremiah?«

»Patrick«, sagte Jeremiah. »Bitte... Heute morgen sind die Dinge etwas kompliziert.«

O'Heyne wischte sich das zerzauste rote Haar aus dem Gesicht. Er musterte Picard und Alex eingehend. Er hielt sie wohl für jene, die das Kommando hatten, da sie standen, während die anderen saßen. Er deutete auf Alex, schaute aber Jeremiah an. »Dein Vetter?«

»Ja«, bestätigte Jeremiah. »Ja, er ist mein Vetter. Wir sind zusammen aufgewachsen.«

»Na schön.« O'Heyne schaute Picard und Alex an. »Da bin ich aber froh, daß sie mit dir verwandt sind,

Jeremiah, denn wenn sie's nicht wären, säßen wir ganz schön in der Tinte, was?«

Er hustete kurz, zuckte zusammen und musterte eingehend Wollard, Bennett, Nightingale und Alexander. Nach einer Reihe verlegener Blicke der Männer, die nun auch ihn anschauten, fiel O'Heynes Blick wieder auf Alex und Picard.

»Von der *Justina*?« fragte er.

»Ja«, gab Picard freimütig zu.

»Die Landeeinheit?«

»Ja.«

»Und Sie sind Offizier?«

»Ja. Mr. Leonfeld ist Sergeant bei den Grenadieren.«

Er erwähnte nicht, daß der Captain der Infanteristen tot war und Alex nun seine Position innehatte. Er wollte das Thema weder ansprechen noch Alex einen Rang geben, der technisch gesehen über dem seinen lag. Jedenfalls jetzt noch nicht.

»Hmm ...« O'Heyne stand auf und überlegte. »Jeremiah, du hast nicht nachgedacht«, sagte er dann. »Weißt du nicht, was du diesen Männern antust, wenn du ihnen die Uniform wegnimmst? Wenn die Dover-Infanterie sie in Zivil aufstöbert und erfährt, daß sie Briten sind, stuft man sie nicht als Kriegsgefangene ein, sondern als Spione. Und dann hängen sie, wie Verbrecher. So sollten Soldaten doch wohl nicht sterben, oder? In der Kleidung des Feindes?«

Jeremiah musterte ihn, dann begutachtete er die einfachen Kniebundhosen, Hemden und Jacken, mit denen er seine Gäste ausstaffiert hatte.

»Oje«, sagte er, »daran habe ich gar nicht gedacht.« Er errötete plötzlich.

»Meine Herren«, sagte O'Heyne, »Sie können jetzt ihre Uniformen wieder anziehen, ins Freie gehen und sich umbringen lassen. Oder Sie gehen jetzt raus und spielen so lange Kolonisten, bis Sie eine Chance sehen, zu den Truppen des Königs zurückzukehren. Ich verpflichte Sie bei Ihrer Ehre, niemandem in den Rücken zu schießen und sich in jedem Fall vor einer Attacke zu identifizieren.«

Alex Leonfeld blähte sich beleidigt auf. »Keiner von uns schießt jemanden in den Rücken. Wir sind schließlich keine Mörder.«

»Ich weiß«, sagte O'Heyne. »Ich war schon mal in England.« Er verharrte und ließ seinen Blick über sämtliche Anwesenden schweifen. »Wir unterscheiden uns gar nicht so sehr.«

Er hielt Leonfeld, von dem er nun wußte, daß er sein eingeschworener Feind war, ziemlich unerwartet zur Begrüßung die Hand hin.

Alex ergriff sie jedoch nicht sofort. Er brauchte mehrere quälende Sekunden, bevor er die Geste akzeptierte. Der neben O'Heyne stehende Jeremiah seufzte erleichtert auf.

Picard unterdrückte ein Lächeln, als er die beiden kräftigen jungen Gegenspieler sah. Sie standen nur einen Schritt voneinander entfernt, und keiner wußte genau, was er als nächstes tun sollte, damit die Situation nicht eskalierte.

Alex Leonfeld trat zurück und kniff die Augen zusammen, als sei ihm plötzlich etwas eingefallen. Er deutete auf Jeremiahs Freund. »Patrick O'Heyne ...«

»Ja?«

»Patrick Harper O'Heyne? Von der Convoy Company in Liverpool und New York?«

»Genau der, ja. Mein Bruder und ich.«

»Sir, wir ...« Leonfeld schluckte. »Wir sind uns schon mal begegnet!«

Alexander baute sich neben Picard auf. Er war völlig überrascht. »Sie kennen sich?«

»Offenbar«, sagte O'Heyne. »Wo könnten wir uns begegnet sein, Mr. Leonfeld?«

Leonfelds Gesicht errötete noch mehr. »Am ... Hofe von König George, Sir.«

»Ah, Sie meinen wohl bei der königlichen Geburtstagsfeier.«

»Ich ... ähm ... Genau die meine ich, Sir.«

O'Heyne lächelte. »Nun, in diesem Fall freut es mich noch mehr, Sie zu sehen, Mr. Leonfeld. Die Umstände tun mir freilich leid ...«

Er wankte, weil seine Kopfverletzung ihn benommen machte. Er stützte sich am Tischrand ab, und Jeremiah griff nach seinem Arm, um ihm Gleichgewicht zu geben. Picard nahm den anderen Arm.

»Patrick, du mußt dich wirklich ausruhen ...«

»Bald haben wir die Ewigkeit, um uns auszuruhen, Jeremiah.« Unter Mühen gelang es O'Heyne, seinen Körper unter Kontrolle zu bringen. Er tätschelte den Arm seines Freundes, um ihn zu beruhigen. Dann, sein verletztes Knie und seine Hüfte schonend, trat er an einen Wandschrank und öffnete ihn mit der Vertrautheit eines Menschen, der mehr oder weniger unter diesem Dach zu Hause war.

Er entnahm dem Schrank vier amerikanische Vorderlader, Pulverhörner, Kugelbeutel und Ladestöcke und reichte zwei Flinten an Jeremiah weiter.

Er drehte sich zu Alex und Picard um. »Habe ich Ihr Ehrenwort, daß Sie, solange die Rotröcke unsere Postenkette nicht durchbrechen, nichts gegen unsere Leute unternehmen, die in aller Ehre für ihre Sache kämpfen?«

Leonfeld schüttelte sich. Oberfähnrich Nightingales Augen wurden so groß wie Eier. Die beiden Matrosen standen auf. In ihren Gesichtern zeigte sich deutlich Verwirrung, aber da sie Seeleute waren, würden sie dem Wort ihres kommandierenden Offiziers folgen – der nun kein anderer war als der Erste Offizier Picard.

Plötzlich schauten ihn alle an.

»Einverstanden«, sagte er gewieft.

Er schenkte den anderen Männern einen ernsten Blick und registrierte, daß ihnen seine Zustimmung nicht gefiel.

»Trotz alledem, Mr. O'Heyne«, sagte er, »sind wir noch Angehörige der britischen Marine. Irgendwann wird es einen Moment geben, in dem dies wieder in den Vordergrund tritt. Bis dahin begehen wir nichts Ehrloses gegen jemanden, der unsere Identität nicht kennt. Reicht Ihnen das?«

»Schließt uns das mit ein?« sagte O'Heyne mit einem schlauen Lächeln und reichte Picard eine Muskete. »In diesem Fall müssen Jeremiah und ich, falls Sie nicht vorhaben, uns auf der Stelle umzulegen, nämlich eine Stadt verteidigen. In aller Fairneß. Es ist nicht mehr als das, was Sie auch täten. Ich lade Sie ein mitzukommen und sich anzuschauen, um was es überhaupt geht.«

Er hinkte zur Tür und öffnete sie für Jeremiah, dessen auf Leonfeld verweilender Blick einfach herzzerreißend war. O'Heyne ließ ihm Zeit, aber schließlich eilte auch Jeremiah voller Zweifel zur Tür hinaus.

O'Heyne verließ sich auf Picards Versprechen, denn er wagte es, den Männern der britischen Marine den Rücken zuzukehren, als er die Hütte verließ.

Picard musterte die Flinte in seinen Händen und bewunderte die Ausgewogenheit und das Gewicht der alten Waffe. Wunderschön! Er stellte sich vor, sie wirklich abzufeuern.

Er wandte sich mit funkelnden Augen an seine Leute.

»Nun, Männer?« fragte er.

»Ich fühle mich unbehaglich, Sir«, sagte Leonfeld. »Wir sind in der Gesellschaft von Kolonisten ... Sie schützen uns sogar ... Sie vertrauen uns ...«

»Quatsch!« sagte Oberfähnrich Nightingale. »Hier geht es gleich rund! Da können wir doch nicht einfach rumstehen, Sir!«

»Wir können hinter der Front schreckliche Schäden anrichten«, sagte Bennett. »Ich bin Kanonier!«

»Ohne Befehle tun Sie gar nichts«, sagte Picard. »Wir haben ein Abkommen getroffen.«

»*Sie* haben es getroffen«, fauchte Bennett.

Picard streckte voll aufgestauter Frustration einen Arm aus und packte Bennetts schwarzes Halstuch.

»Ich *bin* ihr Vorgesetzter, Seemann«, stellte er klar. »Vergessen Sie das nicht.«

Bennett lehnte sich zwar schnaubend zurück, wagte es aber nicht, ihn körperlich anzugreifen.

Leonfeld streckte eine Hand aus. »Ich weigere mich, auf jemanden zu schießen, der mich nicht sieht, selbst wenn er mein Feind ist. Ich schieße aber unter keinen Umständen auf irgend jemanden, der zu König Georges Truppen gehört.«

Picard ließ Bennett los, packte die Flinte mit beiden Händen und schaute Leonfeld an. »Und wo stehen Sie damit, Sergeant?«

Alex Leonfeld verharrte. Ein Dutzend Gefühle zeigte sich in seinem Blick. Zum ersten Mal sah Picard, daß Zweifel in ihm aufstiegen. Sein Panzer aus aristokratischen Überlegenheitsgefühlen wurde dünner.

Picard wartete nicht auf eine Antwort. Er trat in eine Ecke, hob Leonfelds britische Flinte auf und reichte sie ihm. Dann packte er Alexander am Arm.

»Der Teufel soll mich holen«, sagte er. »Gehen wir raus und schauen uns an, was passiert. Schließlich sind wir eingeladen worden.«

17

Sind Sie bald fertig, Data?«

»Jawohl, Sir. Die Fähre ist im toten Winkel einer orbitalen Fabrikationsanlage versteckt. Das Ruder ist außerhalb der Kreisbahnreichweite auf Automatik geschaltet. Alle Sendesysteme stehen auf hundert Prozent, damit es keine Überlastungen gibt, und die Satellitenverbindungen sind geschaltet und funktionieren.«

»Gut. Doktor? Sind Sie fertig?«

»Fertig. Die Abhörgeräte sind in meine Ärmel eingenäht – gleich hier, in den Spitzen.«

»Perfekt. Ich kann sie kaum erkennen.«

»Und hier ist die Kamera.«

»Die ist aber groß.«

»Sie ist doch nicht dicker als ein Menschenhaar.«

»Aber ich glaube, man sieht sie.«

Worf lauschte den Gesprächen, die Riker mit Data und Beverly Crusher führte. Er mußte, was dieses Unternehmen anbetraf, einen unangenehmen Nervositätsanfall unterdrücken. Er war fest entschlossen, Grant zu retten, aber die Idee des Captains, seine Kollegen mitzuschicken, paßte ihm eigentlich nicht. Vier Mann konnten sich weniger gut als einer verstehen, konnten weniger gut pirschen und vervierfachten das Risiko eines Verlusts. Das Leben der anderen lag in seinen Händen, und wenn sie umkamen, würde es sein Gewissen belasten.

Andererseits war er auch zutiefst gerührt, daß sie zum Mitgehen bereit waren, um einen enttarnten Regierungsbeamten herauszuhauen, den sie nicht mal kannten. Viele hätten dies für ein zu großes Risiko gehalten. Alles Gerede über Mitarbeiter, Kollegen, Aufgaben und offizielle Dinge war nun müßig. Sie taten alles nur, um seinen Freund zurückzuholen.

Er hätte ihnen gern gedankt. Er hätte sich gern zu ihnen umgedreht und seine Dankbarkeit für diese Selbstlosigkeit zum Ausdruck gebracht. Doch irgendwie verschwand das Verlangen wieder, sobald es an die Oberfläche kam. Wieviel konnte ein Mann allein einstecken?

»Sir ...« Er drehte sich zu Riker um, denn das, was der Commander mit der Ärztin besprach, verwirrte ihn. »Sie sind ebenfalls mit Ton- und Bildaufzeichnern ausgestattet. Ich weiß doch, wie Ugulan denkt.«

Riker lächelte beruhigend. »Klar, bin ich verkabelt. Die Geräte sind hier.« Er zupfte am Knopf einer seniardischen Büffellederjacke. »Und hier ist die Kamera.« Er deutete auf einen Fingernagel, der eine dünne Glanzschicht aufwies. Die Kamera war praktisch unsichtbar.

Beverly Crusher warf ihr rotes Haar nach hinten und band es zusammen, damit es nicht im Weg war. »Ich hoffe, alles läuft so ab, wie Sie es geplant haben, Worf. Die Khanty hat überall Spione, deswegen wußte sie auch, wo sich die beiden namenlosen Zeugen aufhielten. Wie hoch sind die Chancen, daß sie weiß, daß wir kommen?«

»Verdammt hoch«, sagte Riker.

Worf seufzte. »Es ist zu gefährlich.«

Riker packte seinen Arm. »Keine Sorge. Denken Sie einfach an was anderes.«

»Die Situation ist tödlich. Wir könnten sterben.«

»Die Entscheidung ist gefallen.«

Worf spürte das Grollen seiner Knochen und wußte, daß Rikers Anweisung, sich einfach in den Gehorchdem-Befehl-Modus zu begeben, nur dazu dienen sollte, ihm seine Zweifel zu nehmen.

»Aye, Sir«, sagte er gehorsam und irritiert.

»Data?« Riker ließ Worf stehen. Er bewegte sich trotz des engen Cockpits der Fähre irgendwie beiläufig.

»Wir können jederzeit auf den Planeten beamen, Sir«, sagte der Androide und schaute auf. »Die Koordinaten sind auf das Regierungsviertel eingestellt, auf die Gegend, in der die Zellen liegen.«

»Können Sie uns eventuell direkt in die Zelle beamen?«

»Ich habe die Koordinaten zwar gefunden, Sir, aber wir wissen leider nicht genau, in welcher Zelle sich Mr. Grant aufhält. Außerdem sind sie mit Verzerrerschirmen umgeben. Wir könnten zwar in einer Zelle materialisieren, würden dabei aber die meisten unserer Gliedmaßen einbüßen.«

»Tja, ich möchte sie lieber behalten. Also brechen wir einfach ein. Ich muß Sie noch mal anschauen, Data.«

Data stand auf und drehte sich um. Er trug eine dunkelgraue zweireihige Weste aus Cordsamt, ein gelb besticktes Viehtreiberstirnband, wie die Sindikash-Ehefrauen und -Bräute sie vor dem jährlichen Zusammentrieb der Bisons für ihre Männer herstellten, ein einfaches braunes Hemd und Hosen. Die bemerkenswerteste Veränderung betraf jedoch seine Haut und seine Augen. Man hatte Datas Gesicht und Hände mit einer prothetischen Schicht bedeckt. Sie war hauchdünn und empfindlich und von echter Menschenhaut nicht zu unterscheiden. Er wirkte sogar leicht gebräunt. Seine bernsteinfarbenen Augen waren nun blau. Seine Lippen zeigten Farbe, und er hatte Augenbrauen.

»Sie sehen wie mein Brüderchen aus«, sagte Riker mit einem zufriedenen Grinsen.

»Mir gefällt mein Aussehen sehr«, sagte Data. »Wenn

man davon absieht, daß die Schicht mit der Zeit an Festigkeit verliert und anfängt zu schrumpfen.«

»Keine schlechte Methode, um abzunehmen. Worf, sind Sie bereit?«

»Nein, Sir.«

»Gut, dann beamen wir runter.«

»O mein Gott ...«

Beverly Crusher war Ärztin und als solche nicht leicht zu erschrecken.

Worf wußte, daß nicht der Anblick der verstümmelten menschlichen Gestalt sie erschreckte, sondern der Gedanke daran, was sie verstümmelt hatte und wer dafür zuständig gewesen sein konnte.

Vor ihnen, in der von Steinwänden umgebenen und frontal vergitterten Zelle, hing Ross Grants Leiche an einer an einem dünnen Rohr befestigten Matratzenkordel. Sein Kopf war leicht zur Seite geneigt, seine versengten Finger im letzten Muskelzucken gespreizt und erstarrt.

Crusher schob sich an Worf vorbei. Er konnte keinen Schritt mehr tun, obwohl das Adrenalin nach dem Eindringen ins Gefängnis noch in ihm toste. Zum Glück waren Gefängnisses so konstruiert, daß sie Ausbrüche erschwerten, und nicht umgekehrt.

Hinter Worf suchte Riker die Umgebung schnell nach Abhöranlagen ab. »Hier ist nichts«, sagte er. Seine Stimmte klang belegt. »Wir können sprechen.«

Die Ärztin fuhr bereits mit dem Medoscanner an Grants Körper entlang. Irgendwie setzte dieser Anblick Worf wieder in Bewegung. Er schlang die Arme um Grant und hob seinen Körper an, bis Crusher die Kordel durchschnitt.

Er ließ Grant auf den kühlen Boden sinken und trat zurück, um das in sich aufzunehmen, was er sah. Was sollte er Alexander nur erzählen? Wie konnte er seinem Sohn beibringen, daß er es dazu hatte kommen lassen?

Grant war bis auf Unterhemd und Hose unbekleidet. Die Hose war an den Knien zerfetzt und enthüllte seine Beine. Seine Arme waren aufgeritzt, als bestünde seine Haut aus Textilgewebe.

Die Schnittwunden hatte man einfach bluten lassen, bis das Blut auf seinem Körper und seiner Kleidung getrocknet war. Er hatte Verbrennungen. Starke Verbrennungen, die noch schwelten. Einige Wunden waren trocken. Andere waren noch feucht. Man mußte ihn stundenlang gefoltert haben.

Zu den frischsten Wunden gehörten zwei Stiche in Grants sanfte Augen.

Grant war nicht an seinen Verletzungen gestorben. Nicht mal an den Stichen in die Augen. Die fleckige Schwellung um seinen Hals zeigte, daß sie ihn langsam fertig gemacht hatten. Sie hatten ihn schrittweise hochgezogen, statt ihm die Schlinge um den Hals zu legen und dann irgend etwas unter ihm wegzutreten. Man hatte ihm nicht schnell das Genick gebrochen. Nichts deutete auf Gnade hin.

»Er ist vor etwa zwei Stunden gestorben«, sagte Beverly Crusher. »Vielleicht ist es auch etwas länger her. Einige Schnittwunden wurden kauterisiert, vermutlich damit er nicht verblutete oder zu früh besinnungslos wurde. Beide Beine sind gebrochen. Sein Schlüsselbein ist angebrochen. Kein Hirnschaden. Seine Leistengegend ist stark verbrannt. Finger und Zehen ebenfalls. Todesursache ... Ersticken.«

Sie schaute langsam zu Worf auf. Er kniff die Augen zusammen.

Er spürte ihren Blick. Ihr Mitleid. Seine Arme und Beine hatten plötzlich das doppelte ihres normalen Gewichts. Tausend bittere Gefühle türmten sich in ihm auf, paarten sich mit der Last, die er nun seinen Gefährten auferlegte, die ihm Trost spenden wollten, der nicht bei ihm ankam. Bei keiner Herausforderung, der er im Leben je gegenübergestanden war, hatte er sich so gefürchtet wie jetzt. Er mußte sich seinem zwölfjährigen Sohn stellen.

Er starrte die aufgeblähte Leiche Ross Grants an. Wie war sein letztes Stündlein verlaufen? Hatte er darauf gewartet, daß er kam? Hatte er stärkenden Mut in dem Glauben gefunden, daß Worf schon rechtzeitig auftauchen würde?

»Sie mußten ihn umbringen«, knirschte Worf. Seine Stimme war so rauh wie Schmirgelpapier. »An der Folter wäre er nicht gestorben. Er hat sie dazu gebracht, daß sie ihn töteten. Er war mutiger als ... ich geglaubt habe.«

»Tut mir wirklich sehr leid, Worf«, murmelte Crusher. Ihre medizinische Abgeklärtheit litt, als sie die schreckliche Strafe hinnahm, nichts mehr für ihren Patienten tun zu können.

Worf zwang sich zu einer Bewegung. Seine kalten Finger fuhren unter den Saum von Grants Hemd. In einem Anfall von Wut riß er ihn auseinander, tastete sich durch das Gewebe und entnahm ihm einen einzelnen Faden, an dessen Ende sich ein winziges Kügelchen befand. Er sah so aus wie jeder andere Faden seiner Kleidung, nur gab er bei näherer Betrachtung einen matten Seidenglanz ab.

»Grant hat all seine Funde aufgelistet und in diesem Metallfaden gespeichert. Er hat Daten und Fakten koordiniert, Aussagen, Transportbefehle und Zeiten, Frachtlistensignaturen und den Aufenthaltsort verschiedener Einzelgänger in Schlüsselmomenten registriert. Er hat verdächtige Zwischenfälle und tausend wichtige kleine Indizien gegen Odette Khanty gesammelt.«

Alle schauten den etwa dreißig Zentimeter langen Faden an, als werde er gleich singen.

»Er war keine Kämpfernatur«, fuhr Worf mit belegter Stimme fort. »Er war auch kein Soldat. Er wurde nie ausgebildet, einer Folter zu widerstehen. Und doch hat er es nicht preisgegeben. Er hat nie aufgegeben. Er wußte, es würde mir in die Hände fallen. Er hat ... damit gerechnet ... daß ich zurückkomme.«

Riker trat neben ihn. »Hören Sie auf damit, Worf. Es ist nicht Ihre Schuld. Dafür war Odette Khanty zuständig. Das sollten Sie nicht verwechseln.«

Worf verkrampfte sich innerlich. Er mußte sich zwingen, Riker nicht ins Gesicht zu spucken, damit er die Worte zurücknahm. Nicht seine Schuld?

»Er ist meinetwegen gestorben. Ich habe auf meiner Ehre beharrt, und er hat den Preis dafür bezahlt.«

Er schüttelte sich und warf einen Blick auf die Leiche seines tapferen toten Freundes. Sein Herz schlug heftig.

Er legte den Faden in Beverly Crushers Hände und registrierte beiläufig, daß sie ihn schnell in ihrem nach hinten gebundenen Haar verschwinden ließ. Als dies geschehen war, schob er sich zwischen Riker und Data aus der Zelle heraus.

»Worf!« rief Riker hinter ihm her. Doch seine Warnung war wirkungslos.

Fünf Sekunden später war Worf wieder da. In seinem Griff wand sich ein entsetzter Kommissar der Stadtpolizei von Burkal-Stadt. Er trieb den Mann vor sich her in die Zelle und hielt ihn vor Grants Leiche fest.

»Er ist tot!« brüllte Worf.

»Ich weiß ... Ich weiß, daß er tot ist«, sagte der Polizist zitternd.

»Und warum hat ihn nach seinem Tod niemand runtergeholt?«

»Weil ... Die Ermittlungen wurden aufgenommen ...«

»Sie meinen wohl, man bereitet gerade eine Vertuschungsaktion vor! Wer hat ihm das angetan?«

Der Polizist, der sich kaum rühren konnte, da Worfs

Hand sein Genick fest umklammerte, schaute Riker und Crusher an. »Er hat es selbst getan.«

»Er hat sich die Verbrennungen selbst beigebracht?« fauchte Crusher. »Er hat sich selbst die Augen ausgestochen? Sie wollen uns wohl verarschen!«

»Ich … Ich … Er hat es selbst getan. So steht es im Bericht. Er hat sich aufgehängt.«

»Sagen Sie die *Wahrheit*!« brüllte Worf ins Ohr des Polizisten. Er stand kurz davor, dem Mann das Genick zu brechen.

»Es … Hören Sie …« Der Polizist hob die Hände und krümmte sich. »Hören Sie, es war Selbstmord. So steht es im Bericht.«

»Und was ist mit all den Wunden?«

»Er hat …« Der Polizist verzog das Gesicht. »… sie sich selbst beigebracht.«

»Zum Teufel mit Ihnen!« Worf schüttelte den Mann wild hin und her.

»Lassen Sie ihn los, Worf.« Riker trat vor und entriß Worf den schlotternden Polizisten.

Er hatte offenbar etwas gesehen, das Worf in seinem Zorn nicht sehen konnte. Als der Polizist die Leiche ansah und dann wieder hochschaute, stellte auch Worf fest, daß er Tränen in den Augen hatte.

Die Stimme des Kommissars klang dünn und elend. »Ich kann Ihnen nur sagen … was im Bericht steht. Tut mir leid.«

»Wo ist Kommissar Stoner?« fragte Worf.

Der Polizist seufzte schwer. »Er soll heute morgen nicht zum Dienst erschienen sein.«

Dann zuckte er die Achseln.

»Wenn die Wahrheit herauskommt«, sagte Worf drohend, »sehen wir uns wieder.«

Der Polizist, der sich offenbar mehr vor etwas anderem fürchtete als vor Worf, schaute ihn nun fest und mit großem Verständnis an. »Ich würde mir an Ihrer

Stelle größere Sorgen darüber machen, ob ich den nächsten Tag noch erlebe.«

Er griff in die Tasche und entnahm ihr ein pflaumengroßes Gerät, das in einem blauroten Lichtmuster aufflackerte. Worf erkannte es. Er hatte die Einzelgänger informiert. Mitleid mischte sich mit seiner Wut. Der Polizist hatte keine Wahl gehabt.

»Tut mir leid«, sagte der Polizist. »Ich habe schließlich vier Kinder.«

»Raus hier!« donnerte Worf.

»Ich gehe schon.« Der Polizist eilte zur Zellentür, rannte durch den engen Steinkorridor und verschwand.

»Armer Hund«, sagte Riker.

Obwohl Worfs Herz keine Nachsicht empfand, verstand auch er nun zum ersten Mal das brennendes Verlangen Grants, den Planeten wegen seiner Bewohner auszuräuchern, und nicht nur um die Unversehrtheit der Föderation zu bewahren. Seine Knie und Ellbogen bebten in dem Bemühen, seinen Zorn zu beherrschen.

Beherrschen? Warum denn?

Worf fuhr herum und schlug mit der Faust gegen die Wand.

Die Wand platzte auf. Putz bröckelte auf den kalten Boden.

Riker beäugte ihn verständnisvoll. »Hören Sie auf damit. Sie tun sich nur selbst weh.«

»Ich will *irgend jemandem* weh tun!«

Aus dem Gang vor der Zelle antwortete ihm jemand. »Nimm *mich*.«

Alle Anwesenden fuhren herum und blickten in die Phasermündungen Ugulans, Gorics, Tyros, Mortashs und vier anderer Einzelgänger, deren Namen zu lernen Worf sich nie bemüht hatte.

Ugulan stand an der Spitze. Auf seinem groben Gesicht zeigte sich ein Ausdruck bizarrer Freude. Endlich konnte er sich an Worf rächen. Die Vorstellung gefiel ihm. Seine Gelüste waren von einfacher Art.

»Durchsucht sie«, knurrte er.

Worf, beschämt vom Auftauchen der ehrlosen Klingonen im Beisein seiner Kameraden von der Flotte, schüttelte sich und staute einen Ansturm wahnsinniger Wut. Er hatte nicht mit dieser Reaktion gerechnet – sein Magen machte einen Satz, als Riker, Crusher und Data sich gezwungen sahen, in die Visagen dieses Abschaums zu schauen. Es war schon übel genug, ihnen allein gegenüberzustehen, aber dies …

Noch nicht … Noch nicht …

Tyro, Mortash, Goric und ein anderer traten vor und trieben das Quartett auseinander. Sie zückten Geräte, die technisch weiter fortgeschritten waren als alles andere auf Sindikash. Sekunden später waren sie im Besitz von Crushers Aufzeichnungsgerät und Rikers falschem Fingernagel. Wenige Sekunden später hatten sie auch seinen Kameraknopf gefunden.

Gleichzeitig lokalisierte Mortash auch die versteckten Handflächenphaser. Er sackte sie ein. »Flottengerät«, sagte er.

»Natürlich«, sagte Ugulan zustimmend. Er baute sich vor Riker auf und musterte ihn eingehend von oben bis unten. »Wer sind Sie?«

Riker hob das Kinn und begegnete mutig Ugulans Blick. »Kirk, James Kirk.«

Ugulan schnaubte höhnisch. »Starfleet?«

»Iowa-Regionalmiliz.«

Der verdutzte Ugulan wurde unterbrochen, als ihm die Einzelgänger die eingesammelten Aufzeichnungsgeräte Rikers und Crushers übergaben. Er nahm nun Data in Augenschein und musterte mißbilligend sein Gesicht.

»Was ist mit dem hier?«

»Mit dem ist nichts«, sagte Tyro. Er war eindeutig erstaunt. »Wieso haben die anderen gleich zwei Geräte bei sich, und der hier keins?«

»Ist er blöd?« fragte Ugulan und schob sein Gesicht dicht an Data heran. »Oder ist er aus einem anderen Grund hier? – Was ist nun, du Hänfling?«

Data schaute Worf kurz an. Er wich vor Ugulan zurück, sagte aber nichts.

»Wo willst du hin?« Ugulans Hand zuckte an Datas Kehle und zog ihn näher an sich heran. »Du kannst nicht einfach abhauen. Du brauchst wohl ein Halsband, damit du bei uns bleibst.«

Er drückte Data an die Wand. Im gleichen Augenblick preßten Tyro und zwei andere Einzelgänger ihre Phaser in Rikers Rippen und schoben ihn und Crusher ans Zellengitter.

Worf hob beide Arme gleichzeitig in zwei Richtungen. Er knallte einen Ellbogen gegen Mortashs Kinn und seine Faust in die Zähne eines anderen Klingonen.

Die beiden gingen zu Boden, doch drei weitere Einzelgänger stürzten sich auf ihn; dann ein vierter und ein fünfter.

Sie packten ihn. Sie vergeudeten keine Zeit, sondern drückten ihn sofort ans Zellengitter, streckten seine Arme aus und banden ihm die Hände. Er wehrte sich und zerrte, aber sie hatten ihn.

Riker und Crusher wurden an die andere Seite des Gitters gedrückt. Worf wußte, was passierte – sie wurden als Zuschauer in Stellung gebracht.

Ugulan grunzte zufrieden und wandte sich wieder Data zu. Er machte eine jähe Geste. Mortash und Goric eilten mit einem Seil an seine Seite.

Das Seil war geflochten. Diesmal achteten sie offenbar nicht darauf, daß es so aussah, als stamme es aus dem Inneren einer Zelle. Ihre Zuversicht näherte sich dem Höhepunkt. Sie glaubten, man könne sie nicht erwischen, denn die einzigen, die sie bedrohen konnten, befanden sich in Reichweite ihrer Phaser.

Ugulan zerrte an Datas Halstuch, bis es sich löste. Er stopfte es in seinen Gürtel. Mortash und Goric hielten Datas Arme fest, während Ugulan eine Schlinge um seinen Hals legte und das andere Ende durch das metallene Deckengitter warf.

»Nein!« schrie Crusher. Sie wollte nach vorn stürzen, fiel jedoch zurück. Riker wollte sie beschützen; er handelte sich einen bösartigen Schlag ein.

Worf bebte. Er hätte am liebsten aufgebrüllt, aber er wußte, daß Ugulan dies nur anstacheln würde. Er konnte nur zuschauen, wie es ihm zugedacht war. Die Schlinge um Datas Kehle verengte sich. Er rutschte nach hinten weg, stolperte über die Koje und fiel hin. Die Kraft seines Sturzes zog seine Kehle zusammen. Er riß an der Kordel, sein Mund ging keuchend auf. Er wollte wieder auf die Beine kommen, doch er strauchelte erneut. Und nun hatte Ugulan seinen Spaß daran, an der Seilschlinge zu ziehen.

»Nein!« schrie Riker. »Hat Grant euch noch nicht gereicht? Das könnt ihr doch nicht tun!«

»Nein?« Ugulan schüttelte den Kopf. »Weil es *unmenschlich* ist?«

Er zog noch fester. Datas Füße scharrten über den Boden, als er hochgehoben wurde. Er trat hektisch um sich, wollte Ugulan vom Seil forttreten, aber es war unmöglich.

Seine Tritte ließen seinen Körper hin und her zucken. Seine Finger gruben sich in das Seil um seinem Hals. Er atmete aus, konnte aber keine neue Luft holen.

»Seht ihr, was mit denen geschieht, denen wir nicht vertrauen?« sagte Ugulan. »Ihr werdet alle so sterben wie dieser Hänfling! Und wir werden unseren Spaß haben, bis wir uns den Verräter vornehmen.«

Worf fletschte bei Ugulans Anblick die Zähne.

Data, nun auf halbem Weg zur Decke, trat heftiger um sich, was Mortash und Goric zwang, von den wirbelnden Stiefeln zurückzutreten. Data gurgelte und würgte. Die schrecklichen Geräusche waren in der ganzen Zelle hörbar, quälten seine Kameraden und erfreuten die Einzelgänger.

Worf empfand ein Frösteln der Scham, als er sah, wie sie sich vergnügten, und er verstand, daß auch dies ein Grund war, warum sie bei Odette Khanty blieben. Sie waren nicht nur auf Macht und Einfluß aus, sondern auch blutdurstig.

Abscheulich. Unentschuldbar. Seine plötzliche Abneigung überraschte ihn, weil sie nicht nur diese Banditen betraf, sondern alle Klingonen, denn die Unterwerfung unter die klingonische Natur machte sie so sadistisch. Er wollte plötzlich nichts mehr mit ihnen zu tun haben. Er wollte nichts mehr mit ihnen gemein haben. Er wollte nicht einmal mehr wie sie aussehen.

Er wollte zur *Enterprise* zurück und Alexanders Tag beenden. Seine Scham ließ seinen ganzen Körper jucken.

Plötzlich ruhte sein Blick wieder auf Data – genau in der letzten Sekunde. Gerade noch rechtzeitig, um ihn einen winselnden Laut ausstoßen zu hören und zu sehen, daß er erschlaffte. Sein Blick verlor an Schärfe und wurde glasig.

»O nein ... O nein ...« Beverly Crusher sank stöhnend in die Knie.

Riker stieß seine Schulter in Tyros Brustkorb, wurde aber von Mortashs klobigen Fäusten zurückgeschlagen. Als er sich erholt hatte und jäh aufblickte, blutete seine Lippe. Eine sich verfärbende Schramme zierte seine Wange.

Worf trat nach Ugulan aus, doch dieser ging lässig zur Seite. Er provozierte ihn mit einem Lachen und deutete auf Datas zusammengesackten Körper.

»Der andere hat's länger ausgehalten«, krähte er und drehte sich zu Grant um, dessen übel zugerichtete Leiche auf dem Boden lag. »Der hier war eher wie ein Kind, das schnell abkratzt. Er hat nicht gesabbert. Es gefällt mir, wenn sie sabbern.«

»Schwein!« knurrte Worf. »Feigling!«

»Ja«, sagte Ugulan. Er drehte sich zu Riker und Crusher um, als erwäge er, wer als nächster an die Reihe kam.

Worf holte hektisch Luft. Hatte er den Zeitplan falsch berechnet?

Die Sekunden tickten dahin, als Ugulan Riker und Crusher vergnügt maß. Machte es mehr Spaß, eine Frau zu quälen? Oder war es vergnüglicher, ihre Reaktion zu beobachten, wenn man einen gutaussehenden Mann wie Riker folterte?

Worf wußte: Es war ihm bestimmt, dem Tod seiner Freunde zuzuschauen, bevor man ihm die Haut abzog.

Bevor Ugulan seine Wahl treffen konnte, zog eine Bewegung am Ende des finsteren Ganges die Beachtung aller Anwesenden auf sich. Odette Khanty trat in Begleitung zweier weiterer Einzelgänger ein.

Dann waren es also ... zehn.

Die Khanty schritt so leichtfüßig in die Zelle wie eine Frau, die eine Kirche betritt. Sie trug einen lachsfarbenen Anzug und hatte einen bestickten Seidenschal umgelegt. Im Schutzschild der sie umgebenden Einzelgänger wirkte sie völlig fehl am Platze. Am Arm trug sie ein schwarzes Band, an dem eine echte violette Orchidee hing, und sie trug einen schicken schwarzen Samthut mit irgendeiner Feder. Trauerkleidung. Um alle daran zu erinnern, die sie sahen.

Ohne ein Wort zu sagen, streckte sie eine Hand mit der Fläche nach oben aus. Ugulan reichte ihr die winzigen Ton- und Bildaufzeichnungsgeräte. Sie musterte sie mit fachmännischem Blick. »Mehr hat Starfleet nicht zu bieten?« Sie schaute zu Worf auf. »Sind das die Leute, zu denen Sie halten? Ihnen ist nichts Besseres eingefallen? Über dieses Zeug verfügen sogar normale cardassianische Schmuggler.«

Sie reichte den kleinen Haufen einem Einzelgänger, dann schnippte sie mit den Fingern. Ein anderer Einzelgänger reichte ihr einen Eisenstab. Er war etwa einen Meter lang und hatte einen bauchigen Griff. Sie drückte mit dem Daumen einen Knopf. Sie schaute Worf zwar nicht an, ging jedoch auf ihn zu.

»Alle Mann herhören«, sagte sie, »damit mir dies nie wieder jemand antut. Ich möchte ...«

Sie verharrte und bemerkte Datas schlaff vom Seil herabhängende Gestalt.

»Das ist er doch nicht«, sagte sie.

»Nein«, sagte Ugulan. »Grant liegt hinter Ihnen.«

Sie schaute sich um, sah Grants Leiche auf dem Boden und wirkte sehr zufrieden.

Sie warf einen erneuten Blick auf die Eisenstange.

»Dies ist ein T'kalla-Stock«, sagte sie. »Er ist stärker als ein Rinderstock. Stammt von Alak IV. Wir setzen ihn bei unseren Bisons ein, da Büffelfell dick ist. Fast so dick wie Ihre Haut, Worf.«

Sie schwang den Stock jäh herum und drückte ihn an Worfs Brustkorb.

Ein Stromschlag raste durch seinen Körper. Worf stieß ein heiseres Ächzen aus. Das Metallrost hinter ihm knisterte.

Sein Hirn fing an zu braten.

18

Auch als Odette Khanty den Stock fortzog, fauchte und knisterte der Strom noch zwei, drei Ewigkeiten weiter durch Worfs Körpers.

Er hustete und kämpfte, doch erst als er den letzten Ansturm abschüttelte und sein Keuchen sich legte, ergriff sie wieder das Wort.

»Paßt nun auf«, sagte sie und schaute die zehn Einzelgänger an. »Seine Leiche wird man nie finden. Ihr glaubt, ihr hättet Phantasie? Ihr haltet euch für furchteinflößend? Wartet ab, bis ihr gesehen habt, was ich mit diesem Kerl mache.«

Sie wandte zu Worf um.

»Wie Sie wissen, ist morgen die Wahl. Ihr Plan ist ein Rohrkrepierer. Die Bewohner dieses Scheißplaneten glauben nämlich, es gab eine Verschwörung der Flotte mit dem Ziel, meinen Mann umzubringen. Bis dahin hätte ich die Wahl auch verlieren können. Wenn es dazu gekommen wäre, wäre mein Imperium zusammengekracht. Aber dank Ihrer und der Hilfe Ihres toten Freundes dort drüben werde ich mit Pauken und Trompeten siegen. Nach den Umfrageergebnissen stehen meine Chancen besser als je zuvor. Alles, was Sie verhindern wollten, wird nun eintreffen. Und nur deswegen, weil Sie mich verraten haben.«

»Ich habe Sie nie verraten«, keuchte Worf. »Sie haben sich meine Loyalität nie verdient. Sie hatten sie auch nie. Sie waren niemandem gegenüber loyal. Weder dem

Volk, noch den Kindern, nicht mal ihrem Ehemann gegenüber.«

Odette Khanty drehte den Griff ihres Büffelstocks, und das Gerät fing leise an zu summen. Sie hatte es neu geladen.

Sie streckte den Arm aus und stach erneut zu. *Sssst…*

Der Strom durchzuckte Worf noch heftiger als zuvor und warf ihn mit festem Schlag gegen das Gitter. Die Khanty schaute zu und wartete ab, bis das Fauchen und Knistern erstarb und Worf stöhnend nach Luft schnappte.

»Mein Mann war ein Weichei«, sagte sie, als er stöhnte. »Er konnte sich für nichts entscheiden. Er war ein Windbeutel. Hat sein Fähnchen nach dem Wind gedreht. Seine Ziele waren kilometerbreit, aber nur einen Zentimeter lang. Ich hatte als einzige eine Vision.«

»Sie … haben … Ehrgeiz«, sagte Worf würgend, »keine Vision.«

Sie schaltete den Büffelstock einen Grad höher, und er summte angriffslustig. Dann versetzte sie ihn einen weiteren Schlag, diesmal in die Achselhöhle.

Sssssssssst…

In Worf blitzte es auf. Er versteifte sich vor Schmerz, seine gesamte Seite wurde taub. Als sie den Stock zurückzog, sackte er zusammen und zuckte unbeherrscht. Aus den Augenwinkeln sah er, daß Riker und Crusher ihn mit gequälten Blicken musterten. Hoffentlich hielten sie den Mund. Er wußte, was er einstecken konnte. Er wußte auch, daß ein Mensch von einer viel geringeren Dosis in Stücke gerissen worden wäre.

Odette Khanty musterte die Einzelgänger. »Im Wasser dieser Kolonie muß Büffelpisse enthalten sein. Ich trete mit Unschuldsmiene vor die Leute hin, und wenn ich sage, daß es keine Beweise gegen mich gibt, glauben sie, ich hätte gesagt, ich hätte nichts angestellt. Worf sei

Dank kann ich in den nächsten zehn Jahren alles – und jede Leiche – der Flotte anhängen. Nicht alle sind so schwer umzubringen wie mein Ehemann. Ich mußte zweimal dazu ansetzen, um ihn mir vom Hals zu schaffen.«

Beverly Crusher warf einen Blick über Mortashs breite Schulter. »Soll das heißen, Sie waren auch für den ersten Mordversuch an Ihrem Mann verantwortlich?«

»Meine gepflegten Händchen«, sagte Odette Khanty. »Leider fehlte ihm der Anstand zu sterben. Also mußte ich ihn schließlich erledigen. Worf und Grant waren so nett, dafür geradezustehen. Aber diese Bauerntrampel werden es schlucken. Ich weiß gar nicht, wie ich Ihnen danken soll, Worf. Also bringe ich Sie um.«

»Betrügerin«, rasselte Worf. »Sie lassen sich von Ihrem Gewissen nicht in Verwirrung bringen, was? Sie sind ein Miststück. Jede Lüge, die Sie weiterbringt, ist gerechtfertigt. Von simpler Gerechtigkeit lassen Sie sich nicht behindern. Wie lange wollen Sie auf diese Weise alles beherrschen? Sie beherrschen ja nicht mal mich. Sie wissen doch … Meinen Sto-vo-kor-Eid haben Sie nicht bekommen. Die Menschen hier … haben Ihnen vertraut … Sie hätten … eine wunderbare Gemeinschaft hier aufbauen können.«

»Hier? Glauben Sie, ich verbringe den Rest meines Lebens mit Dung an den Schuhen? Dieser Schrottplatz ist doch nur ein Sprungbrett für mich.«

Die Khanty schaltete den Büffelstock um eine weitere Stufe höher. Dann um noch eine, bis er summte und echte Funken sprühte. Wenn sie ihn noch ein oder zwei Stufen höher einstellte, würde er eine Raumfähre in Bewegung versetzen.

»Ich habe Tausende von Morden befohlen, aber nur zwei mit eigener Hand begangen. Den an meinem Mann, und nun den an Ihnen.«

Sie kam näher, als wolle sie Worf begutachten. Sogar

die Einzelgänger bebten vor Nervosität und Spannung. Ugulan war ein ganzes Stück beiseite getreten.

Welch interessante Todesart. Durch Stromstöße getötet. Wie würde es sich wohl in seiner Personalakte machen?

Odette Khanty musterte ihn, als frage sie sich, an welchem seiner Körperteile es ihr wohl das größte Vergnügen bereitete, ihn mit dem schrecklichen Gerät zu piesacken. Worf wußte, daß sie ihm Zeit gab, darüber nachzudenken, was ihn erwartete. Ihn – und die Einzelgänger.

Sie hob den Stock und trat zurück, um weit auszuholen.

»Warten Sie!« schrie Riker.

Die Khanty schaute ihn an. »Warten? Worauf?«

Der Erste Offizier deutete mit dem Kopf auf den an der Wand vor der Zelle befestigten Beobachtungsmonitor. »Vielleicht wollen Sie den da noch einschalten.«

»Das nützt euch nichts!« rief Ugulan. »Es ist ein Überwachungsmonitor, keine Kamera, du Narr.«

»Schauen Sie doch mal nach, ob er nicht auch was zeigen kann«, schlug Riker vor.

Beverly Crusher bedachte die Khanty mit einem Blick, zu dem nur eine Frau fähig war, und fügte hinzu: »Ich glaube, Sie sollten es tun.«

Die Miene der Khanty verlor alle Selbstgefälligkeit. Sie gab Goric ein Zeichen. »Einschalten.«

Ugulan fuhr herum. »Der Monitor kann ihre Worte unmöglich aufgezeichnet haben. Er ist nicht dazu konstruiert!«

»Einschalten!« brüllte die Khanty.

Goric verließ die Zelle. Alle Anwesenden waren starr vor Spannung. Sie spürten, daß es Komplikationen gab. Goric betätigte die Monitorschaltung, und der Bildschirm ging an.

Eine verwaschene Gestalt erwachte zum Leben,

kämpfte gegen irgendeine Störung an und bemühte sich, erkennbar zu werden. Der Ton knisterte und wurde allmählich zu einer Stimme.

»Im Wasser dieser Kolonie muß Büffelpisse enthalten sein. Ich trete mit Unschuldsmiene vor die Leute hin, und wenn ich sage, daß es keine Beweise gegen mich gibt, glauben sie, ich hätte gesagt, ich hätte nichts angestellt. Worf sei Dank kann ich in den nächsten zehn Jahren alles – und jede Leiche – der Flotte anhängen. Nicht alle sind so schwer umzubringen wie mein Ehemann. Ich mußte zweimal dazu ansetzen, um ihn mir vom Hals zu schaffen.«

»Soll das heißen, Sie waren auch für den ersten Mordversuch an Ihrem Mann verantwortlich?«

»Meine gepflegten Händchen. Leider fehlte ihm der Anstand zu sterben. Also mußte ich ihn schließlich erledigen. Worf und Grant waren so nett, dafür geradezustehen. Aber diese Bauerntrampel werden es schlucken. Ich weiß gar nicht, wie ich Ihnen danken soll, Worf. Also bringe ich Sie um.«

Das Bild fiel wieder zusammen, ruckte, gewann wieder an Festigkeit. Diesmal zeigte es eine Großaufnahme der Khanty, die sich gerade zu Worf umdrehte.

»Ich habe Tausende von Morden befohlen, aber nur zwei mit eigener Hand begangen. Den an meinem Mann, und nun den an Ihnen.«

Die Einzelgänger gafften. Sie waren starr vor Schreck und fragten sich, wie da passiert war.

»Es wird auf dem ganzen Planeten übertragen«, sagte Worf und schüttelte sich. »Wir beherrschen sämtliche Sendefrequenzen. Der ganze Planet hat Ihnen zugeschaut.«

»Und wie?« kreischte die Khanty. »Das ist doch ein Trick! Es ist ein Trick! So was ist doch gar nicht möglich!«

Urplötzlich umklammerte eine Hand ihr Gelenk und

hielt es fest. Sie wollte instinktiv zurückzucken, aber die Hand hielt sie so fest, wie Worf am Gitter hing. Sie schaute auf und holte Luft. Sie starrte in Datas helle, lebendige Augen und sein schmerzfreies Gesicht.

»Sie sind äußerst unhöflich, meine Dame«, sagte Data unverblümt. »Vielleicht wäre es uns allen dienlich, wenn Sie eine Pause einlegen, um wieder Haltung zu gewinnen.«

Die Einzelgänger stierten ihn entsetzt an. Sie waren nicht mal fähig, ihre Phaser hochzureißen. Doch die Khanty reagierte.

Sie heulte auf und zielte mit dem Büffelstock auf Datas Gesicht.

Obwohl er noch in der Luft hing, konnte er den Kopf zur Seite reißen, als der Stock auf seine Augen zuflog. Er traf seine Weste, loderte hell auf und setzte sie in einem Funkensturm in Brand. Der Stoff loderte auf, und die Flammen breiteten sich rasch über seine Kleidung aus. Trotzdem ließ er Odette Khantys Handgelenk nicht los.

Entsetzt nahm die Frau den Stock in die andere Hand und schwang ihn wild herum. Ein lähmender Stromschlag traf Tyro und setzte ihn ebenfalls in Flammen. Tyro fuhr taub und zuckend zurück. Er taumelte gegen zwei andere Einzelgänger, die sofort Feuer fingen, sich umdrehten und ihre Kleider zu löschen versuchten.

Nun trat Riker in Aktion. Er zog einen einfachen, nicht ortbaren Lähmer aus dem Gürtel und drückte ihn gegen Mortashs Brustbein. Der große Klingone stierte ihn nur an und ließ die Hände sinken. Riker nahm ihm sofort den Phaser ab und eröffnete das Feuer auf die Einzelgänger.

Leider war es nicht einfach. In der kleinen Zelle kam es überall zu raschen Bewegungen. Beverly Crusher zückte ein medizinisches Injektionsgerät – es war kleiner als die Lazarettversion – und stach einem weiteren

Klingonen in die Kehle. Er schlug sie zwar zu Boden, doch dann fiel er wie ein Sandsack um und war bewußtlos. Ein anderer Einzelgänger stürzte sich auf Riker, doch Crusher erwischte auch ihn und verpaßte ihm die Injektion mitten ins Gesicht.

Wie viele waren das? Worf bemühte sich, seinen Geist zu klären. Wie viele Einzelgänger waren noch auf den Beinen?

Data hob die andere Hand, um seine in Flammen stehenden Kleider zu löschen. Die Hitze war für Worf so intensiv, daß er sie noch in einem Meter Entfernung spürte. Data war kaum in der Lage, durch das Feuer zu schauen, das außerdem die feinen Kameramechanismen seiner Augen beschädigen konnte.

Die prothetische Schicht, die sein Gesicht bedeckte, schmolz, seine menschliche Hülle kräuselte sich wie Pergament und enthüllte seine darunter liegende goldene Androidenhaut. Seine Spezialkontaktlinsen verblaßten, lösten sich auf und zeigten seine bernsteinfarbenen Katzenaugen. Und diese Augen schauten Odette Khanty an.

Sie wehrte sich verzweifelt, schaute zu dem Geschöpf empor, das ihr Handgelenk wie eine eiserne Klammer hielt, und nahm die vermeintliche Leiche als Gespenst wahr. Sie wich zurück und kreischte ihren Schreck heraus.

Worf riß zwar an seinen Fesseln, doch er konnte die Seile nicht zerreißen, die seine Gelenke banden. »Data!« schrie er.

Data schlug auf seine Kleidung ein und beschloß, seinen Griff, der Odette Khanty hielt, so lange zu lösen, wie er brauchte, um hochzugreifen und die Schlinge um seinem Hals zu zerreißen. Er fiel zu Boden und war für den Bruchteil einer Sekunde abgelenkt.

In dieser Sekunde schwang Odette Khanty den Büffelstock fauchend in einem weiten Bogen herum und steckte einen weiteren Einzelgänger und Crushers Spitzenärmel in Brand. Dann stürzte sie in den Zellengang. Sie knallte genau unter dem Monitor gegen die Wand.

»Hier? Glauben Sie, ich verbringe den Rest meines Lebens mit Dung an den Schuhen? Dieser Schrottplatz ist doch nur ein Sprungbrett für mich.«

Sie riß den Stock hoch und zerschlug den Bildschirm. Funken sprühten und hüllten den halben Korridor ein, und in diesem Feuerwerksnebel tauchte sie unter.

»Data!« schrie Worf noch einmal und übertönte diesmal das Heulen eines Phaserschusses von Riker.

»Komme schon«, sagte Data gelassen. Er sprang über die gestürzten Klingonen und zerriß Worfs Fesseln als wären es Schuhriemen.

Als Worf sich bemühte, Kontrolle über seine tauben Beine zu gewinnen, wirbelte Data zu den restlichen Einzelgängern herum und warf mit je einer Hand zwei von ihnen gegen die Wand, wo sie mit Schädelverletzungen zusammenbrachen. Wenn Data zuschlug, blieb kein Knochen heil.

Dann drehte er sich zum letzten stehenden Einzelgänger um – Ugulan. Ugulans Hartnäckigkeit verblaßte, als er mit offenem Mund in das zerrissene Gesicht des kräftigen Gespenstes starrte, dessen Kleidung noch schwelte und es in ein monströses Leichentuch hüllte. Bei jeder Bewegung sonderte Data wie ein Zaubersprüche um sich werfender Magier Rauchfahnen ab.

Ugulan versuchte es nicht mal. Er fuhr herum und eilte zum Zelleneingang.

In seiner Panik vergaß er, daß Worf dort stand.

Als Ugulan an ihm vorbeilaufen wollte, streckte Worf die Arme aus. Eine Sekunde lang starrten sie sich nur an, dann kochte Worfs Wut über.

Er schenkte Ugulan einen langen, kalten Blick, dann knirschte er mit den Zähnen und brüllte »Heute ist ein guter Tag zum Sterben!«

Seine rechte Faust holte aus und krachte gegen Ugulans Brustkorb. Einen solchen Hieb hatte Worf in seinem ganzen Leben noch nicht verteilt. Seine Faust traf Ugulans Brustbein und brach den Knochen. Dann knallte seine andere Faust in den Brustkorb seines Gegners. Ugulan brach vor ihm zusammen. Ob er noch lebte oder tot war – Worf wußte es nicht. Seine Seele war ohnehin verdammt.

Benommen und mit pfeifender Lunge drehte Worf sich zweimal um. Er wollte sichergehen, daß alle Einzelgänger am Boden lagen oder verschwunden waren. Dann erblickte er Riker, der die Flammen an Beverly Crushers Ärmel erstickte. »Sie bleiben hier!« rief er.

Data stürzte vorwärts. »Ich gehe mit ...«

»Nein! Es geht nur mich etwas an!«

»Dann beeilen Sie sich«, sagte Riker. »Sonst entwischt sie Ihnen noch.«

»Ich kriege sie schon«, knurrte Worf. »Aber laufen werde ich nicht.«

19

Noch lag Finsternis über dem Hafen der Delaware-Station, doch das erste blasse Veilchenblau des neuen Tages zeigte sich über den schwarzen Silhouetten der Bäume, der Häuser und der Werft. Die Takelage der *Justina* hob sich vom samtigviolletten Glanz des Morgengrauens ab.

Erstaunlich. All dies in einer Nacht.

Hinter ihnen läutete pausenlos die Glocke der Kapelle, und um sie herum eilten Bewaffnete aus Hütten, Häusern, Schänken und Pensionen. Alte Männer, junge Männer. Männer aller Art kamen mit Gewehren und Steinschloßpistolen ins Freie. Manche wirkten durcheinander, doch sie gesellten sich zu jenen, denen auch Picard, Alexander, Patrick O'Heyne, Jeremiah Coverman und die anderen folgten. Als sie sich sammelten, um sich den anrückenden Rotröcken zu stellen, wirkten sie zwar jämmerlich unorganisiert, aber entschlossen und einer Meinung.

»Kavallerie? Artillerie?« fragte Jeremiah, als sie zur Südseite der Ortschaft liefen.

»Nein«, sagte O'Heyne, der noch mit seinen Verletzungen kämpfte. »Ich habe nicht gesehen, daß sie Pferde oder Geschütze an Land gebracht haben. Ich schätze, es sind um die zweihundert Mann. Sie kommen zu Fuß. Aber sie haben, wie mein braver Gaul beweist, Scharfschützen dabei. Ich hatte das Pferd gern…«

O'Heyne vergaß einen Moment lang seine Wunden,

trat auf ein Holzbrettchen, rutschte auf der unbefestigten Straße aus und sank aufs Knie. Jeremiah eilte zu ihm hin, um ihn aufzurichten, was Alex Leonfeld erfreulicherweise ebenfalls tat. Picard half O'Heyne über das Brett hinweg, auf dem er ausgerutscht war. »Vielleicht gehen Sie besser etwas langsamer.«

»Nicht heute nacht«, sagte O'Heyne und warf den kleinen Pferdeschwanz nach hinten, der in seinem Nacken baumelte. »Ich bin in Ordnung. Da drüben ist die Barrikade.«

An einer Reihe von Häusern und Läden, möglicherweise am Ortsende, bauten herumwimmelnde bewaffnete *Minutemen* und Ortsbewohner, Frauen eingeschlossen, aus Seemannstruhen, Kisten und einer geleerten und herbeigeschleppten Pferdetränke eine Barrikade. Sie sah zerbrechlich aus und konnte niemanden hindern, sie zu stürmen, aber Picard sah, daß sie für jene, die hier Stellung beziehen wollten, eine Deckung war, was man von den sie umgebenden Bäumen nicht gerade sagen konnte.

»Hört ihr sie?« sagte Jeremiah abrupt und warf einen Blick auf die finstere Straße. »Trommeln! Sie sind gleich hier!«

»Ja, Marschtrommeln«, sagte O'Heyne zustimmend. »Ein bemerkenswertes Geräusch. Soldaten können bei diesem Klang stundenlang marschieren, und irgendwie kriegen sie nicht mal Rückenschmerzen. Marschtrommeln sind unvergleichlich. Ihr solltet mal hören, wie es ist, wenn Pfeifer dabei sind. Sie können tagelang marschieren. Und manchmal möchte man gleich mitgehen.«

Picard, der sich über Gebühr vergnügte, warf ihm einen kurzen Blick zu. »Ich glaube, Sie sind leicht verrückt, Mr. O'Heyne.«

»Ich glaube es fast auch.«

Der Klang war *wirklich* mitreißend! Das *Klap-trrr-ap*

der Trommeln drang durch den Wald wie ein näher kommendes Klapperschlangenkommando. Dazu der Klang der Schritte, als die Marschierenden in Hörweite kamen. Picard und die anderen gingen hinter den Fässern in Deckung. Alexander, Leonfeld, O'Heyne und Jeremiah waren links von ihm. Nightingale, Bennett und Wollard standen rechts. Nightingale und Bennett hatten zwei von Jeremiahs Flinten. Wollard schien ganz damit zufrieden zu sein, Kugelbeutel und Pulverhörner zu tragen. Er war in diesem Moment weniger ein Krieger als ein sich schwerfällig an Land bewegender Seemann. Bennett wiederum war sauer über Picards Versprechen, sich ruhig zu verhalten.

Alexander drehte sich plötzlich um und schaute ins Zentrum der Ortschaft. »Ich kann es kaum glauben, daß all die Leute gekommen sind, weil die Glocke läutet! Sie sind alle sofort rausgekommen, wie ich es gelesen habe! Sie haben Gewehre und Pistolen mitgebracht! Schauen Sie mal! Ich glaube, sie haben nicht mal eine Minute gebraucht!«

Picard schaute ihn besänftigend an, dann blickte auch er in die Ortschaft, in der die Menschen tatsächlich aus den Hauseingängen strömten. Er machte eine Bewegung, um den Jungen zum Schweigen zu bringen. »Entspann dich, Alexander. Vergiß nicht, daß wir Briten sind.«

»Ich weiß, ich weiß.« Der Junge warf ihm ein schräges Grinsen zu, das ihn irgendwie stark an Will Riker erinnerte.

»Laden Sie Ihre Waffen, meine Herren«, sagte Patrick O'Heyne lächelnd. »Wie fühlt man sich, wenn man über mein Leben gebietet?«

Wie konnte er in diesen Zeiten lächeln?

»Ihr müßt schießen«, fügte Jeremiah hinzu und beugte sich zu Picard vor, damit auch sein Vetter ihn sah. »Tut wenigstens so. Schießt auf die Bäume, wenn ihr wollt. Solange ihr diese Kleider tragt, müßt ihr euch uns zuliebe wie Yankees benehmen, sonst wird man euch als Verräter erschießen.«

»Ich komm mir schon wie einer vor«, brummte Bennett. Picard und Nightingale waren die einzigen, die ihn hörten.

»Das Gewehr hier sieht anders aus als das von Mr. Leonfeld«, sagte Alexander und deutete auf Picards Muskete.

»Hast du noch nie eine amerikanische Muskete gesehen, Schrubber?« fragte Leonfeld und stützte sich mit einem Ellbogen auf die vor ihm liegende Kiste.

Alexander schüttelte den Kopf. »Sie ist länger als Ihre.«

»Erklären Sie dem Jungen den Unterschied, Sergeant«, sagte Picard, um die Gelegenheit zu nutzen.

Leonfeld musterte nervös den Wald und berechnete die Entfernung der Trommeln. »Ich habe eine britische Marinemuskete. Sie ist kürzer, damit man sich besser in der Schiffstakelage bewegen kann. Die Schulterstütze ist am Ende flach, nicht sichelförmig, wie bei den amerikanischen Waffen. So kann man sie leichter laden, wenn sie an Deck auf den Planken steht. Ihr Lauf ist geschwärzt, der Ladestock besteht aus Holz, damit der Lauf vom Salz in der Meeresluft nicht rostet.«

»Daran hab ich noch nie gedacht«, murmelte Picard und lächelte Alexander an. Er reichte Leonfeld seine Muskete. »Hier, Sergeant. Zeigen sie ihm, wie sie geladen wird.«

Leonfeld blinzelte überrascht. Er fragte sich wohl, wieso er es ihm nicht selbst zeigte. Picard hoffte, ihm fiel nicht auf, welch große Aufmerksamkeit ein Lieutenant der Royal Navy dem Verfahren schenkte.

»Das ist ein Pulverhorn«, begann Leonfeld und zeigte Alexander seine Ausrüstung. »Das kleine Ding da ist ein Pulvermaß, das ist ein Kugelbeutel. In ihm sind noch etwa fünfzig Schuß… Den Ladestock zieht man so heraus… Man mißt das Pulver ab… schüttet es in den Lauf… steckt den Ladestock rein, drückt einmal fest zu und zieht ihn wieder raus. Gewehr hochnehmen, Hahn spannen, Grundierung auf die Pfanne legen, zielen, feuern. Hoffentlich bricht dein Feuerstein nicht durch. Dann das gleiche wieder von vorn. Man schießt mitten in den Rauch des letzten Schusses hinein, wenn man nichts mehr sieht. Im Rauch von einem Dutzend Musketen ist der Feind nur noch ein Geist. Versuch's mal, Junge.«

»Ach…« Picard, plötzlich väterlich, ergriff das Wort, als Alexander die Muskete nahm. »Das halte ich nicht für klug.«

»Er ist alt genug, Sir«, sagte Leonfeld abwehrend. »Ich habe schon mit sieben Jahren angefangen, Sir.«

»Toll!« Alexander schulterte die lange Flinte und prüfte ihr Gewicht. »Das kann ich auch.«

Es war vielleicht ein trauriger Moment, aber irgendwann hatte er ja kommen müssen. Auch für Picard war er gekommen. Und für jeden jungen Mann, der zum Militär ging, würde es nicht anders sein.

Leonfeld stützte sich auf das vor ihm stehende Faß und lugte ins Zwielicht hinein. »Wir alle müssen Entscheidungen fällen.«

»Stimmt was nicht?« fragte Alexander.

Leonfeld warf einen schnellen Blick auf Patrick O'Heyne. Der Geschäftsmann redete gerade mit Jeremiah. Dann wurde seine Stimme leiser.

»Er hat in England und New York eine blühende Firma zurückgelassen. Wie kann ein Mann nur so etwas tun? Seine Fahrpläne und Korrespondenzmethoden haben den Frachtverkehr über den Atlantik revolutioniert. Er ist am Königshof empfangen worden! Warum entsagt er all dem, um im Dreck rumzukrauchen und sein Leben aufs Spiel zu setzen?«

»Es muß einen überzeugenden Grund dafür geben«, sagte Picard.

»Ich kann mir keinen vorstellen«, murmelte Leonfeld.

Alexander verzog das Gesicht. »Ich auch nicht.«

»Warum fragst du ihn nicht mal?« schlug Picard vor.

»Wirklich?« Der Junge schaute ihn an.

»Deswegen sind wir doch hier.«

»Richtig!« Der Junge schob sich dichter an Leonfeld heran. »Fragen Sie ihn doch mal!«

»Na schön.« Leonfeld wandte sich zur anderen Seite um. »Mr. O'Heyne ...«

O'Heyne drehte sich um. »Mr. Leonfeld?«

»Ja, wir haben eine Frage.«

»Ich bin Ihnen gern zu Diensten.«

»Sie sind ein gebildeter, erfolgreicher Mann von hohem Ansehen, und doch stehen sie nun hier mit einer Muskete in der Hand. Warum kämpfen Sie mit gewöhnlichen Menschen, obwohl Sie doch längst anderswo in Sicherheit sein könnten?«

»Ich danke Ihnen, aber ich bin gar nicht von hoher Geburt«, gab O'Heyne unumwunden zu. »Mein Vater war in Dublin ein armer Mann. Er kam als Verbrecher in die Kolonien.«

»Als Verbrecher?« fragte Alexander. »Was hat er getan?«

O'Heyne schaute den Jungen an. »Er war ein Mörder. Er hat einen Grundbesitzer getötet, hat ihm eine Schaufel auf den Kopf geschlagen. Ich kenne zwar die Umstände nicht, aber seine Witwe hatte Mitleid mit meinem Vater. Und so brachte man ihn hierher statt ins Gefängnis. Er fing als Kohlentrimmer an und hat sich schrittweise hochgearbeitet. Er hat dafür gesorgt, daß mein Bruder und ich lernen konnten, wie die Wirtschaft funktioniert.«

»Und dann haben Sie ein Geschäft aufgebaut?« fragte der Junge.

»Mein Bruder und ich haben es zusammen aufgebaut. Aber als ich mich gegen die Monarchie aussprach, haben die Briten unsere Geschäfte in Liverpool und New York beschlagnahmt. Wir haben alles verloren. Mein Bruder ist nun Captain bei den Leichtdragonern.«

»Sie hätten in England oder hier ein wohlhabendes Leben führen können«, sagte Leonfeld. »Sie hätten einfach Ihr Unternehmen führen sollen und sich nicht in diese Auseinandersetzung verwickeln zu lassen brauchen. Warum, um alles in der Welt, haben Sie all das aufgegeben, Sir?«

O'Heynes grüne Augen flackerten. »Für die Freiheit, Sir. Um keine Sorgen mehr zu haben. Wenn ich überlebe, baue ich meine Firma wieder auf. Den Emsigen darf man Reichtum nicht verwehren.«

Er hielt kurz inne, beugte sich über die Kisten und warf einen Blick auf die dunkle dreispurige Straße.

»In England hat man mich zwar mit Respekt behandelt, aber so, wie ein uneheliches Kind. Man hat mich zwar zum Tee geladen, aber man hätte ihn lieber *ohne mich* getrunken. Sie, meine Herren, sollten sich mal in den Kleidern, die Sie nun tragen, zwischen Engländern bewegen, dann würden Sie schon sehen, wie es ist. Kolonisten haben kein Recht, ihre Meinung zu sagen. Sie wären weniger wert als der niedrigste Mensch im East End Londons. Man würde Sie zwingen, Quartier für englische Soldaten bereitzustellen, und dabei spielt Ihre Einstellung keine Rolle. Man würde Ihre Waren beschlagnahmen und in Britannien verkaufen, und Sie hätten kein Mitspracherecht, für welchen Zweck Ihre Steuergelder ausgegeben werden oder …«

»Aber so wird nun mal für den Schutz der Kolonien bezahlt, Mr. O'Heyne«, sagte Picard. »Ihre Bewegung entreißt England eine große und legitime Investition.«

»Die Investitionen der hier Lebenden und Arbeitenden interessiert keinen. Die Briten haben zwar einige legitime Ansprüche, aber nicht genug. Es ist eine philosophische Auseinandersetzung. Hier geht es nicht nur um zwei Rüpel, die sich streiten. Es ist eine Auseinandersetzung über den Wert des Menschen. Wie lange soll die Klassengesellschaft noch bestehen? Wie lange verlangt Gott von mir, daß ich in der Position bleibe, die ich bei meiner Geburt innehatte? Wäre ich das geblieben, was mein Vater war, müßte ich Sie mit einer Schaufel erschlagen. Nun, da ich – auch in Ihren Augen – ›etwas Besseres‹ geworden bin... Sollen meine Söhne zur Schaufel zurückkehren? Oder können wir fortfahren, bis wir alle ›etwas Besseres‹ geworden sind?«

»Es ist eine Freude, dich reden zu hören, Patrick«, sagte Jeremiah mit einem dankbaren Lächeln. Er schien froh zu sein, daß er die Fahne nicht mehr allein hochhalten mußte.

»Danke, Jeremiah«, sagte O'Heyne mit einem erneuten Grinsen. »Hören Sie die Trommeln, Mr. Leonfeld? Die Soldaten, die dort anmarschieren, wollen mich töten, weil ich es wage, mein Schicksal selbst bestimmen zu wollen. Darf ich dafür erschossen werden? Wem habe ich etwas gestohlen, um erfolgreich zu werden? Was habe ich überhaupt getan? Wofür darf man mich hängen? Was habe ich meinem König oder meinen Landsleuten genommen? Wir möchten unser Schicksal gern selbst bestimmen. Entweder steigen wir auf oder wir gehen unter, und zwar gleich. Dieses Land ist so offen und jeder so damit beschäftigt zu überleben, aufzubauen und produktiv zu sein, daß niemand Zeit hat, sich Sorgen darüber zu machen, wer zu was geboren ist und wer wen heiraten soll. Ich möchte dafür sorgen, daß es so bleibt. Ich stehe tief in der Schuld dieser kleinen Nation. Ob ich lebe oder sterbe, ich glaube, unsere Botschaft wird uns überdauern. Die Freiheit muß irgendwo anfangen. Und deswegen stehe ich mit meiner Muskete hier.«

Seine Worte schienen aus seinem Herzen zu kommen – und vielleicht sprach sogar *nur* sein Herz. Er wandte sich langsam zu Picard und Leonfeld um und entspannte sich, als existierten die in der Ferne ratternden Trommeln überhaupt nicht.

»Wer herkommt, um mich zu erschießen, muß sich schon verdammt sicher sein, daß er das Recht dazu hat. Er müßte in der Lage sein, mir in die Augen zu schauen und mir zu sagen, warum er es tut, und trotzdem nachts gut schlafen können. Können Sie es?«

Alex Leonfeld und Alexander wirkten plötzlich so, als sei es ihnen vor Selbstzweifeln übel. Sogar Picard empfand, was seine privaten Überzeugungen anging, Verwunderung. Wie sicher war er sich gewesen, damals in der Vergangenheit?

»Wenn Ihr Glaube so stark ist«, sagte O'Heyne, »dann nehmen Sie Ihre Knarre. Erschießen Sie uns.«

Alex Leonfeld war blaß geworden. Er sah aus, als hätte O'Heynes Aufforderung ihm eine Ohrfeige versetzt.

Alexander musterte den Ahnen, den er verehrte. Die Zweifel, die er in seinem gutgeschnittenen jungen Gesicht sah, machten ihn sprachlos.

»Da sind sie«, sagte O'Heyne nun und schaute in die Nacht hinein. »Da sind sie.«

Picard blickte auf die finstere Straße. Er rechnete damit, den Anblick geisterhafter Gestalten zu sehen, die sich zwischen Bäumen verbargen.

Statt dessen sah er …

»Die gehen ja alle nebeneinander her!« schrie Alexander plötzlich. »Sie kommen in einer langen Reihe auf uns zu! Wie kann man denn nur so blöd sein?«

»Weil Schlachtreihen über Jahrhunderte hinweg Kriege entschieden haben«, sagte Picard. »Es geht bis in die Zeit der Stichwaffen zurück. Damals hat man nicht an Schießprügel und Geschütze gedacht. Offenbar funktioniert es noch immer so.«

»Es funktioniert«, murmelte Wollard, aber in seiner Stimme klang Geringschätzung mit.

Trotzdem war es irgendwie erschreckend, die Reihen der Rotröcke aus der Dunkelheit der Straße auftauchen zu sehen. Jeder hielt sein Gewehr mit leicht nach unten geneigter Mündung vor den weißen Brustgurt. Die scharlachroten Jacken und weißen Aufschläge wirkten in der Dunkelheit fast grau, doch ein versöhnlicher Mond schien durch die Bäume und ließ hin und wieder rote Streifen aufblitzen, als wolle er zeigen, was sie nun erwartete. Als die Truppen des Königs schrittweise näher kamen, fing das Mondlicht das barbarische Flakkern der Bajonette ein, die ihr Werk tun würden, sobald die Rotröcke und Rebellen aufeinandertrafen.

Plötzlich gaben die britischen Truppen einen Schuß ab. Kein Rotrock wirkte überrascht, doch die Kolonisten zuckten ausnahmslos zusammen.

Die Musketenkugel heulte heran, raste über ihren Köpfen dahin und krachte in eine neben einem Haus aufragende Eiche.

»Sie stellen die Schußreichweite fest«, sagte Picard automatisch.

»Und sie sind bereits in Schußreichweite«, erwiderte Alexander.

Eine Stimme im Wald rief irgend etwas Unverständliches. Die marschierenden Soldaten blieben, gerade eben in Sichtweite, abrupt stehen.

»Geht in Deckung«, sagte Patrick O'Heyne warnend.

Rings um sie her, überall, duckten sich die Yankee-Schützen hinter Bäume und Hüttenecken, hinter Treppen und Türrahmen. Die Furcht war greifbar. Natürlich waren die meisten hier keine richtigen Soldaten. Sie waren Menschen, die ihr Zuhause verteidigten.

»Grenadiere, fertigmachen! Erste Reihe, niederknien!« Die Stimme aus der Dunkelheit klang gedämpft. »Anlegen!«

Die dunklen Mündungen der britischen Gewehre wurden in der Nacht gespenstisch sichtbar. Es sah so aus, als führten die Soldaten das Anlegen vor wie kleine Jungen, die Krieg spielten.

Eine donnernde Salve brach los, die alles erbeben ließ, und Musketenkugeln krachten in jedes Faß und jede Kiste, in jedes Gebäude und viele menschliche Körper, die nun den Angriff des berühmten und gefürchteten britischen Militärs erlebten. Der Rauch aus fünfzig Musketen wurde zu einem mörderischen Nebel, und die Phantomgewehre wurden zunehmend wirklicher. Picard drückte Alexander nach unten und sah in seinem Geist sämtliche Kriege, die die Briten je geführt und gewonnen hatten. Viele würden sie mit ihrer zähen Disziplin und ihrem rohen Mut in den kommenden Jahren noch gewinnen. Als das schreckliche Geräusch in seinem Kopf hallte, konnte er allerdings die Vergangenheit nicht mehr von der Zukunft unterscheiden.

Es war noch kein überstürzter Kampf. Sie schossen nur, als wollten sie einen Überzug aus Feigheit oder Schwäche bloßlegen, ehe die wahren Männer loslegten.

Aber niemand lief davon.

»Erste Reihe, nachladen! Zweite Reihe, Feuer!«

Wieder ein Brüllen, weitere Musketenkugeln zersiebten die Barrikade und gruben sich in Menschenfleisch. Verwundete und sterbende Yankees schrien auf und stöhnten. Hinter Jeremiah fielen zwei Männer klatschend in den Schmutz und blieben tot liegen.

Jeremiah untersuchte den Toten, der ihm am nächsten lag, dann nahm er seine Flinte an sich und reichte sie Picard.

»Für den Fall, daß Sie sich verteidigen müssen«, sagte er. »Schließlich weiß niemand, wer Sie sind. Wenn es nicht anders geht, schießen Sie – sonst wird man Sie erschießen.«

»Feuer!« schrie O'Heyne plötzlich, der offenbar mehr über zeitliche Abstimmung wußte als Picard.

KA-WUMM!

Das Musketenfeuer aus nächster Nähe war betäubend laut. Die erste und zweite Reihe der roten Masse löste sich nun auf, jeder zweite Mann sank zu Boden. Dahinter ragte eine weitere rote Mauer auf. Und dahinter noch eine.

»Im Gleichschritt – Maaaarsch!«

Die Trommeln legten wieder los, die dunkle Bedrohung näherte sich in einer stinkenden weißen Wolke aus Schießpulver.

Picard dachte unweigerlich an den Befehl *Programm anhalten.* Er nahm sich vor, die Worte sofort auszusprechen, falls er oder Alexander unmittelbar bedroht wurden. Das Holodeck konnte zwar den Rückwärtsgang einlegen und eine Holo-Musketenkugel auflösen, aber einen bereits eingetretenen Schaden nicht wiedergutmachen. Er spielte mit dem Gedanken, alles anzuhalten, aber genau wegen dieser Geschichte waren sie hier. Wenn er es mitten in der heftigen Attacke anhielt, was hatte Alexander dann über Ehre gelernt? Daß die Patrioten für das Leben des jeweils anderen eintraten, sein Vater aber nicht?

Neben ihm knallte laut eine Muskete. Alexander hatte gerade seine erste Kugel abgefeuert. Hatte er in die Luft geschossen? Oder hatte er dem Ziel der sich nähernden Soldaten nicht widerstehen können?

»Au!« schrie der Junge. »Au, tut das weh! Meine Schulter! Mein Gesicht brennt!«

Picard sah, daß heiße Pulverkörner sein Gesicht getroffen hatten, aber er tat nichts, um sie abzuwischen. Alexander konnte es ebensogut hier und jetzt lernen.

Um sie herum legten die Yankees sorgfältig an und schossen. Musketensalven krachten durch die nächtliche Landschaft, erzeugten einen surrealen Tanz aus

Rauch, Finsternis, Blitzen und Mondlicht. Der Wind vom Fluß her drehte und blies den Pulverdampf Picard ins Gesicht. Er verfügte weder über die Ausbildung noch über die Erfahrung, damit fertig zu werden.

Er hob seine Flinte, legte an, zielte in die Luft und betätigte den Abzug. Der Hahn knallte nach vorn.

Seine Muskete spuckte Feuer wie ein Drache im Dunkeln. Die Explosion des Pulvers in der Pfanne schlug gegen seine Wange. Ätzender Rauch und Pulverkörnchen brannten in seinen Augen. Widerlich.

Aus den Reihen der Briten rannte ein Mann nach vorn und schwenkte einen Säbel. »Vorwärts!« schrie er. »Vorwärts!«

Ein Offizier. Ein Captain oder Colonel.

Neben Jeremiah richtete sich ein Yankee auf, ignorierte die Gefahr, sich so zur Schau zu stellen, hob seine lange Flinte und nahm sich Zeit zum Zielen. *Wumm!* Die Waffe ging los; der Offizier stürzte tot auf die Straße. Sein Säbel schepperte gegen die Gewehre der eigenen Soldaten.

»Rebellenschwein!« brüllte Wollard. Er fuhr herum, zielte über Picards Kopf hinweg und feuerte auf den Yankee, der gerade den britischen Offizier erschossen hatte.

Der Yankee fuhr erschreckt herum, stierte Wollard an und musterte dann den sich ausbreitenden Blutfleck auf seinem Brustkorb. Er blinzelte noch einmal, dann sank er auf die Knie. Er war tot, ehe er den Boden berührte. Picard kannte diesen Blick.

»Sergeant!« fauchte er.

Leonfelds Flinte fuhr schon herum, und Wollard wurde zu einer blutigen Masse zerfetzt. Die Erschütterung warf den sterbenden Seemann gut drei Meter zurück, und er blieb zuckend im Schatten einer Veranda liegen.

»Danke, Sir«, sagte Leonfeld. »Ich hätte ihn zwar

ohnehin erschossen, aber ich weiß Ihre Billigung zu schätzen. Schließlich gehörte er zu Ihrer Mannschaft.«

»Wir haben ein Versprechen abgegeben«, sagte Picard bestätigend und beeilte sich, seine Waffe nachzuladen.

Über den Köpfen der sich nähernden Briten wehte die Fahne des Königs, die Flagge Großbritanniens, verziert mit dem Emblem der anrückenden Grenadiereinheit. Die Gesichter der Rotrock-Gespenster waren von Pulver geschwärzt, aber sie gingen, vom Anblick der Yankee-*Minutemen* unberührt, weiter und wurden auf der Ortsstraße wie Gras niedergemäht. Manche Grenadiere marschierten, andere verharrten, um zu feuern und um dann ebenfalls weiterzugehen. Sie taten es in Reihen, in disziplinierten Schichten. Für Picard war es erschreckend, daß eine so effektive Vernichtungstaktik so schmutzig sein konnte.

Hinter ihm wurden wagemutige Patrioten zurückgeschleudert und lagen stöhnend im dichter werdenden Musketenfeuer, das das Zielen auf beiden Seiten behinderte. Musketenkugeln klatschten in den Straßenschmutz und prallten von Baumstämmen ab.

Die Furcht um Alexander ließ Picard frösteln. Wenn ihn eine Kugel traf, hatte er keine Zeit mehr, das Programm anzuhalten. »Weiterschießen!« schrie O'Heyne durch das britische Musketenfeuer.

Picard senkte seine Waffe, um zu sehen, was los war, dann riß er sie schnell wieder hoch und schoß, obwohl er nicht das geringste erkennen konnte – jedenfalls nicht genug, um nicht versehentlich jemanden zu treffen, der ironischerweise ein Verbündeter war. Die Explosion erklang erneut, aber diesmal fehlte der erwartete Rückstoß.

Hatte er vergessen, eine Kugel einzulegen?

Er musterte die Muskete. Hatte sie eine Ladehemmung?

Alex Leonfeld beugte sich vor Picard zu Boden und

hob eine Bleikugel auf. »Sie haben den Lauf gesenkt, Lieutenant. Die Kugel ist rausgefallen.«

»Ach ... Danke, Sergeant.«

»Stets zu Diensten, Sir.«

Picard stellte fest, daß Leonfeld reichlich verblüfft wirkte. Er verstand wohl nicht, daß ein Marineoffizier nicht wußte, daß man ein Gewehr hochhalten mußte.

Jeremiah packte O'Heynes Arm. »Patrick, wenn es uns gelingt, halten wir die Front. Beeil dich, geh zu Colonel Green und sage ihm, was hier los ist.«

»Das gefällt mir aber nicht«, sagte O'Heyne.

»Ob's dir gefällt oder nicht, hau ab. Ich verstehe die militärische Taktik nicht, die gegen uns eingesetzt wird, und ich glaube, es geht wohl über unsere Abmachung hinaus, einen der Herren zu bitten, für uns als Gutachter tätig zu werden.«

O'Heyne blickte durch die blassen Bäume auf die flüchtigen Phantome der britischen Soldaten, dann nickte er zögernd. Er umarmte Jeremiah und sagte »Weicht zurück, wenn es nicht anders geht. Versprich es mir! Du hast eine Frau, du mußt weiterleben. Wenn du stirbst, muß ich sie heiraten, aber sie ist zu jung für mich. Außerdem bist du als Soldat nicht besonders gut.«

Jeremiah lächelte, doch bevor er antworten konnte, ertönte hinter ihnen ein gewaltiger Krach.

Picard fuhr herum, sah sich an, was passiert war. Aus der dunklen Nacht trat eine Gruppe von Soldaten mit Gewehren und aufgepflanzten Bajonetten hervor. Ihre Jacken waren grün, die Aufschläge rot. Die Kolonialmiliz – die Dover Light Infantry!

»Ah, wie schön«, murmelte Picard. »Schauen Sie doch mal.«

O'Heyne lachte. »Kann ich jetzt bleiben?«

Es wirkte eigenartigerweise irgendwie romantisch, als die Dover Lights gezwungenermaßen mitten auf der Straße stehenblieben, anlegten an und als Einheit feuerten, ohne daß ihnen jemand einen Befehl gegeben hatte. Sie ließen ein schreckliches Strafgericht über die Briten hereinbrechen. Die britische Marschsäule kam zwar trotz der heftigen Attacke voran, brach jedoch nicht durch.

Nun war der Rauch auf beiden Seiten der Barrikade und verhinderte die Zielgenauigkeit aller. Doch hielt er das Knattern des Gewehrfeuers und das Heulen der Musketenkugeln weder auf, noch verlangsamte er es. Picard schaute auf und sah rein gar nichts. Er hörte jede Menge Lärm, das Knallen von Gewehren, das Keuchen von Männer, Schreie, Würgen und das Rattern der Marschtrommeln. Doch alles war gedämpft. Er war halb taub.

»Wir können sie nicht aufhalten!« schrie Jeremiah unheilvoll.

»Vielleicht nehmen sie euch gefangen«, rief Alexander und hustete. »Wenn ihr euch ergebt, töten sie euch nicht. Das ist doch so, oder?«

»Ich habe die Kolonialmiliz ausgerüstet«, sagte O'Heyne. »Wenn sie die Delaware-Station einnehmen, hängen sie mich. Wenn die Briten irgend etwas nicht mögen, dann hochnäsige Amerikaner, die in England Geld verdient haben.«

O'Heyne hatte die beiden letzten Worte kaum geäußert, als ein Dover-Infanterist auf sie zustürmte und den Versuch machte, zwischen Picard und Alexander über die Barrikade zu springen. Ein Musketenschuß traf ihn und riß seinen Kopf herum.

Alexander erblickte das schreckliche Bild – das zerrissene Gesicht, das Starren seines verbliebenen Auges –, bis der Mann schließlich nach hinten fiel. Lebte er noch? Er sank auf die Knie. Die blutige Masse stürzte auf Alexander.

Der Junge schrie seine Angst heraus und trat wild um sich. Picard schob den schweren Körper von ihm herunter und fragte sich, ob er jetzt nicht doch das Programm anhalten sollte.

Aber er sprach den Befehl nicht aus.

»Sir!« Neben Picard sprang Nightingale hoch und deutete auf die britischen Linien.

Picard, O'Heyne, Jeremiah und die anderen schauten über die Barrikade hinweg. Die Briten wichen vor dem Ansturm der Dover Light Infantry nicht etwa zurück, sondern erhoben sich aus dem blutbespritzten Straßenschmutz.

Ein anderer Offizier, oder jemand, der seine Stellung übernommen hatte, schwenkte einen Säbel und schrie »Aaaangriff!«

Und aus dem Vormarsch wurde eine Stampede. Die Hölle brach los. Britische Soldaten fegten über die Barrikade und stieß auf die Dover Infantry. Männer auf beiden Seiten fielen in Massen, krallten sich an ihre Gegner und starben in den Armen des jeweils anderen.

»Rückzug!« schrie Picard.

Er packte Alexander und eilte nach rechts, schob Nightingale vor sich her und hoffte, daß die anderen ihm folgten. Sie waren jetzt nur noch im Weg.

Plötzlich stolperte Picard über die Beine des Oberfähnrichs Nightingale.

»Ah!« Alexander würgte.

Nightingales halbe Schulter war verschwunden. In den Augen des jungen Mannes stand eine stumme Bitte. Seine Hand krallte sich in Alexanders Ärmel.

»Er lebt noch«, keuchte Alexander. »Wir müssen ihn retten!«

Vorsichtig, damit die Kugel nicht herausfiel, drückte Picard die Mündung seiner langen Flinte auf den Brustkorb des Oberfähnrichs. Er betätigte den Abzug. Die Waffe entlud sich und bohrte ein Loch in Nightingales Herz, und der flehende Blick des jungen Offiziers wurde gnädigerweise glasig.

»Ich kann nicht glauben, daß Sie das getan haben«, stieß Alexander hervor.

»Du bist hier, um zu lernen«, sagte Picard kalt. »Und jetzt lernst du. Laß uns gehen.«

Während der Matrose Bennett vor ihnen und Leonfeld und Jeremiah hinter ihnen herliefen – von O'Heyne sahen sie nun keine Spur mehr –, eilten sie im Zickzack auf die schützenden Häuser zu. Auf der Straße hinter ihnen war eine Meute Uniformierter in einen heftigen Kampf verwickelt. Und immer mehr Rotröcke strömten aus dem Wald hervor. Die Dover Light wurde von der Übermacht erdrückt.

Jeremiah eilte auf die Straße hinaus und zog zwei toten Grenadieren die Jacken aus. Es gelang ihm irgendwie, lebendig zurückzukommen, und er drückte Picard und Leonfeld die blutigen Kleidungsstücke in die Hand.

»Zieht sie an«, sagte er. »Das Abkommen gilt nicht mehr. Tut, was ihr tun müßt. Danke, daß ihr euer Ehrenwort gehalten habt.« Er drückte Leonfelds Arm. »Ich danke dir wirklich sehr.«

Ohne ein weiteres Wort stürzte sich Jeremiah wieder auf die Straße und kämpfte weiter. Er tauchte in einem Schwall dichten weißen Rauches unter.

Leonfeld schaute besorgt hinter ihm her.

»Was machen wir jetzt, Sir?« stieß Bennett hervor.

Picard verharrte, dann musterte er die Jacke. Sie war ihm zwar zu groß, aber sie verhinderte, daß er von *beiden* Parteien beschossen wurde. Nun würde wenigstens nur noch eine Seite auf ihn feuern.

»Das Schiff verteidigen«, sagte er. »Die Kolonisten werden es eher in Brand setzen als zulassen, daß wir es wieder in Besitz nehmen und gegen sie einsetzen.«

»Woher wissen Sie das?« fragte Alexander.

»Weil ich es auch so machen würde. Zur Werft! Mir nach!«

20

Sie erreichten die Werft lebend. Hinter ihnen eilten die Patrioten und die ängstlichen Einwohner, hauptsächlich Frauen, durch die Straßen. Einige Frauen zeigten nicht die geringste Furcht; sie waren damit beschäftigt, Musketen nachzuladen und sie den Männern in ihrer Umgebung zu reichen.

Picard führte seine kleine Gruppe zum Ende des Kais, wo die *Justina* im tiefsten Wasser festgemacht war; sie hatte gut drei Meter mehr Tiefgang als alle anderen hier liegenden Schiffe.

»Worauf warten wir, Sir?« fragte Bennett, als Picard verharrte.

»Ich halte nach Wachen Ausschau«, erwiderte Picard. »Sieht so aus, als verteidigten alle die Stadt. Na schön, gehen wir an Bord und laden eine Kanone.«

Sie waren nur noch zu viert, als sie über die Gangway liefen und an Bord sprangen. Auf der *Justina* war es gespenstisch still. An Bord befand sich außer ihnen keine lebende Seele. Trotzdem schien das Leben hier noch zu pulsieren, als läge die Bestie nur in Wartestellung und warte darauf, daß ihr Herr zurückkam.

Es stimmte also doch … Kein Schiff war gänzlich leblos. Die Lebensimpulse der Zimmerleute, Matrosen und Offiziere blieben irgendwie an Bord. Das Schiff lebte.

»Ist dies Ihr erster Einsatz auf diesem Kontinent, Mr. Leonfeld?« fragte Picard, als sie das Hauptdeck erreichten.

»Ja …«

»Und was halten Sie bisher davon?«

Leonfeld riß sich sichtlich zusammen. Er seufzte zweimal. »Ich kann mir zwar nicht vorstellen, daß der Pöbel fähig ist, selbst Entscheidungen zu treffen … Aber wie kann ich einem Menschen wie Patrick O'Heyne sagen, er soll Bergarbeiter bleiben, weil er als Bergarbeiter geboren wurde? Daß er wie der Schuster bei seinen Leisten bleiben soll? Und was den lieben, anständigen Jeremiah angeht, den ich so gut kenne wie mich … Wie kann das Recht der Könige weniger sein als das göttliche – und trotzdem heilig?«

»Vielleicht wird die Macht in einer besseren Welt anders ausgeübt, Sergeant«, sagte Picard. »Das Volk bestimmt die Regierung, nicht die Regierung.«

Leonfeld schüttelte den Kopf. »Sie verwirren mich, Sir! Ich bin wirklich durcheinander.«

Picard nickte. »Gratuliere.«

In der Stadt gellten Rufe durch die Nacht – die Stimmen von Kommandeuren, die Befehle bellten.

»Aufschließen!«

»Rechts um!«

»Vorwärts!«

»Bajonett aufziehen!«

»Oje«, sagte Picard. »Mr. Bennett – Phaser armieren. Ähm … ich meine, machen Sie ein Geschütz feuerbereit. Wir werden die Hafenanlage unpassierbar machen.«

»Aye, Sir!« Bennett eilte zu einem mittschiffs stehenden Geschütz. »Ich nehm die auf'm Vordeck, Sir, wenn Sie nix dagegen haben. Die steht in 'ner günstigen Position und macht Kleinholz aus dem Hafen.«

»Ausgezeichnet. Helfen Sie ihm, Sergeant.«

»Jawohl, Sir.« Leonfeld stellte seine Marineflinte ab und beeilte sich, Bennett zur Hand zu gehen.

Als der Kampf auf der Straße hinter dem Hafen eskalierte, duckten sich Picard und Alexander mit erhobenen Flinten hinter die Reling. Schwach erkennbare Umrisse von Rotröcken und Patrioten kämpften zwischen verstreut am Boden liegenden, blutbespritzten Körpern.

Es dauerte einige Zeit, die Kanone zu laden und in Position zu fahren. Bevor Bennett und Leonfeld damit fertig waren, tauchten mehrere bewaffnete Yankees am Kai auf und rannten auf den T-förmigen Liegeplatz des Schiffes zu.

Picard hob sein Gewehr und schoß, doch die unvertraute Waffe sabotierte seine Zielgenauigkeit. Der Schuß krachte dreißig Zentimeter links neben dem Kolonisten, den er angepeilt hatte, ins Holz. Glücklicherweise zerfetzte er die Planke, auf der er stand. Der Kolonist wirbelte mit den Armen und stürzte ins Wasser. Mit durchnäßter Kleidung und dem unnütz gewordenen Gewehr paddelte er hektisch herum und versuchte, einen Weg an Land zu finden.

Alexander musterte die anderen Kolonisten, die auf sie zugelaufen kamen. »Soll ich schießen?«

Picard schaute ihn kurz an. »Tu, was du für richtig hältst.«

Der Junge blickte zuerst ihn und dann den Lauf des langen Gewehrs an, das er in den Händen hielt. Urplötzlich ließ er das Schießeisen sinken und schaute wieder auf. »Sie verteidigen doch nur das Mitspracherecht über ihr Leben. Sie wollen doch nur das behalten, was sie erwirtschaften.«

Anfangs schien er darauf zu warten, daß Picard seine Worte guthieß, doch als er keine Antwort bekam, blickte er finster drein, als überlege er sich die Sache noch einmal. Dann stellte das Gewehr hin und wandte sich ab.

In diesem stillen Moment hörte man, wie die Flaggenleinen gegen den Mast schlugen und Wasser gegen die Schiffsplanken klatschte. Eine ganze Minute verging, aber der Junge drehte sich trotzdem nicht um.

»Hmm«, machte Picard. »Fortschritt.« Er griff in die

ihm an nächsten befindliche Wante. »Was macht die Kanone, Bennett?« rief er.

»Fertig, Sir!«

Bennett grunzte heftig, als er und Leonfeld sich ins Zeug legten. Das geladene Geschütz ächzte auf der schweren Lafette. Zwei Männer mußten sich beträchtlich anstrengen, um den Lauf der Zwölfhundert-Pfund-Kanone in die Schießscharte zu schieben. Zum Glück war die Lafette gut ausbalanciert. Die Kanone schob sich hinaus. Picard verstand allmählich, warum Seekriegschiffe, die viel kleiner waren als Raumschiffe, eine so große Mannschaft benötigten.

Er hielt nach den sich nähernden Yankees Ausschau. »Aufs Dock zielen und feuern! Schnell!«

Bennett richtete die Kanone aufs Ziel, indem er einen dicken Knüppel ins Rohr schob, dann legte Leonfeld einen Holzkeil unter, damit sie so stehenblieb. An dem Luntenstock, den er in der Hand hielt, glomm ein Funke. Bennett nahm ihn an sich und hielt ihn an den Zünder.

Die Explosion erfolgte auf dem Fuß und ließ die ganze Schiffsseite erbeben. Unter ihnen löste sich das Dock in Trümmer auf und warf ein halbes Dutzend Yankees ins Wasser. Vier Mann tauchten spuckend wieder auf. Zwei wurden nie mehr gesehen.

Die beiden mittleren Andockleinen der *Justina* hingen nun schlaff herunter, da die Dockpfeiler verschwunden waren. Doch die beiden äußeren, an Bug und Heck, waren aus Stabilitätsgründen an anderen Pfeilern befestigt und hielten das Schiff am Kai. Doch nun war der Weg zum Schiff abgeschnitten.

Sie konnten sich nun leicht verteidigen.

Picard hatte den Gedanken an den Erfolg kaum verarbeitet, als ein Unterarm sich über sein Gesicht legte. Nur eins seiner Nasenlöcher blieb frei; er konnte kaum Luft holen. Picard stieß ein »Hrmmmph!« aus, dann wurde er nach hinten gezogen und verlor das Gleichgewicht. Hinter ihm tauchten zwei weitere Gestalten auf.

Als er den Arm packte, der seinen Kopf umklammerte, sah er, wie die beiden anderen Eindringlinge in Richtung Hauptdeck stürzten, um Leonfeld und Bennett zu packen. Zu seinem Schreck sah er, daß Alexander die bewaffneten Yankees angriff!

Sie hatten Jacken und Hemden ausgezogen, um besser schwimmen und an den Ketten hochklettern zu können. Nun glitzerten zwei nasse Rücken in den ersten Strahlen des Morgenlichts. Sie spannten die Schultern, hoben ihre Säbel und schlugen auf Leonfeld und Bennett ein. Leonfeld fiel nach hinten, hinter den Fockmast, dann sprang er auf die Beine, um den Angriff zu parieren.

Bennett hatte weniger Glück. Der zweite Angreifer versetzte dem Kanonier einen heftigen Hieb auf den linken Wangenknochen. Bennett brüllte seine Schmerzen laut heraus und fiel wie ein Stein zu Boden. Als er an Deck lag und die Hände hob, um sein Gesicht zu schützen, floß Blut nur so aus der aufklaffenden Wunde. Er zuckte, dann war er tot.

Alexander hatte nun das Vordeck erreicht. Er riß den weißglühenden Luntenstock an sich und holte gewaltig in Richtung des Mannes aus, der Bennett getötet hatte.

Picard preßte seine Fersen gegen das Deck und zerrte heftig an dem Mann, der ihn von hinten festhielt. Sein Mund kam teilweise hinter dem kräftigen Unterarm hervor. »Hrrlfff ...«

Programm anhalten! Programm anhalten!

Der Arm umschloß seinen Mund noch fester. Picard machte den Versuch, die Wörter direkt durch die Nasenlöcher zu schieben, aber allem Anschein nach verstand der Computer den Befehl nicht.

Eingehüllt in das Grauen seines Mangels an Weitblick, beobachtete er, wie der Luntenstock in Alexanders Hand auf den nackten Rücken des Yankees sauste und ihm eine sengende Brandwunde zufügte, die er sofort mit einem Herumwirbeln beantwortete. Sein Säbel zuckte auf Alexander zu. Der Junge duckte sich und fuhr zur Seite, doch die Säbelspitze ritzte seine Schulter und schnitt diagonal über seine Brust.

Picard riß die Kiefer auf und biß in den erstbesten Muskel.

Schmerzgeheul dröhnte in sein Ohr. Der Arm ließ von ihm ab. Picard riß den Ellbogen nach hinten und drosch ihn ins Zwerchfell des Mannes, dann faltete er fest die Hände, fuhr herum und verpaßte ihm einen Schlag aufs Ohr. Von Schwindel und Atemlosigkeit ergriffen, wankte der Mann zurück und fiel auf die Hauptdeckluke.

»Programm ... Ach, verflucht noch mal!« Picard eilte aufs Vordeck und rempelte den Yankee an, der Alexander gerade mit einem Säbelhieb erledigen wollte. Sie flogen beide zu Boden.

Der Mann war nur halb so alt wie er, aber Picard war doppelt so wütend. Er packte den Bewaffneten am Hals, riß ihn ein Stück hoch und knallte seinen Kopf auf die Planken. Der Säbel entfiel seiner erschlafften Hand.

»Alexander!« Picard sprang auf die Beine und stieß gegen den Jungen, der gerade aufstehen wollte.

»Es geht schon wieder!« sagte Alexander tapfer. »Halten Sie das Programm nicht an! Es ist nur ein Schnitt!«

Verdammt, der Junge war schnell! Bevor Picard ihn zu fassen bekam, rappelte er sich auf, packte die Reling und zog sich hoch. Sein Hemd war vorn voller pflaumenfarbenem Blut, aber er schaute auf den Kai hinaus.

»Schauen Sie!«

Britische Soldaten stürmten von der Straße auf den Kai, stellten sich diszipliniert auf und legten auf die Yankees im Hafen an.

»Feuer einstellen!« rief eine Stimme. »Kolonisten! Feuer einstellen! Feuer einstellen!«

Picard schaute auf. Es war Patrick O'Heyne. Er stand ungefähr in der Mitte des Hauptkais und hob beide Hände in die Luft. Eine Flinte lag zu seinen Füßen. Er gab auf, um das Leben der in die Ecke getriebenen Rebellen zu schützen.

Der Yankee, der sich mit Leonfeld raufte, wich zurück, und Leonfeld kam zu Picard und blieb neben ihm stehen. »Der Junge ist verwundet, Sir«, sagte er.

»Ich weiß. Man muß schon ein Schwein sein, um ein Kind anzugreifen.«

»Aber wir haben *Krieg*, Sir«, erklärte Leonfeld. Natürlich hatte er recht.

Der Yankee, der sich noch an Deck befand, trat zurück und winkte O'Heyne zu, dann senkte er zögernd seinen Säbel. Auch er ergab sich.

Wie so vieles in diesem Unabhängigkeitskrieg hatte auch dieses Scharmützel nichts gebracht. Es hatte nur dazu gedient, gewisse Ansichten hörbar zu machen. Die Fregatte *Justina* war wieder ein Schiff der königlichen Marine.

Die Nacht spielte erfrischend kühl um seine heiße Haut und sein Nackenhaar, das nach den elektrischen Schlägen noch immer abstand.

Auf dem Weg zum Haupttor des Gefängniskomplexes war Worf einem halben Dutzend Brände begegnet, die Odette Khanty gelegt hatte, um zu verhindern, daß man sie verfolgte. Sie hatte ihre klobigen Schuhe weggeworfen und ebenfalls in Brand gesteckt. Wahrscheinlich rannte sie jetzt.

Worf weigerte sich zu rennen. Er ballte die Fäuste und schritt kräftig aus, Schritt für Schritt, wie auf einer Parade. Seine Stiefel erzeugten bei jedem Schritt einen respekteinflößendes Geräusch auf dem Steinboden. Er konzentrierte sich auf den Klang, denn dies lenkte seinen Geist langsam von den Nachwirkungen des Büffelstocks ab.

Hinter ihm brannte das Gefängnis immer heftiger. Die Flammen breiteten sich allmählich über Bodenbeläge, Polstermöbel und anderes aus. Feuer fanden selbst in Gefängnissen etwas, das es verzehren konnte, und sei es auch nur Wandfarbe.

Er fühlte auch in sich ein Feuer. Er war bereit, in Flammen aufzugehen. Und er war entschlossen, den Tod seines Freundes zu rächen.

Er erreichte die Terrasse der Gouverneursvilla und sah dort Wachen und etwa ein Dutzend Polizeifahrzeuge, die hinter ihm auf dem Hof fuhren oder schwebten und das Gelände in Scheinwerferlicht tauchten. Alle waren gekommen, um Odette Khanty zu verhaften. Er ignorierte sie. Er hatte sein Ziel im Blick.

Ein guter Tag zum Sterben.

Polizisten strömten aus Fahrzeugen und eilten über den Hof der Terrasse. Worf spürte, daß sie dicht hinter ihm waren, aber er wollte noch immer nicht laufen. Ihm war, als werde sein Körper von einem Deflektorschirm geschützt. Niemand näherte sich ihm. Niemand versuchte ihn aufzuhalten. Ob sie ihn aus der Fernsehübertragung kannten oder sich nur auf die Frau konzentrieren wollten, wußte er nicht. Es war ihm auch in dieser Situation egal.

Jeder Schritt schien einen Nagel in seinen schmerzenden Kopf zu treiben. Er hätte Grant gern mit mehr Respekt behandelt. Wie beeindruckend, daß niemand den Datenfaden gefunden hatte. Grant hatte nie aufgegeben. Hätte er es getan, wäre ihm bestimmt ein gnadenvollerer Tod beschieden gewesen. Aber er hatte nichts preisgegeben. Seine Daten enthielten Stunden detaillierter Indizien, und wenn man sie mit Datas Aufzeichnungen der Worte der Khanty kombinierte, würde sie dort landen, wo sie hingehörte. Datas sämtliche Aufzeichnungen waren vor Gericht gegen sie verwendbar. Sie hatten sie.

Doch der Verlust... Den Anblick von Grants gefolterter, in der Zelle hängender Leiche würde er bestimmt nie vergessen.

Ehrlichkeit zahlte sich nicht immer aus, das wußte er jetzt. Mut definierte sich nicht immer durch pure Kraft. Als Stärke – wahre Stärke – erforderlich war, hatte Ross Grant die Zähne zusammengebissen. Diese Stunden mußten bestimmt die Hölle für ihn gewesen sein. Nun, als Worf sich an seine Beute heranpirschte, empfand er jede Minute dieser Stunden.

Die Qual machte ihm sehr zu schaffen. Als die Polizei die Villa umstellte, tat sich einiges.

Worf stieg die Ziegelsteinstufen zum Balkon hinauf und wandte sich abrupt nach rechts. Er konnte sie noch immer sehen.

Sie lief über die breite Terrasse. Worf konnte sich zwar nicht vorstellen, wohin sie verschwinden wollte, aber eine gerissene Frau wie sie hatte bestimmt einen oder zwei Fluchtpläne ausgearbeitet.

Es war ihm egal. Er würde nicht rennen, sondern hinter ihr hergehen, und wenn er auf einer Treppe aus seiner eigenen Wut in den schwarzen Weltraum hinausgehen mußte.

Scheinwerfer tasteten sich aus der Ferne heran und beleuchteten die Terrasse der Villa und die Umrisse von Odette Khantys Gestalt. Die Polizei schnitt ihr den Weg ab. Sie würde nicht von der Terrasse herunterkommen.

Er sah, daß sie zu ihm zurückschaute, und stellte sich vor, daß sie Angst vor ihm hatte. Denn sie lief so schnell sie konnte, und er ging.

Plötzlich war sie weg. Worf hörte das Schlagen einer Tür. Als er die Stelle ihres Verschwindens erreichte, stand er vor einer Art Gerätekammer.

Er trat die Tür ein.

Vor ihm warf sie eine andere zu. Er trat auch sie ein. Als die Tür zusammenbrach, sah er den T'kalla-Stock. Er lag auf dem Boden. Ein Licht blinkte. BATTERIE ERSCHÖPFT.

Es war niemand im Raum.

Er schaute hoch. Eine an der Wand befestigte Leiter führte in eine Art Röhre hinein.

Er kletterte hinauf.

»Das können Sie mir doch nicht antun!« Ihre Stimme warf ein leises Echo.

»Und ob ich es kann«, sagte er und stieg weiter in die Dunkelheit hinein.

»Ich werde es überstehen!«

»Nein, werden Sie nicht.«

»Ich habe Einfluß in Kreisen, von denen Sie nicht mal gehört haben!«

»Jetzt nicht mehr.«

Er hatte zwar keine Ahnung, wohin sie wollte, aber er würde sie dort treffen.

Er kletterte weiter. Die Eisensprossen waren kalt an seinen Händen, und er stellte fest, daß seine Finger vor Schmerz zuckten.

Vor ihm öffnete sich der Himmel. Odette Khanty war offenbar aus der Röhre gestiegen. Nun lag der Himmel vor ihm. Der Nachthimmel. In seinem Geist sah Worf die Fähre, die im All schwebte und pflichtgetreu immer wieder die Worte übertrug, mit der die Khanty sich in der Zelle belastet hatte.

Die gesamte Bevölkerung würde es bald wissen. Falls sie es nicht schon wußte. Er hatte nicht geahnt, daß sie schon für das erste Attentat auf ihren Gatten verantwortlich gewesen war.

Da war sie. Als er aus der Röhre kam, sah er Odette Khanty am Dachrand. Sie waren vier Stockwerke hoch, ganz oben auf den Dach der Villa.

Um sie herum erstrahlte der Hof von den Scheinwerfern der Polizei. Alles summte vor Aktivität. Unter ihnen versammelten sich Menschen, um zu sehen, was hier vorging.

Alle Blicke waren auf die Begrenzungsmauer des Daches gerichtet, an der Odette Khanty nun in der freien Luft in der Falle saß.

»Zurück«, sagte sie, als Worf über das Dach auf sie zuging.

Das Dach war von einer niedrigen Mauer umgeben. Sie stieg hinauf, was bei ihrem engen Rock nicht einfach war.

Worf blieb stehen.

Sie kroch ein Stück über das Mäuerchen und verharrte. Sie konnte nirgendwohin.

»Ich springe runter«, rief sie durch den Wind.

»Nein«, sagte Worf. »Werden Sie nicht.«

»Hier können Sie nicht siegen«, sagte sie stur. »Ich stürze mich als in die Enge getriebene Heldin in die Tiefe. Die Leute werde glauben, daß alles eine Verschwörung war. Daß man mich nur verleumdet hat. Die Menschen lieben mich!«

Worf spürte, daß der Wind an seinem Haar zerrte und sein Gesicht kühlte. »Das war einmal. Sie haben in ihrem Leben zehntausend ruchlose Verbrechen begangen. Ross Grant hat sich um jedes einzelne gekümmert. Mir sind aber nur zwei wichtig.«

Er trat näher an sie heran; so nahe, daß er sie leicht vom Rand des Daches hätte stoßen können.

»Eins hätten Sie nicht tun dürfen«, sagte er. »Meinen Freund umbringen.«

Odette Khanty runzelte verdutzt die Stirn und schaute ihn an. Sie hockte noch immer auf Händen und Knien. Ihr schwarzer Hut war weg, die Steine hatten ihre Strümpfe zerfetzt.

»*Deswegen* sind Sie zurückgekehrt?« fragte sie. »*Seinetwegen?*«

»Ja, vor allem seinetwegen.« Worf hob eine Hand.

Einen Stoß. Er brauchte sie nur ganz kurz anzutippen, dann war sie weg. Weg, schnell und jäh, in wenigen Sekunden des Entsetzens, im freien Fall. Ein schneller Tod.

»Und weshalb sonst noch?«

»Ihr Tod entbindet die Einzelgänger von dem Treueeid, den Sie abgegeben haben. Vielleicht finden sie dann die Ehre wieder, die noch in ihnen steckt. Und vielleicht noch mehr.«

»Warten Sie!« schrie sie. »Ich entbinde sie; sie brauchen den Eid nicht mehr zu halten!«

»Danke«, sagte Worf. »Erwecken Sie meinen Freund nun wieder zum Leben?«

»Nicht!« schrie Odette Khanty, als er nach ihr griff.

Er packte ihren Ellbogen so leicht, als wolle er eine Blume pflücken, und riß sie vom Dachrand fort.

Hinter ihm spuckte die Röhre Polizisten aus. Sie strömten nacheinander aufs Dach und bildeten einen Halbkreis um ihn und die Frau. Worf war sich ihrer Anwesenheit zwar bewußt, doch er drehte sich nicht um.

Er schaute nur sie an.

»Odette Khanty«, sagte er, »im Namen von Starfleet und der Föderation der Vereinten Planeten verhafte ich Sie wegen Mordes, Mordversuchs, Erpressung, Spionage und Hochverrats. – Freuen Sie sich, daß Sie sich in meinem Gewahrsam befinden und nicht in dem jener, die Sie *lieben.*«

21

Auf den Straßen der Ortschaft lagen Kugeln, verschüttetes Pulver, Stoffetzen, Blutlachen, verlorene Ladestöcke und abgetrennte Gliedmaßen. Die meisten Toten hatte man auf den Kirchplatz gebracht. Die Verwundeten befanden sich anderswo, um behandelt zu werden oder zu sterben.

Picard legte seine bebenden Hände fest auf Alexanders Schulter und Brustkorb, um die Blutung zu stoppen. Er dachte mehr als einmal daran, alles anzuhalten, aber irgend etwas in ihm und im Blick des Jungen hinderte ihn daran, die Worte auszusprechen. Es gab Zeiten, in denen auch Sicherheit nicht alles war.

Er, Alexander und Sergeant Leonfeld hatten die *Justina* verlassen. Man hatte eine Mannschaft aus Grenadieren an Bord gebracht, um sie zu sichern und zu bewachen. Nun wurden Picard und der Rest seiner Leute zum Feldhauptquartier der Briten eskortiert.

Es war Jeremiah Covermans Haus.

Die Wohnküche war in einen militärischen Außenposten verwandelt worden. Man hatte Amy Coverman gezwungen, den Offizieren ein Essen aufzutragen. Am Tisch saß ein Captain der Infanterie. Er hatte einen dicken braunen Schnauzbart und eine graue Haarmähne. Picard blieb vor ihm stehen. Leonfeld und Alexander flankierten ihn rechts und links.

Der Captain schaute zu ihnen auf und betrachtete den schlechtsitzenden roten Rock Picards. »Sie sind Offizier auf der *Justina*?«

»Jawohl, Sir. Picard, Sir.«

»Ich bin Captain Holmes.«

»Freut mich, Sir.«

»Danke, gleichfalls. Mr. Picard ich habe neue Befehle für Sie. Ich bin autorisiert, Mr. Penningtons Status als Führungsoffizier der *Justina* wieder in Kraft zu setzen und ihm den Rang eines Captains zu verleihen. Er und seine Mannschaft werden in diesem Moment freigelassen. Da der zweite und der dritte Offizier gefallen sind, sind Sie nun der Erste. Es ist Ihre und Mr. Penningtons Pflicht, das Schiff wieder in Kampfzustand zu versetzen und in der Delaware Bay eine Blockadeposition einzunehmen. Sie können ganz nach Belieben über die Werft und ihre Einrichtungen verfügen.«

»Jawohl, Sir.«

»Mr. Pennington hat angedeutet, daß Sie bei den Kolonisten als Spion tätig waren und mit der örtlichen Lage vertrauter sind als er.«

»Jawohl, Sir.«

»Sehr gut. Dann bestätigen Sie mir etwas. – Corporal?« Holmes schaute die Wache an, die an der Hintertür stand.

»Jawoll, Sir!« Der Mann öffnete die Tür und winkte.

Ein weiterer Uniformierter trat ein. Er führte Jeremiah Coverman und Patrick O'Heyne vor sich her. Hinter ihm kamen noch zwei Männer.

»Ich glaube, daß dies die Männer sind, die die Kolonisten und *Minutemen* hier im Ort angeführt haben. Können Sie es bestätigen?«

Picard spürte, daß Leonfeld sich neben ihm versteifte. Als britische Offiziere erwartete man von ihnen, daß sie die zivilen Rebellenführer verdammten, denn sie galten nicht als militärische Gleichrangige, sondern als Aufständische. Verräter.

Man würde sie hängen.

»Captain, ich bin Patrick O'Heyne«, sagte Jeremiahs

Freund, bevor Picard sich festlegen mußte. »Ich habe die *Minutemen* in dieser Gegend organisiert. Es besteht kein Grund, daß Sie sich meine Worte bestätigen lassen müssen. Außer mir ist niemand verantwortlich.«

Jeremiah drängte sich nach vorn, aber Leonfeld streckte die Hand aus und schubste ihn zurück, bevor er für seinen Teil der Maßnahmen die Verantwortung übernahm. Captain Holmes bemerkte es zwar, schien aber nicht zu wissen, was er davon halten sollte.

»Captain«, sagte Leonfeld und zog damit die Aufmerksamkeit der anderen auf sich, »ich bin Sergeant Alexander Leonfeld von den Grenadieren Seiner Majestät auf der *Justina*.«

»Ja, Sergeant?«

»Ich bitte um Vergebung, Sir«, warf Picard ein, »aber der Sergeant ist nun Captain der Marineeinheit. Captain Newton und sein Stellvertreter sind nämlich gefallen, als das Schiff aufgeben mußte.«

Holmes musterte Leonfeld mit neuem Respekt, obwohl er noch immer nicht wußte, was all dies zu bedeuten hatte. Er paßte sich den Gegebenheiten an. »Verstanden. Sie haben bestimmte Beobachtungen gemacht, Captain Leonfeld?«

»Jawohl, Sir. Es war eine ehrliche Schlacht. Die Kolonisten haben in gutem militärischen Stil verloren und sich wie Soldaten betragen. Ich schlage vor, daß man sie wie solche behandelt, ob es nun Infanteristen oder Zivilisten sind.«

»Also wirklich ...«

»Ja, Sir«, sagte Picard zustimmend. »Die hiesigen Kolonisten haben unsere Mannschaft mit äußerstem Respekt behandelt. Ich halte es für meine Pflicht, dafür zu sorgen, daß man ihnen mit dem gleichen Anstand begegnet. Wir haben zwar Krieg, aber wir sind keine Wilden.«

»Das sind doch Aufständische, Picard«, fauchte

Holmes. »Sollten wir uns entschließen, diese beiden zu hängen, die Frauen an den Pranger zu stellen und ihnen die Kinder wegzunehmen, damit sie als Knechte, die sie sind, ordentlich erzogen werden, dann werde ich es bestimmen. Nicht Sie, und auch nicht Captain Leonfeld.«

Picard neigte den Kopf. »Nein, Sir. Diese beiden Männer werden nicht gehängt. Sie werden wie Offiziere behandelt. Wir knüpfen keine Offiziere auf, die ihrer Pflicht nachkommen – auch dann nicht, wenn es nicht König George ist, der ihre Pflicht bestimmt. Wenn wir der Ritterlichkeit unseres Gegners keinen Respekt zollen, verlieren wir unsere eigene. Und dann schmeckt jeder Sieg nur noch schal.«

Holmes sprang auf. »Sie wagen es, so mit mir zu reden? Das hat noch keiner gewagt!«

»Solange Sie hier sind«, fuhr Picard fort, »werden Ihre Männer die Frauen und den Besitz der Einheimischen respektieren. Sie werden diese beiden Herren so behandeln, wie Sie selbst behandelt werden möchten, sollten Sie je dem Feind in die Hände fallen. Ich glaube nicht, daß es zuviel verlangt ist, wenn sie ein Mindestmaß an Schicklichkeit bewahren. Ein unkorrektes Verhalten von uniformierten Soldaten des Königs diesen Leute gegenüber wäre nicht wiedergutzumachen. Wir leben in einer äußerst gefährlichen Welt, und vielleicht finden wir uns eines Tages in einer umgekehrten Situation wieder.«

Holmes' Gesicht wurde rot. »Wer sind Sie überhaupt, daß Sie einem Offizier der königlichen Grenadiere etwas vorschreiben wollen?!«

Picard stützte die Hände in seine Hüften. Doch bevor er etwas sagen konnte, ergriff Alex Leonfeld das Wort. »Ich, Sir, bin ein Offizier der königlichen Marine, die es Ihnen ermöglicht hat, erfolgreich eine britische Fregatte zurückzuerobern, und das war das Ziel ihres ganzen

Manövers. Es ist Ihr Auftrag, die Schiffe Seiner Majestät zu beschützen und zu verteidigen. Deswegen steht das gesamte Unternehmen unter dem Kommando der Marine. Und die Marine, Sir, sind Mr. Pennington und *ich.*«

Die beiden starrten sich an. Holmes' Gesicht wurde fast violett, aber schließlich lehnte er sich ein Stück zurück und senkte den Blick.

»Verflucht, das ist viel Unverschämtheit auf einmal«, sagte er. »Ein Riesenhaufen Unverschämtheit. Sie sind fast so unverschämt wie diese Emporkömmlinge hier.« Er nahm seine Schreibfeder und deutete auf Jeremiah und O'Heyne. »Hmm ... Sind Sie im Zivilberuf zufällig Rechtsanwalt, Mr. Leonfeld?«

Er legte die Feder weg, kam hinter dem Tisch hervor und ging an Jeremiah und O'Heyne vorbei. Sie wichen vor seiner finsteren Miene nicht zurück, und das schien ihn irgendwie nachdenklich zu machen.

»Hmm«, machte er. »Nun ja, ich muß der Uniform des Königs wohl meinen Respekt erweisen ... Machen wir's so: Ich berate mich mit Mr. Pennington, und wir verfahren nach seinem Geheiß. Ich überlasse ihm die Entscheidung, ob die beiden morgen gehängt werden oder nicht.«

»Danke, Sir!« rief Leonfeld. Er schüttelte sich vor Erleichterung.

»Danken Sie mir noch nicht«, sagte Holmes. »Vielleicht läßt er sie ja *doch* morgen erschießen. In Ordnung, meine Leute sind nebenan in der Weberei einquartiert. Treiben Sie nun Ihre Mannschaft zusammen, bringen Sie sie aufs Schiff und stellen Sie sie an die Arbeit. Sollten Sie zu wenig Leute haben, kann ich Ihnen welche zuteilen. Legen Sie jetzt los, bevor ich sauer werde und mir alles noch mal überlege. Und verbinden Sie Ihr Pulveräffchen. Er blutet hier den Boden voll.«

Ohne dem Captain mit einem »Jawoll, Sir« Respekt zu erweisen, legte Picard eine Hand auf Alexanders

Schulter und schob ihn hinaus. Leonfeld folgte ihnen. Als die Tür sich hinter ihm geschlossen hatte, sank er gegen den Rahmen.

»Danke für Ihre Hilfe, Mr. Picard«, schnaufte er. »Vielleicht wird man Jeremiahs Leben nun doch verschonen.«

»Falls es dazu kommt, ist das aber Ihr Verdienst«, sagte Picard.

Im nächsten Moment ging die Tür wieder auf. Zwei Wachen geleiteten Jeremiah und O'Heyne auf die Veranda. Jeremiah eilte sogleich zu Leonfeld und drückte herzlich seine Hand.

»Du bist immer noch der Alte«, sagte er lobend. »Irgendwann wird alles zu Ende sein; dann sind wir wieder eine Familie.«

»Ich werde immer zu deiner Familie gehören«, sagte Leonfeld herzlich. »Ich habe dem König zwar einen Eid geschworen, den ich in Ehren halte, aber jetzt weiß ich, daß ich nicht besser bin als ihr.«

Jeremiah tätschelte seine Hand. »Ach, hin und wieder bist du es doch!«

»Mach dir keine Sorgen«, sagte O'Heyne und klopfte Jeremiah auf den Rücken. »Irgendwann werden England und wir Freunde sein, weil wir es uns einfach nicht leisten können, ewig so weiterzumachen.« Er schüttelte Picard die Hand. »Ich danke auch Ihnen.«

»Nichts zu danken«, erwiderte Picard matt. »Alles Gute, Mr. O'Heyne.«

Die Wachen nahmen die beiden Männer mit, und Alex Leonfeld schaute wehmütig hinter ihnen her.

»Sie sollten nun lieber Mr. Pennington informieren«, sagte Picard. »Das Schiff gehört uns. Und das Schicksal Ihres Vetters und O'Heynes liegt in seinen Händen.«

»Ja«, sagte Leonfeld. »Ja, danke.« Er schüttelte zuerst Picards Hand, dann die Alexanders. »Ich danke Ihnen. Und dir auch, Schrubber.«

Als er durch die Reihen der britischen Soldaten eilte, die die nun heller werdende Straße beherrschten, fuhr Alexander zu Picard herum.

»Mann!« rief er. »Ich frage mich, ob das wirklich so passiert ist! Es wäre jedenfalls schön!«

»Der Holodeck-Computer hat mich jedenfalls nicht aufgehalten«, sagte Picard mit einem Seufzer. »Er hat mir auch keine Hindernisse in den Weg gestellt. Also *muß* damals irgend etwas in dieser Richtung passiert sein.«

»Alex hat Captain Holmes wirklich die Zähne gezeigt! Er hat in seinem Beisein die Feinde Britanniens verteidigt!«

»Ja, so war es. Seine Worte haben mir sehr gefallen.«

»Glauben Sie, Mr. Pennington läßt Jeremiah und Mr. O'Heyne leben?«

»Pennington ist ein mitfühlender und anständiger Mensch. Ich glaube nicht, daß er nachtragend ist. Und falls der Krieg etwas anderes vorschreibt... Nun, für Patrioten gibt es schlimmere Todesarten.«

»Glauben Sie wirklich? Daß es gute und schlechte Todesarten gibt?«

»Ja. Es gibt auch Dinge, für die zu sterben es sich lohnt. Du hast gehört, was diese Leute sagen; worum es den Kolonisten geht. Du hast auch auf seiten der Briten furchtloses Verhalten gesehen. Hier entsteht eine höhere Zivilisation, die eine höhere Moral mit sich bringt. Das alte monarchistische System hat die Menschheit mit großem Erfolg durch primitive Zeiten gebracht, aber mit dem Fortschritt kommt auch die Ethik des Individualismus. Sie hat uns all das gegeben, was wir in unserer Zeit für selbstverständlich halten. Deswegen müssen wir uns für sie einsetzen, wenn wir nicht alles verlieren wollen.«

Alexander musterte die morgendliche Szenerie – das alte amerikanische Städtchen, die über den Dächern aufragenden Schiffsmasten, die drollig gekleideten Menschen, die sich bemühten, nach einer schwierigen Nacht einen schwierigen Tag hinter sich zu bringen, und die wachsamen Rotröcke, die mehrere Gruppen amerikanischer Infanteristen in die Gefangenschaft führten.

»Ich glaube, jetzt verstehe ich es«, sagte er.

»Ich glaube, ich auch«, sagte Picard, dem es nicht gelang, ein Lächeln aufzusetzen.

»Was meinen Sie damit?«

»Daß Menschen das Recht haben zu wählen, auch dann, wenn sie eine schlechte Wahl treffen. Wie dicht darf man ihnen auf den Pelz rücken? Und zu welchem Preis? So, jetzt gehen wir ins Lazarett. Aber in das echte. Und ich mache lieber mein Testament, denn wenn dein Vater erfährt, daß du verwundet wurdest, wird er mich wahrscheinlich wichtiger zerebraler Materie berauben.«

Er blieb stehen und warf über die Häuser hinweg einen Blick auf die Masten der *Justina.* Der Wind vom Delaware River strich über sein Gesicht, und er prägte sich die Masten und die Takelage ein, damit er sie nie wieder vergaß.

»Computer«, sagte er dann. »Programm beenden.«

22

Gehen Sie nie näher als auf eine Bootshakenlänge an den Captain heran – es sei denn, Sie haben einen triftigen Grund. Das sollten Sie nie vergessen, Nummer Eins.«

»Ich werd's mir merken, Sir. Wie lang ist eigentlich ein Bootshaken?«

Picard führte Will Riker ins Besprechungszimmer neben der Brücke und eilte zu seinem Schreibtisch. Er erhielt jedoch keine Gelegenheit, sich hinzusetzen.

Ohne daß jemand um Erlaubnis nachgesucht hatte, eintreten zu dürfen, öffnete sich die Tür, und eine gewaltige Zornesmasse schob sich herein.

»Mein Sohn wurde im Unabhängigkeitskrieg verwundet!«

Die Wände klapperten. Der Schreibtisch summte. Riker zog sich einen guten Meter zurück.

»Ja«, erwiderte Picard und baute sich hinter dem Tisch auf. Er nahm jedoch nicht Platz. Er wollte nicht im Sessel sterben. »Ja, Mr. Worf, ich weiß. Es tut mir auch sehr leid. Ich weiß natürlich, daß ich ihn beschützen sollte, denn Sie haben ihn schließlich aus Gründen der Sicherheit auf der *Enterprise* zurückgelassen …«

Worf runzelte die Stirn. »Ich bin stolz auf seine Wunde!«

Picard blinzelte. »Wirklich?« sagte er. »Oh, aber natürlich.«

Worf trat näher heran. »Ich muß aber wissen, ob er

sich die Narbe auf ehrenhafte Weise zugezogen hat, Captain.«

»Aber ja«, versicherte Picard. »Er hat wacker gekämpft, um unser Schiff zu verteidigen. Es fiel mir wirklich schwer, ihn von den echten Soldaten zu unterscheiden.«

Worf schwieg einen Moment. Er mußte erst einmal alles verarbeiten und die väterliche Sorge über sein verletztes Kind dagegen abwägen, welchen Stellenwert die Wunde auf der klingonischen Ehrenskala einnahm.

Trotzdem zeigten seine nußbraunen Augen noch etwas anderes; kompliziertere Dinge, die ihn quälten.

Bevor jemand etwas sagen konnte, ging die Tür schon wieder auf, ohne daß jemand um Erlaubnis gebeten hatte, eintreten zu dürfen. Alexander stürmte herein. Er knallte fast gegen den Schreibtisch des Captains.

»Vater!« rief er.

Worf bemühte sich, die Beherrschung zu bewahren, was ihm ungefähr so gut gelang wie einer überhitzten Dampfmaschine. »Der Captain hat mich informiert, daß deine Wunde eine ehrenwerte ist.«

»Mr. Worf«, warf Picard ein, »ich bin froh, daß Sie gekommen sind. Ich schlage Sie zu einer Belobigung vor. Das heißt, ich würde sie gern vorschlagen, wenn Ihr Unternehmen autorisiert gewesen wäre. Zumindest könnte ich den Tadel abblocken, den Sie sich zweifellos einhandeln werden, sobald Kommissar Toledano …«

»Captain«, wurde er von Worf unterbrochen, »ich kann für den abgeschlossenen Auftrag weder eine Belobigung noch irgendwelche anderen Auszeichnungen entgegennehmen.«

Picard schaute ihn an. »Wegen …«

»Ja, Sir.« Worfs Stimme wurde etwas leiser. »Ich bedaure zwar meinen Entschluß nicht, Captain, aber ich darf nicht an ihm profitieren. Es wäre eine Beleidigung für Grants Andenken, mich irgendwie auszuzeichnen.«

Alexander schaute überrascht zu seinem Vater auf. »Was soll das heißen? Wovon sprichst du?«

Kalte Spannung durchdrang den Raum, als Picard und Riker begriffen, daß Alexander noch gar nicht wußte, was auf Sindikash passiert war. Worf drückte sich nicht. Er schaute seinen Sohn an. »Alexander«, sagte er, »ich war ... nicht stark und nicht schnell genug, um Grant zu retten.«

Vater und Sohn waren kaum eine Armeslänge voneinander entfernt. Die schreckliche Bedeutung von Worfs Worten schwärte zwischen ihnen.

»Er ist tot?« Alexanders Stimme war kaum zu hören.

Picard unterdrückte das Verlangen, sich einzumischen. Die Beschützergefühle, die er dem Jungen gegenüber empfand, hätten sich eigentlich längst zurückziehen müssen, aber irgendwie waren sie noch da. Er hätte Alexander gern beruhigt. Er hätte das Programm gern angehalten, um zu erklären, daß solche Dinge nun mal vorkamen.

Doch das Leben war kein Holoprogramm. Es enthielt keine Pausen, in denen man sich alles überlegen konnte. Es gab kein Zurücksetzen, um Grants Leben zu retten.

»Er starb«, sagte Worf langsam, »bevor ich bei ihm war. Ich habe ihn im Stich gelassen, Alexander. Und dich auch.«

Trauer hüllte Alexanders Gesicht ein. Er wandte den Blick eine ganze Minute lang von den Anwesenden ab und kämpfte tapfer um Beherrschung. Er stierte den Teppich an und nickte bei irgendeinem Gedanken, der ihm kam. Dann schaute er auf. Da er seinem Vater nicht in die Augen schauen konnte, musterte er seine Uniform.

»Manche Dinge«, sagte er rasselnd, »sind es wert, daß man für sie stirbt.«

Seine großmütigen Worte ließen Worf zusammenzucken. Sein Blick verengte sich, und er schaute seinen Sohn perplex an. Er öffnete den Mund, doch nichts kam über seine Lippen. Alexander hatte etwas gesagt, das alle Klingonen wußten, doch bis heute war ihm nicht klar gewesen, daß auch sein Kind davon fest überzeugt war.

Alexander preßte die Lippen aufeinander. Er trat ein, zwei Schritte zurück, da er seinen Vater anschauen wollte, ohne den Kopf in den Nacken zu legen. Seine Stimme klang belegt und angestrengt.

»Der Tag der Ehre soll begreiflich machen, daß auch unsere Feinde eine Ehre haben, nicht wahr?«

Worf zwang sich zum Reden. »Ja ...«

»Das hat Mrs. Khanty nicht gewußt. Sie ist davon ausgegangen, daß ihre Feinde keine Ehre haben, doch dabei war sie diejenige, die ehrlos war. Deswegen hat sie dich unterschätzt. Ich weiß zwar nicht, ob dein Verhalten richtig war, aber ich weiß, daß Ehre nichts Einfaches ist. Manchmal besagt sie, daß möglicherweise beide Seiten teilweise recht haben und das man dies in Rechnung stellen muß, bevor man jemanden umbringt.«

Niemand sagte etwas. Die drei Männer waren vom Echo der Kinderworte gefesselt.

Alexander schaute seinem Vater fest in die Augen.

»Ich weiß zwar noch immer nicht, was Ehre ist«, sagte er, »aber ich weiß, daß sie damit zu tun hat, *warum* man kämpft – nicht *wie* man kämpft.«

Worf musterte seinen Sohn sprachlos. Dann schaute er Picard an. Sein Gesichtsausdruck änderte sich. Er strahlte zwar noch immer leichte Verärgerung aus, aber auch etwas anderes – als glaube er, daß Picard möglicherweise mehr als erwartet getan hatte.

»Wenn es möglich ist«, sagte Alexander, »möchte ich gern mit dem Captain sprechen.«

Worf nickte. »Na schön. Captain ... Ich danke Ihnen.«

Picard nickte zufrieden. »Hat mich gefreut, Mr. Worf.« Nach kurzem Zögern nickte Worf ebenfalls und verließ den Besprechungsraum.

Als er gegangen war und die Tür sich geschlossen hatte, fragte Riker »Soll ich auch gehen, Alexander?«

»Nein, nicht nötig.« Alexander trat an den Schreibtisch und schaute Picard an. »Ich habe einige Dinge überprüft.«

»Ach ja? Und welche?«

»Ob Mr. Nightingale wirklich in dieser Nacht gestorben ist. Es war *wirklich* so. Auch Captain Holmes hat es gegeben. Patrick O'Heyne hatte wirklich eine Firma in Liverpool und New York. Mr. Pennington hat einige Artikel und Briefe geschrieben, die veröffentlicht wurden. Also hat der Computer ihn vermutlich zitiert, als er mit mir sprach. Viel von dem, was wir gesehen haben, ist wirklich passiert.«

»Gute Arbeit«, sagte Picard. »Hast du dich auch über das Schicksal von Jeremiah und Alex informiert?«

»Nein… Ich wollte es zwar, aber dann habe ich es doch nicht getan.«

»Und warum nicht? Du hast doch auch den Rest seiner Tagebücher, oder?«

»Meine Verwandten haben sie. Ich kann sie kriegen.«

Picard beugte sich plötzlich vor. »Einen Moment… Du hast doch nicht vor, noch ein Holoprogramm auszuprobieren?«

Der Junge nickte. »Doch, ich möchte zurück. Aber… Ich glaube, damit warte ich lieber bis zum nächsten Tag der Ehre. Dann schaue ich mir den Rest an. – Und wenn Sie nichts dagegen haben«, fügte er tapfer hinzu, »möchte ich es mit meinem Vater zusammen erleben.«

Rikers blaue Augen leuchteten hinter ihm auf. Er lächelte.

»Ich habe durchaus nichts dagegen«, sagte Picard.

»Eine äußerst ehrenwerte Entscheidung. Abtreten, Schrubber.«

»Danke, Sir.«

Alexander stand wie ein echter Seemann stramm, fuhr auf dem Absatz herum und verließ den Raum.

Picard lehnte sich zurück und schaute Riker an. »Hmm ... Was halten Sie davon? Vielleicht bin ich doch nicht so schlecht darin, ein Kind aufzuziehen.«

Riker lachte leise. »Nun, Sir, ich muß zugeben ...«

Die Tür flog schon wieder auf. Meldete sich eigentlich niemand mehr an?

»Captain Picard!«

»Ah, Mr. Toledano ... Guten Abend.«

»Wenn der Föderationsrat mit Ihnen fertig ist, werden Sie eine Maultierkarawane kommandieren! Sie haben Odette Khanty den planetaren Behörden überstellt!«

»Ja, habe ich. Man wird sie unter Mordanklage stellen, weil sie ihren Ehemann umgebracht hat, und natürlich auch wegen zahlreicher anderer Verbrechen. Mr. Datas Aufzeichnungen sind als Beweismittel zugelassen, und ...«

»Da sie auf dem Planeten anwesend war, konnte die Wahl durchgeführt werden! Und sie wurde heute durchgeführt!«

»Der Vizegouverneur hat gewonnen«, fügte Riker hinzu. »Nun ist er der Gouverneur.«

Toledano fuhr zu ihm herum. »Außerdem hat man dafür gestimmt, aus der Föderation auszutreten!« Er blickte Picard an. »Wir haben den Planeten nur verloren, weil Sie so verdammt trotzig waren!«

Picards Stimme klang beherrscht und entspannt. »Glauben Sie, was Sie wollen, Herr Kommissar, aber ich wollte mich schließlich nicht in die Position der Briten drängen lassen.«

»Der *was*?«

»Sindikash hat das Recht, über seinen Kurs selbst zu bestimmen. Unabhängigkeit war früher eine Vorstellung, gegen die man Krieg geführt hat, aber ich halte sie für das Recht jeder Kolonie, die beweist, daß sie stabil ist und für sich sorgen kann. Es wird eine Periode geben, in der man die Muskeln spielen läßt, dann ein bis zwei Generationen des Kampfes, des Hungers und der Schwäche, aber wenn sie überlebt, wird sie sich uns eines Tages wahrscheinlich wieder anschließen.«

»Vorausgesetzt, sie massakrieren sich nicht! Das ganze Gebiet wird für Jahrzehnte an Stabilität verlieren! Wie viele Kolonien erleben eine kurze Blütezeit und verstricken sich anschließend in Machtkämpfe? Man zahlt immer einen hohen Preis ...«

»Und die Geschichte ist katastrophal und ihre Lieder sind sehr traurig«, sagte Picard. »Aber das ist ein Bestandteil der politischen Autonomie. Es kommt auf die Kolonisten an, Herr Kommissar, nicht auf uns. Wenn ich ehrlich bin, kann ich, wenn ich an die jungen Vereinigten Staaten denke, auch den Bewohnern Sindikashs eine bessere Einsicht nicht versagen, auch wenn sie erst später kommt.«

Toledano drückte einen spitzen Finger auf Picards Schreibtisch. Er wollte wohl noch etwas sagen, doch dann kam er zu dem Entschluß, daß es besser war, wenn er nur vor dem Föderationsrat sprach. Er marschierte hinaus.

Riker stieß einen langen Seufzer aus und setzte sich hin. »Was für eine Woche, Sir.«

»Ein Kampf an zwei Fronten«, sagte Picard zustimmend. Er lehnte sich zurück und schlug die Beine übereinander. »Heute abend ist mir sehr nach einem Gläschen Rum zumute. Ist es nicht komisch? Hätten Sie Lust, einen mit mir zu heben?«

Riker legte den Kopf schief. »Haben Sie Sorgen, Sir?«

Picard stand auf und ließ eine Schulter sinken. »Jetzt

habe ich einen schwarzen Fleck in meiner Personalakte. Leute werden aufkreuzen, die meinen Kopf auf eine Lanze gespießt sehen wollen. Sindikash hat zwar für die Unabhängigkeit gestimmt, aber der neue Gouverneur möchte Beziehungen zur Föderation. Damit kann der Föderationsrat doch etwas anfangen, meinen Sie nicht auch?«

»Ja, Sir, das glaube ich auch.«

»Was mich angeht… Falls ich das Schiff verliere… Na ja, was hält schon ewig? Mag sein, daß ich nie Admiral werde, aber wenigstens kann ich nachts schlafen. Dann haben wir eben ein Werturteil gefällt. Doch wenn wir es nicht tun, wer soll es dann tun? Eins darf man nicht vergessen: Wenn man sich in die Geschichte vertieft, ist es einfach unglaublich, daß die Vereinigten Staaten im Unabhängigkeitskrieg wirklich gesiegt haben. Hoffen wir also weiterhin, Mr. Riker. Wer die Galaxis mehr als einmal gerettet hat, hat auch ein paar Freunde in Schlüsselpositionen.«

Picard reckte die Schultern und hob das Kinn.

»Schließlich«, verkündete er, »sind wir keine Rohlinge.«

STAR TREK™

in der Reihe
HEYNE SCIENCE FICTION & FANTASY

STAR TREK: CLASSIC SERIE

Vonda N. McIntyre, Star Trek II: Der Zorn des Khan · 06/3971
Vonda N. McIntyre, Der Entropie-Effekt · 06/3988
Robert E. Vardeman, Das Klingonen-Gambit · 06/4035
Lee Correy, Hort des Lebens · 06/4083
Vonda N. McIntyre, Star Trek III: Auf der Suche nach Mr. Spock · 06/4181
S. M. Murdock, Das Netz der Romulaner · 06/4209
Sonni Cooper, Schwarzes Feuer · 06/4270
Robert E. Vardeman, Meuterei auf der Enterprise · 06/4285
Howard Weinstein, Die Macht der Krone · 06/4342
Sondra Marshak & Myrna Culbreath, Das Prometheus-Projekt · 06/4379
Sondra Marshak & Myrna Culbreath, Tödliches Dreieck · 06/4411
A. C. Crispin, Sohn der Vergangenheit · 06/4431
Diane Duane, Der verwundete Himmel · 06/4458
David Dvorkin, Die Trellisane-Konfrontation · 06/4474
Vonda N. McIntyre, Star Trek IV: Zurück in die Gegenwart · 06/4486
Greg Bear, Corona · 06/4499
John M. Ford, Der letzte Schachzug · 06/4528
Diane Duane, Der Feind – mein Verbündeter · 06/4535
Melinda Snodgrass, Die Tränen der Sänger · 06/4551
Jean Lorrah, Mord an der Vulkan Akademie · 06/4568
Janet Kagan, Uhuras Lied · 06/4605
Laurence Yep, Herr der Schatten · 06/4627
Barbara Hambly, Ishmael · 06/4662
J. M. Dillard, Star Trek V: Am Rande des Universums · 06/4682
Della van Hise, Zeit zu töten · 06/4698
Margaret Wander Bonanno, Geiseln für den Frieden · 06/4724
Majliss Larson, Das Faustpfand der Klingonen · 06/4741
J. M. Dillard, Bewußtseinsschatten · 06/4762
Brad Ferguson, Krise auf Centaurus · 06/4776
Diane Carey, Das Schlachtschiff · 06/4804
J. M. Dillard, Dämonen · 06/4819
Diane Duane, Spocks Welt · 06/4830
Diane Carey, Der Verräter · 06/4848
Gene DeWeese, Zwischen den Fronten · 06/4862
J. M. Dillard, Die verlorenen Jahre · 06/4869
Howard Weinstein, Akkalla · 06/4879

STAR TREK™

Carmen Carter, McCoys Träume · 06/4898
Diane Duane & Peter Norwood, Die Romulaner · 06/4907
John M. Ford, Was kostet dieser Planet? · 06/4922
J. M. Dillard, Blutdurst · 06/4929
Gene Roddenberry, Star Trek I: Der Film · 06/4942
J. M. Dillard, Star Trek VI: Das unentdeckte Land · 06/4943
Jean Lorrah, Die UMUK-Seuche · 06/4949
A. C. Crispin, Zeit für gestern · 06/4969
David Dvorkin, Die Zeitfalle · 06/4996
Barbara Paul, Das Drei-Minuten-Universum · 06/5005
Judith & Garfield Reeves-Stevens, Das Zentralgehirn · 06/5015
Gene DeWeese, Nexus · 06/5019
D. C. Fontana, Vulkans Ruhm · 06/5043
Judith & Garfield Reeves-Stevens, Die erste Direktive · 06/5051
Michael Jan Friedman, Das Doppelgänger-Komplott · 06/5067
Judy Klass, Der Boaco-Zwischenfall · 06/5086
Julia Ecklar, Kobayashi Maru · 06/5103
Peter Norwood, Angriff auf Dekkanar · 06/5147
Carolyn Clowes, Das Pandora-Prinzip · 06/5167
Michael Jan Friedman, Schatten auf der Sonne · 06/5179
Diana Duane, Die Befehle des Doktors · 06/5247
V. E. Mitchell, Der unsichtbare Gegner ·06/5248
Dana Kramer-Rolls, Der Prüfstein ihrer Vergangenheit · 06/5273
Barbara Hambly, Der Kampf ums nackte Überleben · 06/5334
Brad Ferguson, Eine Flagge voller Sterne · 06/5349
J. M. Dillard, Star Trek VII: Generationen · 06/5360
Gene DeWeese, Die Kolonie der Abtrünnigen · 06/5375
Michael Jan Friedman, Späte Rache · 06/5412
Peter David, Der Riß im Kontinuum · 06/5464
Michael Jan Friedman, Gesichter aus Feuer · 06/5465
Peter David/Michael Jan Friedman/Robert Greenberger, Die Enterbten · 06/5466
L. A. Graf, Die Eisfalle · 06/5467
John Vornholt, Zuflucht · 06/5468
L. A. Graf, Der Saboteur · 06/5469
Melissa Crandall, Die Geisterstation · 06/5470
Mel Gilden, Die Raumschiff-Falle · 06/5471
V. E. Mitchell, Tore auf einer toten Welt · 06/5472
Victor Milan, Aus Okeanos Tiefen · 06/5473
Diane Carey, Das große Raumschiff-Rennen · 06/5474
Diane Carey, Kirks Bestimmung · 06/5476
L. A. Graf, Feuersturm · 06/5477
A. C. Crispin, Sarek · 06/5478

STAR TREK™

Simon Hawke, Die Terroristen von Patria · 06/5479
Barbara Hambly, Kreuzwege · 06/5681
L. A. Graf, Ein Sumpf von Intrigen · 06/5682
Howard Weinstein, McCoys Tochter · 06/5683
J. M. Dillard, Sabotage · 06/5685
Diane Carey/Dr. James I. Kirkland, Keine Spur von Menschen · 06/5687
Peter David, Die Tochter des Captain · 06/5691
Dean Wesley Smith/Kristine Kathryn Rusch, Die Ringe von Tautee · 06/5693
Diane Carey, Invasion - 1: Der Erstschlag · 06/5694

STAR TREK: THE NEXT GENERATION
David Gerrold, Mission Farpoint · 06/4589
Gene DeWeese, Die Friedenswächter · 06/4646
Carmen Carter, Die Kinder von Hamlin · 06/4685
Jean Lorrah, Überlebende · 06/4705
Peter David, Planet der Waffen · 06/4733
Diane Carey, Gespensterschiff · 06/4757
Howard Weinstein, Macht Hunger · 06/4771
John Vornholt, Masken · 06/4787
David & Daniel Dvorkin, Die Ehre des Captain · 06/4793
Michael Jan Friedman, Ein Ruf in die Dunkelheit · 06/4814
Peter David, Eine Hölle namens Paradies · 06/4837
Jean Lorrah, Metamorphose · 06/4856
Keith Sharee, Gullivers Flüchtlinge · 06/4889
Carmen Carter u. a., Planet des Untergangs · 06/4899
A. C. Crispin, Die Augen der Betrachter · 06/4914
Howard Weinstein, Im Exil · 06/4937
Michael Jan Friedman, Das verschwundene Juwel · 06/4958
John Vornholt, Kontamination · 06/4986
Mel Gilden, Baldwins Entdeckungen · 06/5024
Peter David, Vendetta · 06/5057
Peter David, Eine Lektion in Liebe · 06/5077
Howard Weinstein, Die Macht der Former · 06/5096
Michael Jan Friedman, Wieder vereint · 06/5142
T. L. Mancour, Spartacus · 06/5158
Bill McCay/Eloise Flood, Ketten der Gewalt · 06/5242
V. E. Mitchell, Die Jarada · 06/5279
John Vornholt, Kriegstrommeln · 06/5312
David Bischoff, Die Epidemie · 06/5356
Peter David, Imzadi · 06/5357
Laurell K. Hamilton, Nacht über Oriana · 06/5342

STAR TREK™

Simon Hawke, Die Beute der Romulaner · 06/5413
Rebecca Neason, Der Kronprinz · 06/5414
John Peel, Drachenjäger · 06/5415
Diane Carey, Abstieg · 06/5416
Diane Duane, Dunkler Spiegel · 06/5417
Jeri Taylor, Die Zusammenkunft · 06/5418
Michael Jan Friedman, Relikte · 06/5419
Susan Wright, Der Mörder des Sli · 06/5438
W. R. Thomson, Planet der Schuldner · 06/5439
Michael Jan Friedman & Kevin Ryan, Requiem · 06/5442
Dafydd ab Hugh, Gleichgewicht der Kräfte · 06/5443
Michael Jan Friedman, Die Verurteilung · 06/5444
Peter David, Q^2 · 06/5445
Simon Hawke, Die Rückkehr der Despoten · 06/5446
Robert Greenberger, Die Strategie der Romulaner · 06/5447
Gene DeWeese, Im Staubnebel verschwunden · 06/5448
Brad Ferguson, Das letzte Aufgebot · 06/5449
Kij Johnson/Greg Cox, Die Ehre des Drachen · 06/5751
J. M. Dillard/Kathleen O'Malley, Wahnsinn · 06/5753
Dean Wesley Smith/Kristine Kathryn Rusch, Invasion - 2: Soldaten des Schreckens · 06/5754
J. M. Dillard, Star Trek VIII: Der erste Kontakt · 06/5757
Diane Carey, Tag der Ehre - 1: Altes Blut · 06/5763
J. M. Dillard, Star Trek IX: Der Aufstand · 06/5770

STAR TREK: DIE ANFÄNGE
Vonda N. McIntyre, Die erste Mission · 06/4619
Margaret Wander Bonanno, Fremde vom Himmel · 06/4669
Diane Carey, Die letzte Grenze · 06/4714

STAR TREK: DEEP SPACE NINE
J. M. Dillard, Botschafter · 06/5115
Peter David, Die Belagerung · 06/5129
K. W. Jeter, Die Station der Cardassianer · 06/5130
Sandy Schofield, Das große Spiel · 06/5187
Dafydd ab Hugh, Gefallene Helden · 06/5322
Lois Tilton, Verrat · 06/5323
Esther Friesner, Kriegskind · 06/5430
John Vornholt, Antimaterie · 06/5431
Diane Carey, Die Suche · 06/5432
Melissa Scott, Der Pirat · 06/5434
Nathan Archer, Walhalla · 06/5512
Greg Cox/John Gregory Betancourt, Der Teufel im Himmel · 06/5513

STAR TREK™

Robert Sheckley, Das Spiel der Laertianer · 06/5514
Diane Carey, Der Weg des Kriegers · 06/5515
Diane Carey, Die Katakombe · 06/5516
Dean Wesley Smith/Kristine Kathryn Rusch, Die lange Nacht · 06/5517
L. A. Graf, Invasion - 3: Der Feind der Zeit · 06/5519

STAR TREK: STARFLEET KADETTEN
John Vornholt, Generationen · 06/6501
Peter David, Worfs erstes Abenteuer · 06/6502
Peter David, Mission auf Dantar · 06/6503
Peter David, Überleben · 06/6504
Brad Strickland, Das Sternengespenst · 06/6505
Brad Strickland, In den Wüsten von Bajor · 06/6506
John Peel, Freiheitskämpfer · 06/6507
Mel Gilden & Ted Pedersen, Das Schoßtierchen · 06/6508
John Vornholt, Erobert die Flagge! · 06/6509
V. E. Mitchell, Die Atlantis Station · 06/6510
Michael Jan Friedman, Die verschwundene Besatzung · 06/6511
Michael Jan Friedman, Das Echsenvolk · 06/6512
Diane G. Gallagher, Arcade · 06/6513
John Peel, Ein Trip durch das Wurmloch · 06/6514
Brad & Barbara Strickland, Kadett Jean-Luc Picard · 06/6515
Brad & Barbara Strickland, Picards erstes Kommando · 06/6516
Ted Pedersen, Zigeunerwelt · 06/6517
Patricia Barnes-Svarney, Loyalitäten · 06/6518

STAR TREK: VOYAGER
L. A. Graf, Der Beschützer · 06/5401
Dean Wesley Smith/Kristine Kathryn Rusch, Die Flucht · 06/5402
Nathan Archer, Ragnarök · 06/5403
Susan Wright, Verletzungen · 06/5404
John Betancourt, Der Arbuk-Zwischenfall · 06/5405
Christie Golden, Die ermordete Sonne · 06/5406
Mark A. Garland/Charles G. McGraw, Geisterhafte Visionen · 06/5407
S. N. Lewitt, Cybersong · 06/5408
Dafydd ab Hugh, Invasion - 4: Die Raserei des Endes · 06/5409
Karen Haber, Segnet die Tiere · 06/5410
Jeri Taylor, Mosaik · 06/5811
Melissa Scott, Der Garten · 06/5812
David Niall Wilson, Puppen · 06/5813
Greg Cox, Das schwarze Ufer · 06/5814

STAR TREK™

DAS STAR TREK-UNIVERSUM, 2 Bde.,
von *Ralph Sander* · 06/5150
DAS STAR TREK-UNIVERSUM, 1. Ergänzungsband
von *Ralph Sander* · 06/5151
DAS STAR TREK-UNIVERSUM, 2. Ergänzungsband
von *Ralph Sander* · 06/5270

Ralph Sander, Star Trek Timer 1996 · 06/1996
Ralph Sander, Star Trek Timer 1997 · 06/1997
Ralph Sander, Star Trek Timer 1998 · 06/1998
Ralph Sander, Star Trek Timer 1999 · 06/1999

William Shatner/Chris Kreski, Star Trek Erinnerungen · 06/5188
William Shatner/Chris Kreski, Star Trek Erinnerungen: Die Filme · 06/5450

Phil Farrand, Cap'n Beckmessers Führer durch STAR TREK – DIE CLASSIC SERIE · 06/5451
Phil Farrand, Cap'n Beckmessers Führer durch STAR TREK – DIE NÄCHSTE GENERATION · 06/5199
Phil Farrand, Cap'n Beckmessers Führer durch STAR TREK – DIE NÄCHSTE GENERATION - Teil 2 · 06/6457

David Alexander, Gene Roddenberry - Die autorisierte Biographie · 06/5544
Judith & Garfield Reeves-Stevens, Star Trek Design · 06/5545
Nichelle Nichols, Nicht nur Uhura · 06/5547
Leonard Nimoy, Ich bin Spock · 06/5548
Lawrence M. Krauss, Die Physik von Star Trek · 06/5549
Judith & Garfield Reeves-Stevens, Star Trek – Deep Space Nine: Die Realisierung einer Idee · 06/5550
Herbert F. Solow & Yvonne Fern Solow, Star Trek: Das Skizzenbuch – Die Classic-Serie · 06/6469
Judith & Garfield Reeves-Stevens, Star Trek – Phase II: Die verlorene Generation · 06/6470
Herbert F. Solow/Robert H. Justman, Star Trek – Die wahre Geschichte · 06/6499
J. M. Dillard, Star Trek: Wo bisher noch niemand gewesen ist · 06/6500

Diese Liste ist eine Bibliographie erschienener Titel,
KEIN VERZEICHNIS LIEFERBARER BÜCHER!